Liz Carlyle

EIN UNWIDER-STEHLICHER HALUNKE

Roman

Aus dem amerikanischen Englisch von
Nicole Friedrich

BASTEI LÜBBE

BASTEI LÜBBE TASCHENBUCH
Band 18 733

1. Auflage: November 2008

Vollständige Taschenbuchausgabe

Bastei Lübbe Taschenbücher in der Verlagsgruppe Lübbe

Deutsche Erstausgabe

This edition published by arrangement with the original publisher, Pocket Books, a division of Simon Schuster, Inc., New York
Titel der Originalausgabe: »The Devil to Pay«
Originalverlag: Pocket Books

Titelillustration: Vittorio Dangelico via Agentur Schlück GmbH
Umschlaggestaltung: Rainer Schäfer
Satz: Urban SatzKonzept, Düsseldorf
Gesetzt aus der New Caledonia
Druck und Verarbeitung: GGP Media, Pößneck
Printed in Germany
ISBN 978-3-404-18733-1

Kapitel 1

Die befremdlichen Ereignisse am Bedford Place

An und für sich passte der Mann, den sie seit geraumer Zeit über den Roulettetisch hinweg beobachtete, nicht in ihr Beuteschema. Er war jung, viel jünger, als ihr eigentlich lieb war. Bei seinem Anblick drängte sich ihr förmlich die Frage auf, ob er je einen Rasierpinsel in der Hand gehalten, geschweige denn benutzt hatte. Sein Teint war rosig wie der eines Kleinkindes, und er war von zarter Statur – genau wie sie. Und dennoch war er nicht das unschuldige Lamm, für das ihn alle hielten.

Der Croupier beugte sich über den Tisch und verkündete in hundsmiserablem Französisch: »*Mesdames et messieurs, faites vos jeux, s'il vous plait!*«

Mit einer gefälligen Geste fächelte sie den herüberziehenden Qualm eines Zigarrenstumpen fort und schob mit ihren perfekt manikürten Fingernägeln drei Jetons über den Tisch. Im selben Moment erhob sich der Gentleman mit der Zigarre, der zwischen ihr und dem Jüngling gesessen hatte, klaubte seinen Gewinn zusammen und wechselte an einen anderen Tisch. *Bien*. Endlich war der Jüngling allein. Betont langsam lüftete sie den schwarzen Schleier ein wenig und warf ihm einen halbseidenen Blick zu. Eine Augenbraue in die Höhe gezogen, schob ihr Gegenüber eine Hand voll Jetons auf die Zweiundzwanzig und fing ihren Blick auf.

»*Les jeux sont faits*«, sagte der Croupier, gab dem Rouletterad einen Schwung und ließ die Kugel in der entgegengesetzten Richtung ihre Runden ziehen, ehe diese sich mit einem klickernden Geräusch ein Ziel suchte – die Zweiundzwanzig. Noch bevor das Rad zum Stillstand gekommen war, hatte der Croupier den Gewinn ausgezahlt. Flink wie ein Wiesel hatte der junge Engländer die Jetons an sich genommen und rückte einen Platz auf, sodass er nun neben ihr saß.

»*Bonsoir*«, begrüßte sie ihn mit einem heiseren Raunen. »Scheint, als brächte die Farbe Schwarz Ihnen heute Abend Glück, *Monsieur.*«

Träge glitten die blassblauen Augen des Jünglings an ihrem schwarzen Kleid hinunter. »Drücken Sie mir die Daumen, dass meine Glückssträhne noch ein wenig anhält.«

»Man soll ja bekanntlich die Hoffnung nie aufgeben.«

Als der Engländer ein helles Lachen ausstieß, blitzten seine winzigen Zähne auf. »Ich glaube nicht, dass wir uns schon einmal begegnet sind, *Mademoiselle*«, bemerkte er. »Sind Sie neu im Lufton's?«

»Eine Lasterhöhle ist doch wie die andere, *n'est-ce pas?*«, sagte sie achselzuckend.

Verhaltenes Verlangen flackerte in seinen Augen auf. Der Narr schien sie für eine Dirne zu halten, was streng genommen nicht verwunderlich war. Schließlich war sie ohne erkennbare Begleitung. Und das an einem Ort wie diesem.

»Lord Francis Tenby«, stellte er sich vor und reichte ihr die Hand. »Und Sie sind …«

»*Madame Noire*«, antwortete sie, beugte sich ein wenig nach vorne und ließ ihre behandschuhte Hand in die seine gleiten. »Das muss Schicksal sein, finden Sie nicht auch?«

Statt direkt zu antworten, verlor sich sein Blick einen Augenblick lang in den Tiefen ihres Dekolletés. »So, so, Madame Black! Haben Sie vielleicht auch einen Vornamen, meine Liebe?«

»Meine Freunde nennen mich Cerise«, sagte sie, wobei sie das letzte Wort mehr hauchte als sprach.

»Cerise«, wiederholte der schmächtige Engländer. »Wie exotisch. Darf man fragen, was Sie nach London führt, Teuerste?«

Abermals zuckte sie die Achseln und warf ihm einen darbenden Seitenblick zu. »Immer diese Fragen!«, seufzte sie. »Es dürstet mich und außerdem fürchte ich, blockieren wir den Roulettetisch.«

Sie hatte kaum zu Ende gesprochen, da sprang der junge Bursche auf und fragte: »Was darf ich Ihnen holen, Ma'am? Doch gestatten Sie mir vorher, Sie an einen ruhigeren Tisch zu geleiten.«

»Champagner«, murmelte sie, erhob sich und ging – den Blick auf den Boden gerichtet – zu dem freien Tisch, auf den er gedeutet hatte. Ein Tisch in der hinteren Ecke. Perfekt.

Wenige Augenblicke später war er wieder bei ihr, gefolgt von einem Kellner, der ein Tablett mit zwei Gläsern trug.

»*Ma foi!*«, murmelte sie und tat, als suchte sie nach etwas, bis der Kellner sich zurückgezogen hatte. »Ich muss mein Ridikül am Roulettetisch vergessen haben. Wären Sie wohl so freundlich, es mir zu holen, Mylord?«

Sobald er ihr den Rücken zugekehrt hatte, löste sie den Pfropfen einer Phiole und goss den Inhalt geschickt in sein Glas. Winzige Kristalle paarten sich mit den aufsteigenden Bläschen.

Sie warf noch einen verstohlenen Blick auf die Uhr, und ehe sie es sich versah, war der Jüngling auch schon mit ihrer paillettenbesetzten Handtasche zurückgekehrt. Timing war alles. Mit einem dirnenhaften Lächeln griff sie nach ihrem Glas und prostete ihm zu. »Auf den Beginn einer gewinnbringenden Freundschaft«, murmelte sie so leise, dass er sich zu ihr herüberlehnen musste, um sie zu verstehen.

»Das haben Sie wundervoll gesagt.« Er nahm einen großen Schluck Champagner und setzte stirnrunzelnd das Glas vor sich ab.

Es stellte sich als ein Kinderspiel heraus, den Jüngling von dem eigenartigen Geschmack des Getränks abzulenken. In den nächsten zehn Minuten ließ sie ein ums andere Mal ihr glockenhelles Lachen erklingen, während sie Lord Francis Tenby Honig um den Bart schmierte, den Mutter Natur ihm noch vorenthalten hatte.

Die unvermeidlichen Fragen, die sie jedes Mal zu hören bekam, meisterte sie wie immer mit Bravour und gut einstudierten Halbwahrheiten. Die Witwenschaft. Die Einsamkeit. Der begüterte Galan, der sie hergebracht, ihr dann aber eine Szene gemacht und sie wegen einer anderen hatte sitzen lassen. *C'est la vie*, suggerierte ihr Achselzucken. Andere Mütter hatten auch schöne Söhne.

Es gehörte zum Spiel, dass der Mann die Initiative ergriff und vorschlug, zu ihm nach Hause zu fahren. Ein hastiger Blick auf ihre Uhr verriet ihr, dass sein Angebot genau zum richtigen Zeitpunkt kam. Zwanzig Minuten waren vergangen, seitdem sie ihm etwas in seinen Champagner gerührt hatte. Als sie sich erhoben, wirkte er bereits blass. Er schüttelte sich, um sich zu sammeln, ehe er ihr seinen Arm zum Geleit darbot. Ihre Hand auf seinem Unterarm liegend verließen sie das Lufton's und traten in den Lichtkegel einer Gaslampe. Im gleichen Moment bog eine Kutsche um die Ecke – als wäre es verabredet gewesen. Und so war es auch.

Nachdem Lord Francis ihr in die Kutsche geholfen und dem Fahrer das Ziel der Fahrt mitgeteilt hatte, wäre er beim Erklimmen der Stufe um ein Haar böse gestürzt und hätte sich dabei den Kopf aufgeschlagen.

Trotz des schummerigen Lichts bemerkte sie die Schweißperlen auf seiner Stirn. »*Mon coeur*«, raunte sie, beugte sich nach vorne, sodass sich ihm ein guter Blick in ihr tiefes Dekolleté bot, und legte ihm die Hand auf die bleiche Wange. »Ist alles in Ordnung mit Ihnen? Sie wirken ein wenig blass.«

»M-mir g-geht es g-gut«, versicherte er ihr und drohte abermals den Halt zu verlieren. »W-wollte nur ... ich wollte nur mal sehen, ob ...«

Mit betont langsamen Bewegungen ließ sie den Seidenschal von den Schultern gleiten. »Was, *mon cher?* Was wollten Sie sehen?«

Der junge Lord schüttelte sich, als wollte er den Nebel vor seinen Augen verscheuchen. »Ihre ... Ihre Augen«, stammelte er. »W-wollte nur mal ... in Ihre Augen seh'n. Ihr Gesicht. Ihr H-hut. Der Schleier. Ausziehen.«

»Ich bin untröstlich, Mylord, aber das ist leider unmöglich«, wisperte sie und legte ihre Schulter frei. »Wie wäre es, wenn ich Ihnen stattdessen etwas anderes zeigte, Lord Francis? Würden Sie vielleicht gerne meine Brust sehen?«

»Pruscht?«, lallte der Jüngling und schielte betrunken.

»Ja, meine Brust«, raunte sie. »Sehen Sie her, Lord Francis. Ja, so ist es gut. Sehen Sie genau hin, Liebster. Sehen sie das hier?« Mit jedem Wort enthüllte sie ihre Brust ein wenig mehr.

Es sollte sich jedoch als Fehler herausstellen, dass Lord Tenby sich so weit nach vorne beugte. »Tät ... Tät ... Tätowierung?«, hechelte er und legte den Kopf auf die Seite. »Ein Engel? Ein ... schwarzer Engel?« Er verdrehte die Augen, bis nur noch das Weiße zu sehen war und schloss den Mund. Dann schlug er mit dem Kopf gegen die Tür, rutschte von der Sitzbank und lag röchelnd am Boden der Kutsche – wie ein Karpfen, den es an Land verschlagen hatte.

Um ihn vor dem Erstickungstod zu bewahren, legte sie seinen Kopf in den Nacken und machte sich erst jetzt daran, seine Taschen zu durchsuchen. Geldbörse. Schlüssel. Schnupfdose. Letztere leider nur aus Silber. Dazu eine Taschenuhr mit Kette. Und ein Brief. Von einem Frauenzimmer? Oder womöglich einem Feind? Sie ließ den Gedanken fallen, wollte keine kostbare Zeit verlieren. Stattdessen löste sie die Krawattennadel. Als sie fertig war, sah sie zufrieden auf ihr wehrloses Opfer hinab. »Es war mir eine Ehre, mit Ihnen Geschäfte gemacht zu haben, Lord Francis«, murmelte sie, während der junge Lord laut vor sich hinschnarchte.

»Freut mich zu hören, dass es auf Gegenseitigkeit beruht«, antwortete sie. »Eins möchte ich Ihnen aber noch mit auf den Weg geben. Am meisten wird sich Ihre hübsche Dienstmagd, die Sie erst geschwängert und dann brutal vor die Tür gesetzt haben, über die edlen Gaben freuen.« Mit diesen Worten ließ sie die Beute in ihrem Ridikül verschwinden, klopfte zweimal gegen das Dach der Kutsche und öffnete die Tür, als diese um die Ecke zur Brook Street bog. Beschwingt sprang der Schwarze Engel auf die regennasse Straße und ließ sich von den nächtlichen Schatten von Mayfair schlucken, während der noch immer bewusstlose Lord Francis der Nacht entgegenrumpelte.

Der Marquis of Devellyn war so gut gelaunt wie schon lange nicht mehr. Er fühlte sich so beschwingt, dass er munter vor sich hinpfeifend in der Kutsche saß und wie aus heiterem Himmel beschloss, sich am Golden Square absetzen zu lassen, um zu Fuß weiterzulaufen. Auf sein Geheiß hin hielt die Kutsche an, und der Marquis sprang flink und frohgemut auf die Straße.

»Geben Sie Acht, Mylord, es hat geregnet«, warnte der Kutscher ihn mit einem besorgten Blick.

Der Marquis blickte auf den Boden. Nasse, glitzernde Pflastersteine funkelten zurück. Nun denn. »Sag mal, Wittle, hat es eigentlich schon geregnet, als wir das Crockford's verlassen haben?«, fragte er mit verhältnismäßig nüchterner Stimme, obwohl er nicht ins Glas gespuckt hatte.

»Nein, Sir«, antwortete Wittle wahrheitsgemäß. »Nichts als dichter Nebel.«

»Aha«, brummte Devellyn und zog sich den Hut tiefer ins Gesicht. »Ist ja auch egal. Es ist auf jeden Fall ein wundervoller Abend für einen Spaziergang«, fuhr er fort. »Es gibt kaum etwas Besseres als frische Abendluft, um wieder nüchtern zu werden.«

So dezent wie möglich beugte Wittle sich nach unten. »Verzeihung, Sir, aber aus dem Abend ist bereits der neue Morgen geworden«, raunte er ihm zu. »Es ist fast sechs.«

Der Marquis blinzelte angestrengt zu seinem Kutscher hinauf. »Was du nicht sagst«, murmelte er. »Dann ist ja schon heute das Abendessen mit Miss Lederly.«

Wittle bedachte seinen Dienstherrn mit einem mitfühlenden Blick. »Nein, Sir, ich fürchte, ich muss Sie abermals korrigieren. Das war für gestern geplant«, unterrichtete er ihn. »Mit anschließendem Theaterbesuch. Aber Sie haben ... das heißt der Club hat ...«

Devellyn rieb sich das stoppelige Kinn. »Verstehe«, antwortete er nach einer kurzen Pause. »Niemand hat mich rechtzeitig daran erinnert. Auch du nicht.«

Wittle schüttelte wortlos den Kopf.

Devellyn hob eine Augenbraue. »Kann es sein, dass ich zu viel getrunken habe?«

Mit ausdruckslosem Gesicht fügt der Kutscher hinzu: »Ein wenig, ja. Und dann war da noch diese Dame.«

Eine Dame? O ja. Stück für Stück kehrte seine Erinnerung zurück. Eine attraktive, üppige Blondine. Aber keineswegs eine Dame. Nein, eine Dirne. Lord Devellyn war sich nicht einmal mehr sicher, ob sie ihr Geld wert gewesen war. Und es kümmerte ihn auch nicht im Geringsten. Was ihn jedoch wirklich beschäftigte war die Sache mit der verpassten Theatervorstellung. Himmel, Camelia würde ihm diesmal die Augen auskratzen.

Er ließ einige Male seine breiten Schultern kreisen und blickte wieder zu Wittle empor. »Egal, ich laufe trotzdem zum Bedford Place«, bekräftigte er mit fester Stimme. »Ist vielleicht besser, wenn niemand etwas von meiner Ankunft mitbekommt. Du kannst in der Zwischenzeit zur Duke Street zurückkehren.«

Pflichteifrig berührte Wittle die Krempe seines Hutes. »Vergessen Sie Ihren Stock nicht, Mylord«, sagte er noch. »In Soho treibt ein übler Straßenräuber sein Unwesen.«

Devellyn setzte ein breites Grinsen auf. »Ein Straßenräuber, der es mit dem Teufel aus der Duke Street aufnehmen würde? Das glaubst du doch nicht ernsthaft, oder?«

»Nicht, wenn er in Ihr Gesicht sehen kann«, entgegnete der Kutscher und grinste innerlich. »Das Problem ist nur, dass er meist von hinten angreift.«

»Schon gut, schon gut, nehme ich den vermaledeiten Stock eben mit«, gab Lord Devellyn sich schmunzelnd geschlagen und fischte ihn aus dem Inneren des Gefährts.

Nachdem Wittle salutiert und die Kutsche in Bewegung gesetzt hatte, warf Devellyn den Stock in die Höhe und fing ihn mit sicherer Hand wieder auf. Die Erkenntnis, dass er doch nicht so betrunken war wie angenommen, hob seine Laune wieder, er spitzte die Lippen und stimmte ein unzüchtiges Lied an. Es mochte an seiner stimmlichen Unterbegabung liegen, dass er auf dem kurzen Weg von Soho nach Bloomsbury keinem Dieb zum Opfer fiel. Vielleicht lag es aber auch an seinem breiten Kreuz oder seiner gebrochenen Nase. *Hünenhaft* bekam er zuweilen zu hören. Aber es war ihm einerlei, wie andere über ihn dachten und sprachen. Noch beim Betreten seines Hauses am Bedford Place war er der Meinung, auch mit Stock eine gute Figur zu machen. Doch er sollte schon bald eines Besseren belehrt werden.

»Du Bastard!«

Aus dem Nichts flog ein Platzteller auf ihn zu. Gerade noch rechtzeitig duckte sich der Marquis. Das Porzellan prallte gegen den Türsturz, ein Meer aus Scherben regnete auf den Boden.

»Cammie?«, sagte Lord Devellyn leise und steckte seinen Kopf in den Salon.

Einen Schürhaken in der Hand löste sich seine Geliebte aus dem Schatten. »Nenn mich nie wieder Cammie, du Schwein!«, brüllte sie, griff mit der freien Hand nach einer Figur aus Meissener Porzellan und zielte auf seinen Kopf.

Devellyn duckte sich. »Leg den Schürhaken beiseite, Camelia«, versuchte er sie zu beschwichtigen und hielt den Stock so, dass er das nächste fliegende Objekt abwehren konnte. »Leg ihn weg!«

»Fahr zur Hölle, du elender Schuft, du Ungeheuer, du riesiger Bastard«, schrie sie so laut sie konnte.

Der Marquis schnalzte gelassen mit der Zunge. »Camelia, deine Wortwahl verrät mal wieder deine Herkunft«, tadelte er sie. »Jetzt hast du mich schon zweimal einen Bastard geschimpft. Weshalb schenkst du uns nicht ein wenig Brandy ein, Liebste, und wir reden in Ruhe über alles.«

»Steck dir deinen Brandy sonst wohin«, kreischte sie und schwang den Schürhaken. »Wenn du dich nicht auf der Stelle entschuldigst, ramme ich dir den hier in deinen Arsch, bis er dir zum Hals herauskommt, Devellyn.«

Der Marquis zuckte zusammen. »Cammie, es tut mir leid, wenn ich deine Gefühle verletzt habe. Gleich morgen gehe ich zu Gerrard's und kaufe dir eine hübsche Kette.« Für den Bruchteil einer Sekunde wandte Lord Devellyn sich ab, und legte Hut und Stock beiseite. Keine sonderlich gute Entscheidung. Der Schürhaken streifte seinen Kopf, und ehe er es sich versah, warf sich ein Zentner ungehaltene Weiblichkeit auf ihn.

»Bastard!«, schrie sie, sprang ihm auf den Rücken und trommelte mit der Faust auf seinen Kopf. »Schwein! Schwein! Dummes Schwein!«

Camelias Hang zur Dramatik hatte mittlerweile auch die Hausangestellten geweckt.

Devellyn drehte sich um die eigene Achse, in der Hoffnung, sie abschütteln zu können, doch Camelia hatte ihm den Arm um den Hals gelegt und schlug mit der freien Hand wie wild auf seinen Rücken ein.

»Egoistischer, kaltherziger Hurenbock«, brüllte sie und untermalte jede Silbe mit einem Schlag. »Nie denkst du an mich. Du! Du! Du! Immer nur du!«

Erst jetzt dämmerte es ihm. »Du lieber Himmel!«, entfuhr es ihm. »Cleopatra!«

Er bekam ihre Röcke zu fassen und befreite sich von ihr. Camelia landete auf dem Allerwertesten und beschoss ihn mit giftigen Blicken. »Du hast es erfasst! Cleopatra! Meine Cleopatra!«, schluchzte sie. »Mein Debüt! Die Premiere! Die Zuschauer lagen mir zu Füßen. Und du? Wo warst du, du egoistischer Schweinehund! Du hattest es mir versprochen, Devellyn!

Du hast mir dein Ehrenwort gegeben, dass du kommen würdest.«

Der Marquis schälte sich aus seinem Gehrock, woraufhin sich der Butler, dem die Angst ins Gesicht geschrieben stand, aus der kleinen schaulustigen Menge löste und das Kleidungsstück an sich nahm. »Ich schwöre, ich bin untröstlich, Cammie«, säuselte er. »Das musst du mir glauben. Bei der nächsten Premiere werde ich bestimmt dabei sein – ach was, ich komme direkt heute Abend mit. Würde dich das besänftigen?«

Camelia rappelte sich so würdevoll auf, wie es ihr eben möglich war, und strich sich die Röcke glatt. »Nein, würde es nicht«, fauchte sie, drehte sich um und sprach so laut, dass es alle hören konnten: »Weil ich dich verlassen werde, Devellyn.«

»Mich verlassen?«

Camelia schritt zum Kaminsims, als befände sie sich auf der Bühne. »Ja, du hast richtig gehört«, fuhr sie nicht minder theatralisch fort. »Ich lasse dich fallen, entferne dich aus meinem Leben, gebe dir den Laufpass. Soll ich weitermachen?«

»Aber Cammie, warum? Wegen eines kleinen Fehlers?«

»Nein. Sondern weil Sir Edmund Sutters mir gestern Abend ein lukratives Angebot unterbreitet hat.« Als Camelia hochmütig an ihrer zierlichen Nase herabblickte, erinnerte nichts mehr daran, dass sie sich früher ihr Geld auf dem Rücken liegend verdient hatte. »Als wir im Anschluss an das Stück hinter der Bühne Champagner getrunken haben.«

»Hinter der Bühne?«

»Wo dein Platz gewesen wäre«, antwortete sie steif und fuhr mit ihrem langen, schlanken Zeigefinger über die letzte Porzellanfigur – eine Geste, die ihn einst erregt hatte, die er nun aber als eher bedrohlich empfand.

»Wärst du wie versprochen gekommen, hätte er sich das

bestimmt nicht gewagt. Aber du hast es ja vorgezogen, durch Abwesenheit zu glänzen. Die Chance hat er sich nicht entgehen lassen.« Sie schoss herum. »Und ich habe eingewilligt, Devellyn. Hörst du, was ich sage? Ich habe angenommen.«

Dieses Mal schien sie es wirklich ernst zu meinen. Und das jetzt, wo er gerade überhaupt keine Lust hatte, sich eine neue Geliebte zu suchen. Aber die Erfahrung hatte ihn gelehrt, dass es keinen Sinn hatte, Weiber aufzuhalten, wenn sie sich in den Kopf gesetzt hatten, einen Mann zu verlassen.

Seufzend breitete er die Hände aus. »Ach, Cammie, wie konnte es nur so weit kommen?«

Wie ein kleines trotziges Kind schob sie das Kinn nach vorne. »Spätestens morgen früh bin ich verschwunden.«

Der Marquis zuckte mit den Schultern. »Kein Grund zur Eile«, sagte er. »Ich brauche bestimmt zwei Wochen oder länger, um dich zu ersetzen. Du kannst dir also Zeit ...«

Die letzte Porzellanfigur traf Devellyn mit einer derartigen Wucht an der Schläfe, dass er ins Taumeln geriet. Camelia nutzte die Chance und sprang ihm ein weiteres Mal auf den Rücken.

»Bastard! Schwein!« Wieder flogen zierliche Fäuste durch die Luft. »Ich sollte dir den Hals umdrehen, als wärst du ein ausgemergeltes Suppenhuhn.«

»Ach, halt die Klappe«, fauchte Devellyn zurück und war froh, dass Camelia nicht ihre eigenen Stücke schrieb.

»Bastard! Schwein!«

Doch forderten der Alkohol, die Schläge und der Stress nun ihren Tribut. Devellyn sackte in sich zusammen und riss Camelia mit zu Boden.

Sidonie Saint-Godard war eine finanziell unabhängige Frau – womöglich eine Spur zu unabhängig, denn auf ihrem Pult stapelten sich unzählige Rechnungen, die beglichen werden wollten. Zu Beginn hatte sie die neu gewonnene Freiheit in vollen Zügen genossen. Sie hatte sich wie ein hochhackiger Schuh angefühlt, auf dem man etwas unsicher lief – in der zaghaften Hoffnung, dass man nicht stolpern und vor den Augen der vornehmen Gesellschaft auf die Nase fallen würde. Doch dann war sie nach London, ihrer Geburtsstätte, zurückgekehrt und bekam schnell zu spüren, dass der Schuh drückte und scheuerte. Anders als in Frankreich wurde es hier nicht gerne gesehen, wenn Frauen ein eigenverantwortliches Leben führten.

Erst jetzt, nach knapp einem Jahr als trauernde Witwe, war ihr aufgegangen, dass sie besser daran täte, den Schuh der Freiheit von sich zu schleudern und barfuß durch das Leben zu wandeln. Jetzt, im Alter von neunundzwanzig Jahren, räumte sie allem, was vielversprechend wirkte, eine Chance ein. Sie hatte ihren Bruder George gebeten, für den Fall, dass Gott sie zuerst zu sich riefe, folgende Inschrift in den Grabstein meißeln zu lassen: *Sie liebte das Leben mit all seinen Facetten*. Und genau die wollte sie ergründen, die Facetten mit all ihren Abgründen und Höhen.

Wie viele Französinnen adliger Abstammung war sie bereits in jungen Jahren in ein seelenloses, strenges Kloster entsandt worden, die reinste Hölle für ein lebensfrohes Mädchen wie Sidonie. Bei der erstbesten Gelegenheit war sie mit einem Mann davongelaufen, obwohl er nicht einmal Grund und Boden besaß. Dafür aber ein Handelsschiff. Pierre Saint-Godard war Kapitän und legte ihr die Kapitänskajüte zu Füßen, durch deren Bullaugen sie die Welt an sich vorbeiziehen sah.

Es dauerte jedoch nicht lange und Sidonie hatte genug von

der großen weiten Welt, und als Pierre von einem Fieber dahingerafft wurde, hatte sie das Schiff verkauft, ihre Sachen gepackt, ihren Kater genommen und war nach London gezogen, wo sie in einem kleinen Stadthaus am Bedford Place lebte, einer Gegend, in der auch Bankangestellte und Emporkömmlinge ihre Zelte aufgeschlagen hatten.

Sidonie stand an einem Fenster im oberen Stockwerk und spähte durch den Vorhang hinaus. Vor dem Haus schräg gegenüber stand ein Umzugskarren, und zwei Männer waren eifrig zugange, Truhen und Kisten aufzuladen.

»Wie viele Liebhaberinnen macht das jetzt, Julia?«, fragte sie und trocknete sich das frisch gewaschene Haar.

»Die blasse Blondine im Dezember war Nummer sieben«, zählte Julia an ihren Fingern ab. »Das wäre dann Nummer acht.«

»Und wir haben gerade mal März«, seufzte Sidonie. »Ich würde ja nur zu gerne wissen, was das für ein Scheusal von Mann sein muss, der eine Frau nach der anderen vergrault. Er wechselt seine Bekanntschaften wie seine Hemden.«

Julia, die hinter ihr stand, richtete sich auf. »Lass gut sein. Für Spekulationen haben wir keine Zeit, Liebste«, sagte sie mit halbstrenger Stimme und schob Sidonie in Richtung Kamin. »Du bist eh schon spät dran. Setz dich und überlass mir das Wirrwarr auf deinem Schopf. Wir wollen doch nicht, dass du dir unten an der Uferpromenade den Tod holst.«

Sidonie gab sich geschlagen und nahm artig vor dem Kamin Platz. Sogleich sprang Thomas, ihr Kater, mit einem Satz auf ihren Schoß. »Das Verhalten dieses Mannes ist abscheulich, findest du nicht auch, Julia?«, kehrte sie noch einmal zum Thema zurück. »Du siehst das doch ähnlich, oder? Vielleicht kann uns der Nachtwächter seinen Namen verraten. Ich werde ihn bei Gelegenheit ausfragen.«

»Tu das«, antwortete Julia geistesabwesend, während sie mit der Bürste durch das Haar glitt. »Weißt du eigentlich, dass du das Haar deiner Mutter geerbt hast?«

»Findest du wirklich?«, fragte Sidonie niedergeschlagen. »Claire hatte wundervolles Haar.«

»Du glaubst gar nicht, wie sehr ich sie stets um ihre seidige Pracht beneidet habe«, sagt Julia seufzend. »Wenn wir gemeinsam auf der Bühne standen, kam ich mir oft wie ein Mauerblümchen neben ihr vor.«

»Aber du hattest doch eine wundervolle Karriere, Julia. Du warst eine Berühmtheit. Der Star der Drury Lane, nicht wahr?«

»Für die Dauer eines Lidschlages, ja«, antwortete sie. »Aber das ist lange her.«

Sidonie hüllte sich in Schweigen, wusste sie doch, dass es Jahre her war, dass Julia eine Hauptrolle in einem der Theater am West End angeboten bekommen hatte. Und auch die Reihen der Verehrer hatten sich gelichtet, die meisten bevorzugten jetzt weitaus jüngere Kolleginnen. Obwohl sie einige Jahre getrennt hatten, war Julia eine enge Freundin von Sidonies Mutter gewesen. Sie gehörten beide der Halbwelt an. Es gab eine Reihe von betuchten, mächtigen Adligen, die ein gewisses Faible für Frauen hatten, in deren Adern kein waschechtes blaues Blut floss, die aber dennoch Charme und Anmut besaßen.

Bei Sidonies Mutter, Claire Bauchet, war es allerdings anders gewesen – sie war der Spross einer adligen Familie. Als ihr der Titel aberkannt wurde, konzentrierte sie sich auf das Eine, das ihr noch geblieben war: ihre Schönheit. Ein Poet hatte sie einst mit einer strahlenden Sommerblume im Morgentau verglichen. Während Julia mit wahrem schauspielerischem Talent gesegnet war, es ihr aber nur hin und wieder vergönnt gewesen war, dass ein reicher Protegé sie unter die Fittiche nahm, konnte sich Sidonies Mutter vor Verehrern kaum retten. Binnen kürzester Zeit wurde sie der Inbegriff einer Konkubine.

Nach Sidonies Rückkehr nach London war die alte Freundin ihrer Mutter die Erste gewesen, die ihr einen Besuch abgestattet und sie zu Hause begrüßt hatte. Mit Entsetzen hatte Sidonie feststellen müssen, dass Julia vereinsamt war. Wie der Zufall es wollte, war Sidonie gerade auf der Suche nach einer Hausdame und Gesellschafterin gewesen und hatte Julia vom Fleck weg engagiert; der Beginn einer wundervollen Freundschaft. Sidonie hatte Julia nie gefragt, hegte aber die Vermutung, dass sie bis dahin hart an der Grenze zur Armut gelebt hatte.

»Du vermisst sie sehr, kann das sein?«, fragte Julia aus heiterem Himmel. Sidonie warf ihr einen Blick über die Schulter zu und dachte einen Moment lang über Julias Worte nach. »Ein wenig schon. Sie war das blühende Leben ...«

Ein furchterregendes Geräusch zerriss die Luft und ließ Sidonie verstummen.

Thomas machte einen panischen Satz von Sidonies Schoß und verkroch sich unter dem Bett, während Julia und Sidonie zum Fenster stürzten und die Vorhänge aufrissen. Der Umzugskarren war verschwunden, und aus einem der Fenster lehnte eine zierliche Rothaarige, die einen Nachttopf in der Hand hielt.

»Schwein!«, schrie sie und ließ die Porzellanschüssel fallen. »Bastard!«

»Herrjemine«, entfuhr es Julia, als sich ein anderes Fenster öffnete und ein weiterer Topf mit einem lauten Knall auf dem Bürgersteig aufprallte und in abertausend Stücke zerschellte. »Bastard! Schwein!«

Sidonie konnte sich ihr Lachen nicht verkneifen, während Julia mit den Schultern zuckte.

»Wer auch immer dein mysteriöser Nachbar ist«, murmelte Julia, »wenn die Gute mit ihm fertig ist, muss er sich erst einmal neues Porzellan kaufen.«

Kapitel 2

In welchem unser Held von einer neuen Plage heimgesucht wird

»Mylord?«

Lord Devellyn war es, als dränge die Stimme aus weiter Ferne zu ihm. Eine körperlose Stimme. Eine nervtötende Stimme. Der Marquis brummte in der Hoffnung, sie möge verstummen. Er wollte seine Ruhe.

»Bitte, Mylord, öffnen Sie die Augen.«

Devellyns Brummen wuchs sich zu einem Knurren aus.

»Bitte Mylord. Sehen Sie mich an.« In der Stimme schwang nun Ungehaltenheit mit. »Sie können unmöglich hier liegen bleiben.«

»Gestern Abend ist es mir nicht mal gelungen, ihm den Gehrock auszuziehen«, drang eine zweite Stimme durch den Nebel zu ihm. »Meinen Sie, es ist schlimm um ihn bestellt? Sieht aus, als hätte er geblutet. Vermutlich wieder eine Prügelei. Was denken Sie, Honeywell, ist das hier Blut? Hier auf dem Kragen, meine ich.«

»Fenton, wenn Sie es genau wissen wollen, es interessiert mich nicht.« Die erste Stimme klang nun ernsthaft verärgert. »Mylord? Ich sage es ungern noch einmal, aber Sie müssen aufstehen. Zimmermann Brampton und seine Gehilfen sind bereits gegangen. Ich fürchte, wir haben schlechte Nachrichten für Sie.«

Schlechte Nachrichten. Zwei Worte, die es schafften, bis zu seinem Verstand vorzudringen. Zwei alte Bekannte. Schlechte Nachrichten. Er hasste diese Wortkombination. Unter großer

Kraftanstrengung bracht er ein Blinzeln zustande. Über ihm schwebten vier Augen. Oder waren es sechs?

»Er kommt wieder zu sich, Fenton«, sagte die eine Stimme erleichtert. »Helfen Sie mir, ihn in eine sitzende Position zu bringen.«

Der Marquis spürte, wie vier Arme an ihm rissen, als wäre er ein Sack Mehl, und wie ihm hastig ein Kissen in den Rücken geschoben und seine Füße aufgestellt wurden.

Die beiden Nervensägen hatten es geschafft. Jetzt war er einigermaßen wach.

Fenton, Lord Devellyns Kammerdiener, legte die Stirn in Falten. »Warum haben Sie bei Ihrer Rückkehr nicht direkt nach mir geläutet, Sir?«, erkundigte er sich und rang die Hände. »Es kann doch nicht besonders behaglich sein, die Nacht auf dem Sofa zu verbringen. Ganz zu schweigen von der Schweinerei auf dem Boden.«

»Welche Schweinerei?«, murmelte Devellyn und blinzelte.

Sein Butler Honeywell zog einen kleinen Tisch heran, und wie von Zauberhand wurde ein Tablett darauf abgestellt.

»Dort!«, sagte Honeywell. »Wie ich bereits sagte, Mylord. Die Zimmerleute sind fort. Aber ich fürchte, der Fußboden im blauen Salon ist nicht mehr zu retten.«

Fußboden. Welcher Fußboden?

Mit einem süffisanten Lächeln goss Fenton Kaffee in eine Tasse.

»Mir scheint, Ihnen stehen harte Zeiten bevor«, fuhr Honeywell mit unheilvoller Stimme fort und bediente sich eines harten und fast schon unhöflichen Tons.

»Was redet ihr denn da?«, blaffte Devellyn die beiden an und beäugte misstrauisch den Kaffee. »Ich liebe Unannehmlichkeiten, finde sie … nehme sie gerne an.«

Honeywell faltete die Hände wie ein frommer Landpfarrer. »Aber Mylord, ich fürchte, das Haus leidet unter…« – um die Spannung zu steigern, legte er eine Kunstpause ein – »… Klopfkäfern.«

Devellyn verschluckte sich fast an seinem Kaffee. »Klopf-was?«

»Klopfkäfer, Mylord«, wiederholte der Butler wichtigtuerisch. »Erinnern Sie sich an das Knarzen und Knirschen im blauen Salon? Die Biester haben den Fußboden in einen Schweizer Käse verwandelt und jetzt die beiden Treppenhäuser in Angriff genommen. Stufen, Geländer, einfach alles. Brampton meinte, es könnte schon bald für uns gefährlich werden und schlägt vor, für eine Weile auszuziehen, wenn uns unser Leben lieb ist.«

»Ausziehen?«, wiederholte Devellyn ungläubig.

»Ja, damit wir nicht in den Tod stürzen.«

Devellyn schüttelte das Haupt und nahm einen weiteren Schluck Kaffee. Ein pelziger, brauner Geschmack breitete sich in seinem Mund aus, seinen Schläfen wohnte ein dumpfes Klopfen inne. »Was kann man denn nun tun?«, fragte er nach einer Pause. »Gegen diese Käfer?«

»Sämtliche Böden und Treppen müssen ausgetauscht werden, Mylord.« Devellyn legte die Stirn in Falten.

»Mit anderen Worten, es wird den lieben langen Tag gehämmert und rüpelhafte Burschen trampeln mir mit ihren klobigen Stiefeln auf den Nerven herum. Und dann der ganze Staub. Kruzifix noch mal, wie soll ich das nur überstehen?«

»Wenn Sie mich fragen, führt kein Weg daran vorbei, auszuziehen.« Honeywells Fingerknöchel liefen weiß an.

»Ausziehen?«, japste Devellyn und stellte klirrend die Tasse auf dem kleinen Tisch ab. »Aus der Duke Street ausziehen? Wo sollte ich denn hin, alter Junge?«

Honeywell und Fenton tauschten schnelle Blicke aus. »Naja, es bliebe Ihnen noch immer Bedford Place«, warf der Butler ein. »Sobald Miss Lederly ihre Sachen gepackt hat ...«

»Das hat sie. Gestern«, brachte Devellyn ihn auf den neuesten Stand, was die beiden Bediensteten mit einem Seufzer der Erleichterung quittierten.

»Fenton könnte sich Ihrer persönlichen Dinge annehmen, während ich mich um den Rest kümmere«, schlug Honeywell vor.

Fassungslos wanderte der Blick des Marquis zwischen den beiden hin und her. »Und was ist mit mir? Habe ich da nicht auch noch ein Wörtchen mitzureden?«, fragte der Hausherr leicht gereizt. »Was soll denn dann aus dem Teufel der Duke Street werden? Der Kobold vom Bedford Place? Klingt nicht sonderlich schmeichelhaft, oder?«

Die Götter meinten es gut mit Sidonie. Viel zu früh erreichte sie die Uferpromenade und nutzte die verbleibende Zeit für einen Schaufensterbummel.

Im Vergleich zur Oxford Street oder der Savile Row, wo der Geruch nach Geld förmlich in der Luft hing und die betuchte Kundschaft alles fand, wonach sich ihr verwöhntes Herz sehnte, ging es hier geradezu laut und gesellig zu. Sidonie liebte diesen Abschnitt der Promenade, war es doch einer der wenigen Orte, an dem sich die Wege von Arm und Reich, Schön und Schäbig kreuzten.

Eisenwarenhändler, Buchhändler, Seidenhändler, Kürschner, Phrenologen und Hellseher – sie alle hatten hier die Zelte aufgeschlagen. Neben den zahlreichen Geschäftsmännern tummelten sich an diesem Ende der Uferpromenade aber auch Orangenverkäuferinnen, Straßenhändler, Taschendiebe und etliche Damen des horizontalen Gewerbes. Durch die vielen Jahre auf hoher See und in diversen Häfen der Welt hatte Sidonie keinerlei Berührungsängste. Das war auch der Grund, warum sie einem ärmlich gekleideten Mädchen sechs Orangen abkaufte, für die sie eigentlich keinerlei Verwendung hatte.

Zum Abschluss ihrer kleinen Einkaufstour blieb sie vor den Auslagen eines kleinen, eleganten Geschäftes stehen, an dem man ein pompöses Schild vergebens suchte. Lediglich eine kleine Kupfertafel verriet, was und wer den geneigten Käufer erwartete:

Mr. George Jacob Kemble
Händler feinster Unikate und edlen Allerleis

Nachdem Sidonie nichts Ansprechendes im Schaufenster hatte entdecken können, öffnete sie die Tür. Eine kleine Glocke verkündete ihre Ankunft, und ein gut aussehender französischer Jüngling trat umgehend um den Verkaufstresen herum.

»*Bonjour*, Madame Saint-Godard«, säuselte er und gab ihr einen formvollendeten Handkuss. »Isch 'offe, es geht Sie gut?«

Sidonie schenkte ihm ein Lächeln. »Danke der Nachfrage, Jean-Claude«, antwortete sie und beugte sich über eine gläserne Vitrine. »Nein, wie entzückend! Ist diese Bonbonniere neu?«

»Wir 'aben sie erst bekommen 'erein diese Woche, *madame*«, antwortete der junge Verkäufer und entblößte seine geraden Zähne. »Wenn *madame* wünschen, isch Ihnen schicke morgen zu. Sagen wir, als Geschenk? Von Ihre Bruder?«

Sidonie schüttelte den Kopf. Zu Hause stapelten sich bereits die unbezahlten Rechnungen. Und geschenkt konnte sie es auf keinen Fall annehmen. Stattdessen legte sie die Orangen auf den Tresen und sagte: »Hier, Jean-Claude, gönnen Sie sich etwas Gutes. Orangen schützen vor Skorbut.«

Wieder erntete sie ein breites Feixen. »*Merci*, Madame. Kann es sein, dass diese 'ier stammen von die Marianne mit die großen Augen?«

»Groß ist noch untertrieben«, stimmte Sidonie ihm zu. »Aber sie sind nichts im Vergleich zu dem Loch in ihrem Bauch, fürchte ich.«

»*Que faire!*«, gab er ihr recht. »Der einzige Begleiter der Kinder, die leben auf die Straße, ist der 'unger.«

»Traurig, aber wahr«, murmelte Sidonie, ehe sie das Thema wechselte. »Jean-Claude, wo steckt eigentlich mein Bruder? Und noch wichtiger: Wie ist es heute um seine Laune bestellt?«

Der Jüngling verdrehte die Augen und sah an die Decke. »Er ist oben und zieht die Koch die Ohren lang. Armer Kerl. Seine Laune ist schlescht wie nur selten. Und das wegen eine eingefallene Soufflé.« Dann senkte Jean-Claude die Stimme und raunte: »Wie sieht es aus, *madame?* Sie 'aben etwas für misch?«

»Heute nicht, Jean-Claude«, antwortete Sidonie. »Heute bin ich ausnahmsweise nur hier, um mit meinem Bruder und Monsieur Giroux zu Abend zu essen.«

»Dann isch will Sie nischt länger auf'alten«, raunte Jean-Claude, wich zur Seite und deutete auf einen grünen Samtvorhang, der in die hinteren Geschäftsräume und zu den Privaträumen im Obergeschoss führte.

Zwei Stunden später saß Sidonie im Esszimmer ihres Bruders, das sich über den Geschäftsräumen befand, und leerte eine

Flasche exquisiten Pinot Noirs. Das Essen war trotz der Krise im Vorfeld vorzüglich gewesen. Vorsichtig streifte sie die Schuhe ab, legte die Füße auf dem Stuhl ihr gegenüber ab und lehnte sich genüsslich zurück. Maurice Giroux, Georges spezieller Freund, stand an der Anrichte und schnitt einen Biskuitkuchen in dünne Stücke, während ein Dienstmädchen eine Karaffe Portwein und zwei Gläser brachte.

»Genieß den Kuchen, Sid, während wir uns ein Glas Portwein genehmigen«, sagte Maurice und reichte ihr einen kleinen Teller. »Er wird dir schmecken. Achte auf den frischen Orangengeschmack.«

Sidonie blickte über den Tisch zu ihrem Bruder. »Lass mich raten«, sagte sie. »Marianne mit den großen Augen?«

George zuckte nur mit den Schultern. »Von irgendetwas muss der Mensch ja leben«, sagte er. »Warum also nicht von Mariannes Orangen?«

Mit einem Glucksen schenkte Maurice den Portwein ein. »George, deiner Schwester machst du so schnell nichts vor.«

»Schon gut, schon gut. Lasst uns jetzt von etwas anderem als meiner Nächstenliebe sprechen«, sagte George und nahm eines der Gläser. »Ich habe schließlich einen Ruf zu wahren.«

Maurice richtete das Wort an Sidonie. »Erzähl mal, Liebes. Was bringt dieser Frühling dir? Hast du derzeit viele Elevinnen?«

Gedankenverloren stocherte Sidonie in ihrem Nachtisch herum und wünschte, sie hätte ebenfalls ein Glas Portwein vor sich. »Also, da wären Miss Leslie und Miss Arbuckle, die beide Klavier lernen und dann noch Miss Debham und Miss Brewster, denen ich Benimmunterricht gebe. Und nicht zu vergessen Miss Hannaday, die weder tanzen noch singen kann, geschweige denn schauspielerisches Talent besitzt. Die Gute kann ein Fischmesser nicht von einem Vorspeisenmesser unterscheiden – und das, obwohl sie in Bälde den Marquis of Bodley heiraten soll. Es ist der ausdrückliche Wunsch ihres Vaters.«

»Gütiger Gott!«, entfuhr es George. »Ausgerechnet diesen alten Wüstling? Der ist doch so gut wie bankrott.«

Sidonie nickte. »Das arme Mädchen tut mir besonders leid. Sie hat nur noch bis August Zeit, um alles Wichtige zu lernen.«

»Sprechen wir von der Familie Hannaday, die sich im Teehandel einen Namen gemacht hat?«

Sidonie nickte. »Genau die. Du solltest mal ihren Palast in der Southampton Street sehen.«

»Bei Bodley sieht das Ganze etwas anders aus. Der Gute ist bis über beide Ohren verschuldet, und die Hypotheken auf seine Ländereien graben ihm allmählich das Wasser ab«, berichtete George schadenfroh. »Die Ländereien in Essex gehören bereits seinen Gläubigern.«

Maurice nickte. »Und dann ist da noch diese hässliche Sache mit den zehntausend Pfund, die er letzte Woche im White's an Mister Chartres verloren hat«, fügte er hinzu. »Im Grunde müsste er zehn reiche Erbinnen heiraten, um nicht in Schulden zu ertrinken.«

»Dann kommt Miss Hannadays Rettungsring im Wert von dreihunderttausend Pfund ja genau richtig«, sagte Sidonie.

»Dieser Bodley ist ein widerlicher Perversling«, sagte George angewidert und nippte an seinem Dessertwein.

»Wie meinst du das?«, wollte Sidonie wissen.

»Bodley ist nicht nur ein aufgeblasener Aufschneider, nein. Auch in sexueller Hinsicht ist er ziemlich ausgebufft«, sagte ihr Bruder leise und stellte das Glas vor sich ab. »Lasst uns hoffen, dass der alte Hannaday nie Wind von Bodleys Vorliebe für blutjunge Marineoffiziere bekommt.«

»Du meine Güte!« Sidonies Hand flog zu ihrem Herzen. »Wie ... wie findet er denn seine ...«

»Seine Partner, meinst du?«, half Maurice ihr aus.

»Äh, ja.«

Maurice zuckte mit den Schultern. »Wenn sie willig sind – oder dringend Geld benötigen – kann man sie im St.-James-Park aufgabeln.«

»St. James?«, wiederholte sie ungläubig.

Maurice und George tauschten vielsagende Blicke aus.

»Sidonie, Gentlemen, die nach einer pikanten Art der fleischlichen Liebe suchen, treffen sich an Orten, die nur Eingeweihte kennen«, klärte ihr Bruder sie auf. »In jüngster Zeit ist es der St.-James-Park. Man tut, als ginge man spazieren und signalisiert die eigenen, äh, Vorlieben entweder mit einem Taschentuch, das man in der linken Gehrocktasche trägt, oder indem man die Hand in eine Westentasche steckt.«

»Dein Bruder hat recht«, sagte Maurice. »Aber es geht das Gerücht um, dass nicht alle von Bodleys Partnern sich ihm freiwillig hingeben. Es heißt, er hat einen Schlepper engagiert und dass er seine Opfer erpresst.«

»Manche tappen in die Falle, weil sie arm sind und auf einen schnellen Taler hoffen«, sagte George mit leiser Stimme.

Maurice nickte. »Hin und wieder zieht es ihn zu jungen Mädchen hin«, sagte er. »Der Bastard kennt jede Kupplerin östlich der Regent Street.«

Sidonie schauderte es. »Wie entsetzlich«, stammelte sie, die Hand noch immer auf die Brust gelegt. »Maurice, ich fürchte, ich bin im Begriff, dich um etwas höchst Undamenhaftes zu bitten. Sei so lieb und schenk mir auch ein Glas Portwein ein. Die arme Miss Hannaday! Jetzt wünsche ich mir fast, sie wäre doch mit ihrem Schiffskaufmann durchgebrannt.«

»Schiffskaufmann?« Maurice drehte sich zu ihr um, ein sauberes Glas in der Hand.

»Sie hat etwas mit einem Schiffskaufmann?«, wunderte sich auch George.

Sidonie nickte und sah von einem zum anderen. »Charles Greer«, sagte sie. »Er arbeitet für ihren Vater. Die beiden sind vollkommen vernarrt ineinander. Selbstredend möchte Mr. Hannaday nichts davon hören, hat er doch anderweitige Pläne für seine Tochter.«

George legte die Hand hinter das Ohr. »Ich glaube, ich kann Gretna Green rufen hören«, gluckste er. »Richte Mr. Greer aus, er sollte sich nicht zu lange Zeit lassen, seine Angebetete vor den Altar zu führen.«

»Du meinst, sie sollten durchbrennen?«, fragte Sidonie. »George, das kann unmöglich dein Ernst sein.«

Maurice, der ihr ein Glas Portwein reichte, sagte mit einem Seufzen: »Ich fürchte, es ist sein bitterer Ernst. Es gibt Schlimmeres als ein Leben in Mittellosigkeit.«

»Bodley, zum Beispiel«, pflichtete ihm George bei. »Vergiss nicht, dass er mindestens doppelt so alt ist wie deine Miss Hannaday.«

Sidonie blickte von George zu Maurice und wieder zurück. »Aber ihr Vater wird sie enterben, wenn sie davonläuft«, sagte sie. »Und den Angestellten wird er entlassen.«

George zuckte mit den Achseln. »Der Gute wird sich wieder abregen. Spätestens wenn das erste Enkelkind das Licht der Welt erblickt.«

»Mag sein, aber was, wenn nicht?«, gab Maurice zu bedenken. »Ist dieser Charles wenigstens ein Mensch von Anstand?«

»Nun ... ja.«

»Ganz sicher?«

»Nun ja, ich habe ihn nur einmal gesehen«, antwortete Sidonie. »Er machte einen eher ernsten und leicht unbeholfenen Eindruck. Aber ich glaube schon, dass er es aufrichtig mit ihr meint.«

George hob eine Schulter. »Sid hat eine gute Menschenkenntnis.«

Maurice spülte den Rest seines Digestivs hinunter. »Wenn dem so ist, werde ich mal sehen, was ich für das junge Liebespaar tun kann. Vielleicht kann ich ihm eine neue Arbeit besorgen.«

Sidonie war außer sich vor Freude. »Das würdest du tun, Maurice? Aber wieso?«

Maurice warf ihr ein sentimentales Lächeln zu. »Weil ich ein großes Herz habe. Vor allem für unglücklich Verliebte«, sagte er. »Wie der Zufall es will, hat der alte Hallings darum gebeten, im Oktober pensioniert zu werden. Sollte der Jüngling etwas von Buchhaltung verstehen, kann er für mich arbeiten. Viel kann ich ihm nicht zahlen, Darling, aber wir können die Kleine doch nicht verhungern lassen.«

»Das ist ja wunderbar!«, rief Sidonie und hatte das Gefühl, ihr Herz wäre von einem Wirbelwind erfasst worden. »Wenn es euch nicht gäbe, müsste man euch erfinden. Vor allem, weil ihr immer über den neuesten Klatsch informiert seid.«

Maurice tätschelte Sidonies Hand. »Wir wissen eben genau, welche Quellen es anzuzapfen gilt, meine Liebe.«

Sidonie lachte. »Manchmal frage ich mich, ob es etwas gibt, das ihr beide nicht wisst – oder nicht in Erfahrung bringen könnt.«

»Natürlich nicht«, entgegnete George.

»Da wir gerade von Skandalen, Gerüchten und Entdeckungen sprechen!«, sagte Maurice mit einem Blinzeln und lehnte sich verschwörerisch nach vorne. »Mir ist da etwas zu Ohren gekommen, das gleich alle drei Kriterien erfüllt. Wollt ihr mehr darüber wissen?«

»Und ob«, drängte George ihn.

»Ratet mal, wer gestern Abend ein Stelldichein mit dem Schwarzen Engel hatte!«

»Keine Ahnung«, schwindelte Sidonie. »Sag es uns, Maurice.«

Maurice grinste verschlagen. »Lord Francis Tenby, der kleine Aufschneider.«

George verdrehte enttäuscht die Augen. »Es gibt andere, die es mehr verdient hätten.«

Maurice rümpfte die Nase. »Geschieht im ganz recht. Er hat einen entsetzlichen Geschmack, wenn es um Westen geht«, sagte er. »Der Bengel hat natürlich alles daran gesetzt, seine Begegnung mit dem Schwarzen Engel zu vertuschen, aber es ist trotz aller Vorsichtsmaßnahmen durchgesickert. Ich liebe Hauspersonal, das den Mund nicht halten kann.«

George murrte. »Und was genau wusste es zu berichten?«

Maurice beugte sich noch weiter nach vorne. »Dass der Schwarze Engel ihm die Krawattennadel abgenommen hat, die an die hundert Pfund wert ist«, raunte er. »Und dass sie den Guten ausgezogen, gefesselt und geknebelt hat, ehe sie sich aus dem Staub gemacht hat.«

»Gefesselt und geknebelt? Nackt?«, murmelte Sidonie. »Klingt faszinierend. Was wisst ihr über den Schwarzen Engel? Hat man eine Ahnung, wer dahinter steckt?«

»Eine Mätresse, der man übel mitgespielt hat«, meinte Maurice. »Sie könnte aber auch Schauspielerin sein, weil sie jedes Mal anders aussieht.«

Sidonie lächelte gequält. »Haben die unglückseligen Opfer denn den blassesten Schimmer, warum es ausgerechnet sie trifft?«

Maurice und George tauschten Blicke aus. »Wenn man den Gerüchten Glauben schenken kann, hält sich der Schwarze Engel für eine Art weiblicher Robin Hood.«

Sidonie hob eine Augenbraue. »Weiß man schon, wer von ihren Beutezügen profitiert?«

Sie bemerkte ein leichtes Flackern im Blick ihres Bruders. »Ganz sicher bin ich mir nicht.«

»Sag jetzt bitte nicht, dass du in diesem Fall an deine Grenzen stößt, George«, zog Sidonie ihn auf. »Scheint, als wüsstest du doch nicht über alles Bescheid.«

»Nein, nein, da hast du etwas falsch verstanden«, korrigierte er sie. »Wenn ich gewillt wäre, würde ich im Handumdrehen herausfinden, wer sie ist und wem sie hilft. Aber ich habe nicht vor, ihr in die Quere zu kommen.«

Sidonie fing seinen Blick auf und sah ihn herausfordernd an. »Nun gut«, sagte sie. »Aber es gäbe da etwas anderes, das du vielleicht für mich in Erfahrung bringen könntest.«

»Kommt darauf an«, ließ George verlauten. »Worum geht es denn?«

»Ich wüsste gerne, wem das Haus auf der anderen Straßenseite vom Bedford Place gehört. Das Haus mir gegenüber.«

Ihr Bruder lehnte sich zurück und sah sie an. »Für gewöhnlich interessiere ich mich nicht dafür, wer welche Besitztümer verwaltet, Sid.«

»Ach, George, bitte. Das ist doch eine deiner leichtesten Übungen, nicht wahr?«, bekniete sie ihn. »Wenn mich nicht alles trügt, gehört es einem Gentleman, der dort seine Mätressen einquartiert.«

»Aha!«, sagten Maurice und George wie aus einem Mund.

»Ständig wird dort ein- oder ausgezogen«, erklärte Sidonie

ihnen. »Es würde mich einfach nur interessieren, wer dahinter steckt.«

»Welche Hausnummer?«, wollte George wissen.

»Siebzehn.«

Maurice legte die Stirn in Falten. »Wie sieht die Frau aus, die momentan dort wohnt? Ist es eine Blondine? Eine Brünette?«

Sidonie schüttelte den Kopf. »Weder noch. Sie ist rothaarig und – wenn man dem Nachtwächter glaubt – von Beruf Schauspielerin«, antwortete sie. »Die Gute ist heute Nachmittag ausgezogen. Vor ihr hat er sich eine Blondine gehalten und davor eine italienische Tänzerin. Ich glaube, sie hieß Maria. Das arme Ding ist tränenüberströmt aus dem Haus gelaufen. Allmählich drängt sich mir der Verdacht auf, dass der Eigentümer eine wahre Bestie sein muss.«

George machte ein Gesicht, als wäre ihm das Abendessen nicht bekommen. »Das muss Lord Devellyn sein«, sagte er leise und blickte zu Maurice.

»Erzähl uns mehr von ihm, Sidonie. Ist er groß?«, wollte Maurice wissen.

Sidonie zuckte die Achseln. »Ich habe ihn nie gesehen«, sagte sie. »Er fährt stets in einer Kutsche vor.«

George schwenkte das Glas in seiner Hand und blickte an die Decke. »Eine Kutsche mit Insignien?«

»Ja.«

»Kannst du sein Wappen beschreiben?«, fragte George.

Sidonie schloss die Augen und versuchte, sich so gut es ging zu erinnern. Bruchstückhaft beschrieb sie, was sie noch wusste.

»Das ist er«, nickte George schließlich. »Daran besteht kein Zweifel.«

»George hat recht«, bekräftigte Maurice. »Erst letzte Woche war er bei mir, um sich eine neue Weste schneidern zu lassen. Dabei sah ich zufällig seine Kutsche vorfahren.«

Sidonie legte die Serviette auf dem Tisch ab. »Hervorragend!«, sagte sie entzückt. »Wisst ihr zufällig auch, in welchem Club dieser Lord Devellyn verkehrt?«

George warf ihr einen misstrauischen Blick zu, antwortete ihr aber dennoch: »Im Beefsteak, dem Jachtclub und dem MCC«, zählte er auf. »Aber warum interessiert dich das?«

»Essen, segeln und Cricket!«, murmelte Sidonie, ohne auf die Frage ihres Bruders einzugehen. »Ein recht vielseitiger Bursche, wie mir scheint. Was ist mit Glücksspielen?«

»Er spielt für sein Leben gern«, antwortete Maurice. »Meistens im Crockford's.«

Sidonies Augen weiteten sich. »Nicht gerade eine Lokalität, die einen sonderlich guten Ruf genießt.«

»Aber das ist längst noch nicht alles. Er schreckt auch nicht davor zurück, in den heruntergekommensten Schenken einzukehren, um sich volllaufen zu lassen. Stil ist für diesen ungehobelten Kerl ein Fremdwort.«

»Entschuldige, wenn ich dir widerspreche, George«, sagte Maurice und deutete mit dem Finger auf sich selbst. »Vergiss nicht, dass er seine Westen stets bei mir kauft.«

»Wie heißt es so schön im Volksmund: Auch ein blindes Huhn findet mal ein Korn«, sagte George verächtlich. »Aber hast du mir nicht erzählt, sein Kammerdiener würde die Stoffe für ihn aussuchen?«

»Das spielt doch jetzt keine Rolle. Verratet mir lieber, wo dieser Devellyn wohnt«, flehte Sidonie die beiden an.

»Gütiger Gott, Sidonie!« George machte einen leicht genervten Eindruck. »Er trägt nicht umsonst den Spitznamen

Teufel der Duke Street«, seufzte er und trommelte ungehalten mit den Fingern auf den Tisch. »Ich wäre Euch wirklich dankbar, wenn wir langsam das Thema wechseln könnten!«

Kapitel 3

Die vornehme Gesellschaft des Beefsteak Clubs

Der Beefsteak Club bestand, einfach ausgedrückt, aus einer Horde eingefleischter Säufer, die es sich zur Lebensaufgabe gemacht hatten, unzüchtige Lieder zu grölen, Unmengen von blutigen Steaks zu verschlingen und flaschenweise Portwein in sich hineinzuschütten, ehe sie sich die Nächte mit Glücksspielen um die Ohren schlugen. Die Mitglieder dieses höchst dünkelhaften Clubs trafen sich stets sonnabends. Obwohl es den Club nunmehr seit über hundert Jahren gab, zog er ständig um, weil es wegen der andauernden Raufereien stets Ärger mit den Vermietern gab. Momentan trafen sich die Mitglieder im Lyceum unweit von Covent Garden.

Den Clubeingang zu finden, war eine der leichtesten Übungen für den Schwarzen Engel gewesen, der nun, tief in Schatten gehüllt, auf der gegenüberliegenden Straßenseite wartete. Während die Markt- und Straßenhändler längst in den Federn lagen, bevölkerten jetzt die Nachtschwärmer die Bürgersteige. Mit federnden Schritten lief ein in braune, abgetragene Mäntel gehülltes Paar dicht am Versteck des Schwarzen Engels vorbei. Im selben Augenblick fuhr ein Brauereiwagen vorbei und nahm ihr die Sicht. Nachdem er endlich vorbeigerumpelt war, fiel ihr Blick auf eine Gruppe von Männern, die gerade das Lyceum verließen. Der Schwarze Engel war sich sicher, dass *er* dabei war. Seine Größe und seine breiten Schultern verrieten ihn. Er hatte dunkles Haar, das an Kastanien erinnerte, und war von Kopf bis Fuß in Schwarz gekleidet.

Einige Minuten lang standen die Männer auf dem Bürgersteig beieinander, alberten herum und lachten, bis *er* und zwei seiner Saufkumpane sich aus der Gruppe lösten und in den Lichtkegel einer Gaslaterne traten. Für den Bruchteil einer Sekunde blieb dem Schwarze Engel das Herz stehen. Der Marquis of Devellyn war noch größer und breiter, als sie angenommen hatte. Er überragte seine Freunde um mindestens einen halben Kopf. Doch das war nicht der eigentliche Grund für ihren stockenden Atem. Nein, es waren seine Augen. Sie waren dunkel und kalt wie Schiefer, und ihnen wohnte etwas entsetzlich Zynisches inne – als wüsste er mehr über die Welt und wie sie funktionierte, als ihm lieb war. Für die Dauer eines Lidschlages fühlte sie eine gewisse Verbundenheit mit ihm, schob das Gefühl jedoch gleich wieder von sich.

Statt sich eine Mietkutsche zu nehmen, liefen die drei Männer in Richtung Fleet Street, was der Schwarze Engel ein wenig eigenartig fand. Wohin würden sie sie wohl führen? Wenige Minuten später kehrte das Trio im Cheshire Cheese ein, einer Taverne, die bevorzugt von Literaten frequentiert wurde.

Der Schwarze Engel harrte noch einige Minuten im Schatten einer engen Gasse aus, ehe er ihnen folgte. Leider entpuppte sich der Schankraum als verhältnismäßig klein. Zu klein, als dass der Schwarze Engel sein Opfer hätte unauffällig beobachten können. Enttäuscht verließ er die Taverne und bezog wieder im Schatten Posten.

Rund eine Stunde später spuckte die Taverne die drei Freunde wieder aus, die ihren Fußmarsch fortsetzten, wenn auch ein wenig langsamer. Der Nebel, der von der Themse heraufzog, wurde mit jedem Schritt dichter und schluckte die Geräusche des nächtlichen Londons. Der Geruch des Flusses stieg ihr in die Nase. Es wirkte unheimlich, wie der lange, dunkle Gehrock um die Stiefel des Marquis wehte. Trotz seiner massiven Erscheinung schien er beinahe zu schweben. Die drei passierten St. Paul's und bogen in eine Straße namens Cheapside ein. Mit einem Seufzer der Enttäuschung musste der Schwarze Engel feststellen, dass sie im Gallard's verschwanden, einem privaten Spielkasino unterhalb eines Tabakwarenhändlers, zu dem sie keinen Zutritt hatte.

Zwei Stunden später – der Schwarze Engel hatte sich bereits die Beine in den Bauch gestanden und wünschte sich nichts sehnlicher, als endlich ins weiche, gemütliche Bett zu fallen – tauchte das Trio wieder auf. Mit schwankenden Schritten hielten sie aufs East End zu, einer der zwielichtigsten Ecken Londons. Devellyn war entweder sehr mutig oder sehr dumm, entschied der Schwarze Engel, zog den Umhang enger, tastete nach seinem kleinen Dolch und huschte von Schatten zu Schatten.

An der Queen Street blieben die drei stehen, zündeten sich Zigarren an und überquerten laut grölend, wie nur Betrunkene es taten, die Themse über die Southwark Bridge. Vom Schwarzen Engel, der ihnen dicht auf den Fersen war und der mittlerweile ahnte, wohin er geführt wurde, merkten sie nichts. Sie kannte den Anker, eine Hafenpinte, in dem vornehmlich Piraten, Schmuggler und Diebesgesindel verkehrten und sich an Opium, schwarz gebranntem Brandy und Beischlaf in jeder Form labten. Der Schwarze Engel beobachtete, wie die drei das anrüchige Wirtshaus betraten, wartete aber zehn Minuten, ehe er ihnen folgte. Der verhärmte, unrasierte Besitzer zuckte nicht einmal mit der Wimper, als sie einen Guinea auf die Theke legte, um ein Zimmer im Obergeschoss anzumieten – eines, das nicht zum Fluss hinausging.

Nachdem sie sich mit dem Wirt einig war, sah sie sich erst

einmal in Ruhe um und öffnete das Fenster. Dunkel. Verlassen. Eine robuste Regenrinne und eine tiefe Gartenmauer. Alles nach ihrem Geschmack. Sie entledigte sich des Umhangs, hängte ihn auf, öffnete ihre Tasche, legte Lippenstift auf und machte sich auf den Weg nach unten in den spärlich beleuchteten, rauchgeschwängerten, aber gut besuchten Schankraum. Sie entdeckte Devellyn und seine Freunde unweit der Tür, wo sie mit drei finsteren Gestalten an einem Tisch saßen und Karten spielten. Unbedarft lief der Schwarze Engel an ihnen vorbei und strich mit den Fingern wie zufällig über die Schultern des Mannes zu Devellyns Linken. Der Marquis drehte den Kopf und seine tiefliegenden Augen beobachteten, wie sie die Berührung löste.

»Was darf's denn sein?«, fragte der Schankkellner gelangweilt, als sie sich der Theke näherte.

Der Geruch nach kalter Asche und abgestandenem Bier stieg ihr in die Nase. »Für den Anfang einen Gin, Kleiner«, antwortete sie, stützte sich mit dem Ellbogen auf die Theke und ließ den Blick durch den Raum schweifen. Ihr Nachbar stellte sein Glas ab und rutschte neben sie. »Nur dass Sie es wissen, Miss«, sagte er leise. »Wir wollen hier keinen Ärger.«

Der Schwarze Engel warf ihm einen amüsierten Blick zu. »Ruhig Blut. Sehe ich etwa aus, als wollte ich Ärger machen?«

Devellyn war die Kleine in dem roten Samtkleid vom ersten Moment an ins Auge gefallen. Es war kaum zu übersehen gewesen, wie ihre langen und erstaunlich sauberen Finger über Sir Alasdair MacLachlans Schultern gewandert waren. Alasdair selbst war viel zu sehr in die Partie Karten vertieft – schließlich ging es um fünfzig Guineas, und der gute Alasdair war so nervös, dass er die Karten kaum halten konnte.

Devellyn ermahnte sich, dass auch er besser daran täte, der Hafenhure keine Aufmerksamkeit zu schenken. Da er aber ein grauenhaftes Blatt hatte, sehnte er sich nach ein wenig Ablenkung. Außerdem hatte er schon zu tief ins Glas geschaut. Aus den Augenwinkeln heraus beobachtete er, wie sie einen Gin bestellte. Gin? Gütiger Gott. Nein, sie war definitiv nicht sein Typ.

Sie war groß, hatte heiße Kurven und einen Vorbau, der wirkte, als würde er beim nächsten Atemzug aus dem Ausschnitt ihres Kleides herausspringen. Das leuchtende Rot ihres Haars biss sich mit dem Farbton ihres Kleides. Sie hatte hohe Wangen, ein schmales Gesicht und einen einladenden Mund. Über einem der Mundwinkel hatte sie ein kleines Muttermal. Doch die Art und Weise, wie sie sich auf der Theke aufstützte und sich umsah, unterstrich, was sie war: eine schäbige Hafenhure, die keinerlei Sinn für Geschmack hatte.

Und dennoch, sie hatte etwas, das ihn magisch anzog. Ihre Augen. Ihre wachsamen und intelligenten Augen, die so gar nicht zu ihrem Erscheinungsbild passen wollten. Er wünschte, er könnte ihre Augenfarbe erkennen. Es fuchste ihn, dass ihre verstohlenen Blicke nicht ihm, sondern Alasdair galten.

Als ihre Zunge hervorschnellte und sie ihren Mundwinkel benetzte – ihre Zungespitze reichte beinahe bis an den Leberfleck – bestellte Devellyn schnell eine weitere Flasche Brandy und warf sein Blatt hin. Im Gegensatz zu Alasdair hatte er keinerlei Glück im Spiel.

Je mehr Devellyn versuchte, sich die Kleine aus dem Kopf zu schlagen, desto größer wurde sein Verlangen, zwischen ihren Schenkeln zu wühlen. Womöglich wurde sein Interesse deshalb angestachelt, weil sie ihn keines Blickes würdigte. Wollte sie ihn vielleicht ärgern? Oder war er einfach nicht ihr Typ?

Devellyn stieß sich vom Tisch ab, verabschiedete sich von seinen Freunden, nahm die wenigen Münzen, die ihm noch geblieben waren und torkelte los, um herauszufinden, was es mit dieser Hure auf sich hatte.

»Nein, was sind Sie doch für ein strammer und großer Junge«, begrüßte sie ihn mit einem schiefen Grinsen und nahm seinen Schritt in Augenschein. »Extragroß kostet aber auch extra.«

Devellyn packte sie unwirsch am Arm und zerrte sie die Treppe hinauf. »Jetzt hör mir mal gut zu, Kleine. Du wirst mir noch so dankbar sein, dass Du betteln wirst, mir mein Geld zurückgeben zu dürfen«, knurrte er und blieb auf halber Strecke stehen. Verdammt, er kannte nicht einmal ihren Namen. »Wie heißt du eigentlich, Mädchen?«

Ihre Lider flatterten, als sie den Blick senkte. »Ruby.« Trotz ihres abstoßenden Cockney-Akzents und ihrer eigenartig rauen Stimme, perlten ihr die Worte wie Honig von den Lippen, was ihm ein kaltes Schauern bescherte. »Ruby Black.«

Sein Blick glitt abermals an ihrem roten Kleid hinunter. Ruby Black vermittelte den Eindruck, als wüsste sie, was sie tat. Erleichterung durchflutete Devellyn, dem nicht der Sinn nach einer unerfahrenen Hure stand. Es machte ihm noch immer zu schaffen, dass Camelia ihm den Laufpass gegeben hatte. Er war sexuell frustriert – eine Erfahrung, die er eher selten machte. Heute stand ihm der Sinn nach einer Gespielin, die nichts gegen eine härtere Gangart einzuwenden hatte. »Ich will dich. Wie viel, Ruby? Für die ganze Nacht?«

»Du gehst aber mächtig ran!«, raunte Ruby und nannte ihren Preis, den Devellyn ohne Murren akzeptierte.

Nachdem Ruby das Geld verstaut hatte, warf sie ihm einen schmachtenden Blick durch ihre dichten, dunklen Wimpern zu.

»Ich heiße übrigens Devellyn«, brummte er, als sie ihr winziges und schäbig eingerichtetes Zimmer betraten, das nur von einer einsam flackernden, stinkenden Talgkerze erhellt wurde. Sein Blick fiel unweigerlich auf das schmale, aber stabil anmutende Bett aus dicken Eichenbrettern.

Ruby rieb mit den Händen über seine breite Brust und berührte wie zufällig seinen Bauch. »Mir gefällt, was ich sehe und spüre, Mr. Devellyn«, säuselte sie und blähte leicht die Nasenflügel, während sich ihre Hand zu seinem geschwollenen Glied vorarbeitete. Mit weit aufgerissenen Augen raunte sie: »Puh, dem kleinen Devellyn möchte ich nicht begegnen, wenn Sie nüchtern sind.«

Ihre Worte verfehlten ihre Wirkung nicht, auch wenn Devellyn wusste, dass Gefühle fehl am Platz waren. Er war angetrunken und sie dazu da, ihm Befriedigung zu verschaffen. Alles nur Show. Wäre da nicht dieser Hunger, dieses Verlangen in ihrem Gesicht. Er wünschte, er könnte es in Worte fassen. »Verflucht, warum ist es hier eigentlich so gottverdammt dunkel?«

Ruby schmollte. »Weil ich eine Dirne bin«, murmelte sie. »Kerzen kosten einen Penny das Stück.«

Devellyn wollte sich von ihr lösen, doch sie hinderte ihn daran, indem sie ihm die Hand zwischen die Beine schob.

»Bitte, nich' gehen«, raunte sie voller Verzweiflung. Devellyn mochte es, wenn seine Gespielinnen verzweifelt waren. Im nächsten Moment schalt er sich einen Narren. Die Rothaarige mit dem hungrigen Mund war keine von seinen Geliebten. Sie war nur eine Hure. Eine billige, heruntergekommene Hafenhure, die jeden, der ihr etwas zahlte, zwischen die Schenkel ließ.

Im nächsten Augenblick hatte er sie unsanft bei den Handgelenken gepackt. »Jetzt hör mir mal gut zu, Mädchen«, knurrte er. »Wehe, du hast irgendwelche ansteckende Krankheiten.«

Sie reagierte mit einem anmaßenden Blick. »Machen Sie sich mal keine Sorgen«, sagte sie gedehnt. »Mit mir ist alles in Ordnung, Mister.«

»Wehe, wenn nicht«, knurrte Devellyn. »Auf Tripper kann ich nämlich gut verzichten.«

Ruby riss sich los und wich zurück. »Wenn Sie nich' wollen oder können, is' das auch kein Beinbruch, mein Herr«, fauchte sie. »Kerle wie Sie stehen Schlange, damit ich sie beglücken tu. Es steht Ihnen frei, zu gehen.«

Nein, das wollte er nicht. Dieses Weibsbild war nicht wie die meisten Huren, deren Dienste er hin und wieder in Anspruch nahm. Sie hatte etwas Besonderes. Er begehrte sie wie schon lange kein Frauenzimmer mehr. Als das Gefühl so stark wurde, dass er nicht mehr an sich halten konnte, suchten seine Finger nach ihrer warmen, schweren Brust. Am liebsten hätte er ihr das Kleid vom Leib gerissen und wäre über sie hergefallen.

Als könnte sie Gedanken lesen, sagte sie: »Woher die Eile, der Herr?«

»Weil ich dich nicht fürs Quatschen bezahle«, blaffte er sie an.

Der Schwarze Engel wich ein wenig zurück. »Sie sind ein *großer* Mann, Mr. Devellyn«, wisperte sie. »Das macht mir schon ein wenig Angst.«

Devellyn rang sich ein Lächeln ab.

Der Schwarze Engel klimperte mit den Wimpern. »Ich bin ziemlich eng gebaut, müssen Sie wissen«, sagte sie mit rauchiger Stimme. »Finden Sie nicht auch, eine Unterweisung wäre in meinem Fall angebracht?«

»Eine Unterweisung?«

»Wir sollten nichts überstürzen«, schob sie schnell nach.

Devellyn gluckste innerlich. »Was genau soll das bedeuten?«

»Lassen Sie mich mal machen. Ich habe da so meine Methoden«, raunte Ruby. »Das ist sozusagen meine Spezialität.«

Spätestens jetzt war Devellyns Neugierde geweckt. »Von welcher Art Spezialität sprechen wir eigentlich, Mädchen?«

Einen Augenblick lang hüllte der Schwarze Engel sich in Schweigen. »Wenn ich mit Ihnen fertig bin, werden Sie mich anflehen, mehr davon zu bekommen.«

»Wer's glaubt, wird selig«, murmelte er. »Ich mag es lieber direkt, Ruby. Für Experimente habe ich nicht viel übrig. Mir schwebt eher ein harter, langer Ritt vor.«

Trotz des schummerigen Lichts entging Devellyn nicht, wie sie die Lippen zu einem Schmollmund verzog. Er war überzeugt davon, dass sie keine Angst vor ihm hatte. Nein, Ruby wollte lediglich ein wenig mit ihm spielen. Warum eigentlich nicht? Was hatte er schon zu verlieren? Er hatte es satt, mit seinen Freunden von einer Spielhölle zur nächsten zu ziehen, stets auf der Suche nach etwas, das er noch nicht gesehen, besessen oder gekostet hatte. Um die trüben Gedanken zu vertreiben, umfasste er ihren Hintern.

»Einverstanden, Ruby«, flüsterte er, hob sie in die Höhe und drückte sie gegen seine Erektion. »Ich gehöre dir. Du kannst mit mir machen, was du willst, Schätzchen. Ich komme schon noch auf meine Kosten, dessen bin ich mir sicher.«

Ruby lächelte und ließ ihre Hände unter seinen Gehrock gleiten, so dass er ihm von den Schultern glitt, was ihr ein zufriedenes Glucksen entlockte. »Ich liebe einen strammen Körper«, schnurrte sie, als er sich an ihr rieb. »Fühlt sich an, als hätte man Ihnen einen Amtsstab in die Beinkleider gesteckt.«

Mit einem gequälten Lächeln sah Devellyn zu, wie ihre schlanken Finger sein bestes Stück durch den Hosenstoff hindurch massierten. Ein wundervolles Gefühl, das ihm ein leises Stöhnen entlockte.

»Lassen Sie uns noch einmal zusammenfassen, mein Herr«, ertönte ihre Reibeisenstimme. »Sie sagten, dass Sie es langsam, ganz langsam wollten, nicht wahr?«

Devellyn spürte, wie ein Hosenknopf nach dem anderen aufsprang. »Das kommt ganz drauf an, Ruby«, antwortete er. »Wie magst du es denn am liebsten?«

Der Schwarze Engel senkte den Blick und flüsterte: »Ich mag es langsam, Mr. Devellyn. Sehr langsam. Und wenn die Männer mich anflehen. Nichts macht ein Mädchen mehr an, als ein erregter, verschwitzter Hengst, der sich nicht mehr unter Kontrolle hat.«

Ihre Worte fachten die Glut in seinen Eingeweiden weiter an. Als Ruby ihm die Weste auszog, stieg ihm kalte Luft am Rücken hoch. »Wie wär's, wenn du mir noch ein bisschen mehr über Dein Spiel verrietest?«, murmelte er und kam ein weiteres Mal in den Genuss ihres Schmollmundes.

»Wenn Sie keine Lust darauf haben, is' das auch in Ordnung, Mister Devellyn.«

Devellyn legte ihr die Hände auf die Schulter. »Ich verlange nichts weiter als eine unmissverständliche Antwort auf eine unmissverständliche Frage«, brummte er. »Reicht dir der Amtsstab in meiner Hose etwa nicht?«

Ruby fing seinen Blick auf. »Ich mein' ja nur, Mister Devellyn«, entgegnete sie. »Sie haben ja keine Ahnung, wie selten eine wie ich in den Genuss eines wahren Gentlemans kommt.«

Er schnaubte. »Selten bis gar nicht.«

»Genau«, sagte sie und nickte eifrig. »Aber ich bin gut. Wirklich. Das müssen Sie mir glauben. So gut, dass ich es eines Tages schaffen werde, weg von der South Bank zu kommen und irgendwo zu arbeiten, wo es schöner is'. Wo ich was aus mir machen kann. Ein gemütliches Heim haben werde. Und feine Kleider.«

Devellyn packte sie bei den Handgelenken und sah ihr fest in die Augen. »Tut mir leid, wenn ich deine Hoffnungen zunichte mache, Schätzchen, aber ich bin lediglich hier, um den Rost von meiner Pfeife putzen zu lassen. Alles andere interessiert mich nicht.«

Der Schwarze Engel klimperte mit den Wimpern. »Das weiß ich doch, Sir«, beruhigte sie ihn. »Aber Sie tun ja bestimmt noch andere feine Gentlemen kennen, oder? Wie Ihre beiden Freunde. Vielleicht könnten Sie hier und da meinen Namen fallen lassen, falls Sie mit mir zufrieden sind. Der mit den blonden Haaren gefällt mir besonders gut.«

Alasdair? Devellyn war entsetzt. Da dachte dieses kleine Luder also noch immer an Alasdair. Etwas in seinem Kopf rastete ein. »Es reicht«, blaffte er sie an. »Komm zur Sache, Schätzchen. Schließlich bezahl' ich dich nicht fürs Quatschen.« Mit einer ruppigen Geste zog er sie zu sich, stülpte in rauer Manier seinen Mund über ihre Lippen und zwang ihren Kopf in den Nacken, als er seine Zunge auf Erkundungstour schickte. *Bei Gott*, schoss es ihm durch den Kopf. *Die Kleine schmeckt himmlisch*. Nach reifen Früchten, billigem Gin und nach mehr. Nach viel mehr.

Je ärger Ruby ihn bekämpfte, desto fester drückte er sie an sich. Lust und Frust pulsierten durch seinen Körper. Am liebsten wollte er sie auf der Stelle nehmen. Wären da nicht ihre zierlichen Fäuste gewesen, die so kraftvoll auf ihn eintrommelten, dass er widerwillig den Kuss löste und sie mit großen Augen anstarrte. Ihm war es, als legte sich ein Ausdruck der Furcht über ihr Gesicht. »Herr vergib mir«, keuchte er. »Es tut mir leid.« Vielleicht war Ruby doch nicht so erfahren, wie er anfänglich angenommen hatte. Ehe er wusste, wie ihm geschah, wurde er von Schuldgefühlen heimgesucht. »Ich bin untröstlich«, bekräftigte er noch einmal. »Ich hätte nicht ... zum Teufel noch mal, es tut mir leid.«

Schweigend und leicht verängstigt wandte Ruby den Blick ab.

»Ich schlage vor, du legst dich aufs Bett, damit ich mir nehmen kann, wofür ich bezahlt habe.«

»Ich habe keine Angst«, antwortete Ruby selbstsicher. »Nicht vor Ihnen, Devellyn.«

Devellyn umfasste ihr Kinn, drehte ihr Gesicht zu sich und verwünschte das schummerige Licht. Dennoch war er sich sicher, dass sie die Wahrheit sprach. Falls nicht, so hatte sie sich verdammt gut unter Kontrolle.

»Schon gut«, ertönte ihre rauchige Stimme, als sie sich an ihn schmiegte. »Ein fesches Halstuch haben Sie da, Sir. Was dagegen, wenn ich es Ihnen ausziehe? Ich hätte auch schon eine Idee, was wir damit machen können«, ließ sie ihn mit einem anzüglichen Feixen wissen.

»Klingt gut«, sagte Devellyn mit brüchiger Stimme.

Er staunte nicht schlecht, als sie binnen Sekunden dem komplizierten Knoten zuleibe gerückt war. Sie löste das Halstuch zur Hälfte, legte das andere Ende um den eigenen Hals und zog ihn zu sich. Sie gab ihm einen Kuss auf den Mundwinkel, ehe ihre Zunge an seiner Unterlippe entlangfuhr, was Devellyn ein Stöhnen entrang.

Als Ruby seine Lippe mit den Zähnen einfing und ihn leicht biss, wurde er von jähem Verlangen gepackt. Seine Hoden zogen sich zusammen, und sein Schwanz bebte.

»Bei Gott, Mädchen«, raunte er, als ihre Lippen an seinem Hals hinunterwanderten und ihre Zunge einen brennenden Pfad hinterließ. Erst jetzt merkte er, dass sie sich über seine Hose hergemacht hatte. Unsicher, was er als Nächstes tun sollte, blieb er still liegen.

Mit einem zufriedenen Murmeln zog sie ihm die Stiefel aus und befreite ihn von den Kniestrümpfen.

Es war eigenartig, aber er konnte sich nicht daran erinnern, je von einer Frau ausgezogen worden zu sein – abgesehen vom Öffnen einiger Hemdknöpfe oder dem Lockern seiner Krawatte. Er spürte, dass er daran Gefallen fand.

Er mochte diese Ruby, ihre üppigen Kurven, ihre schmalen Schultern und ihre eigenartig raue Stimme. Am besten gefiel ihm jedoch, wie sie vor ihm kniete, während er sich stumm ihrem Willen hingab – was sonst gar nicht seine Art war. Sie hatte ihn fast so weit, dass er sie anflehte. Wenn er nicht aufpasste, würde er ihr, ehe er es sich versah, ein gemütliches Heim zur Verfügung stellen. Und feine Kleider – sehr zur Belustigung seiner Freunde. Doch er scherte sich einen Teufel darum.

Als Ruby sich aufrichten wollte, legte er ihr eine Hand auf die Schulter und drängte sie wieder nach unten. »Warte«, flüsterte er und nestelte mit der freien Hand ungeduldig an seiner Unterhose, bis sein bestes Stück endlich der Freiheit entgegensprang. Er war so heiß, so scharf, so erregt, dass er Angst hatte, sich schon mit dem nächsten Atemzug zu entladen. Zufrieden beobachtete er, wie sich Rubys Augen weiteten. »Nimm ihn«, raunte er und berührte sich selbst. »Nimm ihn, Ruby. Bitte. Bitte. Ich flehe dich an.«

Devellyn hatte vergessen, dass er derjenige war, der die Zügel in der Hand hatte. Dass er sie bezahlte und nicht umgekehrt. Dass das Wörtchen *Bitte* im Umgang mit einer Hure fehl am Platz war. Ruby wirkte verunsichert und strich äußerst zögerlich mit den Fingern über sein bestes Stück – auf und ab, ab und auf. Devellyn spürte, wie ein unkontrollierbares Zucken seinen Körper eroberte, so als wäre er wieder ein unerfahrener Schuljunge. Seine Finger tasteten nach dem Bettpfosten, um nicht den Halt zu verlieren.

Abrupt ließ Ruby von ihm ab und schob sich an seinem Körper entlang in die Höhe. »Sind Sie bereit, Devellyn?«, raunte sie, stellte sich auf die Zehenspitzen und zupfte mit den Zähnen an seinem Ohrläppchen. »Ja?«

Devellyn versuchte zu nicken. »Ja. Jetzt. Bitte.«

Als ihre kühlen Hände an seinem Bauch hinaufglitten und sein Hemd in die Höhe schoben, hielt er den Atem an und gab sich dem Beben hin, das seinen Körper erfasste. Er ließ vom Bettpfosten ab und zog sich das Kleidungsstück mit einer Hand über den Kopf.

»Wow«, murmelte Ruby beim Anblick seiner Brust. »Was für ein Körper. Mutter Natur hat Sie wahrlich gesegnet, Sie Glückspilz.«

»Was willst du, Ruby?«, fragte Devellyn mit zusammengebissenen Zähnen. »Was auch immer du dir in dein kleines Köpfchen gesetzt hast, Mädchen. Es ist höchste Zeit, zur Sache zu kommen, ehe ich explodiere.«

Als Ruby die Zunge um eine seiner Brustwarzen kreisen ließ, stockte ihm der Atem. »Nich' so schnell, Großer«, wisperte sie, während sie ihre Zunge geschickt über seine Brust gleiten ließ und dabei mit festem Griff seine Pobacken umfasste. Undeutlich nahm Devellyn wahr, dass nur er nackt war. Sie war noch immer vollständig angezogen.

Seine Hände suchten nach ihrem Oberteil. »Zieh dich aus, Ruby«, raunte er. »Jetzt. Bitte!«

Ruby gab einen schnurrenden Laut von sich und schob ihn in Richtung Bett. »Jetzt legen Sie sich erst einmal hin, Devellyn«, befahl sie und schlüpfte aus ihren Schuhen. »Dann, das schwöre ich, bekommen Sie endlich, was Sie verdienen, mein Lieber.«

Jede Zelle seines Körpers pulsierte vor ungebremstem Verlangen, und er kam ihrer Bitte nur allzu gerne nach. Allmählich fand er Gefallen an dem Spiel. Es fehlte nicht mehr viel, und er würde sie anflehen, wie er noch nie eine Frau angefleht hatte. Er spürte deutlich, wie Rubys brennende Blicke über seinen Körper wanderten, ehe sie einen Fuß auf die klumpige Matratze stellte und ihren Rock Stück für Stück nach oben schob, bis ihr Strumpfband in Sicht kam. Sie hatte makellose Waden und feste Schenkel, die unter dem groben Stoff der Strümpfe ungewöhnlich zart wirkten.

»Gefällt Ihnen die Aussicht, Devellyn?«, raunte sie und rollte die Baumwollstrümpfe bis zu den Knöcheln hinunter. »Wie gefällt Ihnen die Vorstellung, dieses Bein um Ihre Taille geschlungen zu spüren?« Mit langsamen und betont lasziven Bewegungen entledigte sie sich des Strumpfes. »Oder meine Fußknöchel um Ihren Hals?«

Devellyn musste kräftig schlucken. »Sehr gut. Beides«, sagte er mit brüchiger Stimme. »Bitte«, fügte er hinzu.

»Oho, dieses Wort ist Musik in meinen Ohren. Und jetzt wird sich nicht mehr bewegt, Devellyn, verstanden? Es ist Zeit für mein kleines Spiel. Wenn ich mit Ihnen fertig bin, das garantiere ich Ihnen, werden Sie schreien, wie Sie es noch nie getan haben.«

Devellyn fehlten die Worte.

Ruby warf ihren Strumpf so, dass er dicht neben seinem Kopf landete. Während sie das Prozedere mit dem anderen Strumpf wiederholte, lag Devellyn mucksmäuschenstill auf dem Bett – genau wie sie es verlangt hatte. Auch wenn sein Schwanz ungeduldig zuckte.

»Das Kleid, Ruby«, flehte er sie an und streckte die Hände nach ihr aus. »Zieh es aus und lass mich sehen, was du zu bieten hast. Deine Brüste. Deinen Bauch. Alles. O Gott, hab Erbarmen und beeil dich.«

Mit einem verschmitzten Lächeln setzte Ruby sich rittlings auf ihn. »Möchtest du, dass ich dich anwinsele, Ruby? Ist es das? Bitte. Bitte. Bitte mach es mir. Jetzt.«

Als Rubys warmer Duft ihn umfing und er darin zu ertrinken drohte, scherte es ihn nicht mehr, ob sie ihr Kleid auszog oder anbehielt. Erstaunt stellte er fest, wie sauber und fast schon lieblich sie roch. Aus den Tiefen seiner Brust entrang sich ein lautes Stöhnen.

Wortlos beugte Ruby sich nach vorne und küsste ihn, derbe und mit offenem Mund, was Devellyn als Aufforderung verstand, seine Hand zwischen ihre beiden Leiber zu schieben, auf der fieberhaften Suche nach ihrem Schlüpfer, den er ihr am liebsten vom Leib gerissen hätte.

Doch wieder ging Ruby dazwischen. Ihre schlanken Finger wickelten sich um sein Handgelenk und führten es hinter seinen Kopf. »Nicht so hastig, mein Lieber«, hauchte sie dicht an seinem Mund. »Wir wollten es doch langsam angehen, schon vergessen? Ich möchte Sie noch ein wenig auf die Folter spannen. Sie werden es nicht bereuen, glauben Sie mir. Mein Pferdchen soll richtig Schaum vor dem Mund haben, ehe ich es ins Rennen schicke.«

Spätestens, als sie ihm den Strumpf um das Handgelenk wickelte, wusste er, was sie vorhatte und ein wohliges Schaudern lief durch seinen Körper. Er hatte schon von diesen eigenartigen Praktiken gehört. Und dass es Männer gab, die dadurch außerordentlich erregt wurden. Offensichtlich gehörte er dazu. Trotz des vielen Alkohols war sein bestes Stück so unnachgiebig wie ein Türklopfer und hämmerte mit jedem Herzschlag. Als sie die Position ihres Beckens verlagerte, war es ihm, als verlöre er auch noch den letzten Rest der Kontrolle über sich. »Beeil dich«, flehte er, als ihre Lippen über seinen Mund huschten.

Doch Ruby schien ihn nicht gehört zu haben und knabberte stattdessen genüsslich an seinem Hals, was seine Höllenqualen weiter vergrößerte. »Beeil dich«, wiederholte er, dieses Mal etwas unsanfter.

»Woher die Eile, Liebster«, gurrte sie und band ihm sein Halstuch um das andere Handgelenk.

Als Devellyn den Kopf zur Seite drehte, sah er gerade noch, wie sie den Knoten festzog. »Lass mich ran, Ruby«, bettelte er. »Jetzt.«

»Oh Mister Devellyn«, flüsterte sie. »Nur noch einen winzigen Augenblick Geduld und Sie werden eine vollkommen neue Erfahrung machen.«

»Kannst oder willst du mich nicht verstehen?«, fauchte er, kniff die Augen zusammen und schickte ein Stoßgebet zum Himmel, dass er nur noch ein wenig länger an sich halten konnte. »Ich bin kurz davor, zu ... Ich kann nicht mehr warten ...«

»Ich fürchte, Ihnen wird nichts anderes übrig bleiben«, antwortete sie, und ihre Stimme klang mit einem Mal wie frostiger Winterwind.

Devellyn spürte, wie sie das Gewicht von seinem Körper nahm und riss die Augen auf. »Ruby?«, fragte er. »Was ...?«

Weiter sollte er nicht kommen, denn Ruby stopfte ihm den

zweiten Strumpf in den Mund. Er bekam kaum noch Luft. Für den Bruchteil einer Sekunde schwanden seine Sinne. Er war wie benommen. Doch dann brach wie ein fürchterlicher Schlag die Erkenntnis über ihn herein.

Dieses verdammte Miststück!

Ruby war längst dabei, mit flinken Fingern seine Taschen zu durchsuchen. Geldbörse. Taschenuhr. Schlüssel. Kleingeld. Alles, was sie finden konnte, nahm sie an sich. Seine Versuche, sie anzubrüllen, endeten in unverständlichen Lauten.

»Ach, Devellyn, geben Sie sich keine Mühe«, sagte sie kühl, während sie ihre Beute in einen Sack auf dem Tisch fallen ließ und ihn mit einer langen Kordel zuschnürte.

Devellyn verdrehte den Oberkörper und schleuderte ein Bein über das Bett. Um ein Haar hätte er ihre Taille zu fassen bekommen, doch Ruby machte gerade rechtzeitig einen Sprung zur Seite, den Sack in der Hand.

»Ach, Devellyn, Sie alter Narr«, knurrte sie und band sich den Sack um den Leib. »Ich wünschte, Sie könnten sich jetzt sehen. Wie Sie daliegen und blöd aus der Wäsche glotzen.«

Nachdem sie die Zimmertür abgeschlossen und den Schlüssel zum Fenster hinausgeworfen hatte, das noch immer offen stand, schnappte sie sich ihr graues Cape, das sie an einen Haken gehangen hatte und warf es sich über die Schultern. Fasziniert und schockiert zugleich beobachtete Devellyn, mit welch routinierten Bewegungen sie ans Werk ging. Nein, dieses kleine Miststück hatte nicht zum ersten Mal einen Mann ausgeraubt, und er schwor sich, ihr den Hals umzudrehen, wenn er sie jemals wieder in die Finger bekommen sollte. Leider konnte er ihr das in diesem Moment nicht sagen.

Süffisant lächelnd machte Ruby Anstalten, aus dem Fenster zu klettern. »Mach's gut, mein Großer.«

»Gnn unngh!«

»Ach ja, das hätte ich fast vergessen«, sagte sie und stellte sich mit Sicherheitsabstand noch einmal vor das Bett. »Ich hatte Eurer Lordschaft doch einen Blick auf meine Titten versprochen, nicht wahr?«

Devellyn glaubte, vor Wut platzen zu müssen. Als er mit geballter Kraft versuchte, den Knebel auszuspucken, machte das Bett einen Satz nach vorne.

»Was sind das denn für Manieren, Mr. Devellyn?«, tadelte Ruby mit gespielter Empörung, während sie ihre Schulter entblößte. »Ich kann mir kaum vorstellen, dass Sie Zuschauer nach oben bitten möchten, oder?« Als, begleitet von einem kehligen Lachen, ein Teil ihrer Brust zum Vorschein kam, sah er es. Wenngleich es im Zimmer dämmerig war, wusste er, was er sah. Einen schwarzen Engel. Sie trug eine Tätowierung in Form eines schwarzen Engels an der Außenseite ihrer linken Brust.

Devellyn schob die Zunge unter den Knebel und spie, was das Zeug hielt.

Mit Erfolg.

Der Knebel sprang aus seinem Mund und rollte von seiner Brust hinunter – so träge und leblos, wie jetzt auch sein Schwanz wieder dalag. »Du elendes Flittchen!«, brüllte er. »Du teuflische, diebische, verräterische Schlampe! Du scheinst dir nicht im Klaren darüber zu sein, was du dir damit eingebrockt hast.«

Spöttisch hob der Schwarze Engel eine Augenbraue. »Was denn, Mister?«

»Dieses Mal hast du den Falschen erwischt, du Luder. Dafür wird dich der Teufel holen, das schwöre ich dir.«

Unbeeindruckt stellte der Schwarze Engel einen Fuß auf die Fensterbank und stützte sich mit den Armen am Rahmen ab.

»Gute Nacht, Mylord«, sagte sie mit zuckersüßer Stimme. »Das mit Ihrem verschrumpelten Amtsstab tut mir übrigens leid.«

»Das wirst du mir büßen«, schrie er aus Leibeskräften. »Eines Tages kriege ich dich, verlass dich drauf. Das wirst du dem Teufel bezahlen!«

Doch der Schwarze Engel lachte nur und sprang in die Tiefe.

Kapitel 4

In welchem wir einen Blick hinter die Kulissen werfen

»Oh Mädchen, das gefällt mir nicht.« Julia war gerade dabei, Sidonie die Theaterschminke vom Gesicht zu schrubben, die sie einige Stunden zuvor aufgetragen hatte. »Ganz und gar nicht, Liebes. Du kannst doch nicht einfach aus dem Fenster springen. Angenommen, dir stößt etwas zu, dann habe ich Blut an meinen Fingern, weil ich dir geholfen habe.«

Sidonie, den Kopf weit in den Nacken gelegt, machte Anstalten, sich aufzurichten. »Mir geht es gut, Julia. Autsch! Nicht so feste.« Dann dämpfte sie ihre Stimme. »Ich bin heil wieder zu Hause angekommen, oder? Und du hast mit der ganzen Sache doch gar nichts zu tun.«

Zum wiederholten Male tauchte Julia den Schwamm in die Wasserschüssel und wrang ihn aus. »Aber ausgerechnet der Marquis of Devellyn!« Sie sah in das dampfende Wasser. »Gott weiß, was du dir dabei gedacht hast, Mädchen.«

Sidonie lachte. »Ich bin schon lange kein Mädchen mehr, Julia. Genau genommen stehe ich kurz vor den Toren meines dritten Lebensjahrzehnts.«

»Wenn du so weitermachst, wirst du deinen dreißigsten Geburtstag allerdings nicht mehr erleben. Treibst dich am Hafen herum und legst dich ausgerechnet mit dem teuflischen Devellyn an.«

»Julia, ich bitte dich«, flüsterte Sidonie verschwörerisch. »Dafür habe ich ihn nackt zu Gesicht bekommen. Splitterfasernackt, wenn du es genau wissen willst.«

Julia gab ihr einen leichten Klaps auf die Hand. »Hör auf, Sidonie.«

Sidonie lachte. »Komm schon, Julia, du kennst doch die Gerüchte, die sich um den Teufel aus der Duke Street ranken«, fuhr sie fort. »Möchtest du denn gar nicht wissen, wie er gebaut ist?«

Für die Dauer eines Lidschlages kämpfte Julia mit ihrem Gewissen. »Doch«, raunte sie. »Raus mit der Sprache.«

Sidonie schloss die Augen und rief sich die Bilder vom Abend in Erinnerung. »Eine Augenweide, das kann ich dir sagen«, murmelte sie. »Groß und attraktiv, wie ich es noch nie gesehen habe – und vermutlich auch nicht mehr in diesem Leben sehen werde. Ein Körper, als wäre er aus Marmor gemeißelt. Glatt und stramm. Und hart. Wo das Auge auch hinsieht.«

»Klingt, als hättest du ihn dir in aller Ruhe beguckt.« Ein wenig zu energisch entfernte Julia einen Gummistreifen, der Sidonies Wangen straffte.

»Aua!«

»Ich kann nichts dafür, dass es wehtut«, schoss Julia zurück und ließ den Streifen in einen Abfallkorb flattern. »Egal, wie schmuck dieser Devellyn auch sein mag, ich möchte, dass du ihm nie wieder zu nahe kommst. Dieser Kerl ist gefährlich und kann dir eine Menge Ärger bereiten.«

Doch Sidonie war noch immer ganz benommen von der Macht, die sie über diesen berühmt-berüchtigten Herzensbrecher gehabt hatte, und sie war nicht gewillt, sich dieses Hochgefühl trüben zu lassen. »Wie meinst du das?«

Julia warf ihr einen undurchdringlichen Seitenblick zu. »Dass mit ihm nicht zu spaßen ist«, antwortete sie. »Und wenn dein Bruder Wind von der Sache bekommt, wird er dir kräftig den Hintern versohlen, darauf kannst du Gift nehmen.«

»Er muss es ja nicht erfahren.«

»Dann hör auf damit, bevor es zu spät ist«, ermahnte sie ihre Freundin, ehe sie sich daran machte, den zweiten Gummistreifen zu entfernen. Im selben Moment sprang Thomas auf Sidonies Bett und spielte mit der roten Perücke, die wie ein toter Fuchs auf der Bettdecke lag.

»War's das? Sind wir fertig?«, fragte Sidonie und rieb sich die schmerzenden Wangen, den Blick auf Thomas gerichtet.

»Ja, fertig.« Mit einem lauten Platschen ließ Julia den Schwamm in das trübe Wasser fallen, ehe sie sich die Hände an der Schürze abtrocknete und den Kater vom Bett scheuchte.

Sidonie legte das Handtuch beiseite, das sie sich um den Hals gelegt hatte und setzte sich an den halbmondförmigen Tisch unterhalb des Schlafzimmerfensters. Wie von selbst fiel ihr Blick auf das Haus auf der anderen Straßenseite, das nun in Dunkelheit eingehüllt dalag. Jetzt, wo sie wusste, wem es gehörte, und nachdem sie sich an dem grausamen Besitzer gerächt hatte, war sie sich nicht mehr sicher, ob sie des Nachts wirklich besser schlafen würde. Sie hatte es schon oft erlebt, dass die Aufregung, die ihre Überfälle mit sich brachten, sie noch lange danach wach liegen ließ und ein Gefühl der Rastlosigkeit sie befiel. Sie fühlte sich gefangen. Wünschte sich nichts sehnlicher, als sich so schnell wie möglich wieder in den gefährlichen Schatten der Straßen zu verlieren. Sie wusste, dass es eine Weile dauern würde, ehe sie wieder einem würdigen Opfer wie Devellyn über den Weg lief. Um sich ein wenig zu beruhigen, schenkte sie sich und Julia ein Glas Sherry ein. »Hier«, sagte sie leise und reichte ihrer Freundin ein Glas.

»Du klingst so bedrückt«, sagte Julia und warf ihr einen besorgten Blick zu.

Sidonie presste die Lippen aufeinander. »Ich gebe zu, ich

bin heute Nacht ein großes Risiko eingegangen. Devellyn ist … war anders als die anderen Opfer. Weniger einfältig. Intelligenter. Scharfsinniger.«

Als hätten sie sich abgesprochen, setzten sich die beiden Frauen in die Sessel vor dem Kamin. Sidonie zog die Beine an und stülpte den Saum ihres eleganten Hausmantels aus smaragdgrünem Samt über die Zehen. Nicht zum ersten Mal fragte sie sich, ob ihre Mutter den Mantel selbst gekauft oder von einem Verehrer geschenkt bekommen hatte. Und mindestens ebenso oft stellte sie sich die Frage, warum sie selbst nach dem Tod ihrer Mutter nach London zurückgekehrt war. Anfänglich hatte sie sich eingeredet, sie hätte sich allein wegen George zu diesem Schritt entschieden, weil er in London lebte und sie sonst niemanden hatte. Doch nun, nach beinahe einem Jahr hier, spürte sie mit jedem Tag mehr, dass das nur ein Teil der Wahrheit war. Vielmehr war es ihr, als befände sie sich auf der Suche nach etwas, das sich nicht in Worte fassen ließ.

»In dieser Robe siehst du ihr zum Verwechseln ähnlich«, sagte Julia nachdenklich, als Thomas schnurrend auf Sidonies Schoß sprang.

Sidonie senkte den Blick. »Du irrst dich, Julia. Zwischen ihr und mir liegen Welten.«

Julia nippte an ihrem Sherry. »Findest du?«, fragte sie mit leiser Stimme. »Claire hatte ein gutes Herz und war stets großzügig. Genau wie du.«

Einen Moment lang hüllte sich Sidonie in Schweigen. »Manche sagen, sie war zu großzügig, hat zu viel von sich selbst gegeben«, antwortete sie mit einem zynischen Unterton, der Julia erzürnte.

»Jetzt gehst du zu weit, Sidonie. Sie war keine Hure, falls du das meinst«, fuhr sie auf. »Tu mir einen Gefallen, und sprich in meiner Gegenwart nie wieder so von ihr. Mag sein, dass sie nicht in allem perfekt war, aber sie war bestimmt kein schlechter Mensch.«

»Entschuldige bitte, Julia«, sagte Sidonie und schüttelte den Kopf. »So hatte ich das nicht gemeint.« Oder hatte sie das doch? Sidonie wusste selbst nicht, wie sie es gemeint hatte. Wer war ihre Mutter gewesen? So sehr sie sich auch das Hirn zermarterte, sie wusste es nicht. Selbst nach all den Jahren nicht. Und jetzt hatte Claire ihre Geheimnisse mit ins Grab genommen. »Vielleicht hat sie sich auch nur ausnutzen lassen«, flüsterte Sidonie.

»In dem Punkt stimme ich dir zu.« Julia lehnte sich nach vorne und zeigte mit dem Finger auf Sidonie. »Aber nur ein einziges Mal, Sidonie. Ein einziges Mal. Danach hat sie getan, was sie tun musste. Sie hat die Krallen ausgefahren. Schließlich musste sie ja auch an deinen Bruder denken, nicht wahr?«

»Ich weiß nicht.« Sidonies Stimme klang blechern. »Manchmal habe ich den Eindruck, sie nie richtig gekannt zu haben.«

»Ich schon«, entgegnete Julia leicht schnippisch. »Was sollte sie denn machen? Sie trug ein Kind unter dem Herzen und wusste nicht, wovon sie leben sollte. Wer stellt schon eine französische Gouvernante ein, die sich von ihrem letzten Arbeitgeber hat schwängern lassen? Und ihre ach so feine Familie hat sie natürlich auch im Stich gelassen, wollte nicht, dass der gute Name beschmutzt würde, wenn die Tochter des Hauses ein uneheliches Kind auf die Welt brächte.«

Sidonie zuckte zusammen. »Stimmt. Sie wollten nicht einmal ihre Enkeltochter kennenlernen, haben mich direkt ins Kloster geschickt, um ja nicht mit dem lebenden Beweis für das unmoralische Leben ihrer Tochter in Berührung zu kommen.«

»Ach, Sidonie, das Leben kann manchmal grausam sein«,

murmelte Julia und nippte an ihrem Sherry. »Claire hätte etwas Besseres verdient. Verflucht sei dieser Gravenel. Hat sich vom ersten Moment an die Finger nach ihr geleckt und sich genommen, was er wollte.«

Stille senkte sich über den kleinen Raum. Nur das Knistern des Feuers war zu hören, während jede von ihnen ihren Gedanken nachhing.

»Julia«, durchbrach Sidonie die Stille schließlich. »Was ist eigentlich aus ihm geworden?« Wenngleich sie die Antwort kannte – George hatte ihr alles längst erzählt – wollte sie es noch einmal aus Julias Mund hören.

»Was aus deinem Vater geworden ist?« Julia machte ein überraschtes Gesicht. »Gravenel starb ein Jahr, nachdem deine Mutter dich nach Frankreich geschickt hatte.«

»Das weiß ich«, entgegnete Sidonie. »Aber ich weiß nichts über die Umstände, die zu seinem Tod führten. Was genau hat sich damals zugetragen?«

Julia zuckte mit den Schultern. »Es hieß, er hätte einen Schlaganfall erlitten«, antwortete sie. »Aber wenn du mich fragst, hat ihn seine Verbitterung aufgefressen. Er starb mutterseelenallein in einem großen, leeren Gutshaus namens Stoneleigh, wenn ich mich nicht täusche.«

»Er … er hatte ein Gutshaus?«

»Irgendwann hatte deine Mutter die Nase voll von ihm«, erklärte sie achselzuckend. »Oder besser gesagt, von seinen ständigen Ausflüchten und Lügen. Seine neueste Flamme war gerade mit einem italienischen Bankangestellten durchgebrannt. Deine Mutter hatte dich nach Frankreich geschickt. Und George – niemand wusste so genau, was aus George geworden war.«

»Was ist mit seiner … der anderen Tochter?« Sidonie meinte

seine eheliche Tochter, brachte es aber nicht übers Herz, sie so zu nennen.

Julia starrte in ihr Sherryglas. »Sie ist verheiratet und lebt in Indien. Aber das hat Gravenel nicht interessiert, wo er sich doch immer nur nach einem Sohn gesehnt hat.«

»Aber den hatte er doch«, flüsterte Sidonie. »Er hatte doch George.«

Julia hob den Blick und ihre Gesichtszüge nahmen weiche Züge an. »Verzeih, meine Liebe«, sagte sie. »Ich wollte sagen, dass er sich nach einem Sohn gesehnt hat, der eines Tages das Herzogtum übernehmen würde.«

»Einen ehelichen Sohn, meinst du.«

»Genau. Deshalb hat er vermutlich auch ein weiteres Mal geheiratet.«

Sidonie schüttelte den Kopf. »Aber was war mit dem Versprechen, das er Mutter gegeben hat? Dass er sie eines Tages vor den Altar führen würde«, fragte sie und schämte sich, wie kindlich ihre Stimme mit einem Mal klang. »Sie haben unzählige Male darüber gestritten, daran kann ich mich noch gut erinnern. Mutter hat geschrien und geweint und Vater mit Gegenständen beworfen. Ein ums andere Mal hat sie ihm vorgehalten, er hätte ihr versprochen, sie zur Frau zu nehmen, sobald seine damalige Gemahlin das Zeitliche gesegnet hätte.«

»Ich weiß«, sagte Julia einfühlsam. »Wer hätte gedacht, dass die Herzogin so an ihrem Leben hing. Es war, als wollte sie Claire nicht das Feld überlassen.«

»Aber Vater hat es ihr doch versprochen«, wiederholte Sidonie trotzig. »Ganz zu schweigen davon, dass er George angeblich unter die Arme greifen wollte. Aber nein, stattdessen hat er sein Leben ruiniert.«

Julia stellte ihr Glas vor sich ab und stieß einen mitleidigen

Laut aus. »Es spielt keine Rolle, was für Lügen Gravenel Claire aufgetischt hat«, antwortete sie. »Uneheliche Söhne erben in England nun mal keine Herzogtümer. Und deine Mutter wusste genau, warum er sie nicht zur Gemahlin genommen hat.«

»Weil sie seine Geliebte war«, flüsterte Sidonie bitter. »Weil er sich ihrer schämte. Weil er sich unserer schämte.«

Julia lehnte sich so weit es ging nach vorne und nahm Sidonies Hand.

»Zum Teil schon«, sagte sie leise. »Es kommt nicht oft vor, dass englische Männer von Stand ihre Mätressen heiraten.«

Sidonie sah sie mit großen Augen an. »Gab es denn noch einen anderen Grund?«

»Meine Liebe, als die alte Herzogin endlich an der Schwindsucht starb, war deine Mutter weit über dreißig«, sagte sie mit einem frostigen Lächeln. »Sie hatte Gravenel ihre besten Jahre geopfert – fast ein ganzes Jahrzehnt –, ihm aber nur ein Kind geschenkt.«

»Ich verstehe nicht ganz.«

Julia zögerte einen Augenblick lang, verzog das Gesicht, als hätte sie Schmerzen. »Mutter Natur wollte wohl nicht, dass Claire vielen Kinder das Leben schenkt«, antwortete sie. »Zwischen deinem Bruder und dir hatte sie drei Fehlgeburten. Es gibt Frauen, die mit dem Fluch belegt sind, dass ihre Kinder zu früh auf die Welt kommen und nicht überleben. Es grenzt an ein Wunder, dass George – und natürlich du – es geschafft habt.«

Sidonie spürte, wie ihr die Gesichtszüge entglitten. »Und bei meiner Geburt waren sie schon so gut wie getrennte Leute.«

Mit langsamen Bewegungen hob Julia die Schultern. »Claire hat es nie verwunden, dass er sich eine Debütantin zur Frau genommen hat«, räumte sie ein. »Sie hatte noch andere reiche

Verehrer, die um ihre Gunst buhlten, und auch er hat mit anderen Frauen geflirtet, aber das weißt du ja alles.«

»Ich habe mitbekommen, wie sie deswegen gestritten haben.«

»Tja, und irgendwann haben sie sich dann getrennt. Claire hat sich nach jüngeren Männern umgesehen, ich schätze, das munterte sie ein wenig auf. Und kurz darauf wurde Gravenel von seiner jungen Braut verlassen, die dann nach Italien verschwand. Nichts war ihm geblieben. Keine Frau. Kein Erbe. Keine Geliebte. George war davongelaufen und du warst fast noch ein Kind. Aber leid getan hat er mir nie. Er hat lediglich geerntet, was er gesät hat.«

Sidonie streichelte Thomas und atmete tief aus. Das Kribbeln, das sie bei ihrem heutigen Beutezug empfunden hatte, war verpufft. Stattdessen hatte sie das wahre Leben – ihre Vergangenheit – wieder eingeholt. Mehr denn je sehnte sie sich danach, in den nächtlichen Straßen umherzuwandeln und sich ein neues Opfer zu suchen. Erneut den Racheengel zu mimen, wenngleich sie sich nicht sicher war, wen sie eigentlich rächte? Sich? Oder andere? Und vor allem, warum? »Ach, Julia, warum muss das alles so traurig sein?«, sagte sie. »Manchmal frage ich mich, warum ich überhaupt zurückgekommen bin. Vielleicht wäre es besser gewesen, ich wäre in Frankreich geblieben.«

»Irgendwann, Sidonie, wird jeder von dem Wunsch nach einem wahren Zuhause überwältigt.« Mit einem liebenswürdigen Lächeln erhob sich Julia. Wieder einmal bemerkte Sidonie, dass ihre Augen allmählich ihr Alter verrieten. Vielleicht hatte es doch sein Gutes, dass Claire schon früh gestorben war. Sie hätte nie in Würde altern können.

Julia legte Sidonie die Hand auf die Schulter. »Der Hausmantel steht dir wirklich gut, meine Liebe«, betonte sie noch einmal. »Wenn mich nicht alles täuscht, besaß Claire ein Paar passende Schuhe. Wenn wir am Mittwoch den Dachboden in Ordnung bringen, halte ich Ausschau nach ihnen. Vermutlich verstecken sie sich in einer der alten Truhen. Was meinst du, wäre das nicht eine schöne Gelegenheit, die guten alten Zeiten noch einmal so richtig aufleben zu lassen?«

»Einverstanden«, antwortete Sidonie und gab sich größte Mühe, begeistert zu klingen. »Klingt spannend.«

In Wirklichkeit wollte Sidonie aber weder an ihre Mutter, noch ihren Vater oder sich selbst erinnert werden. Nein, viel lieber dachte sie an den Marquis of Devellyn. An den kalten, emotionslosen Ausdruck in seinen Augen und sein markantes Kinn. An seine breiten Schultern und die Größe seines ... Egos. Ganz zu schweigen von seinem schiefen, aber sympathischen Lächeln, mit dem er scheinbar eher sparsam umging, und das ihm etwas Jungenhaftes verlieh.

»Ach ja, ehe ich es vergesse«, durchbrach Julia die neuerlich eingetretene Stille. »Miss Leslie hat eine Nachricht geschickt, um die Klavierstunde für morgen abzusagen. Sie hat Halsschmerzen.«

»Die Arme«, sagte Sidonie. »Sonst noch etwas?«

»Gut, dass du fragst«, antwortete Julia, suchte in ihrer Rocktasche und überreichte Sidonie einen kleinen Umschlag. »Der Nachtwächter hat ihn vorbeigebracht.«

Sidonie drehte den Umschlag in den Händen, wenngleich sie wusste, dass sie keinen Absender finden würde, sondern lediglich ein Siegel aus schwarzem Wachs, das einen schlafenden Geier zeigte. »Jean-Claude«, murmelte sie.

»Ganz recht«, erwiderte Julia kaum lauter. »Gute Nacht, meine Liebe.«

Im nächsten Augenblick fiel die Tür ins Schloss und Thomas

sprang von Sidonies Schoß. Sofort machte sie sich daran, die Nachricht zu lesen. Anschließend übergab sie sie den Flammen, um keine Beweise zu hinterlassen. Sie löschte das Kerzenlicht und zog einen Stuhl ans Fenster, wo sie sitzen blieb und auf das gegenüberliegende Haus starrte, bis es hell wurde. Doch statt an Devellyn zu denken, kreisten ihre Gedanken einzig um ihre Mutter.

Der Marquis of Devellyn hatte im Laufe seiner sechsunddreißig Jahre schon etliche Beleidigungen über sich ergehen lassen müssen, von denen mindestens die Hälfte auch gerechtfertigt war. Bastard, Schwein, Trunkenbold, Idiot, Schuft, Lebemann und Lustmolch führten die Liste an – an andere konnte er sich in seiner derzeitigen Verfassung nicht erinnern. Aber egal, wie betrunken oder zerstreut er auch sein mochte – es gab zwei Attribute, die er tunlichst zu vermeiden versuchte: Betrüger und Feigling.

Heute machte ihm vor allem Letzteres zu schaffen, weshalb er schließlich den Zylinder aufsetzte, sich den Gehstock mit dem goldenen Knauf angelte und sich vor die Tür quälte. Eine Uhr in der Ferne verkündete, dass es Mittag war, als er die Duke Street entlang in Richtung Piccadilly lief. Er musste es so schnell wie möglich hinter sich bringen, wenn er sich nicht zum absoluten Gespött der Leute machen wollte.

Die Kälte machte ihm weniger zu schaffen als die Sonne, die für seinen Geschmack deutlich zu grell war. Wenig später, als er sich dem Eingang seines Clubs näherte, hörte er Gelächter und Applaus und sah drei junge Burschen, die sich aus dem Erkerfenster vom White's lehnten und sich wie Irre aufführten.

Devellyn dachte ernsthaft darüber nach, die Halbstarken

zum Duell herauszufordern, begnügte sich aber fürs Erste mit einem funkelnden Blick und einem Knurren, mit dem er schon so manchen in die Flucht geschlagen hatte. Das Johlen verstummte augenblicklich und das pubertierende Trio wurde blass um die Nase, ehe es sich wie verängstigte Hunde trollte.

Mit fast schon militärischem Schritt eilte Devellyn die Stufen hinauf, stieß die Eingangstür auf und bedachte den Portier mit einem huldvollen Lächeln, woraufhin dieser auf ihn zugestürmt kam und sich seines Gehrocks annahm. Devellyn rechnete es ihm hoch an, dass er keine Miene verzog und sich verneigte, als Devellyn den Salon betrat.

Seit Monaten hielt der Schwarze Engel die gehobene Schicht Londons auf Trab, sein Name war in aller Munde. Es war also nicht weiter verwunderlich, dass Sir Alasdair MacLachlan, der von Natur aus ein loses Mundwerk hatte und Gerüchte über alles liebte, mit seinem exklusiven Wissen nicht hinter dem Berg hielt und damit Devellyns vage Hoffnungen zunichte machte, der Vorfall würde nicht allzu hohe Wellen schlagen. Nein, er hatte sich mit stolzgeschwellter Brust vor dem Kamin aufgebaut und erzählte lautstark.

»Stellt Euch nur vor, die Wände dieses heruntergekommenen Schuppens wackelten, so laut hat unser Dev gebrüllt!«, lachte Alasdair und fuchtelte theatralisch mit der Hand. »Hat gebrüllt, er würde dem Wirt den Garaus machen, wenn dieser nicht sofort die Zimmertür aufbräche. Aber das war noch nicht alles, er faselte irgendetwas von einer Rothaarigen und einer Tätowierung.«

Devellyn wäre am liebsten im Erdboden versunken, straffte aber die Schultern und trat hinter eine Säule, wo er sich heimlich darüber ärgerte, Alasdair nicht das Versprechen abgenommen zu haben, sich über den Vorfall auszuschweigen. Nicht zum ersten Mal erneuerte der Marquis vor sich selbst sein Gelübde, den Schwarzen Engel aufzuspüren und ihm das Leben zur Hölle zu machen. Genau wie er es mit ihm getan hatte.

Alasdair, dem vom vielen Lachen bereits die Tränen über die Wange kullerten, brachte die Anekdote über Devellyns Missgeschick mit wilden Gesten zu Ende. »Quin Hewitt und meine Wenigkeit haben also die Tür eingetreten, und ich schwöre bei meinem Leben, Gentlemen, dass der alte Junge splitterfasernackt auf dem Bett lag, ein Handgelenk am Bettpfosten gefesselt«, gluckste er und erntete schallendes Gelächter. »Wie ein Stier, der sich mit den Hörnern in einer Dornenhecke verfangen hat, hat er geschrien. Kein schöner Anblick, das könnt ihr mir glauben, liebe Freunde.«

»Erzähl ihnen auch von dem Fenster, MacLachlan!«, rief ein Jüngling in der zweiten Reihe. Devellyn brodelte innerlich, als er sah, wie Alasdair sich den Wanst vor Lachen hielt. »Nachdem Quin den armen Tor befreit hatte, lief dieser erst einmal schnurstracks zum Fenster.« Alasdairs Gesicht nahm eine besorgniserregend ungesunde Farbe an. »Jetzt haltet euch fest: Der Gute hat sich splitterfasernackt aus dem Fenster gelehnt und in die Nacht hinausgebrüllt, als wäre er von allen guten Geistern verlassen. Wir konnten ihn gerade noch davon abhalten, fünfzehn Fuß in die Tiefe zu springen.«

»Aber das Beste kommt erst noch«, unterbrach Devellyn ihn mit lauter und durchdringender Stimme und trat hinter der Säule hervor, sodass ihn alle sehen konnten. »Dann habe ich Alasdair einen Narren gescholten und ihm angedroht, ihn zu erwürgen, wenn er mich nicht in Ruhe ließe. Und genau das werde ich auch tun, wenn du nicht auf der Stelle den Mund hältst und dich hinsetzt.«

Alasdair wurde mit einem Schlag blass, die Kinnlade fiel ihm herab. Ein Raunen ging durch den Salon, und die Anwesenden machten Platz für den wütenden Devellyn. Manche zogen es sogar vor, aus dem Salon zu fliehen – aus Angst vor einer Rauferei. Wieder andere verschanzten sich hinter ihren Zeitungen, während Alasdair und eine Hand voll mutiger Zeitgenossen sich um Devellyn scharten, ihm mitleidig auf den Rücken schlugen und ihm ihr Mitgefühl offerierten.

Als auch noch Lord Francis Tenby Anstalten machte, ihm den Arm um die Schulter zu legen, hätte er laut schreien können. Das Letzte, das er jetzt noch brauchte, waren aufmunternde Worte dieses kleinen, arroganten Schnösels, und er wich schnell zur Seite. Doch Tenby schien die Zeichen nicht deuten zu können. »Tut mir echt leid, Dev, dass dieses Miststück Sie ausgenommen hat«, sagte er. »Damit wären es jetzt schon zwölf gestandene Männer, die sie betrogen hat. Aber ich habe mir geschworen, dieses Luder nicht ungeschoren davonkommen zu lassen.«

Devellyn blickte an seiner krummen Nase entlang. »Interessant«, sagte er. »Und wie genau gedenken Sie das anzustellen?«

Tenby verzog die Lippen zu einem säuerlichen Lächeln. »Ich habe mich mit einigen von den anderen Geschädigten zusammengetan und einen Privatdetektiv auf unseren Schwarzen Engel angesetzt«, antwortete er. »Sobald er sie dingfest gemacht hat, wird er sie an uns ausliefern.«

Devellyn grunzte verächtlich. »Passt mal fein auf, dass ich euch nicht zuvorkomme.«

Tenbys Lächeln erstarb. »Hauptsache, ihr wird das Handwerk gelegt. Schicken Sie mir doch eine Liste mit den Dingen, die sie Ihnen gestohlen hat«, schlug er vor. »Unser Mann hat Beziehungen – Pfandleiher, Hehler und dergleichen mehr. Man kann ja nie wissen.«

Devellyn dachte einen Augenblick über seine Worte nach. »Einverstanden«, sagte er schließlich.

Alasdair stieß Tenby unsanft mit dem Ellbogen beiseite. »Wahrlich mutig von dir, dich so schnell schon wieder in die Öffentlichkeit zu wagen«, sagte er und legte ihm die Hand auf die Schulter. »Und schon zu so früher Stunde aus dem Bett zu steigen, das kennt man gar nicht von dir.«

Devellyn funkelte ihn an. »Ich lasse mich nicht als Feigling beschimpfen, merk dir das, Alasdair«, schoss er zurück. »Nur zu deiner Information, ich war noch gar nicht in meinem Bett. Zum Schlafen bin ich viel zu aufgebracht.«

Alasdair zog ihn in den Kaffeesalon. »Komm mit, Dev«, sagte er. »Du brauchst jetzt erst einmal eine Tasse guten Kaffees. Wenn dir dann noch immer der Sinn danach steht, mich zu erschießen, kannst du mich ja nachträglich zum Duell herausfordern.«

»Ob du's glaubst oder nicht, aber du bist derzeit meine geringste Sorge«, antwortete Devellyn, als sie sich an einem Tisch in dem fast leeren Raum niederließen und Alasdair einen Kellner wegscheuchte, dem die Neugierde auf die Stirn geschrieben stand.

»Schon gut, Dev«, beschwichtigte Alasdair. »Was gibt es denn?«

Devellyn traute seinen Ohren nicht. »Was es gibt?«, zischte er nach einigen Augenblicken der Stille. »Wie kannst du es wagen?«

Alasdair kniff die Augen zusammen. »Seltsam, aber im Gegensatz zu heute Nacht, als wir dich losgebunden haben, wirkst du jetzt irgendwie ... ich weiß auch nicht.«

»Missgestimmt?«, half Devellyn ihm auf die Sprünge. »Das bin ich auch. Zumindest bin ich wieder nüchtern.«

»Und jetzt?«

Devellyn trommelte ungeduldig mit den Fingern auf dem Tisch. »Jetzt weiß ich wenigstens, was ich verloren habe«, antwortete er nach einer kleinen Pause. »Ach übrigens, alles, was ich dir jetzt anvertraue, ist nicht für fremde Ohren bestimmt. Wehe, etwas von alledem dringt nach außen. Dann nehme ich einen rostigen Brieföffner und schlitze dich vom Hals bis zu deinen Eiern auf.«

Seine Worte brachten ihm ein eingeschüchtertes Nicken Alasdairs ein. »Meine Lippen sind versiegelt, darauf gebe ich dir mein Wort.«

Devellyns Trommeln wurde mit jedem Atemzug ungehaltener. »Der Schwarze Engel hat sich meine Taschenuhr, meine Schnupftabakdose und mein ganzes Kleingeld unter den Nagel gerissen«, sagte er grimmig. »Alles Dinge, deren Verlust ich verschmerzen kann. Aber sie hat mich noch um etwas viel Wertvolleres erleichtert. Etwas Unersetzbares.«

Alasdairs Augen weiteten sich. »Gütiger Himmel, was denn?«

Devellyn kam sich vor wie der letzte Narr auf Erden. »Ein Miniaturbildnis von Gregory«, sagte er nach einer kurzen Pause. »Und … nun, eine Locke seines Haars. Ich hatte beides zufällig bei mir.«

Zufällig!, schalt er sich. *Ständig und überall trifft es wohl eher. Ganz zu schweigen von den abgrundtiefen Schuldgefühlen, die morgens mit mir aufstehen und abends mit mir ins Bett gehen.*

Alasdair warf ihm einen sonderbaren Blick zu. »Warum, Dev?«

»Verdammt, ich weiß es nicht. Manchmal überkommt es mich einfach«, brauste Devellyn auf.

Alasdair zuckte die Achseln. »Schon gut«, lenkte er ein. »Ein

Mann kann schließlich tun und lassen, was er möchte. Gregory war immerhin dein Bruder.«

»Es war das Einzige, das mir von ihm geblieben ist«, brummte Dev vor sich hin. »Und jetzt hat es dieses abgeschmackte Luder. Was will sie denn damit? Sie hat doch gar keine Verwendung dafür.«

Alasdair zuckte ein weiteres Mal mit den Schultern und war froh, dass endlich der Kaffee serviert wurde.

»Ich wünschte, ich könnte was für dich tun, Dev«, sagte er, nachdem der Kellner sich wieder entfernt hatte. »Seit Monaten treibt dieses Frauenzimmer nun schon sein Unwesen und niemand weiß, wer dahinter steckt. Sie scheint sich nach jedem Coup in Luft aufzulösen.«

Devellyn sah über die Tasse dampfenden Kaffees zu seinem Freund. »Das werden wir noch sehen!«

Zwei Tage, nachdem der Schwarze Engel den Marquis of Devellyn ausgenommen hatte, trafen sich Jean-Claude und Sidonie. Sie arrangierten ihre Treffen stets schriftlich, wobei Uhrzeit und Ort ständig wechselten. Für gewöhnlich verkleidete sich Sidonie, nahm heute aber Abstand davon, da sie sich im Britischen Museum trafen, das nur wenige Straßenzüge entfernt von ihrem Zuhause lag. Zudem war es ein verhältnismäßig neutraler Ort. Ein Ort, an dem die Wahrscheinlichkeit äußerst gering war, auf die klassische Klientel des Schwarzen Engels zu treffen.

Die beiden hatten sich für einen Tisch am Fenster des Lesesaals entschieden, der nur selten benutzt wurde. An beiden Seiten des Tisches waren Bücher aufgetürmt. Während Sidonie den Gang zwischen zwei Bücherregalen im Auge behielt, klemmte sich der Assistent ihres Bruders ein Vergrößerungsmonokel vor das rechte Auge und unterzog Lord Tenbys Krawattennadel, die übrigens mit üppigen Saphiren besetzt war, einer gründlichen Untersuchung.

»Ah, Madame Saint-Godard!«, entfuhr es Jean-Claude. »Ein wahr'aft wundervolles Schmuckstück. Besser als die Diamantennadel, die Sie misch in die letzte Monat gebracht 'aben. In Paris würde das 'ier einen sehr 'ohen Preis erzielen, auf die – wie heißt *marché noir* noch einmal in Ihre Sprache?«

»Schwarzmarkt.«

Jean-Claude lächelte. »*Oui*, Schwarzmarkt«, wiederholte er. »Die Taschenuhr nehme isch auch. Und die Schnupftabakdose. Alles sehr edel.«

Sidonie blickte über den Tisch hinweg auf Lord Tenbys Schnupftabakdose. »Freuen Sie sich nicht zu früh, Jean-Claude, sie ist leider nur aus Silber.«

Doch Jean-Claude zuckte nur mit den Schultern. »*Oui*, aber innen mit Gold«, sagte er. »Und erst die Gravur! *Trés élégant*.«

»Einverstanden. Sehen Sie zu, dass Sie so viel wie möglich dafür bekommen«, seufzte Sidonie. »Lord Francis' Zimmermädchen kann jeden Penny gebrauchen.«

»Isch werde geben mein Bestes für *madame*, das versischere isch Ihnen«, versprach er ihr. »In spätestens zwei Tagen werden alles eintreffen in Calais.«

Sidonie spürte Panik aufwallen. »Jean-Claude, vergessen Sie nicht, dass George von alledem nichts mitbekommen darf«, schärfte sie ihm zum wiederholten Male ein. »Er darf unter keinen Umständen in die Sache verwickelt werden.«

Jean-Claude wurde blass im Gesicht. »*Mais non, madame*«, sagte er und nahm das Monokel ab. »Monsieur Kemble würde mir abschneiden die Eier und sie mir stopfen in die Rachen.«

Jean-Claudes Worte ließen Sidonie zusammenzucken. Sie kannte George und wusste, dass er dazu fähig war.

»Mal sehen, was wir noch so 'aben«, sagte Jean-Claude und warf einen Blick in ihre Richtung, in dem für ihren Geschmack ein wenig zu viel Gier mitschwang. Einen Moment lang spielte sie mit dem Gedanken, ihm die goldene Schnupftabakdose in ihrem Ridikül zu zeigen, entschied sich aber dagegen. Sie sah Jean-Claude in die Augen und schüttelte das Haupt. »Nein, den Rest kann ich Ihnen leider nicht geben«, antwortete sie. »Es ist zu riskant.«

Der junge Mann schmollte. »Was ist das denn?«, fragte er. »Madame vertraut Jean-Claude nischt? Wir machen seit beinahe ein Jahr Geschäfte und jetzt sagen Sie, ...«

Sidonie unterbrach ihn, indem sie ihm die Hand auf den Ärmel legte. »Verstehen Sie mich nicht falsch, Jean-Claude«, versuchte sie, ihn zu besänftigen. »Ich vertraue Ihnen, aber die restlichen Sachen sind zu heiß, um sie auf den Markt zu werfen. Selbst in Paris. Sie könnten zu leicht identifiziert werden. Außerdem gehörten sie einem gefährlichen Mann. Wenn Sie damit erwischt würden, würde man Sie hängen. Und das könnte ich mir mein Lebtag nicht verzeihen.«

Einen Augenblick lang kämpfte Jean-Claude mit sich. »*Très bien*«, sagte er schließlich. »Aber könnte Jean-Claude nischt wenigstens werfen eine winzige Blick auf die Sachen? Isch würde sie nur zu gerne sehen.«

Nachdem Sidonie sich noch einmal vergewissert hatte, dass sie allein waren, brachte sie ein weißes Taschentuch zum Vorschein, in das die goldene Schnupftabakdose eingeschlagen war und ließ Jean-Claude sie auspacken. Nachdem er sich den Deckel besehen hatte, wurde er bleich. »*Oui, madame*, diese sollten Sie be'alten«, murmelte er und wickelte das Kleinod schnell wieder ein. »Isch kenne diese Lettern – und auch die Wappen.«

Bei den »Lettern« handelte es sich um ein Monogramm, A-E-C-H, welches in einer altmodischen Schrift in das Gold gestanzt war. Sidonie, die keine Ahnung hatte, wofür sie stehen mochten, öffnete den Mund, um Jean-Claude danach zu fragen, schalt sich aber eine Närrin und stopfte die Dose zurück in ihr Ridikül. Was interessierte es sie, wie er mit vollem Namen hieß.

»War das alles?«, erkundigte sich Jean-Claude.

Sidonie zuckte die Achseln. »Noch eine goldene Taschenuhr«, antwortete sie und zögerte. Doch ihre Neugierde siegte, und sie griff abermals in ihre Tasche und zog ein zweites, etwas kleineres Bündel hervor, das sie Jean-Claude reichte.

Der Assistent ihres Bruders hob die Augenbraue. »*Qu'est-ce que c'est?*«

»Ich habe keinen blassen Schimmer, was das sein soll«, gestand sie. »Es sieht aus wie ein zu flach geratenes Pillendöschen oder ein Medaillon. Es hat ein Scharnier, aber ich bekomme es nicht auf.«

»Sehr interessant«, sagte Jean-Claude und schlug das Tuch zurück. »Ah! Wir 'aben es 'ier mit eine sehr seltene Gegenstand zu tun, *madame*.«

»Aha«, entfuhr es Sidonie.

»Isch werde zeige Ihnen. Sehen Sie 'ier.« Jean-Claude zog ein winziges Werkzeug aus seinem Gehrock, das er vorsichtig zwischen die beiden Ränder klemmte. Es dauerte nur wenige Sekunden, und das Medaillon sprang auf. »Die Schloss 'at geklemmt«, murmelte er und drehte die kleine Schatulle in ihre Richtung. »Eine rischtige kleine Schatz, *n'est-ce pas?*«

Verdutzt nickte Sidonie. Solch ein Medaillon hatte sie in der Tat noch nie gesehen. Auf der einen Seite war das Bildnis eines jungen Mannes in einem vergoldeten Rahmen, auf der anderen, unter einer Glasscheibe, eine dunkle Haarlocke.

»*Ma foi!*«, wisperte Jean-Claude, sichtlich fasziniert. »Exquisit. Und dies stammt also von die Teufel von die Duke Street?«

Sidonie versuchte noch immer zu verstehen, was das alles zu bedeuten hatte. »Ja«, sagte sie nach einer kurzen Pause. »Von Devellyn.« Sie betrachtete das Bildnis des Jünglings ein wenig genauer. »Wissen Sie zufällig etwas über diesen Mann?«

Jean-Claude setzte einen wahrlich französischen Gesichtsausdruck auf und streckte demonstrativ die leere Hand aus. »Das sein seine Lieb'aber«, sagte er. »Was sonst?«

Doch Sidonie hatte da so ihre Zweifel. »Vielleicht ist es sein Vater?«, warf sie ein, wusste aber augenblicklich, dass sie mit dieser Vermutung falsch lag. Das Portrait war eindeutig jüngeren Alters. »Devellyn hat sisch überworfen mit seine Familie«, sagte Jean-Claude mit einer wegwerfenden Handbewegung. »Das ist keine Ge'eimnis. Also kann es nur sein seine Lieb'aber, meinen Sie nischt auch?«

»Nein.« Sidonie runzelte die Stirn. »Nein, das kann ich mir einfach nicht vorstellen.«

Achselzuckend klappte Jean-Claude das Medaillon zu. »Isch könnte es einschmelzen«, schlug er vor und wickelte es vorsichtig wieder ein. »Natürlisch nur die Gold, das Portrait ist nischt interessant, und wir können es nischt verkaufen.«

Sidonie nahm das Bündel wieder an sich. »Nein, das würde ich nicht übers Herz bringen.«

Jean-Claude warf ihr einen warnenden Blick zu. »Sie sollten die Sachen nischt be'alten, das ist viel zu gefährlich, *madame*.«

Sidonie rang sich ein halbherziges Lächeln ab. »Ich weiß«, sagte sie. »Ich werde darüber nachdenken, versprochen.«

Nachdem sie alles Geschäftliche besprochen hatten, erhob

sich Sidonie. »Es wäre besser, wenn Sie jetzt gingen, ehe George sie vermisst. In ungefähr zwei Wochen bringe ich Ihnen weitere interessante Objekte.«

Jean-Claude riss die Augen auf. »Ach, das 'ätte isch fast vergessen«, sagte er, griff in seine Tasche und hielt ihr ein Bündel Banknoten hin. »Der Erlös von die letzte Monat.«

»Oh, danke schön, Jean-Claude.« Dankbar schlossen sich ihre Finger um die Scheine, was er mit einer gewissen Belustigung zur Kenntnis nahm.

»Was für eine gute Tat wird Ihre Freundin, die Engel, denn dieses Mal vollbringen mit die Geld?«, erkundigte er sich.

Lächelnd verstaute Sidonie das Geld in ihrem Ridikül. »Ein Großteil geht an Lord Tenbys Hausmädchen«, antwortete sie. »Den Rest wird sie Lady Kirton von der Nazareth-Gesellschaft zukommen lassen.«

Jean-Claude hielt ihr die Hand hin. »Rischten Sie ihr aus, dass isch wünsche sie alles Gute«, sagte er, als hätte er keinen blassen Schimmer, wer hinter den Diebstählen steckte.

Sidonie drückte ihm zum Abschied die Hand. »Sie lässt Ihnen übrigens ihren Dank überbringen.«

Jean-Claude verstärkte den Druck seiner Finger und beugte sich nach vorne. »*Merci, madame*. Wären Sie so nett, sie auch etwas von misch auszurischten?«, flüsterte er. »Sie leistet 'ervorragende Arbeit, aber der Marquis of Devellyn, mit ihm ist nischt gut zu essen Kirschen, wenn Sie verstehen. Bitte rischten Sie ihr das aus, *oui?* Sie sollte sisch aussuchen die Opfer mehr vorsischtisch.«

Sidonie schluckte und sah Jean-Claude in die Augen. »Es stimmt, vielleicht hat sie einen Fehler gemacht«, räumte sie ein. »Ich werde ihr ausrichten, was Sie gesagt haben.«

»*Oui, madame*, tun Sie das.«

Sidonie lächelte angestrengt. »Vertrauen Sie mir, Jean-Claude, sie wird darauf achten, dass sie Lord Devellyn nie wieder unter die Augen tritt.«

Und dann, mit einem freudlosen Lächeln und einer eleganten Verbeugung, gab ihr der junge Mann einen Handkuss und ging von dannen.

Sidonie sah ihm nach und spürte, wie ihr ein kühler Schauer über den Rücken lief. Sie zwang sich, zehn Minuten zu warten, ehe sie sich mit schnellen Schritten auf den Heimweg machte. Ihr blieb nicht mehr viel Zeit, bis Miss Hannaday vor ihrer Tür stehen würde. Als heutige Lektion stand auf dem Programm, die adelige Rangordnung zu wiederholen und anschließend die Sitzordnung für ein formales Abendessen zu erstellen. Sowohl Elevin als auch Lehrerin profitierten von den Unterrichtsstunden: Sidonie war auf das Geld angewiesen, und die arme Miss Hannaday musste sich dringend die wichtigsten Gesellschaftsgrundlagen aneignen, wenn sie Lord Bodley ehelichen wollte.

Sidonie schien das Wissen um den Adel und seine Gepflogenheiten schon mit der Muttermilch aufgesogen zu haben. Es war ihr quasi in die Wiege gelegt worden. Sidonies Großeltern entstammten dem niederen französischen Adel, den die französische Revolution auf eine harte Probe gestellt hatte. Sie hatten ihre Tochter – Sidonies Mutter – in ärmlichen Verhältnissen großgezogen, sie in eine Klosterschule und anschließend über den Kanal geschickt, in der großen Hoffnung, ihr Charme und ihre Schönheit würden einem reichen Engländer den Kopf verdrehen.

Der Plan war aufgegangen, zumindest teilweise. Der untersetzte Duke of Gravenel, dessen Tochter sie in Französisch unterrichtete, hatte schnell ein Auge auf Claire Bauchet geworfen. Aber Gravenel war kein Prinz Charming und die Liaison mit ihm alles andere als märchenhaft. Erst hatte er die junge Französischlehrerin geschwängert und dann tatenlos mit angesehen, wie seine Gemahlin Claire mir nichts, dir nichts auf die Straße gesetzt hatte. Erst dann hatte Gravenel ihr ein Angebot unterbreitet, hatte vorgeschlagen, sie könne seine dauernde Mätresse werden. Oder verhungern. Meinte, sie hätte die freie Wahl.

Claire gehörte nicht zu der Sorte Frau, die freiwillig verhungerte.

Als Geliebte des mächtigen Gravenel war Claire Bauchet binnen kürzester Zeit zu einer gesellschaftlichen Größe avanciert, die für ihre ausgeprägte Gastfreundschaft und ihre eleganten Dinnerparties bekannt war. Schon bald fand sie Gefallen an ihrem Einfluss und begann, jüngeren und noch mächtigeren Männern als ihrem Gönner den Kopf zu verdrehen. Englands einflussreichste Nobelmänner dinierten an Madame Bauchets Tafel, einschließlich dem Prinzregenten. Was die Nobel*frauen* betraf, gestaltete sich die Sache ein wenig anders. Damen von Stand »kannten« Frauen wie Claire nicht, selbst dann nicht, wenn diese mit zwei Kindern in der vornehmsten Straße Mayfairs residierte. Nur einen Steinwurf von Herzog Clarences Geliebter und deren Rasselbande entfernt.

Sidonie und George waren weit davon entfernt, eine laute Rasselbande zu sein, zogen aber dennoch genug Aufmerksamkeit auf sich. Sidonie war noch ein Dreikäsehoch gewesen, als George sie zur Seite genommen und ihr erklärt hatte, wie die Welt funktionierte und warum ihr Vater nicht mit ihnen unter einem Dach lebte. Für Sidonie war damals eine Welt zusammengebrochen.

Sie wollte zwar nicht, dass Miss Hannaday etwas Ähnliches widerfuhr, wusste aber, dass ihr mit dem umtriebigen Bodley keine gute Zukunft ins Haus stand. Vielleicht war es an der

Zeit, dass etwas geschah. Etwas Nachdrücklicheres, als Miss Hannadays geliebtem Kaufmann nur eine neue Anstellung zu suchen. Gedankenverloren bog Sidonie um die Ecke in ihre Straße. Wie üblich parkten zwei oder drei Kutschen am Bordstein, von denen Sidonie aber kaum Notiz nahm. Leider auch nicht von dem Gefährt, das fast genau gegenüber vor ihrem Haus parkte und an dem sie achtlos vorbeihastete.

Ehe sie wusste, wie ihr geschah, traf sie etwas Dunkles und Hartes an der Stirn. Wie ein Sack Mörtel ging Sidonie zu Boden und blieb benommen liegen. Das Nächste, was sie mitbekam, war, dass jemand neben ihr in die Knie ging und ihr aufhelfen wollte. »Gütiger Gott, ich habe Sie gar nicht gesehen!«, rief der Mann und schob ihr seine Hand unter die Schulter. »Sind Sie verletzt? Können Sie stehen?«

Nachdem sie langsam wieder Umrisse erkennen konnte, setzte sich Sidonie mit einem Stöhnen vorsichtig auf, die Hand auf die Stirn gepresst. Mit jedem Atemzug sickerten der kalte Gehsteig und die Wärme des Mannes neben ihr tiefer in ihr Bewusstsein, genau wie der Duft seines Rasierwassers. »Wa-was ist geschehen?«, stammelte sie, als der Fremde ihr auf die Füße half.

»Ich bin untröstlich«, sagte er. »Ich fürchte, ich habe Ihnen die Kutschentür vor den Kopf geschlagen.«

Sidonie gab sich Mühe, sich auf sein verschwommenes Gesicht zu konzentrieren. »Sie haben mich geschlagen?«

»Miss, ich habe Sie nicht kommen sehen, das müssen Sie mir glauben. Plötzlich waren Sie da, wie aus dem Nichts aufgetaucht. Haben Sie meine Kutsche denn gar nicht gesehen?«

»Nein, h-habe ich n-nicht …«

Sidonie hörte, wie hinter ihr der Kutscher vom Bock sprang. »Geht es der Lady gut, Mylord?«

»Nur eine kleine Beule, nichts Tragisches, Wittle«, versicherte ihm der Mann. »Geh und bitte Fenton, er möge etwas Eis in ein Tuch schlagen, während ich die Dame ins Haus trage.«

Noch immer ziemlich benommen, hätte Sidonie es dem Fremden um ein Haar erlaubt, den Arm unter ihre Knie zu schieben. In letzter Sekunde besann sie sich, stieß ihn von sich und rappelte sich aus eigener Kraft hoch. »Mir geht es gut, Sir«, sagte sie, sich noch immer die Stirn haltend. »Wirklich!«

»Tatsächlich?«, hakte er skeptisch nach. »Dann sagen Sie mir doch bitte, wie viele Finger ich in die Luft halte.«

Aus schierer Halsstarrigkeit heraus zwang sich Sidonie, zu ihm aufzublicken. Doch es waren nicht seine Finger, die ihren Blick fesselten. Plötzlich hatte sie das Gefühl, als risse ihr jemand zum zweiten Mal den Boden unter den Füßen weg.

Gerade noch rechtzeitig fing Lord Devellyn sie auf.

Dieses Mal ließ er ihr keine Zeit für Widerspruch, hob sie mit Leichtigkeit hoch und trug sie zum Haus. »Habe ich es mir doch gedacht«, murmelte er, als er sie mit raschelnden Röcken durch die Eingangstür trug. »Honeywell, schließ die Tür und zieh die Vorhänge vor. Ich fürchte, sie hat eine leichte Gehirnerschütterung erlitten.«

Sidonie spürte, wie sie auf ein Liegesofa mit Samtbezug gelegt wurde. Sie befand sich in einem abgedunkelten Salon und versuchte, sich hastig aufzusetzen. Es behagte ihr nicht, dass Lord Devellyn sie berührte. Doch ehe sie es sich versah, legte er ihr seine starke, warme Hand auf die Schulter. »Aber ich muss darauf bestehen«, sagte er und kniete nieder, um sie besser untersuchen zu können. »Fenton!«, rief er und blickte über seine Schulter nach hinten. »Fenton, gibt es in diesem Stadtteil einen guten Arzt?«

Erst jetzt bemerkte Sidonie, dass das Haus in Aufruhr war.

Mit Kisten und Kästen beladene Bedienstete liefen kreuz und quer durch das Haus. Aber nicht, ohne stehen zu bleiben, um einen Blick auf sie zu erhaschen. Sidonie schob seine Hand von ihrer Schulter. »Herzlichen Dank«, sagte sie. »Aber ich muss jetzt gehen. Über … die Straße.«

»Über die Straße?«

»Mein Haus. Ich habe einen Termin.«

Sidonies Verzweiflung schwoll an. Sie war derart geschwächt und betäubt, dass sie in dem würzigen und ihr allzu bekannten Duft seines Rasierwassers zu ertrinken drohte. Sie hatte schon viel zu viel Zeit in der Gegenwart des Marquis verbracht. Schlimmer noch, sie lag auf seinem Sofa, und ihr Ridikül war bis zum Bersten mit seinen persönlichen Dingen gefüllt. Sie konnte von Glück sprechen, dass sie nicht vollkommen das Bewusstsein verloren hatte. Dann nämlich hätte er mit Sicherheit ihre Handtasche geöffnet, um nach Hinweisen auf ihre Identität zu suchen.

Devellyns Augen tasteten noch immer ihr Gesicht ab, so, als wäre er auf der Suche nach etwas Bestimmten. Eine Woge der Panik rauschte über sie hinweg. Bei Gott! Was, wenn er sie erkannt hatte? »Soll ich jemanden für Sie benachrichtigen lassen?«, fragte er schließlich. »Ihren … Gemahl? Ihren Vater?«

Ihren Vater? Bei der Vorstellung hätte Sidonie beinahe losgeprustet. »Ich bin verwitwet«, erwiderte sie so beißend, wie es ihr eben möglich war. »Wenn Sie es gestatten, würde ich mich jetzt gerne erheben.«

Im selben Moment schwebte ein ausgestreckter Arm über ihr. »Eis, Mylord«, sagte ein Bediensteter. »Benötigen Sie etwas Hirschhornsalz? Vielleicht führt die Dame aber auch Riechsalz in ihrem Ridikül bei sich.«

»Nein!« Sidonie presste sich die Handtasche gegen die

Brust, schob Devellyn beiseite und sprang auf. »Ich meine, mir geht es gut, wirklich. Haben Sie vielen Dank für alles, aber ich würde jetzt wirklich gerne gehen.«

Der Marquis schien verstanden zu haben und wich zurück. »Wie Sie wünschen«, antwortete er mit ruhiger Stimme. »Aber erlauben Sie mir, Sie über die Straße zu geleiten.«

»Dazu bin ich durchaus selbst in der Lage, herzlichen Dank.«

»Ganz wie Sie meinen«, sagte er. »Aber erlauben Sie mir vorher, mich Ihnen vorzustellen. Ich bin …«

»Ich weiß, wer Sie sind«, fuhr sie ihm ins Wort. »Wenn ich mich dann empfehlen dürfte?«

Devellyn verlagerte das Gewicht, wodurch er ihr ganz beiläufig den Weg verstellte. Beim Allmächtigen, wie groß er war. Größer, als sie ihn in Erinnerung hatte und attraktiver und … hinreißender. Sein Kinn wirkte, als wäre es aus Stein gemeißelt, seine Lippen waren sündhaft voll, und seine leicht schiefe Nase verlieh ihm etwas anziehend Gefährliches. Großer Gott, das Leben war unfair!

Ein Lächeln legte sich auf seine schönen Lippen. »Dürfte ich dann wenigstens Ihren werten Namen erfahren, Ma'am?«, fragte er mit übertrieben höflicher Stimme. »Damit ich weiß, an wen ich mein Entschuldigungsschreiben adressieren kann.«

»Das wird nicht nötig sein. Sie haben sich ja bereits entschuldigt«, erwiderte Sidonie. »Ich heiße Madame Saint-Godard. Nummer vierzehn. Aber ein Brief ist wirklich nicht nötig.«

»Sie sind Französin.« Es war keine Frage. »Aber Sie haben so gut wie keinen Akzent.«

»Ja«, antwortete sie kurz angebunden. »Ich wünsche Ihnen noch einen angenehmen Tag.«

Den Blick starr geradeaus gerichtet und mit hoch erhobenem Kopf schob sich Sidonie an dem Koloss von Mann vorbei und trat auf die Straße in das gleißende Sonnenlicht hinaus. Sie musste blinzeln und spürte, wie sie am Ellbogen gepackt wurde. Verärgert schoss sie herum und wollte Lord Devellyn wegen seiner Beharrlichkeit schon eine Ohrfeige versetzen, als sie wie vom Donner gerührt stehen blieb.

»Madame Saint-Godard?« Miss Hannadays Blick glitt erstaunt über ihr Gesicht. »Geht es Ihnen gut? Ist Ihnen bewusst, dass Sie sich auf der falschen Straßenseite befinden?«

Sidonie stellte überrascht fest, dass sich ein Gefühl der Enttäuschung in ihrer Brust ausbreitete. »Natürlich bin ich mir dessen bewusst«, antwortete sie und griff nach dem Arm des Mädchens, um nicht den Halt zu verlieren. »Wären Sie so nett, mich auf die andere Straßenseite zu begleiten? Ich fürchte, ich habe einen kleinen Unfall erlitten.«

Miss Hannadays Dienstmädchen im Schlepptau, erreichten sie Sidonies Haus. Julia öffnete ihnen die Tür und wurde kreidebleich. »Um Himmels Willen, was ist denn jetzt schon wieder geschehen?«, stieß sie hervor. »Ihr beide seht aus, als wäret ihr in eine Rauferei verwickelt gewesen.«

Erst jetzt bemerkte Sidonie, dass Miss Hannadays Schläfe von einem dunklen Schatten überzogen war, einem blauen Bluterguss. Ohne darüber nachzudenken, streckte sie die Hand aus und wollte das Mädchen berühren, doch es wich zurück. »Eine Tür«, sagte sie rasch. »Ich bin gegen eine Tür gelaufen.«

Sidonie war sofort klar, dass dies eine faustdicke Lüge war. »Was für ein eigenartiger Zufall«, murmelte sie. »Genau wie ich.«

Devellyn beobachtete durch das Salonfenster, wie seine neue, reizende Nachbarin vorsichtig über die Straße wankte. Mit einem Mal schien sie nichts mehr dagegen zu haben – sondern geradezu versessen darauf zu sein –, sich auf einen fremden Arm stützen zu können. So, wie sie zuvor darauf versessen gewesen war, seine Hilfe zurückzuweisen.

Sie wusste, wer er war.

Aber jede noch so kleine Geste ihrerseits hatte ihn unmissverständlich wissen lassen, dass es ihr lieber wäre, ihn nicht zu kennen. Devellyn beobachtete, wie sie ihren amethystfarbenen Rock hob und über die Schwelle ihres Heims trat. Er war sich nicht sicher, was er von ihr denken sollte. Zweifellos war sie eine Schönheit mit ihrem olivfarbenen Teint, den langen, nahezu pechschwarzen Haaren und ihren ungewöhnlichen Augen, die Wärme versprühten und an erlesenen Cognac erinnerten. Doch zugleich hatte sie etwas Eigenartiges, etwas Rätselhaftes an sich.

Madam Saint-Godard verströmte trotz ihrer Benommenheit kontinentale Kultiviertheit und bewegte sich mit fast schon königlichem Liebreiz. Sie gehörte zu jenen Frauen, die durch ihre Erscheinung größer wirkten, als sie in Wirklichkeit waren. Dass sie von eher durchschnittlich großer Statur war, fiel ihm erst auf, als sie durch die Tür trat und sich neben die Frau stellte, welche die Tür geöffnet hatte – eine kleine, angenehm mollige Frau. Ehe er es sich versah, fiel die Tür zu und die drei Frauen waren aus seinem Blickfeld verschwunden.

Nun, das war's dann wohl. Die Wahrscheinlichkeit, dass sie einander wiedersahen, war ohnehin gering. Abgesehen davon, dass er nur für kurze Zeit am Bedford Place residierte, bewegten sie sich in vollkommen unterschiedlichen Kreisen. Zu allem Übel schien sein schlechter Ruf ihn bereits eingeholt zu haben. Das war aber auch nicht weiter verwunderlich, hatte er doch im Laufe der Zeit rund ein Dutzend Mätressen in diesem Haus untergebracht, von denen die meisten tränenüberströmt, laut keifend und mit Porzellan um sich werfend wieder ausgezogen waren. Camelia hatte alles drei fertig gebracht. Es war eher unwahrscheinlich, dass die Spießbürger vom Bedford Place den Teufel der Duke Street mit offenen Armen empfangen würden. Aber das kümmerte ihn nicht.

Bedauerlicherweise hieß das jedoch auch, dass eine gewisse Madame Saint-Godard seine Laken niemals wärmen würde. Die unbeschreibliche Glut in ihrem Blick brachte sein Blut in Wallung. Aber eine Frau wie sie in sein Bett zu locken, bedurfte großer Anstrengung. Er würde sich von seiner Schokoladenseite präsentieren müssen, körperlich wie sittlich. Womöglich müsste er ihr sogar den Hof machen. Doch so etwas tat der Teufel der Duke Street nicht. Er bezahlte die Frauen.

»Mylord?« Honeywells Stimme riss ihn aus seinen Gedanken, und Devellyn merkte, dass er noch immer auf Madame Saint-Godards Tür starrte. »Mylord, gedenken Sie, heute Abend auszugehen? Wittle würde gerne wissen, wie er mit der Kutsche verfahren soll.«

Devellyn fühlte sich wie ein Schuljunge, der dabei erwischt worden war, wie er das Zimmermädchen begrapschte. »Sag ihm, er soll die Kutsche in die Stallungen bringen«, blaffte er ihn an. »Sollte ich noch vor die Tür gehen, laufe ich eben.«

In der Nummer vierzehn des Bedford Place schenkte Julia Miss Hannadays Dienstmädchen ein breites Lächeln, während sie fieberhaft darüber nachdachte, was mit Sidonie geschehen sein konnte. »Mrs. Tuttle holt gerade einen Kuchen aus dem Ofen. Warum gehst du nicht schon einmal nach unten und nimmst dir ein Stück?«, schlug sie der Bediensteten vor, die ihrer Herrin einen hoffnungsvollen Blick zuwarf. Als Miss Hannaday nickte, schoss das Mädchen wie ein geölter Blitz davon, und Julia schob die beiden Frauen in den Salon. »Du brauchst dringend etwas

Eis, Sidonie«, sagte sie mit strengem Unterton, der keinen Widerspruch duldete. »Wie wäre es mit einer Tasse Tee für Sie, Miss Hannaday?«

»Vielen Dank«, stimmte Sidonie zu.

Julia warf Sidonie einen verstohlenen Blick zu, verließ den Salon und schloss die Tür hinter sich. Sidonie nahm Miss Hannadays Arm und führte sie zu einem Tisch unterhalb des Fensters. »Mein liebes Mädchen«, ergriff sie das Wort, nachdem sie Platz genommen hatten. »Lassen Sie mich offen reden. Die Geschichte mit der Tür kaufe ich Ihnen nicht ab.«

Miss Hannaday gab ein ersticktes Geräusch von sich, das wie ein unterdrücktes Schluchzen klang. Durch das Fenster sah Sidonie, wie sich die Kutsche des Marquis in Bewegung setzte und die Straße hinunterrollte. »Hat Ihr Vater Ihnen das angetan?«, fragte sie. »Hatten sie und er wieder eine Auseinandersetzung?«

»Nein!« Miss Hannaday schüttelte den Kopf, wobei ihre blonden Locken auf und ab wippten. »Nein, Ma'am, das müssen Sie mir glauben. So war es nicht.«

Sidonie sah ihr in die Augen. »Ich bin mir aber ziemlich sicher, dass der Schlag nicht von einer Frauenhand stammt.«

Miss Hannaday wich ihrem Blick aus.

Sidonie legte dem Mädchen die Hand auf den Arm. »War es Lord Bodley, Amy?«, hakte sie nach. »Wenn ja, müssen Sie es mir sagen. Ich muss es wissen.«

Miss Hannaday biss sich auf die Lippe. »Wir haben uns gestritten«, antwortete sie schließlich. »Seit geraumer Zeit schon gibt er sich mir gegenüber gereizt. Also schlug ich ihm vor, dass, wenn er zuerst mit Papa spräche, ich die Verlobung nur allzu gerne auflösen und ihn aus seinen Verpflichtungen entlassen würde.«

Sidonie sackte der Kiefer herab. »Und deshalb hat er die Hand gegen Sie erhoben?«

Wieder entwich der jungen Frau ein Schluchzen. »Ich vermute, er hat das als Kritik an seiner Person aufgefasst«, wisperte sie. »Also habe ich ihm … habe ich ihm die Wahrheit gesagt. Dass ich etwas für einen anderen empfinde und … ihn viel lieber heiraten würde. Und dann … dann hat er …« Eine Träne löste sich aus dem Augenwinkel des Mädchens. »Er ist auf Papas Geld angewiesen, müssen Sie wissen«, resümierte sie mit nüchterner und tonloser Stimme. »Jetzt gibt er sich nicht einmal mehr Mühe, so zu tun, als würde er etwas für mich empfinden.«

Sidonie strich Miss Hannaday mit dem Handrücken über die Wange. »Was sagt Ihr Vater dazu? Hat er von dem Streit denn gar nichts mitbekommen?«

»Bodley hat Papa gesagt, ich sei unverschämt«, antwortete sie und ließ ihren Tränen jetzt freien Lauf. »Erst war der Bluterguss kaum sichtbar. A-aber Papa wünscht sich nun mal nichts sehnlicher als einen Titel, weshalb er so tun wird, als wäre alles in Ordnung mit mir, wenn er die Verletzung sieht. Er weiß, dass ich Charles liebe, nimmt aber gerne in Kauf, dass ich an einem gebrochenen Herzen leide. Was tut da schon ein blauer Fleck zur Sache, Madame Saint-Godard?«

»Nicht viel«, stimmte Sidonie ihr zu. Ihr Kopf schmerzte, und sie konnte nur hoffen, dass sie halbwegs klar dachte, als sie Miss Hannadays Hand nahm. »Amy, wünschen Sie sich noch immer, Charles Greer zum Gemahl zu nehmen? Selbst, wenn das ein Leben in Armut mit sich brächte?«

Das Mädchen starrte auf ihre vereinten Hände. »Bis vor kurzem war ich arm«, antwortete sie betrübt. »Seitdem Papas Teehandel blüht, sind wir reich – aber nicht glücklich. Charles meint,

Vater würde ihn sang- und klanglos feuern, weil er mir nicht das Leben bieten könnte, das Vater sich für mich vorstellt.«

Von einem Impuls überwältigt, griff Sidonie nach ihrem Ridikül, zückte das Bündel Banknoten, welches Jean-Claude ihr gegeben hatte und zählte fünfzig Pfund ab. »Das ist ein Darlehen«, machte sie unmissverständlich klar und drückte dem Mädchen die Scheine in die Hand. »Nehmen Sie das Geld, Amy. *Verstecken* Sie es. Und wären Sie so nett, Charles eine Nachricht zu übermitteln?«

Miss Hannaday nickte, die feuchten Augen weit aufgerissen.

»Gut«, sagte Sidonie. »Richten Sie ihm aus, er möge mich heute Nacht am Russell Square treffen. Ich würde mich gerne mit ihm unterhalten. Meinen Sie, er kennt die Statue von Lord Bedford, die dort steht?«

»Ja«, flüsterte das Mädchen. »Ich glaube schon.«

»Sagen Sie ihm, dass wir uns zwischen Mitternacht und halb eins dort treffen«, sagte Sidonie. »Ich muss Miss Arbuckle heute zu einer musikalischen Soiree begleiten, versuche aber, schnell fortzukommen. Sie vergessen bestimmt nicht, ihm das auszurichten, ja?«

Das Mädchen schüttelte mit Nachdruck den Kopf. »Ich werde es ihm ganz bestimmt ausrichten.«

Sidonie sah ihr in die Augen. »Und Amy, falls Sie im Besitz von Schmuck sind, den Sie gerne so schnell wie möglich zu Geld machen wollen, bringen Sie ihn mir vorbei. Ich kann für Sie einen guten Preis erzielen. Vergessen Sie nicht, Sie und Charles werden jeden Penny brauchen können.«

Ein Hoffnungsschimmer huschte über Miss Hannadays Antlitz. Im selben Moment kehrte Julia zurück, gefolgt von Meg, ihrer einzigen Hausangestellten, die ein Tablett mit Tee trug.

»Julia, ich fürchte, mein Kopf schmerzt ärger als ich eingangs dachte«, sagte Sidonie und erhob sich. »Ich habe Miss Hannaday gebeten, morgen wiederzukommen, damit wir die ausgefallene Stunde nachholen können.«

Miss Hannaday war bereits dazu übergegangen, ihre Sachen zusammenzusuchen. Julia reichte Sidonie einen Beutel mit Eis und begleitete den Gast nach draußen. Es dauerte nicht lange, bis sie zurück war. Genau wie der eigenartige Blick auf ihrem Gesicht. »Und nun raus mit der Sprache«, befahl sie. »Du kühlst in der Zwischenzeit deine Beule, einverstanden?«

Sidonie legte sich der Länge nach auf das Sofa und legte sich den kühlen Beutel auf die Stirn. »Oh Julia, ich fürchte, ich bin vom Pech verfolgt«, sagte sie schwächlich. »Ich bin geradewegs in Lord Devellyns Kutschentür gelaufen.«

»Ach du meine Güte.« Julia ließ sich auf den nächstbesten Stuhl fallen. »Hat er dich erkannt?«

Sidonie drehte leicht den Kopf. »Sei nicht albern. Im Anker war es viel zu dunkel, und ich war bemalt wie eine Leinwand.«

Doch Julia machte einen bestürzten Eindruck. »Den werden wir so schnell nicht mehr los, fürchte ich, Sidonie.«

»Schon ein wenig eigenartig, dass er sich bei helllichtem Tag hier blicken lässt«, gab sie zu bedenken. »Aber das wird doch sicherlich nicht zur Gewohnheit werden, oder?«

Julia schüttelte das Haupt. »Er ist nicht nur auf Stippvisite hier, meine Liebe«, antwortete sie. »Er zieht ein. Ich habe Meg nach drüben geschickt, um einem der Diener hübsche Augen zu machen. Wie es scheint, wird sein Haus in der Duke Street gerade renoviert. Er wird sich also ein oder zwei Monate hier am Bedford Place häuslich niederlassen.«

»Ein oder zwei Monate?«

Sidonie spürte eine Flut von Gefühlen über sich hereinbrechen. Sie hätte Furcht fühlen müssen. Panik. Zumindest ein wenig Beunruhigung. Aber sie spürte nichts von alledem. Es war vielmehr ein fiebriges Prickeln, als nehme sie die Jagd wieder auf. Als liefe sie mit verbundenen Augen an einem Abgrund entlang. Aber da war noch etwas. Vorfreude? Aber worauf? Worauf sollte sie sich beim Marquis of Devellyn freuen?

»Sidonie!«, entfuhr es Julia mit warnendem Unterton. »Sidonie! Was auch immer du gerade denkst, Mädchen, lass es bleiben!«

Kapitel 5

Madame Saint-Godard und ein nächtliches Stelldichein

Lord Devellyn ging an diesem Abend nicht mehr aus. Er war in eine trübselige Abgeschlagenheit versetzt. Etwas bisher kaum Dagewesenes bahnte sich an. Er ließ anklingen, sein Abendessen zuhause einnehmen zu wollen. Allein. Aber nicht im Salon, dachte er, während er durch den abgedunkelten und überdekorierten Raum schlich, ein Raum, der ihn stets an ein luxuriöses Bordell erinnerte. Er hatte nicht viel übrig für das Haus, empfand keinerlei emotionale Beziehung zu dem Gebäude. Es erinnerte ihn in erster Linie an Sex und Saufgelage. Jedes für sich genommen ein Genuss, aber nicht das, was er unter einem Heim verstand.

Ein Teil von ihm wusste, dass diese eigenartige Stimmungslage und dieses ungewöhnliche Verhalten – dieses ständige Umherlaufen und das unentwegte Grübeln – nichts mit der üblichen Schwermut zu tun hatten, die ihn regelmäßig befiel. Und auch waren weder das Haus noch die Tatsache, dass Camelia ihn verlassen hatte, für seine gedämpfte Laune verantwortlich. Nein, das Ganze hatte seinen Lauf genommen, als er der Frau im Wirtshaus begegnet war. Dem Schwarzen Engel, verdammt waren seine Augen.

Es hieß, der Schwarze Engel sei eine Art rächender Robin Hood. Aber wen, außer sich selbst und Greg, hatte er je ungerecht behandelt? Devellyn gehörte nicht zu jener Sorte Mann, die andere wegen Nichtigkeiten zum Duell herausforderte oder junge Männer aus Spaß an der Freude über den Tisch zog – es sei denn, sie bettelten förmlich darum. Und was das holde Geschlecht betraf: Sein Ruf mochte nicht der Beste sein, aber er hatte sich stets erfahrene Gespielinnen gesucht. Keine von ihnen war es wert gewesen, um sie zu kämpfen.

Und doch hatte der Schwarze Engel es auf ihn abgesehen. Es war weniger der Umstand, dass sie ihn zum Narren gehalten hatte, als vielmehr die Tatsache, dass er ihren Reizen so schnell erlegen war. Er hatte eine Stinkwut auf sich selbst.

Ruby. Dieses verdammte Miststück. Wie konnte ein Mann eine Frau abgrundtief hassen und gleichzeitig mit jeder Faser seines Körpers begehren? Devellyn schloss die Augen und füllte seine Nase und Lungen mit dem Geruch nach Brandy. Bei Gott, er fühlte sich ... *betrogen*.

Das war es, oder? Er fühlte sich betrogen, nicht, weil sie ihn um persönliche Gegenstände erleichtert hatte, sah man einmal von Gregs Portrait ab. Nein, er fühlte sich betrogen, weil er nicht bekommen hatte, was ihr Mund und ihre Augen ihm versprochen hatten. Ihren Körper. Den Geschmack ihres Mundes. Die Wärme ihres Körpers unter ihm. Das Gefühl, die Tiefen ihres Beckens zu erforschen. Selbst jetzt erregte ihn die Vorstellung daran und verursachte ihm Schmerzen. Was seine Empörung weiter anfachte.

Während Devellyn seinen Gedanken nachhing, schenkte er sich einen weiteren Brandy ein und stand, ehe er sich dessen bewusst war, vor dem Fenster. Er schob den Vorhang beiseite und starrte in die dunkle Nacht hinaus. Nein, genau genommen hatte er nur Augen für die Nummer vierzehn. Just in dem Moment bog eine prächtige Kutsche in halsbrecherischem Tempo um die Ecke zur Great Russell Street und hielt in unmittelbarer Nähe von Madame Saint-Godards Haus. Die Tür zur Nummer vierzehn öffnete sich und die Dame des Hauses trat auf den von

Gaslampen beleuchteten Gehweg hinaus. Ihren Kopf zierte ein modischer Federhut, den sie absichtlich schief aufgesetzt hatte, was ihr etwas höchst Kokettes verlieh. Dazu trug sie ein weites Cape über einem Kleid, das einen sehr eleganten Eindruck machte. Zwei nicht minder elegante Diener halfen ihr in die Kutsche.

Aha, *madame* ging also heute Nacht aus. Er fragte sich, wer wohl der Besitzer der Kutsche sein mochte, bezweifelte jedoch, dass sie ihr gehörte. Vielleicht einem Verwandten? Eher unwahrscheinlich, kam Madame Saint-Godard doch vom Festland. Einem Liebhaber? Schon eher möglich. Sie mochte verwitwet sein, gehörte aber sicher nicht zu der Sorte Frau, die nach dem Tod des Partners langsam dahinsiechte. Eine Erkenntnis, die eine weitere Frage aufwarf. Was hatte sie an sich, das ihn immer wieder zum Fenster zog? Ein nagendes Gefühl stellte sich ein. Was war es? Was nur?

Und dann schoss es ihm in den Sinn. *Sie erinnerte ihn an Ruby Black*. Er schloss den Vorhang wieder und dachte einen Augenblick lang darüber nach. Nein, die beiden waren wie Feuer und Wasser, hatten nichts gemein. Das Haar, die Stimme, die Form des Gesichts, nichts davon ähnelte sich. Ruby war größer, noch geschmeidiger und üppiger gewesen. Madame Saint-Godard war schmächtig und elegant. Aber beide Frauen versprühten eine Sinnlichkeit, die Männer in den Wahnsinn treiben konnte.

Devellyn hatte jedoch bereits vor langer Zeit gelernt, Lust nicht über den Verstand zu stellen. Nie hatte er eine Frau so sehr begehrt, als dass er sich deswegen auf Dummheiten eingelassen hätte. Und dann war Ruby des Weges gekommen, und er hatte beide Grundsätze über Bord geworfen. Schon nach wenigen Minuten. Kein Wunder, dass ihm nicht der Sinn danach stand, sich in das nächtliche Getümmel zu stürzen.

Aus einem Impuls heraus klingelte er nach dem Butler.

»Honeywell, wie heißt noch mal der neue Bedienstete«, fragte er, als sein Butler erschien. »Der, der heute Morgen das Ausladen der Kisten überwacht hat?«

»Polk, Sir. Henry Polk.«

»Nun, mir scheint, Henry Polk hat ein gutes Händchen im Umgang mit dem schönen Geschlecht«, merkte Devellyn an. »Hol ihn bitte nach dem Essen her.«

Honeywell deutete eine Verneigung an. »Sehr wohl, Mylord«, murmelte er. »Sie halten also an Ihrem Plan fest, hier zu Abend zu essen?«

Devellyn ließ ruhelos seine Schultern kreisen. »Ja.«

Eine Entscheidung, die er schon bald bereuen sollte. Eine Stunde später, als er gerade die Hälfte seines Rinderfilets gegessen und eine halbe Flasche Bordeaux getrunken hatte, betrat Honeywell den Raum und machte einen seltsam nervösen Eindruck, sodass Devellyn der Bissen im Hals stecken blieb.

»Ja«, fragte Devellyn und stellte sein Glas mit einem lauten Klirren ab.

»Mylord, etwas höchst Eigenartiges ist …«

»Ja?«, wiederholte Devellyn noch einmal, faltete die Serviette zusammen und legte sie beiseite.

Ein Zucken jagte durch das Gesicht des Butlers. »Ich fürchte … nun. *Ihre Hoheit*«, wisperte er. »Hatten Sie sie erwartet?«

Eine schwierige Frage. Nur Gott wusste, ob er sich im trunkenen Zustand womöglich verabredet und es sofort wieder vergessen hatte. In Gedanken ging er die kurze Liste seiner *Hoheiten* durch. Sehr viele waren es nicht. Da war die Herzogin von Esteridge, die ihn allerdings schon zwei Mal aus ihrem Bett geworfen hatte. Und dann war da noch Keelings üppiges Weib, das ihm allerdings das letzte Mal, als er ihr einen unsittlichen Antrag gemacht hatte, eine saftige Ohrfeige verpasst hatte. Vielleicht war es Alasdairs schwarzhaarige Cousine, deren Name ihm gerade nicht einfallen wollte, deren schöner Busen sich aber für immer in sein Gedächtnis eingebrannt hatte.

Wer auch immer es war, eins stand fest: Keine Frau stattete einem Mann um diese Zeit einen Besuch ab, es sei denn, sie verfolgte ein bestimmtes Ziel. Der Gedanke ließ seinen kleinen Lord anschwellen und vor Erregung zucken, weshalb er die Serviette wieder aufnahm und sie strategisch geschickt platzierte. »Hilf mir auf die Sprünge, Honeywell«, sagte er. »Welche …«

Aber es war zu spät. *Ihre Hoheit* hatte nicht länger gewartet.

»Guten Abend, Aleric!«, ertönte die Stimme seiner Mutter, während sie sich mit entschlossenen Schritten näherte. »Denk nicht im Traum daran, mich vor die Tür zu setzen. Erst möchte ich wissen, was dieser Unsinn mit den Klopfkäfern bedeuten soll.«

Erleichtert, dass seine Erektion sich in Rekordzeit in Luft aufgelöst hatte, erhob sich Devellyn, wie die Etikette es von ihm verlangte. »Guten Abend, Mutter«, sagte er und beäugte sie misstrauisch, während er ihr einen Handkuss gab. »Welch wundervolle Überraschung.«

»Die Freude ist ganz meinerseits«, sagte sie und sah sich neugierig um.

»Was verschafft mir die Ehre?«

»Iss, bevor es kalt wird. Tu einfach, als wäre ich nicht da. Herrje, da hat man dir ja alles auf einmal serviert. Du solltest dein Personal besser im Griff haben.«

»Mutter, Sie wissen genau, dass ich nicht viel von Konventionen halte«, sagte er mit vollem Mund, während Honeywell ihr den Stuhl zurechtrückte. »Ich hatte ja keine Ahnung, dass Sie in der Stadt weilen. Wenn Sie wollen, können Sie gerne mitessen?«

Mit einer herrischen Handbewegung schickte sie den Butler fort. »Nein, danke, ich habe schon eine Kleinigkeit zu mir genommen. Bei Großtante Admeta«, informierte sie ihn. »Wir sind in der Stadt, weil Cousin Richard das Zeitliche gesegnet hat.«

Devellyn säbelte lustlos an seinem Fleisch. »Wusste gar nicht, dass wir einen Richard in der Familie hatten«, murmelte Devellyn. »Wie alt war dieser ominöse Richard denn, sicher noch in der Blüte seiner Jugend?«

»Spar dir deine spöttischen Bemerkungen. Richard war bereits zweiundneunzig!« Sie schnaubte ungehalten. »Es wäre schön, wenn du dich von Zeit zu Zeit ein wenig intensiver mit deiner Familie beschäftigen würdest. Darf ich mir Hoffnungen machen, dass du morgen zur Beerdigung kommen wirst?«

Um Zeit zu gewinnen, kaute Devellyn langsam auf seinem Fleisch, bis es nur noch zäher Brei war. Seine Mutter war eine kluge Frau. »Sind Sie allein?«, fragte er.

Sie faltete die Hände und starrte den Kerzenleuchter in der Mitte des Tisches an. »Nein«, sagte sie schließlich.

Devellyn begann erneut, an seinem Fleisch zu säbeln, diesmal etwas heftiger. »Nein. Ich kann nicht mitkommen. Sie wissen, dass ich das nicht kann.«

»Ich wüsste nicht, warum«, erwiderte sie scharf. »Gib dir einen Ruck. Schließlich war Richard Teil *meiner* Familie – nicht der deines Vaters.«

»Na und?«, entgegnete Devellyn schroff und bearbeitete das Fleisch mit einer Vehemenz, die selbst bei Schuhsohlen nicht gerechtfertigt war.

»Aleric«, durchbrach seine Mutter flüsternd die Stille, die entstanden war. »Er *vermisst* dich.«

Devellyn ließ das Messer fallen. »Was reden Sie denn da?«, fauchte er. »Ich dachte, das Thema wäre endlich abgehakt. Zwischen *ihm* und mir ist alles gesagt.«

Devellyns Mutter warf ihm einen entsetzten Blick zu, und Devellyn betete, dass das feuchte Glänzen in ihren weit aufgerissenen Augen von den Kerzen herrührte. Ehe er es sich versah, war sie aufgesprungen und lief, von Unruhe getrieben, durch das Esszimmer. Hin und wieder blieb sie stehen, nahm eine Figur oder einen Kerzenleuchter zur Hand und besah ihn sich. Bei Gott, sie war ein zäher alter Drachen.

»Was wird das eigentlich? Ein Kontrollgang, ob ich mir Gegenstände aus Silber leisten kann?«, fragte er forsch.

Seine Mutter warf ihm einen düsteren Blick zu. »Ich muss doch sehr bitten, Aleric!«, entfuhr es ihr. »Violette Velourstapete im Esszimmer? Ist dir je der Gedanke gekommen, wie vulgär das wirkt?«

Devellyn musste zugeben, dass er sich noch nie über derlei Dinge Gedanken gemacht hatte. Eine von Camelias Vorgängerinnen hatte die Tapete ausgesucht. »Ganz wie Sie meinen, Ma'am«, sagte er und spießte einen saftigen schwarzen Trüffel auf. »Wenn Ihnen die Farbe ein Dorn im Auge ist, sollten Sie unbedingt nach oben gehen und die rosaroten Bettvorhänge auf Ihr empfindliches Auge wirken lassen.«

Seine Mutter stöhnte auf. »Oh Aleric! Es reicht mir, dass ich deinen Salon gesehen habe. Man könnte fast meinen, man befände sich in einem billigen Dirnenhaus.«

Er grinste sie über den Teller hinweg an. »Mutter, meine Mätressen veranstalten hier Orgien, keine literarischen Gesprächskreise.«

»Aleric!« Vergessen waren die Velourstapete und die Bettvorhänge. »Warum bereitet es dir nur so viel Freude, andere Menschen zu schockieren?«

»Jeder Mensch sollte die Talente nutzen, die Gott ihm in die Wiege gelegt hat.« Devellyn hatte sich in der Zwischenzeit dem gemischten Salat zugewandt. Er war auf der Suche nach Radieschen. Er liebte diese grellen, scharfen Dinger. Genau wie Ruby Black.

Seine Mutter stemmte die Hände in die Hüften. »Könntest du wohl für einen Augenblick damit aufhören, den Salat zu malträtieren, Aleric, und dir wenigstens die Mühe machen, eine halbwegs intelligente Konversation zu führen?«

Devellyn sah von seinem Salat auf. »Ganz wie Sie meinen, Mutter.« Er legte die Gabel beiseite. »Dürfte ich Sie daran erinnern, dass Sie mir noch vor zwei Minuten geraten haben, zu tun, als wären Sie nicht hier?«

»Das war, bevor du dich geweigert hast, der Beerdigung beizuwohnen«, bemerkte sie, stützte sich mit den Händen auf dem Tisch ab und beugte sich zu ihm hinüber. »Aleric, hör auf damit«, sagte sie. »Hör auf damit. Mit allem. Mit dem Herumalbern, dem Essen, dem Trinken und dem Gerede über deine Huren. Es ist das Mindeste, dass du mir Gehör schenkst, wenn ich schon den weiten Weg auf mich nehme und dir einen Besuch abstatte. Es wird Zeit, dass du dich mit deinem Vater aussöhnst. Er bereut sein Verhalten von damals. Ich flehe dich an, versöhnt Euch endlich.«

Aleric mied absichtlich ihren Blick. »Was kommt nach deiner Gardinenpredigt über Vergebung? Dass ich endlich heiraten und eine Familie gründen soll?«

Schnaubend riss Devellyns Mutter die Hände in die Höhe. »Himmel, nein!«, entfuhr es ihr. »So sehr ich dich liebe, keiner

Frau, die ich kenne, würde ich wünschen, mit dir verheiratet zu sein. Wie ich dich kenne, bist du ohnehin weit davon entfernt, dich für eine Dame von Anstand zu begeistern. Vermutlich aalt sich gerade eine von deinen Schauspielerinnen oben in der Badewanne. Oder schlimmer noch: gleich zwei.«

»Sie irren sich. Es befindet sich keine Frau im Haus.«

»So, so«, murmelte sie und kniff die Augen zusammen. »Kann es sein, dass du mal wieder sitzengelassen worden bist?«

Aleric machte ein finsteres Gesicht. »Ja, Sie haben recht. Tun Sie mir den Gefallen und zügeln Sie Ihre Schadenfreude.«

Seine Mutter erging sich in einem langen, tiefen Seufzer. »Aleric, Schatz«, ergriff sie schließlich abermals das Wort. »Such dir eine andere. Oder gleich zwei oder drei. Es ist mir egal. Aber was deinen Vater betrifft, muss endlich etwas geschehen. Ich möchte, dass ihr es wenigstens noch einmal miteinander versucht. Meinetwegen. Bitte. Ich flehe dich an.«

Es dauerte eine Weile, bis Devellyn antwortete. Es brach ihm das Herz, seine Mutter so unglücklich zu sehen. Das Letzte, was er wollte, war, sie zu quälen. »Warum müssen wir das alles noch einmal durchkauen, Mutter?«

Devellyns Mutter nahm mit zitternden Hände und hängendem Kopf wieder Platz. »Aleric«, ertönte ihre brüchige Stimme. »Er hat nicht mehr lange zu leben. Sein Herz.«

»Sein ... Herz?«, stammelte Devellyn, der das Gefühl hatte, ihm würde der Stuhl weggezogen, als er den traurigen Blick seiner Mutter auffing.

»Oh, Aleric«, stöhnte sie. »Seine Tage sind gezählt.«

»Wie lange noch?«

»Einige Monate, wenn ihm das Glück hold ist. Vielleicht ein Jahr. Vorausgesetzt, er gönnt sich ein wenig Ruhe. Vorausgesetzt, er minimiert die Strapazen. Vorausgesetzt ...«

»Vorausgesetzt, ich schlucke meinen Stolz hinunter und bitte ihn um Verzeihung?«, riss er das Wort an sich. »Ist es das? Ich bin untröstlich, Mutter, aber Sie haben den weiten Weg umsonst auf sich genommen. Er hatte seine Chance und hat sie nicht genutzt.«

»Sei nicht so hart, Devellyn, und denk daran, dass im Falle seines Todes das Herzogtum an dich übergeht«, flüsterte sie mit bebender Stimme. »Vergiss bitte nicht, wie sich die Situation nach außen hin darstellt.«

Dieses Mal war es Devellyn, der sich vom Tisch abstieß und aufsprang. »Gütiger Gott, Mutter!«, rief er und riss die Hände in die Höhe. »Haben Sie auch nur eine Sekunde daran gedacht, dass es mir einerlei ist, wie sich die Situation *nach außen hin darstellt*? Mein Leben folgt seinen eigenen Regeln.«

»Ja, leider«, murmelte die Herzogin. »Manchmal frage ich mich, wem du mit deinem Verhalten eigentlich schaden willst. Dir oder deinem Vater.«

»Was soll diese Melodramatik?«, fuhr er sie an. »Ich war nie ein Heiliger, genauso wenig wie Greg.«

Nun erhob sich auch seine Mutter, durchquerte den Raum und legte ihm die Hand auf den Arm. »Hör mir zu, Junge«, sagte sie. »Alle jungen Männer säen wilden Samen. Und dann, eines Tages, reißen sie das Ruder herum. Du und Gregory, ihr wart damals im besten Flegelalter.«

»Mutter, Sie haben anscheinend zu viele schlechte Romane gelesen«, sagte er. »Weiß Vater eigentlich, dass Sie hier sind?«

Der Gesichtsausdruck seiner Mutter entspannte sich. »Eine gute Ehe kennt keine Geheimnisse, Aleric.«

»Was hat er gesagt?«

Die Herzogin schluckte und schüttelte den Kopf. »Nichts. Aber er hat es mir auch nicht verboten.«

»Das wäre ja auch noch schöner«, spottete er, just als eine Uhr im Haus zur vollen Stunde schlug.

Seine Mutter stellte sich auf die Zehenspitzen und gab ihm einen Kuss auf die Wange. »Ich muss wieder los«, sagte sie. »Falls es dich interessiert, wir sind noch bis Mittwoch bei Tante Admeta.«

»Danke für die Information, aber erwarten Sie nicht, dass ich vorbeikomme«, ließ Devellyn mürrisch verlauten. »Redet Tante Admeta eigentlich noch immer mit ihrem Terrier, von dem sie glaubt, er sei ihr verstorbener Gemahl?«

»Ja, und es scheint ihr Kraft zu geben«, ließ sie ihn wissen. »Außerdem musst du zugeben, dass Horatio ein bildhübscher Hund ist, oder?«

»Auf jeden Fall hat er mehr Haare als Onkel Horatio.«

»O Aleric, meinst du nicht auch, wir sollten unsere kostbare Zeit nicht damit verschwenden, über Terrier zu sprechen?«, sagte sie und griff abermals nach seinem Arm. »Ich habe dir noch etwas Wichtiges mitzuteilen.«

»Das hatte ich befürchtet.« Er ahnte bereits, dass ihm das, was sie ihm zu sagen hatte, nicht sonderlich bekommen würde.

»Dein Vater wird bald siebzig, und ich plane, aus diesem Anlass das Haus am Grosvenor Square herrichten zu lassen.« Ihr Griff verstärkte sich. »Mir schwebt ein grandioser Ball vor, Aleric. Der erste seit ... seit Gregs Tod. Ich ... wir würden uns freuen, wenn du kämest. Bitte sag nicht sofort ab. Es könnte sein ... letzter Ball sein.«

Devellyn, dem der Appetit vergangen war, nickte verhalten. »Einverstanden, ich denke darüber nach. Aber Sie dürfen keine Wunder erwarten.« Mit diesen Worten geleitete er sie zur Tür.

Miss Jennifer Arbuckle war bereits fast eingeschlafen, als die Kutsche ihres Vaters Mayfair verließ und in Richtung Bedford Place rumpelte. Sidonie erging es auch nicht viel besser. Der Abend bei Lady Kirton war anstrengend gewesen – das ständige Lächeln und Applaudieren, während eine Debütantin nach der anderen etwas vorgetragen hatte. Für Miss Arbuckle war die Einladung zu einem solch feudalen Ereignis etwas ganz Besonderes gewesen. Die Arbuckles waren eine Händlerfamilie, während die adelige Witwe Lady Kirton ein hohes Ansehen unter den oberen Zehntausend genoss. Sie hatte ein großes Herz für ihre Mitmenschen und engagierte sich in der Nazareth Society.

Mrs. Arbuckle hingegen war ein zerbrechliches, nervöses Persönchen, das mit der Rolle in seinem neuen Leben überfordert war. Die vielen Einladungen, welche die hohe Stellung ihres Gemahls mit sich brachte, bereiteten ihr jeden Tag aufs Neue Kopfschmerzen. Und da sie kaum selbst mit den hohen Anforderungen zurechtkam, vermochte sie es erst recht nicht, ihre Tochter gebührend in die gesellschaftlichen Gepflogenheiten einzuweisen. So kam es, dass Sidonie in Miss Arbuckles Leben getreten war, um ihr zu helfen, diese Startschwierigkeiten zu überwinden.

Genau wie bei den Hannadays war Sidonie von einem zufriedenen Kunden an die Arbuckles weiterempfohlen worden. Und wie üblich war ihnen gesagt worden, Sidonie sei eine elegante Witwe, die erst vor kurzem aus Frankreich hergezogen sei und aus dem niederen Adel entstamme. All das war die reine Wahrheit. Abgesehen von Bemerkungen über ihren leichten Akzent, erkundigte sich fast nie jemand nach ihrer Familie oder danach, weshalb sie nach England gekommen war, und Sidonie ermutigte auch niemanden dazu.

Als Tochter eines Herzogs – wenn auch unehelich – hätte Sidonie mit Hilfe einer Fürsprecherin offiziell in die Gesellschaft eingeführt werden können. Aber daran hatte sie keinerlei Interesse. Sie zog es vor, die Regeln der Etikette zu vermitteln und damit sicherzugehen, dass sich niemand für ihre Herkunft interessierte. Zudem erlaubte ihr diese Tätigkeit, sich am Rande der Gesellschaft zu bewegen, was ihr half, mehr über die hochwohlgeborenen Herren und ihre dunklen Seiten in Erfahrung zu bringen.

Der heutige Abend war, gelinde gesagt, zum Sterben langweilig gewesen. Sidonie unterdrückte ein Gähnen und sinnierte darüber, dass es noch schlimmer hätte kommen können. Miss Arbuckle hatte sich am Pianoforte wacker geschlagen. Sidonie hatte als Anstandsdame fungiert, und obwohl Lady Kirton alles daran gesetzt hatte, sie mit sich fortzuziehen, hatte Sidonie sich weiter im Hintergrund gehalten; schließlich wurde sie dafür bezahlt. Lady Kirton vermittelte stets den Eindruck einer charmanten und arglosen Zeitgenossin, aber Sidonie konnte in ihren Augen lesen, dass sie mehr Verstand besaß, als sie allen weismachen wollte. Sidonie ahnte, dass sie sich nicht mehr von einem dichten Schleier und einem italienischen Akzent in die Irre führen lassen würde. Sie musste sich etwas Neues einfallen lassen, wenn sie das nächste Mal Geld bei der Nazareth Society vorbeibringen wollte.

Endlich drosselte der Kutscher das Tempo. Sidonie griff nach ihrem Ridikül, während Miss Arbuckle sich räkelte, und berührte sie flüchtig. »Ihr Klavierspiel heute Abend war wunderbar«, sagte sie und tätschelte ihr die Hand. »Sie sind genauso gut wie die anderen auch.«

Ein verträumter Blick trat in Miss Arbuckles Augen. »Was für ein herrlicher Abend das war«, schwärmte sie. »Fanden Sie nicht auch, dass Lady Kirton eine Ausgeburt an Liebreiz ist? Ich glaube, ich werde Papa bitten, diesem Nazareth Club einen großzügigen Betrag zukommen zu lassen.«

»Die Wohltätigkeitsorganisation nennt sich Nazareth Society«, sagte Sidonie mit lammfrommer Stimme. »Und über eine Spende wäre man dort sicherlich froh. Wie Sie wissen, helfen sie gefallenen Frauen, sich ein neues Leben aufzubauen.«

Im flackernden Licht der Kutschenlampe erkannte Sidonie, dass das Mädchen rot anlief. »Vielen Dank, Madame Saint-Godard, dass Sie mich heute Abend begleitet haben«, sagte sie. »Mutter schwärmt ständig davon, wie sehr sich mein Klavierspiel verbessert hat, seitdem ich bei Ihnen Unterricht nehme.«

Mr. Arbuckles Diener, der bereits die Stufen heruntergeklappt hatte, öffnete die Kutschentür. Sidonie stieg aus und winkte die Kutsche fort, während sie sich den Anschein gab, als suchte sie nach dem Haustürschlüssel. Das laute Klappern der Hufe auf der nassen Straße und das Rumpeln der Räder wurden leiser, als das edle Gefährt um die Ecke bog. Sidonie schloss ihr Ridikül, zog das Cape enger um sich und lief in entgegengesetzter Richtung die Straße hinunter.

Der Russell Square befand sich am nördlichen Ende von Sidonies gut beleuchteter Straße. Es war also nur ein kurzer Spaziergang. Um den Saum ihres Kleides vor dem nassen Gras zu schützen, umrundete sie die Statue mit gerafften Röcken. Von Charles Greer fehlte jedoch jede Spur, weshalb sie entschied, sich vorläufig in den Schatten zurückzuziehen, damit sie von niemandem gesehen würde. Selbst treue Bedienstete hatten zuweilen lockere Zungen. Sie würde sich einen Bärendienst erweisen, wenn sich herumspräche, dass sie ihren Elevinnen dabei behilflich war, mit dem Mann ihres Herzens davonzulaufen.

Sidonie hüllte sich noch tiefer in den Umhang und lief im

Schutz des Schattens auf und ab. Es musste bereits nach Mitternacht sein. Es war durchaus möglich, schoss es ihr durch den Kopf, dass Mr. Greer gar nicht auftauchte. Entweder weil seine Gefühle nicht so tief waren, wie er Miss Hannaday vorgaukelte oder weil er sich vor ihrem Vater fürchtete. Selbst wenn er kam, bestand noch immer die Möglichkeit, dass ihn Maurice' Angebot, ihm eine Anstellung zu besorgen, nicht reizte.

Abgesehen von den gedämpften Geräuschen der Kutschen war es ruhig. Sie war allein – zumindest hätte sie das schwören können.

In dem Moment, als sie sich herumdrehte, prallte sie gegen eine Wand. Eine sehr breite Wand. Die Wand packte sie. Sidonie schrie auf.

»Guten Abend, Madame Saint-Godard.« Lord Devellyns Stimme dröhnte tief in seiner Brust. »Ein wundervoller Abend für einen Spaziergang, finden Sie nicht auch?«

Das Herz schlug Sidonie bis zum Hals. »Devellyn!«, entfuhr es ihr. »Gütiger Gott! Haben Sie nichts Besseres zu tun, als in der Dunkelheit herumzuschleichen und Leute zu erschrecken?«

Der Marquis feixte. »Man hat mir ja schon viel vorgeworfen, meine Liebe, aber ein leiser Gang gehörte nie dazu.«

»Ihre Füße scheren mich nicht«, zischte sie, »im Gegensatz zu ihren Händen, mit denen sie mir den Arm zerquetschen. Würden Sie mich bitte loslassen?«

Obgleich es dunkel war, konnte sie spüren, wie sein Blick ihr Gesicht abtastete. Funkelten seine Augen lüstern auf, oder bildete sie sich das nur ein? Sidonie hatte nicht schlecht Lust, ihm das Knie in die Weichteile zu rammen.

»Sie dürfen mich übrigens gerne küssen, wenn Ihnen der

Sinn danach steht«, raunte er. »Aber Sie machen eher den Eindruck, als wollten sie mich verdreschen, kann das sein?«

»Und wie«, zischte sie.

»Es ist kein Wunder, dass ich gerne mal zur Flasche greife«, seufzte er. »Ich habe einfach kein Glück in der Liebe.«

Das war es, dachte Sidonie, die plötzlich vom Geruch nach würziger Seife, Tabak und Brandy umweht wurde. Vermutlich war dieser Grobian mal wieder betrunken und wusste nicht, was er tat oder sagte. Als sie ein weiteres Mal versuchte, sich loszureißen, ließ er sie gewähren. Seine schweren, warmen Hände glitten Zoll für Zoll an ihren Unterarmen hinab. Ihre Fingerspitzen berührten einander flüchtig, ehe er sich von ihr löste und Sidonie von einer unbeschreiblichen Kälte befallen wurde.

Der Marquis machte einen Schritt zurück und blickte himmelwärts. Er trug etwas bei sich – einen Regenschirm, der an seinem Handgelenk baumelte. »Auch ich liebe nächtliche Spaziergänge«, fuhr er fort, als wäre nichts geschehen. »Es geht nichts über pure, klare Nachtluft.«

»In ihrem Zustand bestimmt nicht das Schlechteste«, sagte sie spitz. »Kann es sein, dass Sie betrunken sind?«

Sein Lachen, das ihre Worte ihm entlockten, klang blechern und unaufrichtig. »Da liegen Sie gar nicht so falsch. Ich habe mir den einen oder anderen Cognac gegönnt, um mein schwer verdauliches Abendessen herunterzuspülen«, erklärte er ihr. »Es gab da so manches, das mir nicht sonderlich geschmeckt hat.«

»Pardon?«

»Aber genug von mir«, fuhr er fort. »Warum plaudern wir nicht ein wenig über Sie?«

»Weil ich keine Lust habe.«

Doch Devellyn tat, als hätte er sie nicht gehört. »Mich würde interessieren, was eine hübsche Frau wie Sie zu dieser fortgeschrittenen Stunde auf die Straße treibt. Und dazu noch mutterseelenallein«, sagte er. »Wenn Sie gestatten, begleite ich Sie nach Hause, wo Sie mich dann vielleicht aus reiner Dankbarkeit zu einem Grog einladen möchten. Wie klingt das für Sie?«

»Sie sollten sich lieber um Ihre eigenen Angelegenheiten kümmern, Mylord!«, schoss sie zurück. »Und zwar in ihrem eigenen Haus. Sie wohnen dort hinten in Nummer siebzehn, falls es Ihnen entfallen ist. Von hier aus gesehen auf der linken Seite.«

»Aber ich würde lieber woanders hingehen«, sagte er. »Ich habe mir heute aus verlässlicher Quelle sagen lassen müssen, die violette Tapete in meinem Esszimmer sei vulgär und mein Salon erinnere an ein billiges Freudenhaus. Wie sind Sie denn so eingerichtet, Madame? Vielleicht gefällt es mir bei Ihnen ja besser.«

»Pardon?«

Devellyn stieß ein leises Lachen aus. »Sie sagen immer dasselbe, Madame Saint-Godard«, sagte er. »Wieso müssen Sie denn so oft um Entschuldigung bitten? Sind Sie denn so durchtrieben?«

Sidonie legte ihre behandschuhte Hand auf den Ärmel seines Gehrocks und lehnte sich zu ihm hinüber. »Lassen Sie es mich anders formulieren«, erwiderte sie und betonte jedes Wort, als spräche sie mit einem Kind. »Sie werden mein Haus erst dann betreten, wenn es in der Hölle so kalt ist, dass der Teufel sich einen Schnupfen holt.«

»Schade«, seufzte er. »Ich wette, es ist vollgestopft mit bestickten Kissen, gehäkelten Deckchen und riecht vermutlich nach frischem Brot oder Bienenwachs oder …« Jetzt war er es, der sich nach vorne beugte und dabei schnupperte. »Rosenwasser, wenn mich nicht alles täuscht.«

»Gardenie.« Sie machte einen Satz nach hinten. »Aber was interessiert Sie das eigentlich?«

»Nun, weil *Sie meinen* Salon gesehen haben«, erwiderte er, als hätte er sie nicht richtig verstanden. »Er ist entsetzlich, finden Sie nicht auch?«

»Sie werden verstehen, dass ich für solche Details keinen Blick hatte. Sie hatten mir kurz vorher eine Tür vor den Kopf geschlagen, Mylord. Schon vergessen?«

»Wie dem auch sei«, murrte er, »es ist und bleibt ein fürchterlicher Raum.«

»Sir, Sie haben mein volles Mitgefühl, weil es Sie zu den Normalsterblichen an den Bedford Place verschlagen hat«, sagte sie. »Und weil Sie jetzt ein Leben führen, das weit unter Ihrem Niveau liegt.«

Devellyn stieß ein kehliges Lachen aus. »Oh, Madame Saint-Godard, Sie haben ja keine Ahnung, auf welch tiefem Niveau ich mich derzeit bewege«, antwortete er. »Ich meinte nur das Haus an sich. Es ist wenig einladend und sehr leer.«

»Letzteres ist vermutlich ihre eigene Schuld.«

»Ja«, sagte er sachlich. »Das bekomme ich öfters zu hören.«

Sidonie schluckte eine aufsteigende Lachsalve herunter. Was, zum Teufel, tat sie hier eigentlich? Da stand sie mitten in der Nacht mit einem stadtbekannten Schwerenöter an einem lauschigen Plätzchen und lieferte sich mit ihm Wortgefechte. »Sie sollten jetzt wirklich nach Hause gehen, Lord Devellyn.« Sie sprach wieder überdeutlich und versetzte ihm einen kleinen Stoß.

»Ich kann nicht«, widersprach er. »Kein Gentleman würde eine Dame allein im Dunkeln zurücklassen.«

»Vergessen Sie nicht, dass ich auch allein hergekommen

bin«, sagte sie. »Gehen Sie. Bitte. Ich habe ... noch einen Termin.«

Einen Moment lang hüllte er sich in Schweigen. »Aha«, ließ er schließlich verlauten. »Sie meinen wohl eher ein Stelldichein.«

»Wie bitte?«

Der Marquis stieß ein dumpfes Lachen aus. »Meine Liebe, um diese Uhrzeit hat man keine Termine mehr, sondern höchstens ein Stelldichein«, erklärte er.

»Sieh an, sieh an, wer hätte gedacht, dass der Teufel der Duke Street sich auch als Richter über moralische Fragen aufspielt«, entgegnete Sidonie streng. »Vielleicht sollten die Schutzheiligen im Almanack's ihre Tiaren absetzen und Ihnen zu Füßen legen.«

»Sie haben eine ziemlich scharfe Zunge, *madame*.«

»Bislang hat Sie das scheinbar wenig gestört.«

Trotz der Dunkelheit, die sie umfing, hatte Sidonie das beunruhigende Gefühl, er starrte ihr tief in die Augen. »Besteht denn wirklich nicht der Hauch einer Chance, dass ich doch noch Ihr Interesse für meine Wenigkeit erregen kann?«, wollte er wissen und klang dabei erstaunlich nüchtern. »Finden Sie mich denn so unattraktiv?«

Sidonie kniff die Augen zusammen. »Oh, an Attraktivität mangelt es Ihnen nicht, und ich habe den dringenden Verdacht, dass Ihnen das durchaus bewusst ist«, brachte sie hervor. »Wenn Sie mich dann jetzt bitte in Ruhe lassen könnten. Schließlich erwarte ich noch jemanden.«

Der Marquis zögerte, und für den Bruchteil einer Sekunde war sie gewillt zu glauben, dass seine Sorge um sie echt war. »Nun denn«, sagte er. »Ich werde gehen. Aber nur unter zwei Bedingungen.«

»Sehe ich aus wie ein Händler, Mylord?«

»Ich habe mir schon gedacht, dass Sie ablehnen würden«, sagte er. »Aber es sind nur zwei winzige Bedingungen.«

»Winzig?«, wiederholte sie. »Wie lautet die erste?«

Er nahm den Regenschirm vom Arm und reichte ihn ihr. »Ich möchte, dass Sie ihn nehmen.«

»Das dürfte nicht nötig sein.«

»Im Moment vielleicht nicht«, erwiderte er. »Aber das dürfte sich ändern. Mein Gefühl sagt mir, dass es nachher noch einmal regnet.«

»Wenn das so ist, nehme ich an.« Sidonie wickelte die Finger um den warmen Griff. »Und wie lautet die zweite Bedingung?«

»Ich wünsche mir ...« Er hielt inne und plötzlich klang seine Stimme weich. »Ich wünsche mir, Madame Saint-Godard, dass Sie mir Ihren werten Vornamen verraten.«

Einen Augenblick lang sah sie ihn stumm an. »Sidonie.«

»Sidney«, wiederholte er. »Wie ... hübsch. Aber ist das nicht eher ein ... Männername?«

»Si-doh-NIE«, korrigierte sie ihn und unterdrückte ein Lachen. »Seien Sie so nett und sprechen Sie ihn korrekt aus, wenn Sie ihn schon in den Mund nehmen müssen.«

»Und ob ich das muss«, sagte er. »Wenn auch nur, um ihn vor mich hinzumurmeln, wenn ich allein im Dunkeln liege. Aber erst einmal nehme ich mir die Freiheit heraus, Sie in Anbetracht dieser neu entstandenen Freundschaft einfach Sid zu nennen.«

Sidonie traute ihren Ohren nicht. »Mit Verlaub«, sagte sie steif. »So darf mich nur meine Familie nennen.«

»Ihre Familie? Ich dachte, Sie hätten keine Verwandten.«

Sidonie sah ihn ungläubig an. »Woher nehmen Sie ihr Wissen?«

Devellyn lachte erneut. »Meine liebe Sid!«, schalt er sie. »Ein Mann mit meinem Ruf kann es sich nicht leisten, unfähige

Spione in den Dienst zu nehmen. Haben Sie wirklich geglaubt, Sie könnten Ihre Miss Meg zu mir herüberschicken, damit sie meinen Bediensteten schöne Augen macht, ohne dass ich im Gegenzug auch das eine oder andere in Erfahrung bringe?«

Sidonie wich zurück. »Wie können Sie es wagen! Ich habe nichts dergleichen angewiesen.«

Aber hatte sie nicht doch ihr Scherflein dazu beigetragen? Julia hatte Meg gebeten, auszuschwärmen und so viel wie möglich über den Marquis in Erfahrung zu bringen. Scheinbar hatte Julia es dabei versäumt, Meg zu instruieren, dass sie selbst so wenig wie möglich preisgeben solle.

Devellyn spürte ihre Verunsicherung. »Ah, ich hab sie ertappt!«, murmelte er. »Madame Sidonie Saint-Godard, eine hübsche französische Witwe nebulöser Herkunft, die seit elf Monaten in London lebt – acht davon am Bedford Place – und die laut Aussage ihrer Bediensteten keine Familie mehr hat. Ihr Gemahl war ein Kapitän, den ein tropisches Fieber auf den Westindischen Inseln dahingerafft hat. Kurze Zeit später starb Ihre Mutter, die Ihnen ein kleines Erbe hinterließ.«

»Ich muss doch sehr bitten, Lord Devellyn!«

Doch der Marquis verstummte nur, um Luft zu holen. »Dunkelblau ist Ihre Lieblingsfarbe«, schob er schnell hinterher. »Sie haben eine Schwäche für Hüte mit Federn und lieben Biskuitkuchen. Sie sind noch keine dreißig, aber auch nicht mehr weit davon entfernt. Sie trinken Ihren Tee am liebsten mit viel Zucker und haben nur zwei Bedienstete. Ihre Gesellschafterin heißt Mrs. Crosby, Julia Crosby, und Sie haben einen getigerten Kater namens Thomas, der mehr Mäuse als jede andere Katze in Bloomsbury fängt. Und, wie war ich?«

Sidonie war fassungslos. Ehe sie wusste, wie ihr geschah, hatte er sich ihre Hand geschnappt und sie geküsst. »Ah, Sie sind sprachlos!«, sagte er. »Anlass genug, mein Versprechen jetzt in die Tat umzusetzen und mich zu empfehlen.«

Gesagt, getan. Mit forschen Schritten verschwand er hinter der Statue von Lord Bedford und entfernte sich mit einer Eleganz, die für einen so großen Mann eher ungewöhnlich war – vor allem für einen Mann, der vorgab, betrunken zu sein.

Kapitel 6

In welchem Sir Alasdair zur Hilfe eilt

Die Nachmittagssonne schickte ihre Strahlen durch Sidonies Dachbodenfenster und beleuchtete die herumwirbelnden Staubflocken, als tanzten sie im Bühnenlicht. Sidonie fand, der Raum entbehrte nicht einer gewissen Ähnlichkeit mit der *Merry Maiden*, Pierres Handelsschiff, was vermutlich an dem spitz abfallenden Dach lag und daran, dass Thomas auf der Suche nach Mäusen um die Dachsparren strich.

Unter normalen Umständen hätte der Kater es als große Ehre empfunden, den Dachboden mitsamt seinen vielen Schlupfwinkeln und Ecken durchstöbern zu dürfen. Heute jedoch machte er sich mit weniger Hingabe daran, alles auszuspionieren. Womöglich, weil Sidonie in der Nacht mehr schlecht als recht geschlafen hatte. Sie hatte sich von einer Seite auf die andere gewälzt, wodurch Thomas gezwungen gewesen war, sich an der Bettdecke festzukrallen – wie damals, als sie auf hoher See waren.

Ihre nächtliche Rastlosigkeit hatte einen Grund: Sie war sich bewusst geworden, dass sie den Marquis of Devellyn vollkommen falsch eingeschätzt hatte. Ihre Arroganz und Reserviertheit hatten ihn zwar vorerst in die Flucht geschlagen, doch aus unerfindlichen Gründen – purer Langeweile oder reiner Verderbtheit – hatte der Marquis Interesse an ihr entwickelt.

Jetzt musste sie dafür sorgen, dieser Entwicklung einen Riegel vorzuschieben. Wenn nicht, würde Devellyn mehr und mehr Nachforschungen über sie anstellen. Er hatte bereits seinen Diener befragt. Dumm und berechenbar, wie Männer nun mal waren, fanden sie unnahbare Frauenzimmer fesselnd und intelligente Evastöchter herausfordernd. Sidonie durfte weder fesselnd noch herausfordernd auf Lord Devellyn wirken. Nein. Sie musste ihn zu Tränen langweilen

Ein Kinderspiel. Nach ihren bisherigen Erkenntnissen bezweifelte sie, dass er sich lange auf eine Sache konzentrieren konnte. Heute Nachmittag, entschied Sidonie, würde sie den ausgeliehenen Regenschirm zurückbringen und ihm den Wind aus den Segeln nehmen, indem sie ein schäbiges Kleid anziehen und sich so uninteressant wie nie zuvor präsentieren würde. Sie würde sich freundlich, aber unverbindlich und vor allem sterbenslangweilig geben. Spätestens heute Abend war sein Interesse an ihr verpufft.

Sie war gerade dabei, die Einzelheiten ihres Plans noch einmal durchzugehen, als Julia mit Kaffee und der Nachricht, dass sie heute den Dachboden ausmisten würden, in ihr Schlafzimmer gesegelt kam. Vor einigen Monaten hatte Sidonie Claires elegantes Stadthaus in Mayfair verkauft und die persönlichen Dinge ihrer Mutter zum Bedford Place schicken lassen. Claires Truhen und Kisten waren auf den Dachboden verfrachtet worden, wo sie seitdem auf ihr zukünftiges Schicksal warteten.

Julia packte hinter Sidonies Rücken eine antike Truhe aus, während Thomas um Sidonies Röcke strich. Sie hob ihn hoch, stellte sich vor das Fenster und blickte gedankenverloren nach draußen. Schnurrend rieb sich Thomas an Sidonies Wange, doch selbst ihm gelang es jetzt nicht, sie zur Ruhe kommen zu lassen.

Sie hatte nie gewusst, was sie von ihrer Mutter halten sollte. Claire hatte Kinder geliebt – aber nur aus der Ferne. Sidonie und George waren von Bediensteten großgezogen worden und wurden ihren Eltern nur vorgeführt, um den Herrn Papa zu unterhalten oder die Frau Mama zu besänftigen, wenn sie keine Bewunderer zu Besuch hatte. Irgendwann war Claire dazu übergegangen, George als … nun, als ebenbürtig zu behandeln. Sie hatte einen Narren an ihm gefressen, sich immer mehr auf ihn gestützt und ihm eine wundervolle Zukunft vorhergesagt.

Sidonie, die einige Jahre jünger war als George, war Claires Puppe gewesen, die sie nach Lust und Laune anzog und mit der sie angab. Als Sidonie zwölf war, konnte sie bereits singen und Klavier spielen, war in Poesie bewandert und sprach drei Sprachen – alles zum Entzücken der Freundinnen ihrer Mutter. Hin und wieder trugen Mutter und Tochter sogar die gleichen Kleider. Sidonie konnte sich noch gut an einen Sommertag erinnern, als sie gemeinsam einen Spaziergang unternommen und identische gelbe Kleider und Hüte getragen hatten, während sie fröhlich ihre gelben Sonnenschirme geschwungen hatten. Sie konnten die vielen bewundernden Blicke gar nicht zählen, die ihnen zugeworfen wurden. Claire hatte einen Heidenspaß an dem Spiel gehabt. Eine Zeitlang zumindest.

Als ihr die Lust vergangen war oder genauer gesagt, als ihre neuen, jungen Liebhaber Sidonie mehr als nur flüchtige Blicke zuwarfen, hatte sie ihre Tochter mit der Begründung, sie sei launisch und müsse diszipliniert werden, zurück nach Frankreich geschickt. Nur böse Mädchen würden so viel Aufmerksamkeit auf sich ziehen, lautete die Botschaft hinter der Entscheidung. Claires Eltern aber hatten keinerlei Interesse daran gehabt, ihre uneheliche Enkelin zu erziehen und sie stattdessen auf direktem Wege auf eine Klosterschule geschickt. Sidonie hatte damals fünfzehn Lenze gezählt und war nicht annähernd so lebenserfahren gewesen, wie sie wirkte.

Nach zwei unglücklichen Jahren im Exil war Sidonie zu der

Entscheidung gekommen, dass, wenn sie schon dafür bestraft wurde, ein böses Mädchen zu sein, sie sich auch ebenso gut wie ein solches verhalten konnte, was darin gipfelte, dass sie mit Pierre Saint-Godard durchbrannte – einem gut aussehenden Abenteurer, der rund zehn Jahre älter war als sie. Vorher hatte Pierre sie allerdings nach allen Regeln der Kunst verführt und das, obwohl er sich zweifellos gar nicht mit der Absicht trug, sie zu heiraten. Doch genau das tat er und verkündete, so seltsam es auch gewesen war, dass er unsterblich in sie verliebt sei. Sidonie vermutete, dass er sie tatsächlich irgendwie geliebt hatte. Auf eine Art, wie es ein verwegener Schurke und Aufschneider neben seinen riskanten Abenteuern und Kneipenhuren eben vermochte. Dennoch hatte Sidonie ihre Entscheidung nie bereut.

Ein Geräusch, als würde etwas Schweres über den Boden gezogen, riss Sidonie aus den Gedanken.

»Oh!« Sidonie eilte zu Julia, die gerade eine Truhe in eine Ecke schob. »Warte, ich helfe dir.«

Nachdem sie fertig waren, richtete Julia sich auf. »So, und jetzt, meine Liebe, verrätst du mir mal, wo du in Gedanken bist«, zog sie Sidonie auf. »Du wirkst nämlich schon den ganzen Morgen so abwesend.«

Sidonie ließ ihren Blick durch den Raum schweifen. »Ich war in Gedanken bei Claire«, räumte sie ein. »Und bei Pierre, so eigenartig das auch klingen mag.«

Julia lenkte ihre Aufmerksamkeit auf eine Hand voll Hutschachteln. »Wenn eine junge Witwe um ihren verstorbenen Gemahl trauert, ist das vollkommen normal«, sagte sie.

Nervös strich Sidonie mit den Händen über ihre Röcke. »Genau da liegt das Problem«, entgegnete sie. »Es fühlt sich gar nicht an wie Trauer. Auch wenn ich ihn zuweilen vermisse.

Oder vielleicht sehne ich mich nur nach meinem alten aufregenden Leben, als mir die Zeit zum Grübeln fehlte?«

Julia warf ihr einen schiefen Blick zu. »Hast du ihn geliebt, Sidonie?«, fragte sie mit leiser Stimme.

Sidonie nickte. »Ja, das habe ich. Aber unsere Ehe war ... ein einziges großes Abenteuer. Wir haben uns Hals über Kopf trauen lassen und in den Tag hinein gelebt. Irgendwie habe ich mir nie so richtig vorstellen können, dass wir unseren Lebensabend gemeinsam verbringen würden. Uns ein Haus am Meer kaufen und Händchen haltend auf der Veranda sitzen würden.«

»Oder Kinder in die Welt setzen?«, unterbrach Julia sie.

Sidonie schüttelte das Haupt. »Das wäre keine weise Entscheidung gewesen«, sagte sie. »Pierre hätte nie das Leben auf See aufgegeben, und ich wollte nicht allein leben. Ein Kind auf einem Schiff großzuziehen kam für mich nie in Frage.«

»Dann hast du also die richtige Entscheidung getroffen, nicht?«, sagte Julia aufmunternd. »Es tut mir leid, dass du ihn so früh verloren hast. Jetzt lass uns noch die letzte Truhe entleeren, ehe wir den Feierabend einläuten.«

Gemeinsam zogen sie eine weitere Truhe in die Mitte des Raums. »Ich habe keine Ahnung, was hier drin ist«, sagte Julia und besah sie sich genauer. »Die war bereits vor Claires Tod eingelagert worden. Vermutlich enthält sie nichts als Tand.«

Sidonie löste die Ledergurte, und Julia schlug den quietschenden Deckel zurück. »Noch mehr alte Kleider«, murmelte Sidonie. »Ich schwöre, dass ich niemanden kenne, der so viele Kleider hat.«

Julia zuckte die Achseln. »Deine Mutter war eben mit Schönheit gesegnet«, antwortete sie. »Die Herren der Schöpfung liebten es, sie in prunkvollen Kleidern zu sehen.«

Sidonie setzte sich auf einen dreibeinigen Hocker, den sie eigens mit nach oben genommen hatte, und ging die obersten Gewänder durch. Und dann entdeckte sie es. Das gelbe Kleid. Das Hyde-Park-Kleid. Einen Augenblick wurde ihr flau, und sie schleuderte die Kleider von sich.

»Nimm es, Julia«, brachte sie hervor. »Nimm es weg. Ich will es nicht mehr sehen.«

Julia ging neben ihr in die Hocke und tätschelte ihr das Knie. »Wir geben es gemeinsam mit den anderen Kleidern, die wir aussortiert haben, an die Armenhäuser«, sagte sie und nahm die restlichen Dinge in der Truhe in Augenschein. »Aber lass uns erst auch den Rest durchsuchen, nur um sicher zu sein.« Als sie die restlichen Kleider unter Claires gelbem Kleid hochnahm, kam in einer Ecke ein kleines und kunstvoll geschnitztes Elfenbeinkästchen zum Vorschein.

»Wie niedlich«, entfuhr es Julia. Sie nahm die Schatulle, klappte den Deckel zurück, auf dessen Rückseite ein Spiegel angebracht war, und sah, dass das Innere in Fächer unterteilt war.

Jetzt, wo sie das gelbe Kleid nicht mehr sehen musste, fühlte sich Sidonie ein wenig wohler in ihrer Haut. »Was ist das, Julia?«

Julia lachte. »Es ist eine Schminkschatulle, wie sie am Theater benutzt wird!«, rief sie. »Ich frage mich nur, was Claire damit wollte?«

Sidonie nahm die Elfenbeinschatulle und betrachtete sie, bis sie sich erinnern konnte. »Kostümbälle«, antwortete sie schließlich. »Sieh noch mal in der Truhe nach, und du wirst bestimmt eine Marie-Antoinette-Perücke finden.«

Julia, die einen kleinen schwarzen Diamanten gefunden hatte, befeuchtete ihn und brachte ihn auf der Wange an. »Wie sehe ich aus?«, fragte sie mit gekonntem Augenaufschlag.

Irgendwie gelang es Sidonie, sich ein Lachen abzuringen. Im selben Moment löste sich der Zierstein und verschwand in den Falten von Julias Kleid. Sidonie nahm einen weiteren und klebte ihn sich neben den Mund, dort wo Ruby Black das Muttermal getragen hatte.

»Fast wie eine Tätowierung, findest du nicht auch?«, fragte Julia und musterte sie. »Eine vorübergehende, meine ich. Etwas, was das Auge magisch anzieht.«

Sidonie musste wieder lachen, woraufhin der Stein herabfiel. »Willst du damit andeuten, dass ich versuche, Aufmerksamkeit auf meine Brüste zu ziehen?«

Sofort lief Julia rot an. »O nein, meine Liebe, wo denkst du hin?« Dann zögerte sie. »Aber ich habe mich schon oft gefragt, warum …«

»Sprich doch weiter, Julia!«

»Was hat dich eigentlich dazu bewogen, dir eine Tätowierung machen zu lassen?«, sagte sie schließlich. »Und dann auch noch an einer höchst intimen Stelle!«

Sidonie blickte von der Elfenbeinschatulle auf und verlor sich einige Augenblicke in Gedanken. »Ich habe mich dafür entschieden, weil Pierre es mir verboten hatte«, sagte sie schließlich. »Ich war eine sehr aufmüpfige Braut, musst du wissen.«

»Und eine aufmüpfige Tochter«, murmelte Julia. »Deine arme Mutter ist in Ohnmacht gefallen, als die Nonnen ihr schrieben, du wärst mit einem Matrosen auf und davon.«

Sidonie verzog das Gesicht. »Er war Kapitän, nicht Matrose.«

»Ja, und du? Was warst du? Siebzehn?«

Sidonie wandte den Blick ab. »So ungefähr«, antwortete sie. »Ist ja auch egal, schließlich hast du mich nach meiner Tätowierung gefragt und nicht danach, warum ich Pierre geheiratet habe.«

»Ja, sprich weiter«, sagte Julia. »Erzähl mir mehr von der Tätowierung.«

Vor Sidonies innerem Auge zogen Bilder von ihrem damaligen Leben vorbei. »Es war unser erster Besuch auf Martinique«, murmelte sie. »Wir sollten Rum und Zucker laden. Als wir in Fort-de-France von Bord gingen, sahen wir eine eigenartige Alte am Dock, die Tätowierungen stach. Das macht man übrigens mit einer Nadel.«

»Oh«, entfuhr es Julia, »das wusste ich gar nicht.«

»Aber es tut nicht weh«, sagte Sidonie schnell. »Nur ein bisschen. Es versteht sich von selbst, dass ich so etwas noch nie gesehen hatte. Die alte Frau war gerade dabei, einem Matrosen eine Seeschlange zu stechen. Sie sprach kaum ein Wort Französisch, der Matrose meinte, sie käme von ... irgendeiner Insel im Pazifik. Gott weiß warum, aber ich musste unbedingt auch eins von diesen seltsamen, exotischen Bildern haben, nahm Platz und versuchte, mich mit albernen Gesten zu verständigen. Die Alte berührte mein schwarzes Haar und betastete mein Gesicht. Anschließend nahm sie einen Bleistift und malte einen kleinen Engel auf ein Stück Papier. Ich weiß nicht, warum sie das tat. Eigentlich hatte ich nach etwas ganz anderem verlangt. Als Pierre mitbekam, was ich im Begriff war zu tun, wurde er wütend. Meinte, er würde es nicht dulden, dass seine Ehefrau eine Tätowierung trage, die alle Welt sehen könnte.«

»Irgendwie verständlich.«

Sidonie sah auf den Boden. »Genau genommen hat seine Bemerkung mich erst so richtig herausgefordert«, sagte sie betreten. »So kam es, dass ich mich am nächsten Tag – Pierre war damit beschäftigt, unsere Vorratskammern auffüllen zu lassen – auf die Suche nach der alten Frau machte. Es dauerte eine Weile, aber ich fand sie schließlich in einer Seitenstraße. Es hatte fast den Anschein, als hätte sie mich erwartet. Ihre knorrigen Finger zogen mich in ein windschiefes Häuschen, wo sie mir noch einmal den Engel zeigte, und ich beschloss, ihn mir an einer intimen Stelle stechen zu lassen, die nur Pierre zu Gesicht bekommen würde. So konnte er mir nicht vorwerfen, ich hätte ihn hintergangen.«

»O Sidonie!«

Sidonie warf ihr einen verschlagenen Blick zu. »Pierre muss dir nicht leid tun«, antwortete sie. »Erst war er außer sich, aber nach und nach fand er Gefallen an dem kleinen Bild.«

»War er eigentlich ein guter Ehemann?«, erkundigte sich Julia und entstaubte ein Buch, das sie aus der nächsten Truhe entnommen hatte.

Sidonie drehte sich um, um ihrer Freundin zu helfen. »Er hat es zumindest versucht«, antwortete sie und nahm einen Stapel Bücher zur Hand. »Er war von unstetem Geist. Und ein Charmeur *par excellence*. Doch er war nie barsch zu mir.«

»Dann solltest du dich glücklich schätzen, meine Liebe. Hast du eigentlich eine Ahnung, was das hier für Bücher sind?«

Sidonie antwortete nicht sofort. Sie war in Gedanken noch immer bei Pierre. »Das sind Claires Tagebücher«, sagte sie zerstreut, während sie die Kiste leerte.

Julia, der in der Zwischenzeit eine Schachtel in die Hände gefallen war, hörte nur mit einem Ohr hin. »Da sind sie ja!«, jubelte sie, »die grünen Samtschuhe, von denen ich gesprochen habe.«

Im selben Moment betätigte jemand den Türklopfer. Sidonie warf einen Blick auf die Uhr, die sie am Oberteil ihres Kleides festgemacht hatte, und sprang auf. »Herrje, das ist bestimmt Miss Hannaday!«, rief sie und schüttelte sich den Staub vom Rock. »Kann ich mich so sehen lassen?«

»Aber ja doch, meine Liebe«, sagte Julia, streckte sich und befreite sie von einer Staubflocke, die sich auf ihr Haar gelegt hatte. »Aber die arme Miss Hannaday! Der Bluterguss auf ihrer Stirn bereitet mir Sorgen.«

»Das ging mir gestern noch genauso«, antwortete Sidonie. »Aber jetzt muss sie sich bald keine Sorgen mehr um Lord Bodley machen.«

Julia, die gerade dabei war, die Truhe zu schließen, fragte: »Wieso? Was ist geschehen?«

Sidonie nahm Julia bei der Hand. »Ich habe mich letzte Nacht mit Charles Greer am Russel Square getroffen«, wisperte sie. »Maurice hat ihm eine Stelle bei Giroux & Chenault angeboten, und er hat eingewilligt.«

Julias Kinnlade fiel herunter. »Dann werden Miss Hannaday und er doch noch heiraten?«

Sidonie lächelte. »Das sind grandiose Neuigkeiten, nicht wahr?«

Im selben Moment rief Meg die Treppe hinauf, und Sidonie befand sich gerade auf der Hälfte der Treppe, als Julia ihr nachrief: »Soll ich die Schuhe in dein Zimmer bringen?«

»Das wäre lieb von dir, Julia.«

»Und was ist mit den Tagebüchern? Hast du vor, sie zu behalten? Soll ich sie George schicken? Oder wegwerfen?«

Sidonie dachte einen Augenblick nach. George würde sie ohne mit der Wimper zu zucken den Flammen übergeben, und sie wollte sie auch nicht. Aus unerfindlichem Grund brachte sie es jedoch nicht übers Herz, sie zu vernichten.

»Ich werde sie fürs Erste behalten«, sagte sie. »Ach ja, Julia?«

Julias Gesicht erschien am Treppengeländer. »Was gibt es?«

Sidonie lief die Treppe wieder nach oben, damit Meg sie nicht hören konnte. »Meinst du, du könntest irgendwie an die

Uniform eines Leutnants kommen? Oder wenigstens eines Oberfähnrichs?«

Julia sah sie ungläubig an. »Marineuniformen? Wofür denn?«

Sidonie feixte. »Vergiss nicht, dass in mir ein erfahrener Matrose steckt«, murmelte sie. »Außerdem bin ich davon überzeugt, dass ich selbst in einer Seemannsuniform eine gute Figur machen würde.«

»Um Gottes Willen!« Julia schloss die Augen. »Sprich bitte nicht weiter, ich flehe dich an!«

Sei freundlich, unaufdringlich und vor allem gähnend langweilig, rief Sidonie sich in Erinnerung, als sie später am Nachmittag vor der Haustür mit der Nummer siebzehn stand. Den Fall Hannaday hatte sie erfolgreich zu Ende gebracht. Jetzt war der Teufel an der Reihe. *Geistlos. Artig. Ermüdend.* Genau diesen Eindruck musste er von ihr bekommen. Wie eine Schauspielerin, die sich für ihren großen Auftritt vorbereitete, schickte Sidonie ein Stoßgebet zum Himmel und betätigte den Türklopfer.

Ihre Nervosität stieg ins Unermessliche. Trotz ihres trostlosen Erscheinungsbildes und ihrer guten Vorsätze, fand sie mit einem Mal, dass es kein sonderlich geschickter Schachzug war, einem Mann wie Devellyn ohne Begleitung einen Besuch abzustatten. Aber hätte sie Julia bitten sollen, sie über die Straße zu begleiten? Nein, das wäre mehr als töricht gewesen. Davon abgesehen, war Sidonie eine Witwe, was ihr ein gewisses Maß an Freiheit einbrachte. Mit neu gewonnener Zuversicht betätigte sie den Türklopfer ein weiteres Mal, dieses Mal etwas kräftiger.

Wieder verstrichen einige Augenblicke, bis ein Mann die Tür öffnete, von dem Sidonie zu wissen glaubte, dass er der

Butler des Hauses war. »Ah, Madame Saint-Godard!«, sagte er, als würden sie einander kennen. »Ich hoffe inständig, Sie haben sich von dem kleinen Missgeschick gestern wieder erholt.«

»Das habe ich, danke der Nachfrage«, brachte sie hervor und überreichte ihm den Regenschirm. »Seine Lordschaft hat ihn mir geliehen, und ich wollte mich noch einmal dafür bei ihm bedanken. Ist er zu Hause?«

Der Butler hielt ihr die Tür auf. »Ich werde anfragen.«

Sidonie überreichte dem Butler eine Karte, die er auf ein silbernes Tablett unweit der Tür fallen ließ, um dann beides fortzutragen. Einige Momente später wurde sie nicht etwa in den überladenen Salon, sondern in ein vollgestelltes und mit Holzpaneelen ausgekleidetes Arbeitszimmer geführt, von wo aus sich ein guter Blick in den Garten bot. Es war eindeutig ein Männerraum, den der Marquis mit seiner Anwesenheit ausfüllte.

Mit einem dunklen Morgenrock bekleidet, lümmelte er sich in einem ausladenden Ledersessel am Kamin. In der einen Hand hielt er eine Pfeife, in der anderen ihre Karte, die er zwischen den Fingern hin und her wandern ließ, wie gelangweilte Spieler es taten. Er wirkte, als hätte er sich seit drei Tagen nicht mehr rasiert, und seinem Haar nach zu urteilen, war er gerade erst aufgestanden. Auf der Armlehne stand eine große irdene Tasse, randvoll mit Kaffee, sowie ein Aschenbecher, der überzulaufen drohte. Seine Hausschuhe schienen in einem Meer aus Zeitungen zu schwimmen, die er nach der Lektüre, so schien es zumindest, achtlos auf den Boden geworfen hatte.

Mit langsamen Bewegungen stand er auf und legte die Pfeife beiseite. »Guten Morgen, Sid«, sagte er mit einem unverfrorenen Feixen. »Wie komme ich zu der Ehre, dass Sie mir einen Besuch abstatten?«

Sidonie verkniff es sich, ihn darauf hinzuweisen, dass es längst nicht mehr Morgen war und setzte stattdessen einen dümmlichen Gesichtsausdruck auf. »Ich bin gekommen, um Ihnen Ihren Regenschirm zurückzubringen, Mylord«, sagte sie. »Nochmals vielen Dank dafür. Sie hatten recht, es hat noch einmal geregnet. Ohne Sie und Ihre Selbstlosigkeit läge ich jetzt vermutlich mit Fieber im Bett.« Sie verstummte, um in die geballte Hand zu hüsteln. »Meine Lungen sind nämlich nicht mehr das, was sie einstmals waren.«

»Was Sie nicht sagen.« Sein Blick glitt an ihrem Körper hinab. »Auf mich wirken Sie gesund und munter.«

Sidonie, die seine Bemerkung geflissentlich überging, fuhr fort: »Überdies bin ich gekommen, um mich bei Ihnen zu entschuldigen«, säuselte sie und faltete artig die Hände, wie man es ihr in der Nonnenschule beigebracht hatte. »Und zwar für mein gestriges Betragen. Zu meiner Entschuldigung kann ich nur sagen, dass ich … nun, ich habe die Nacht zuvor kaum ein Auge zugetan.«

Der Marquis blickte verwirrt drein. »Das tut mir leid für Sie«, antwortete er. »Aber bitte, nehmen Sie doch Platz.«

»Danke schön, Mylord«, sagte sie, nahm Platz und brachte ihren Rock in Ordnung. »Es ist eine dürftige Entschuldigung, aber ich leide unter …« – ehe sie wusste, was sie sagen würde, schoss ihr das Bild von Mrs. Arbuckle in den Kopf, wie diese kraftlos auf ihrem Sofa gelegen hatte – »Migräne. Meine Nerven, wenn Sie verstehen, was ich meine. Und die Tatsache, dass ich Witwe bin. All die herben Enttäuschungen, die ich bereits erleben musste.«

»Gütiger Gott!«, entfuhr es dem Marquis, und er ließ sich nach hinten fallen. »Gerade von *Ihnen* hätte ich eine bessere Vorstellung erwartet.«

Sidonie klimperte mit den Wimpern. »Was meinen Sie, mein Herr?«

Übermut flackerte in seinen Augen auf. »Wenn Sie unter schwachen Nerven leiden, Sid, dann bin ich die Königin von Schweden.« Er nahm die Pfeife und klopfte sie aus, sodass sich ein wahrer Funkenregen in den Aschenbecher ergoss. »Ich weiß, dass es sich nicht gehört, aber würde es Ihnen etwas ausmachen, wenn ich sie wieder anzündete?«

Sidonie lächelte angestrengt und signalisierte ihr Einverständnis, indem sie mit der Hand wedelte.

»Sollten Sie auch mal probieren, ist gut gegen schwache Nerven, Sid«, sagte er hilfsbereit. »Soll ich Honeywell bitten, Ihnen eine zu holen?«

»Nein, danke«, erwiderte sie. »Ich ziehe es vor, giftige Substanzen herunterzuschlucken.«

»Ah!«, sagte er. »Diese Art Frechheit passt schon besser zu Ihnen.« Er schüttelte einen Lederbeutel auf und stopfte die Pfeife kunstvoll mit dem Tabak. »Fühlen Sie sich wie Zuhause. Der Brandy steht auf dem kleinen Tisch dort drüben.«

»Ich weiß Ihr Angebot durchaus zu schätzen, Mylord, aber ich trinke erst nach Sonnenuntergang«, sagte sie und versuchte ein prüdes Gesicht aufzusetzen.

Der Marquis zuckte die Achseln. »Wie Sie meinen«, sagte er und streckte die Beine aus. »Jetzt aber raus mit der Sprache, Sid. Sie geben sich die größte Mühe, mich nicht zu mögen und wollen mich nun mit ihrer kleinen Privatvorstellung dazu bringen, dass ich Sie ebenfalls unsympathisch finde, kann das sein?«

Sidonie senkte betreten den Blick. »Ich bin überzeugt davon, Mylord, dass Sie auf Ihre ganz eigene Weise versuchen, mir ein wenig Trost zu spenden«, murmelte sie, »aber ich verstehe nicht ganz, was Sie mir damit sagen wollen.«

Die Pfeife zwischen den Lippen eingeklemmt, lachte er auf. »Oh, ich glaube, Sie schwindeln. Und wenn ich versuchen würde, Sie zu trösten, dann würden wir sicher nicht hier herumsitzen und uns unterhalten.«

Sidonie nahm die Schultern zurück. »Ich muss doch sehr bitten, Lord Devellyn.«

Doch ihre Schelte prallte von Lord Devellyn ab. »Ach übrigens, meine Liebe, das amethystfarbene Seidenkleid hat mir um einiges besser gefallen als dieses sackartige mausfarbene Ding, das Sie heute tragen. Es kaschiert Ihre ... äh, weiblichen Vorzüge.«

Es juckte Sidonie in den Fingern, ihm eine zu scheuern. *Gähnend langweilig*, ermahnte sie sich. »Vielen Dank, Mylord«, sagte sie. »Dieses Kleid hat einst Julia gehört. Ich habe es umgenäht. Sie müssen wissen, dass ich nur selten leuchtende Farben trage.«

Der Marquis hob eine seiner teuflischen Augenbrauen. »Sie tragen Kleider auf?«, fragte er mit zweifelndem Unterton. »Von Ihrer Gesellschafterin? Die dazu noch einen guten Fuß kleiner ist als Sie?«

Sidonie riss die Augen auf. »Ich habe den Saum ausgelassen«, sagte sie und hoffte, dass er keine Ahnung vom Nähen hatte. »Im Umgang mit Nadel und Faden bin ich ziemlich geschickt, Mylord. Ich nähe so gerne, dass ich jede freie Minute mit der Nähnadel in der Hand verbringe.«

»Nähen?«

»Ja. Für die Armen.«

»Ach, für die Armen«, wiederholte er. »Und was genau, wenn man fragen darf, nähen Sie da so?«

Sidonie fiel keine passende Antwort ein. »Naja, genau genommen stricke ich für die Armen«, verbesserte sie sich.

»Fäustlinge, Schals, und dergleichen mehr. Manchmal machen Julia und ich tagelang nichts anderes, als zu nähen und zu stricken. Es ist unbeschreiblich befriedigend, den weniger Begünstigten unter die Arme zu greifen.«

»So so, befriedigend«, murmelte der Marquis mit gesenktem Blick.

»Mir scheint, ich langweile Euch, Mylord«, fuhr sie fort. »Dabei ist dies das Letzte, was ich wollte. Eigentlich bin ich hier, um Sie einzuladen. Als eine Art Wiedergutmachung. Ich hoffe inständig, dass Sie es nicht als unverschämt empfinden.«

»Nein, nein, mitnichten.« Seine Miene hellte sich auf. »Damit bereiten Sie mir eine große Freude, Sir«, sagte Sidonie. »Mrs. Crosby und ich erwarten nämlich unseren Vikar zum Tee. Unsere Kirche ist die St. George's Bloomsbury und ...«

»Moment mal. Sie sind Französin, und nicht katholisch?«

Sidonie war überrascht, dass er sich über so etwas Gedanken machte. »Meine Mutter ist konvertiert«, murmelte sie, ohne ins Detail zu gehen. »Wie ich schon sagte, kommt morgen der Vikar, und wir hätten gerne noch einen weiteren Gentleman anwesend, damit wir zu viert sind – zwei Frauen, zwei Männer. Vorausgesetzt, es wird Ihnen nicht zu viel, dann würden wir nämlich gerne ein wenig Whist spielen.«

Trotz Pfeife zwischen den Lippen rang er sich ein Lächeln ab. »Täusche ich mich, oder ist die Temperatur in der Hölle gefallen?«

Sidonie versteifte sich. »Wie bitte?« Doch dann erinnerte sie sich an ihre Äußerung vom Vortag. »Ach, du meine Güte«, raunte sie. »Bitte verzeihen Sie mir meine freche Bemerkung von gestern, Sir. Ich habe es nicht so gemeint und würde mich sehr freuen, wenn Sie morgen kämen.«

Der Marquis wechselte die Sitzposition. »Tee trinken und

Karten spielen?«, fragte er, ohne die Pfeife aus dem Mund zu nehmen. »Kein Absinth? Kein Würfelspiel? Keine tanzenden Nackedeis?«

Sidonie gab sich größte Mühe, ein missbilligendes Gesicht aufzusetzen.

Der Marquis tat ihre Miene mit einem Murren ab. »Also auch kein Opiumesser?«, murrte er. »Ich bin untröstlich, Sid, aber ich werde mir die Gelegenheit trotzdem nicht entgehen lassen. Lassen Sie sich das eine Lektion sein.«

Sidonie musste unwillkürlich nach Luft schnappen. Er nahm die Einladung an? »Freut mich sehr«, sagte sie.

»Nein, tut es nicht«, entgegnete er. »Sie sind geschockt. Fordern Sie nie einen eingefleischten Spieler heraus. Ich weiß zwar nicht, was Sie da treiben, Sid, aber Sie sollten nicht mit dem Feuer spielen.«

Ehe Sidonie etwas erwidern konnte, kam Honeywell in den Raum gestürzt. »Mylord! Mylord!«, rief er verzweifelt. »O Sir! Ich fürchte, Miss Leder …«

Aber es war bereits zu spät. Ein sichtlich aufgewühltes Frauenzimmer mit flammend rotem Haar schob ihn zur Seite und stürmte in den Raum. Sidonie hatte sie sofort erkannt.

»Raus mit der Sprache, was soll das?«, kreischte sie und zeigte auf Sidonie, wenngleich sie diese kaum eines Blickes würdigte.

Der Butler zog sich zurück, Devellyn setzte sich aufrecht hin. »Was für eine unerwartete Freude.«

»Das wird sich noch zeigen«, fauchte sie und baute sich vor ihm auf. »*Zwei Wochen*, hast du gesagt, du Lügner. *Ooh, liebe Cammie, du hast alle Zeit der Welt zum Ausziehen*.«

Devellyn warf Sidonie einen hastigen Blick zu. »Camelia, was soll die Aufregung?«

Sidonie sprang auf. »Vielleicht wäre es das Beste, wenn ich jetzt ginge.«

Ohne Sidonie Beachtung zu schenken, beugte sich die Frau über Devellyn und fuchtelte mit dem Finger vor seinem Gesicht herum. »Was die Aufregung soll? Ich rege mich auf, weil du mich nich' anständig behandelst. Lass dir Zeit, Cammie, haste gesagt. Und jetzt wohnste schon hier? Du Lügner.« Sie funkelte Sidonie an. »Und was will diese Fregatte überhaupt von dir?«

Devellyn machte einen recht gelassenen Eindruck. »Madame Saint-Godard, darf ich Ihnen Miss Camelia Lederly vorstellen, die beinah-berühmte Schauspielerin?«, sagte er. »Camelia, Madame Saint-Godard.«

Mühsam rang Sidonie sich ein Nicken ab.

»Außerdem, herzallerliebste Camelia, schätzt du die Situation vollkommen falsch ein«, fuhr der Marquis fort. »Madame Saint-Godard ist meine gutherzige, christliche Nachbarin, die mich zum Tee mit ihrem Vikar einladen wollte. Ein verzweifelter Versuch, meine Seele doch noch zu retten.«

»Und das soll ich dir glauben?« Die Rothaarige warf Sidonie einen giftigen Blick zu. »Als ich hier noch gelebt habe, ist die nie vorbeigekommen, um *meine* Seele zu retten.«

»Das, meine Liebe«, sagte er, die Pfeife noch immer im Mund, »liegt vermutlich daran, dass sie weiß, dass du ein seelenloses Wesen bist.«

Als Antwort stürzte sich die Rothaarige mit einem lauten Schrei und ausgefahrenen Krallen auf Devellyn. »Schwein!«, brüllte sie. »Du egoistischer Schweinebastard!« Sie nahm den überfüllten Aschenbecher und leerte ihn über seinem Kopf aus.

Faszíniert sah Sidonie zu, wie der Marquis versuchte, ihr

den Arm um die Taille zu legen und ihre Hände hinter ihrem Rücken einzufangen. Doch die Rothaarige konnte eine Hand befreien und verabreichte ihm eine Backpfeife, die sich gewaschen hatte.

»Camelia, tu nichts, was du später bereuen könntest«, sagte er, nachdem er sie wieder unter Kontrolle hatte. »Beruhige dich. Reg dich ab. Brauchst du das Haus, geht es darum?«

»Du hast mich angelogen!«, jammerte sie und kämpfte mit aller Kraft gegen ihn an.

»Wie wär's, wenn du – *aua!*« Camelias Ellbogen hatte seine Schläfe getroffen. »Du kannst das Haus haben …« Weiter kam er nicht, denn sie hatte sich losgerissen und versuchte, ihn mit seinem Halstuch zu erwürgen.

»*Zwei Wochen*, hast du gesagt«, tobte sie. »*Lass dir Zeit, Camelia.*«

Als es dem Marquis zu bunt wurde, packte er sie bei der Taille. Dass sie ihm auf den Rücken trommelte und ihn an den Haaren zog, schien ihn herzlich wenig zu stören. Er lief einfach weiter. »Camelia, ich setz' dich jetzt auf dem Sofa ab«, sagte er ruhig. »Sobald du dich beruhigt hast, können wir alles in Ruhe besprechen.«

»Du kannst mich mal, Devellyn!«, zischte Camelia, bekam einen Kerzenständer zu fassen und drosch damit auf seinen Rücken ein, während Devellyn die Kerze, die ihm vor die Füße gefallen war, kurzerhand zertrat.

»Alles in Ruhe besprechen!«, äffte sie ihn nach. »Bei Gott, wie ich es hasse, wenn du so geschwollen daherredest.«

Vor dem Brokatsofa blieb er stehen und ließ sie wie einen nassen Sack fallen. Den Kerzenständer noch immer in der Hand, landete Camelia federnd auf der Sitzfläche und zeigte unfreiwillig ihre schlanken Fesseln.

»Meine liebste Camelia«, sagte Devellyn, als wäre er die Ruhe in Person, »findest du nicht auch, dass du es ein wenig übertreibst?«

»Nein. Nicht im Geringsten.«

Als sie Anstalten machte, sich zu erheben, machte er einen Schritt auf sie zu und baute sich vor ihr auf. Sofort wich sie zurück. »Hör zu, Camelia, du hast mich verlassen, schon vergessen?«, polterte er los. »Hast mich fallen lassen, mich aus deinem Leben entfernt, mir den Laufpass gegeben. Kommt dir das irgendwie bekannt vor?«

»Ja, schon«, sagte sie kleinlaut. »Aber jetzt will deine Cammie hier wieder einziehen!« Ein wenig selbstbewusster und aggressiver fügte sie in ihrem rauen Straßenjargon hinzu: »Ich will die zwei Wochen, die du mir versprochen hast! Aber was machst du, bändelst mit dieser Schreckschraube von Nachbarin an.«

Als Sidonie ein beißender Geruch in die Nase stieg, flog ihr Blick zum leeren Sessel. Sie schnappte nach Luft. »Feuer!«, rief sie und stürzte nach vorne. »Feuer!«

»Lass es brennen«, zischte Camelia und packte Devellyn abermals am Halstuch. »Wenn die Flammen hoch genug sind, schmeiß ich diesen Mistkerl gleich hinterher.«

Ehe Sidonie wusste, was sie tat, hatte sie Devellyns Kaffeetasse ergriffen und über den Flammen ausgegossen. Die brennende Zeitung verwandelte sich in einen bräunlichen, durchnässten Brei.

Rasend vor Wut riss der Marquis sich los und brüllte lautstark nach dem Butler, der noch im selben Moment zur Tür hereinstürzte. Als sein Blick auf die qualmende Masse am Boden fiel, griff der kreidebleiche Dienstbote nach der mit Lilien gefüllten Vase und goss Wasser und Inhalt aus.

»Ich glaube, mich tritt ein Pferd«, ertönte eine leise Stimme von der Tür her.

Sidonie drehte sich um und blickte in das Gesicht des attraktiven Gentlemans aus dem Anker, der von Sonnenstrahlen eingerahmt auf der Schwelle zum Studierzimmer stand.

»Hallo, Al«, begrüßte Camelia ihn, als wäre ihre Stimme in einen Honigtopf gefallen. »Wolltest wohl mal wieder gucken, ob dein oller Kamerad Dev halbwegs nüchtern is', oder was?«

Devellyn wandte sich von Camelia ab und starrte ungläubig auf den ruinierten Läufer. »Hallo, Alasdair«, sagte er mit erstaunlich ruhiger Stimme, »ich fürchte, du hast keinen guten Zeitpunkt für deinen Besuch gewählt.«

»Das scheint mir auch«, antwortete Alasdair und trat näher in den Raum. »Cammie? Ich dachte, du wärst ... hättest Devellyn ...«

Devellyn hob den Kopf und warf der Rothaarigen einen verletzten Blick zu. »Du hast angenommen, sie hätte mich wegen Sir Edmund Sutters verlassen«, half er ihm aus. »Das dachte ich auch.«

Kraftlos sackte Camelia in sich zusammen. »So war es auch«, winselte sie und verzog das Gesicht. »Aber daraus wird jetzt nix mehr.«

Devellyn hüllte sich einen Augenblick in Schweigen. »Warum nicht?«

Camelia brach in Tränen aus, der Kerzenhalter entglitt ihren kraftlosen Händen. »Er ist im Schuldnergefängnis!«, schluchzte sie. »Gestern Abend ham sie ihn abgeholt.«

Alasdair nickte. »Sie spricht die Wahrheit«, sagte er. »Es geht das Gerücht um, Sutters müsse noch vor Ende des Monats vors Schuldnergericht. Das war gestern Gesprächsthema Nummer eins im White's.«

»Ruiniert. Arm wie eine Kirchenmaus«, jammerte Camelia. »Verschuldet bis über beide Ohren.«

»Oh, Camelia!« Devellyns Stimme klang nicht mehr so barsch wie noch kurz zuvor. »Das tut mir leid für dich.«

Doch Camelia wollte keine Anteilnahme. »Steck dir dein Mitleid sonst wohin!«, schrie sie und wollte wieder auf ihn losgehen, doch Devellyn fing ihre Arme ab.

»Beruhige dich, Camelia!«, sagte Alasdair und trennte die beiden Streithähne. »Das hilft doch jetzt auch nicht, meine Liebe«, sprach er besänftigend auf sie ein. »Du bist doch viel zu hübsch für einen Grobian wie Dev. Vergiss nicht, wie schlecht er dich behandelt hat. Das kannst du ihm natürlich auf keinen Fall verzeihen.«

Camelia wich zurück und strich sich das Haar glatt. »Verschaukelt hat er mich«, schniefte sie, »mich sträflich vernachlässigt. Außer wenn er mich flachlegen ...«

»Schon gut, schon gut«, unterbrach Alasdair sie mit einem besorgten Blick auf Sidonie. »Lass mich mal zusammenfassen. Du suchst nach einer Bleibe, bis du einen neuen Gönner gefunden hast, oder? Und glaub' mir, die Verehrer werden schon bald Schlange stehen.«

Camelia sah ihn hoffnungsvoll an. »Lieb, dass du das sagst. Aber was, wenn es länger dauert? Ich bin doch so furchtbar ungern allein«, schniefte sie.

»Ach, Camelia. Eine Frau mit deinen Vorzügen wird doch nicht lange allein bleiben. Der Mann, der dich eines Tages bekommt, ist ein wahrer Glückspilz«, sagte er schnell. »Aber bis dahin müssen wir uns etwas einfallen lassen, wo du unterkommst.«

Camelia verzog das Gesicht. »Ich hab' mir schon den Kopf zerbrochen«, seufzte sie. »Devellyn hat mir zwei Wochen versprochen. Ich finde, das ist er mir auch schuldig. Nach allem, was ich seinetwegen durchgemacht habe.«

Der Marquis stieß ein leises Fluchen aus, was ihm einen giftigen Blick von Camelia einbrachte. Als sie ihre Augen hasserfüllt auf Sidonie richtete, drohte die Situation abermals zu eskalieren.

»Julia und ich, wir haben ein Gästezimmer«, hörte sich Sidonie aus lauter Mitleid mit der Rothaarigen sagen. »Miss Lederly, Sie können gerne bei uns wohnen, bis Sie etwas Neues gefunden haben.«

»Das könnte Ihnen so passen«, zischte sie und musterte Sidonie mit einem verächtlichen Blick. »So verzweifelt bin ich nun auch wieder nicht.«

»Beim heiligen George, ich hab's!«, rief Alasdair, ging zum Schreibpult und nahm ein Blatt Papier. »Camelia, du könntest in die Wohnung meines Bruders Merrick einziehen. Er weilt noch bis zum Michaelstag in Mailand.«

»Ich weiß nich'«, murmelte Camelia. »Liegt die Wohnung denn wenigstens in einem feinen Stadtteil?«

»Kann man wohl sagen«, ließ Alasdair sie wissen, während er fleißig schrieb. »Im Albany.«

»Oho, Albany!«, rief Camelia verzückt. »Da wohnen viele reiche Kerle.«

»Es wimmelt dort nur so von ihnen«, stimmte Alasdair ihr zu, faltete den Brief zusammen und überreichte ihn ihr. »Gib das dem Portier und frag ihn nach dem Schlüssel zu Merrick MacLachlans Wohnung.«

Camelia kniff skeptisch die Augen zusammen. »Was ist mit meinen Sachen?«, fragte sie. »Ich habe nämlich nich' wenig, was mir gehört. Wird er mir helfen, sie in die Wohnung zu tragen?«

Alasdair klopfte ihr aufmunternd auf die Schulter, während

er sie sanft in Richtung Tür schob. »Er wird sie sogar eigenhändig abholen«, sagte er und nahm sie am Arm. »Aber jetzt musst du dich sputen. Der Nachtportier tritt um sechs seinen Dienst an, und der arme Tropf hat es im Rücken«. Mit diesen Worten verschwanden die beiden im Flur.

Es kostete Sidonie einige Überwindung, nicht laut loszulachen, während der Marquis aufstöhnte und die Hände vor das Gesicht schlug. »Mein Gott. Was für eine Vorstellung!«, seufzte er, während die Haustür gut hörbar ins Schloss fiel.

Wenige Augenblicke später kehrte Alasdair zurück, schloss die Tür hinter sich und stellte sich mit dem Rücken dagegen, als fürchtete er, Camelia könnte zurückkommen.

Devellyn stieß einen leisen Fluch aus. »Alasdair, bist du jetzt von allen guten Geistern verlassen?«, raunte er und sah auf seine Schuhspitze, die gerade mit einer Lilie spielte. »Camelia kann unmöglich im Albany's wohnen. Man erlaubt dort gar keine weiblichen Mieter!«

»Und Merrick ist gar nicht in Mailand«, frohlockte sein Freund. »Aber das weiß Camelia ja nicht, oder? Fürs Erste hast du Ruhe vor ihr. Hoffentlich nutzt du die Zeit weise und lässt Fenster und Türen vergittern. Gütiger Gott, Dev, dieses rothaarige Etwas stellt eine Bedrohung für die Gesellschaft Londons dar. Es ist mir schleierhaft, wie du dich überhaupt mit ihr einlassen konntest.«

Erschöpft ließ sich Devellyn in seinen Lieblingssessel fallen und starrte auf das Zeitungs-Blumen-Kaffee-Chaos. »Ich habe nun mal ein Faible für Frauenzimmer mit Feuer unter dem Hintern.«

»Aber die muss es doch nun wirklich nicht sein«, antwortete Alasdair seufzend. »Warum hast du sie nicht direkt an der Tür abgefertigt?«

Jetzt war Devellyn mit seiner Geduld am Ende. Er sprang auf und blaffte seinen Freund an: »Wie konnte ich denn ahnen, dass sie zurückkommt? So etwas ist mir mein Lebtag noch nicht passiert. Keine hat je den Weg zu mir zurückgefunden, nicht mal, wenn ich darum gebettelt habe.«

»Schon gut, alter Junge. Kein Grund, mich wie ein Marktweib anzuschreien«, erwiderte Alasdair leicht gereizt, drehte sich zu Sidonie um und hielt ihr die Hand hin. »Wir sind einander noch gar nicht vorgestellt worden«, sagte er, als wäre nichts geschehen. »Mein Name ist Alasdair MacLachlan. Ich bin erfreut, Ihre Bekanntschaft machen zu dürfen, Madam.«

Sidonie, die sich noch immer das Lachen verkniff, nahm die angebotene Hand. »Madame Saint-Godard«, antwortete sie trocken. »Eine Nachbarin Ihres Freundes. Ich bin gekommen, um Ihren Freund für morgen zum Tee einzuladen.«

»Oh!« Alasdair verzog das Gesicht, während Devellyn dem Anschein nach ganz woanders weilte.

»Honeywell!«, brüllte der Hausherr. »Honeywell, du kommst auf der Stelle her, du elender Feigling.«

Mit einem hilflosen Gesichtsausdruck betrat der Butler den Raum. »Mylord?«

»Nimm hundert Pfund aus der Geldkassette«, ordnete er an. »Fahr zum Albany und hol Miss Lederly.«

Honeywell wurde kreidebleich. »Sir, muss das sein?«, jammerte er. »Miss Lederly und ich, nun, wir kommen nicht besonders gut miteinander aus, müssen Sie wissen. Warum schicken Sie nicht Fenton?«

»Dann fahrt ihr eben zusammen«, antwortete der Marquis ungehalten, woraufhin Honeywell bekümmert seufzte.

»Du weißt ja, was meine Großmutter stets zu sagen pflegte«, murmelte Alasdair zu Devellyn. »Lieber ein Feigling als tot.«

»Es reicht!«, schrie Devellyn. »Verschon mich bitte mit deinen schottischen Weisheiten. Und was dich betrifft, Honeywell, nimm meinetwegen eine Peitsche mit, aber untersteh dich, sie hierher zurückzubringen. Miete ihr irgendwo eine Wohnung. Im St.-James-Viertel. Von mir aus auch in Mayfair. Am besten du nimmst zweihundert Pfund mit.«

»Jetzt bist du wohl komplett übergeschnappt«, fuhr Alasdair ihn mit schneidender Stimme an. »Freu dich lieber, dass du dieses Weib endlich los bist.«

Der Marquis starrte ihn wutentbrannt an. »Was soll ich denn machen? Soll sie etwa unter einer Brücke schlafen?«, tobte er.

Honeywell bedachte Devellyn mit einem aufmüpfigen Blick. »Mit Verlaub, aber mit zweihundert Pfund könnte sie sich doch auch selbst eine Bleibe suchen, finden Sie nicht auch?«

Eine Ader auf der Stirn des Marquis trat sichtbar hervor. »Wenn du ihr das Geld aushändigst, Honeywell, damit sie es im Lufton's auf den Kopf hauen kann, drehe ich dir den Hals um. Fort mit dir. Schnapp dir den Neuen – wie heißt er doch gleich? – und miete ihr was Nettes an.«

»Polk, Sir«, antwortete Honeywell leicht verschnupft. »Er heißt noch immer Polk.«

»Wie auch immer. Polk soll sich um ihre Sachen kümmern«, befahl er. »Dann hält er sich wenigstens von der Dienerschaft gegenüber fern, nicht wahr, Madame Saint-Godard? An die Arbeit, Honeywell. Und viel Glück!«

Nachdem der Butler sich entfernt hatte, warf Devellyn Alasdair einen funkelnden Blick zu. »Warum bist du eigentlich hier?«

Alasdair machte ein verwirrtes Gesicht. »Weil du mich herbestellt hast«, kam seine Antwort. »Kann es sein, dass du unsere Verabredung vergessen hast?«

Doch dann fiel Devellyn alles wieder ein. »Nein, schon gut«, murmelte er. »Wie wäre es, wenn du schon einmal nach oben gingest und dort auf mich wartetest?«

Mit einem Achselzucken tat Alasdair wie ihm geheißen und schloss die Tür hinter sich.

»Und jetzt zu Ihnen, meine Liebe. Ich wette, Sie hatten Ihre helle Freunde an dem Spektakel?«, fragte ein sichtlich verlegen wirkender Devellyn. Ein schiefes Lächeln spielte um seine Mundwinkel. Für einen flüchtigen Moment waren sämtliche Differenzen zwischen ihnen vergessen.

»Mit Verlaub, aber so etwas ist mir noch nie untergekommen«, antwortete sie schmunzelnd. »Und ich habe schon so einiges erlebt.«

Devellyn räusperte sich und sagte mit ernster Stimme: »Hiermit möchte ich mich in aller Form für das Fiasko entschuldigen. Ich bin untröstlich, Sie in die Sache mit hineingezogen zu haben.«

»Aber das haben Sie doch gar nicht. Schließlich habe ich an Ihre Tür geklopft.«

»Ach, Sidonie«, seufzte Devellyn und blickte an ihr vorbei in den Garten. »Jetzt mal ehrlich. Es kommt morgen gar kein Vikar zum Abendessen, hab ich recht?«

»Zum Tee, nicht zum Abendessen«, verbesserte sie ihn. Dann senkte sie den Blick und fügte mit leiser Stimme hinzu: »Ja, Sie haben recht.«

Devellyn stieß ein leises Lachen aus. »Dann wäre jetzt eine Entschuldigung Ihrerseits angebracht, finden Sie nicht auch? Und ich hätte da auch schon eine Idee, wie Sie es wieder gutmachen könnten«, sagte er und hüllte sich kurz in Schweigen. »Wir sehen uns dann morgen so gegen sechs.«

»Ich verstehe nicht ganz.«

»Na, zum versprochenen Abendessen.« Devellyn zwinkerte

ihr zu. »Mit Tee und Gebäck kommen Sie mir nicht davon. Was sehen Sie mich denn so entsetzt an, Sid? Sie und Mrs. Crosby müssen doch auch etwas am Abend zu sich nehmen, nicht wahr? Oder ernähren Sie sich ausschließlich von Flüssigkeiten? Champagner und Sherry?«

Als Devellyn lächelte, war es Sidonie, als drehte sich der Raum. »Natürlich essen wir zu Abend«, krächzte sie.

»Großartig!«, rief er. »Ach übrigens, ich werde Alasdair mitbringen. Damit wir zu viert sind.«

Sidonie spürte, dass es keinen Sinn hatte, sich auf eine Diskussion mit ihm einzulassen. Und ein Teil von ihr wollte auch gar nicht mit ihm streiten. »Mögen Sie Rindfleisch? Mrs. Tuttles Rinderbraten ist ein Gedicht.«

»Klingt wundervoll«, sagte er und grinste mit sich selbst um die Wette. »Wie wäre es mit Biskuitkuchen zum Nachtisch? Eine meiner Leibspeisen, Sidonie.«

Ach du liebe Güte! Sidonie war entsetzt, als sie merkte, dass sie es mochte, wie er ihren Namen aussprach. Das konnte nichts Gutes bedeuten. »Mögen Sie ihn auch mit Orangen?«, murmelte sie verlegen. »Wir haben so viele Orangen, dass wir schon gar nicht mehr wissen, wohin damit.«

Ehe sie wusste, wie ihr geschah, hatte er ihre Hand genommen und sie an seine Lippen geführt. Im Gegensatz zu seinem Handkuss vom Vorabend ließ er sich diesmal Zeit. Viel Zeit. Zu viel Zeit. Und als er sie endlich wieder ansah, meinte Sidonie, starke Ergriffenheit in seinen Augen zu erkennen. »Sidonie«, sagte er mit seltsam rauer Stimme. »Sie sind eine ... Ich finde Sie ... ach was, vergessen Sie's einfach!«

»Wie bitte?«

»Nichts«, knurrte er. »War nicht wichtig. Was sagten Sie gerade über Orangen?«

Doch Sidonie war in Gedanken weit weg und schüttelte erst einmal den Kopf, um wieder klar denken zu können. »Mylord«, hob sie verunsichert an. »Mylord, bitte sehen Sie mir die Frage nach, aber hat ... hat Miss Lederly Ihnen wirklich den Laufpass gegeben?«

Devellyn warf ihr einen verwunderten Blick zu. »Halten Sie das für so unwahrscheinlich?«, fragte er. »Sie sollten wissen, dass Camelia nicht sonderlich wählerisch ist. Sie ist nicht die Erste, die mich verlässt.«

»Verstehe«, schwindelte Sidonie. Tatsächlich war es ihr, als verstünde sie mit jeder Minute, die sie in seiner Nähe verbrachte, weniger. Zu allem Übel wurde sie obendrein von Schuldgefühlen heimgesucht, weil sie die Situation vollkommen anders eingeschätzt hatte.

Der Marquis zuckte die Achseln, als wäre nichts weiter dabei, dass er kein Glück bei Frauen hatte, trat ans Fenster und blickte in den blauen Himmel. »Ich fürchte, das schöne Geschlecht und ich, wir passen einfach nicht zueinander«, sagte er unterkühlt. »Aber das bin ich natürlich selbst schuld.« Er seufzte. »Ich ... ich kümmere mich einfach nicht genug um Frauen. Ständig vergesse ich, wo und wann ich mit ihnen verabredet bin. Ich bin verantwortungslos. Ich trinke zu viel, liebe Spielhöllen und bin oft in Raufereien verwickelt. Davon abgesehen, schlafe ich bereits, ehe sie ... ach, vergessen Sie's.« Devellyn hüllte sich in Schweigen. »Außerdem bin ich ein notorischer Fremdgänger«, fügte er leise hinzu. »Durch und durch ein Widerling.«

Sidonie wusste nicht so recht, was sie darauf antworten sollte. »Es ist nicht nötig, dass Sie mich über Ihre Sittlichkeit oder gar über Ihre Fähigkeiten im Schlafzimmer unterrichten. Hier geht es lediglich um ein Abendessen, schon vergessen?«

Devellyn schenkte ihr ein mattes Lächeln. »Sehen Sie, Sid, mir fehlt es einfach an Charme«, seufzte er.

»Mag sein«, sagte sie achselzuckend, »aber ich finde, Charme wird heutzutage sowieso überbewertet.«

Er hob eine seiner dichten, geschwungenen Augenbrauen. »Sehr interessant.«

Sidonie berührte ihn flüchtig am Arm. »Und mit Charmebolzen habe ich so meine Erfahrung, Mylord«, ließ sie ihn wissen.

»Verstehe.«

»Außerdem habe ich ein wachsameres Auge, als man meinen könnte.«

Devellyn, der mit ihrer Anspielung nichts anzufangen wusste, warf ihr einen neugierigen Blick zu. »Wie meinen Sie das?«

Sidonie lächelte zaghaft. »Gestern zum Beispiel, da habe ich nach meinem *Stelldichein* einen Mann in unserer Straße beobachtet. Er stand im Schatten Ihres Hauses und ist erst verschwunden, als ich unbeschadet zu Hause angekommen war und die Haustür verriegelt hatte.«

»Sind Sie sich da auch wirklich sicher?«, murmelte Devellyn, den Blick wieder in den Garten gerichtet.

»O ja, das bin ich.« Ihr Lächeln wurde inniger, und sie sah ihn verstohlen an. »Dieser Mensch kam mir alles andere als verantwortungslos vor. Und je länger ich darüber nachdenke, desto mehr komme ich zu der Überzeugung, dass er gar nicht betrunken war.«

»Obacht, meine Liebe«, sagte der Marquis leise. »Dichten Sie diesem ominösen Fremden keine Tugenden an, die er nie hatte und nie haben wird.«

»Keine Angst, das werde ich nicht«, sagte sie. »Ich lerne gerade, dass man einen Menschen nicht vorschnell bewerten sollte.«

Mit diesen Worten stahl sich Sidonie aus Devellyns Arbeitszimmer und trat den kurzen Heimweg an.

Kapitel 7

In welchem Sergeant Sisk zu Besuch kommt

»Ich stehe tief in deiner Schuld«, sagte Devellyn eine halbe Stunde später, als er und Alasdair über die Southwark Brücke fuhren.

»Das höre ich gerne«, erwiderte sein Freund gelassen. »Aber warum?«

Devellyn beugte seine Schultern, als trüge er eine schwere Last. »Weil du Camelia besänftigt hast«, sagte er. »Was für ein entsetzliches Durcheinander!«

Alasdair streckte den Arm aus und klopfte Devellyn freundschaftlich auf die Schulter. »Man kann eben nicht zwei Vögel in einem Käfig halten«, antwortete er. »Und diese Französin hatte eine gewisse Eleganz. Trotz ihres schäbigen Kleides. Die würde ich mir warm halten.«

»Moment, mein Freund. Scheint, als hättest du da etwas in den falschen Hals bekommen«, sagte Devellyn und sah einem Frachtschiff nach. »Madame Saint-Godard ist nur eine Nachbarin. Mehr nicht.«

»Soll das heißen, du machst ihr gar nicht den Hof, Dev?«

»Genau das soll es heißen.«

»Verstehe«, sagte Alasdair nachdenklich. »Würde es dir etwas ausmachen, wenn ich mich um sie bemühte?«

Devellyn warf Alasdair einen vernichtenden Blick zu. »So habe ich das auch wieder nicht gemeint«, entgegnete er zornig. »Tu mir und vor allem dir selbst den Gefallen und lass sie in Ruhe.«

»Mit Verlaub, mein Guter«, unterbrach Alasdair ihn empört,

»aber du tust ja gerade, als wäre ich ein Draufgänger, wie er im Buche steht.«

Devellyn zückte seine neue, auf Hochglanz polierte Taschenuhr. »Dir bleiben genau siebenundzwanzig Stunden, um in dich zu gehen und deine Motive zu ergründen«, brummte er. »Wir werden nämlich morgen um sechs Uhr bei Madame Saint-Godard zu Abend essen.«

»Wirklich?«, murmelte Alasdair und riss die Augen auf. »Das wird bestimmt wundervoll. Ist sie verwitwet? Betucht?«

»Verwitwet ja, betucht nein, wenn ich richtig informiert bin.«

Alasdair lehnte sich verschwörerisch nach vorne. »Was weißt du sonst noch über sie?«

Devellyn hüllte sich in Schweigen. »Sie kommt aus Frankreich, aber das weißt du ja bereits«, antwortete er. »Es heißt, ihre Familie sei adlig, aber verarmt. Sie unterrichtet höhere Töchter, bringt ihnen die nötigen Grundlagen für das gesellschaftliche Miteinander bei.«

»Klingt irgendwie traurig«, meinte Alasdair. »Klingt, als bräuchte sie hin und wieder einen echten Mann, der sie in den Arm nimmt.«

Devellyn schnaubte. »Und du meinst, du wärst der Richtige dafür.«

»Wo denkst du hin?«, sagte Alasdair mit gespielter Empörung. »Für einen Wettkampf mit dir fehlt mir die nötige Kraft.«

Devellyn spürte eine Woge der Beklommenheit aufbranden. »Wettkampf?«

»Ich habe doch Augen im Kopf. Madame Saint-Godards Blick klebte förmlich an dir.«

Eine Weile sprach keiner von beiden, bis der Marquis das Wort ergriff: »Wenn du nichts Gehaltvolleres zu sagen hast, Alasdair, solltest du dein vorlautes Maul halten.«

Mit einem breiten Grinsen lehnte Alasdair sich genüsslich zurück und legte die Stiefel neben Devellyn auf die Bank, bis sie das Ziel ihrer kleinen Reise erreicht hatten.

Als Devellyn aus der Kutsche stieg und sein Blick auf den Anker fiel, wurde er nervös und begann zu schwitzen. Madame Saint-Godard war vergessen. Jetzt gab es nur noch eine Frau, die ihm im Kopf herumspukte. Der Schwarze Engel. Und ehe er es sich versah, spürte er wieder das brennende Verlangen, ihr die Hände um den Hals zu legen, um sie ... um sie ... nun, er war sich nicht ganz sicher, was genau er mit ihr anstellen würde, wenn er sie zu fassen bekäme. Vielleicht würde er sich nehmen, wofür er bereits bezahlt hatte. O ja, das wäre genau nach seinem Geschmack.

Gütiger Herr! Devellyn kniff die Augen zusammen und versuchte, sich nicht darauf zu konzentrieren, was der Schwarze Engel ihm *geben* könnte, sondern was er ihm *genommen* hatte – Gregs Portrait.

Es dauerte nicht lange, da hatten sie den Jüngling ausfindig gemacht, der an jenem verhängnisvollen Abend hinter der Theke gestanden hatte. Da der Bursche einen kooperativen Eindruck machte, bestellte Devellyn gleich drei Humpen Bier und verwickelte ihn in ein Gespräch. Leider aber stellte sich schnell heraus, dass er nichts über Ruby Black wusste.

»Sie hat vorgegeben, eine Hafenhure zu sein«, hakte Devellyn nach. »Ich wette, das war nicht das erste Mal, dass sie hier ein Opfer aufgegabelt hat.«

»D-doch, S-sir«, murmelte der Jüngling.

Devellyn schlug vor Wut mit der flachen Hand auf den Tisch. »Verkauf mich ja nicht für dumm, Bürschchen! Ich habe doch mit eigenen Augen gesehen, wie ihr euch unterhalten habt.«

»I-ich will Ihnen nicht zu nahe treten, Mylord, aber ich

schwöre, dass ich diese Frau noch nie zuvor in meinem Leben gesehen habe«, stotterte er.

»Und worüber, bitte schön, hast du dich mit ihr unterhalten?«

Der Jüngling sah ihn mit ernster Miene an. »Wenn eine wie sie zu uns kommt, knöpfen wir sie uns erst einmal vor. Machen ihr unmissverständlich klar, dass wir hier keinen Ärger dulden werden und sie im hohen Bogen rausfliegt, wenn sie sich nicht zu benehmen weiß.«

Ungehalten kramte Devellyn nach etwas in seiner Gehrocktasche und knallte schließlich eine Goldmünze auf den Tisch.

Der junge Mann sah erst die Münze und dann ihn an. »Auch wenn Sie mir zehn Münzen hinlegen, ich habe Ihnen alles gesagt, was ich weiß.«

Am liebsten hätte Devellyn den Burschen am Kragen gepackt, doch Alasdair hielt ihn zurück. »Ruhig Blut, mein Freund«, sagte er. »Mir scheint, dieses Wirtshaus ist Gift für deine Nerven.«

»Ruby Black ist Gift für meine Nerven«, fauchte Devellyn. »Ich werde dieses kleine Luder finden, Alasdair. Koste es, was es wolle.«

Alasdair stand die Sorge um Devellyn ins Gesicht geschrieben, als er das Wort an den Schankwirt richtete. »Bitte, denken Sie noch einmal gründlich nach. Es muss doch etwas geben, das uns weiterhilft«, redete er ruhig auf ihn ein. »Sie müssen wissen, dass mein Freund eines überaus wertvollen Gegenstandes beraubt wurde – ein Familienerbstück sozusagen.«

Achselzuckend legte der Mann die Hände auf den Tisch. »Vielleicht kann Gibbs Ihnen weiterhelfen«, sagte er kleinlaut.

»Wo finden wir diesen Gibbs?«, wollte Alasdair wissen. »Können wir ihn hier sprechen?«

Der Jüngling schüttelte den Kopf. »Versuchen Sie es mal in

Reigate. Er wohnt bei seiner Schwester«, sagte er und hielt inne. »Wenn mich nicht alles täuscht, meinte er, die Dame hätte auch mit so einer Münze bezahlt.« Er deutete auf den Guinea aus Gold. »Eher ungewöhnlich für eine wie sie. Außerdem hatte sie saubere Fingernägel. Das ist ihm aufgefallen, als er ihr das Wechselgeld gegeben hat.«

Devellyn kniff nachdenklich die Augen zusammen. Ja, das hatte auch er bemerkt. Ihre Hände hatten ausgesehen, als wäre sie gerade von der Maniküre gekommen.

»Mehr kann bestimmt auch Gibbs Ihnen nicht sagen, Sir«, beendete der Jüngling seine Ausführungen. »Wenn Sie es wünschen, bringe ich Sie in das Zimmer, damit Sie sich dort ein wenig umsehen können.«

Devellyn schüttelte den Kopf. Bei der Vorstellung, an den Ort seiner Demütigung zurückzukehren, schauderte es ihn. Die Erinnerungen waren noch zu frisch.

Alasdair spürte sein Zögern und erhob sich schnell. »Was hältst du davon, Dev, wenn wir im White's eine Kleinigkeit äßen? Mit ein wenig Glück treffen wir auf Tenby.«

Devellyn schüttelte die Gedanken an seine Begegnung mit Ruby Black ab. »Gute Idee«, brummte er. »Aber auf diesen Grünschnabel Tenby kann ich gut verzichten.«

»Hast du ihm eigentlich die versprochene Liste zukommen lassen?«, wollte Alasdair wissen, als sie wieder allein waren.

»Habe ich«, antwortete Devellyn. »Aber ich setze keine großen Hoffnungen auf diesen Privatdetektiv.« Es war ihm nicht leicht gefallen, den Verlust seines Medaillons zuzugeben. Jetzt wusste alle Welt, dass er es bei sich geführt hatte. Es war, als hätte er der Gesellschaft ein Stück seiner Seele preisgegeben.

»Du solltest den Privatdetektiv nicht gleich verdammen«, ermahnte Alasdair ihn beim Verlassen der Taverne. »Tenby hat es geschafft, Sisk für den Fall zu gewinnen. Ein kräftiger Bursche von der Gendarmerie, der den Fall inoffiziell in seiner Freizeit aufklären will.«

»Darf er das denn?«, fragte Devellyn und atmete tief durch, ehe sie die Kutsche bestiegen.

Alasdair zuckte die Achseln und ließ sich auf der Sitzbank nieder. »Ich weiß es nicht«, antwortete er. »Aber falls es ihm gelingt, den Schwarzen Engel dingfest zu machen, dann wird dieses Aas sein blaues Wunder erleben!«

Alasdairs Worte bescherten Devellyn eine Gänsehaut. Und ob sie ihr blaues Wunder erleben würde. Aber mit ihm. Er wollte sie zuerst in die Finger bekommen und sie gebührend bestrafen. »Sag mal, Alasdair, meinst du, du könntest in Erfahrung bringen, wie viel Tenby diesem Sisk zahlt?«, fragte er. »Ich wäre bereit, ihm das Doppelte zu geben, damit er dieses kleine Luder an mich ausliefert.«

»Ein Kinderspiel«, meinte Alasdair. »Geld schmiert bekanntermaßen jedes Rad.«

»Welch weise Worte aus deinem Munde, Alasdair«, sagte Devellyn und pochte gegen das Dach. Sogleich drosselte Wittle das Tempo.

»Was hast du vor, Dev?«, fragte Alasdair.

»Gracechurch Street«, rief Devellyn durch das geöffnete Fenster, ehe er sich wieder seinem Freund zuwandte. »Mir ist gerade die Idee gekommen, meinem Sachwalter einen Besuch abzustatten. Du hast doch nichts dagegen, wenn wir einen kleinen Umweg machen, oder?«

»Nicht doch. Ich frage mich nur, warum?«

»Deine Bemerkung mit dem Geld und den Rädern hat mich darauf gebracht. Vielleicht ist es an der Zeit, Ruby Blacks Rädchen zu schmieren.«

Allmählich kehrte Feierabend auf der Uferpromenade ein. Jean-Claude, der gerade die Ladentür verriegeln wollte, blickte nach draußen auf die Straße, auf die Heerscharen von mausgrauen Kleidern und schwarzen Hüten. *Welch eine Schande*, dachte der Verkäufer bei sich und bedauerte zum hundertsten Mal, dass die Engländer so gar keinen Hang zur Extravaganz hatten. In dem Moment entdeckte er einen Mann mit einer leuchtend rosa Weste, die an einen Lachs erinnerte. Ehe Jean-Claude wusste, wie ihm geschah, kämpfte sich der Mann zielstrebig durch die Menge zu ihm vor und baute sich dicht vor ihm auf.

Unglücklicherweise war Jean-Claude zu langsam. Bevor er den Riegel vorschieben konnte, hatte der Mann seine Hand ausgestreckt und die Tür einen Spalt breit geöffnet. »Nicht so hastig, Bürschchen!«, raunte er, drängte Jean-Claude beiseite und verschaffte sich Zutritt. »Ich bin geschäftlich hier.«

Jean-Claude kannte den Mann. Leider. »*Oui, oui, monsieur*«, antwortete er. »*Mais je ne parle pas anglais!*«

»Erzähl das deiner Großmutter«, zischte der ungebetene Besucher. »Wo steckt Kem? Ich weiß, dass er hier irgendwo sein muss. Geh und sag ihm, er soll seinen Hintern nach unten bewegen – und zwar schnell.«

Jean-Claude riss die Augen auf und schüttelte affektiert den Kopf. »*Oui, monsieur, mais je ne comprends pas!*«, sagte er. »Nix *anglais*, nix *anglais!*«

Sein Gegenüber riss die Hände in die Höhe und fuchtelte mit ihnen herum. »*Où est* dein Boss? *Où est* Kemble?«, blaffte er ihn an. »Ich will ihn auf der Stelle sprechen, *capitare?*«

Wie aufs Stichwort teilte sich der Samtvorhang, der zu den Privaträumen führte. »*Capitare* ist Italienisch, Sie Tölpel«, sagte George Kemble an den Besucher gewandt, ehe er Jean-Claude auf Französisch bat, die Eingangstür abzuschließen.

Hoch erhobenen Hauptes schob Jean-Claude sich an dem ungebetenen Gast vorbei und tat wie ihm geheißen.

Kemble wandte sich dem Besucher zu. »Guten Abend, Constable Sisk«, sagte er. »Womit habe ich die Ehre Ihres Besuchs verdient?«

»*Sergeant* Sisk, wenn ich bitten dürfte«, erwiderte der. »Lassen Sie uns nach hinten in Ihre Geschäftsräume gehen. Das wäre mir lieber.«

Kemble riss die dunklen Augenbrauen in die Höhe. »Eine hervorragende Idee«, antwortete er. »Als angesehener Geschäftsmann kann ich es mir nämlich nicht leisten, mit einem Ordnungshüter gesehen zu werden.«

Jean-Claude folgte den beiden in Mr. Kembles Arbeitszimmer und machte sich daran, eine Silberschüssel zu polieren.

Kemble setzte sich auf seinen Schreibtischstuhl und bedeutete Sisk, ebenfalls Platz zu nehmen.

Der Staatsdiener beäugte Jean-Claude argwöhnisch. »Was ist mit dem da?«, zischelte er. »Was ich zu sagen habe, geht niemanden etwas an.«

»Keine Sorge. Er spricht so gut wie kein Englisch«, sagte Kemble, öffnete eine Tür des Schreibtisches und holte eine Karaffe sowie zwei Kristallgläser hervor. »Armagnac?«

Sisk beäugte die Karaffe nicht weniger misstrauisch, als er es bei Jean-Claude getan hatte. »Danke, aber ich trinke nichts, das ich nicht aussprechen kann«, sagte er.

»Jean-Claude«, rief Kemble ihm über die Schulter zu. »Bring Sergeant Sisk eine Flasche von dem billigen Fusel.«

Sogleich machte Jean-Claude sich daran, einen kleinen Beistellschrank zu durchforsten und brachte eine Flasche Gin zum Vorschein.

Sisk verzog angewidert das Gesicht. »Ich dachte, er spräche *nix anglais*.«

»Dafür kann er Gedanken lesen«, sagte Kemble beiläufig. »Was ist jetzt? Wollen Sie etwas trinken oder nicht?«

Mit einem finsteren Blick bediente Sisk sich selbst. Kemble hielt sein Glas in die Höhe und prostete ihm zu. »Auf die gute alte Zeit.«

»Fragt sich nur, was daran gut gewesen sein soll.«

»Dass es keine organisierte Polizei gab?«, antwortete Kemble. »Dass ein Hehler unbehelligt seiner Arbeit nachgehen konnte? Unseren Freunden Peel und Max haben wir es zu verdanken, dass es nun in dieser Stadt nur so vor Schutzmännern wimmelt. Apropos, weshalb tragen Sie eigentlich keine Uniform?«

Sisk strich mit beiden Händen über die rote Weste, die seinen Wanst kaschierte. »Weil ich heute inoffiziell hier bin«, erklärte er. »Nennen Sie es einen Besuch unter Freunden. Nichts, was ich in Uniform erledigen würde.«

Kemble musterte Sisk gründlich. »Sisk, Sie sind wirklich ein Unikum«, sagte er. »Nur wenige hätten den Mut, eine rote Weste mit einem grünen Gehrock und senffarbenen Beinkleidern zu kombinieren.«

Sisk runzelte die Stirn. »Sie machen sich wohl mal wieder lustig über mich?«

Kemble legte sich die Hand auf die Brust. »*Moi?*«, tat er pikiert. »Niemals. Und jetzt raus mit der Sprache. Warum sind Sie hier?«

Der Staatsdiener leerte das Glas mit einem Zug und fuhr sich mit dem Handrücken über den Mund, ehe er nach etwas in seinem Gehrock suchte und Kem ein Stück Papier reichte. »Es geht um Diebesgut. Hier ist eine Liste mit allem, was ich suche. Wie schon gesagt, ich bin nicht in meiner Funktion als Sergeant hier.«

Kemble studierte die Liste. »Taschenuhren und Schnupftabakdosen werden Sie in meinem Sortiment vergeblich suchen, Sisk. Viel zu trivial.«

Jean-Claude, der nun neben Kemble stand, streckte die Hand aus und sagte: *»Donnez-le moi.«*

»Mais naturellement«, antwortete Kemble und hielt die Liste so, dass auch er sie einsehen konnte, bis Sisks kräftige Finger sich zwischen sie schoben. »Vor allem dies interessiert mich«, sagte er und tippte auf das Blatt. »Sehr sogar.«

»Die Krawattennadel mit dem Saphir?«, fragte Kem.

»Ein Halbkaräter, wohlgemerkt«, klärte Sisk ihn auf. »In einer Goldfassung mit fünf Krappen.«

»Gütiger Gott, Sisk. Davon gibt es Unmengen. Allein ich habe ein halbes Dutzend in meiner Auslage.« Kem sprang auf und holte eine Schatulle hervor. »Hier zum Beispiel«, sagte er und ließ einen großen Saphir in die Hand des Sergeants fallen.

Sisks Gesicht verfinsterte sich. »Schon gut, schon gut. Hab verstanden«, murmelte er, gab Kemble den Stein zurück und wandte sich wieder der Liste zu. »Was ist damit? Ein Medaillon aus reinem Gold. Handgemacht. In Frankreich. Auf der einen Seite Glas, auf der anderen ein gerahmtes Miniaturporträt, das übrigens von einem sehr renommierten Künstler stammt.«

Kem wedelte mit der Hand. »Sprechen wir womöglich von Richard Cosway?«

Sisk lehnte sich nach hinten. »Erraten. Ausgesprochen ungewöhnlich, nicht wahr?«

»Ein gerahmter Cosway?« Kems Stimme überschlug sich fast. »Das, alter Junge, ist endlich mal etwas, nach dem es sich zu suchen lohnt. Wem hat es gehört?«

»Dem Kerl, der Lord Scrandle letztes Jahr um den kleinen Finger erleichtert hat.« Sisk kratzte sich am Kopf. »Die beiden haben sich duelliert. Wegen Spielkarten, die angeblich gezinkt gewesen sein sollen. Verflixt und zugenäht, wie hieß dieser Bursche doch gleich?«

Kemble lehnte sich andächtig zurück. »Devellyn«, sagte er leise. »Dem Marquis of Devellyn. Wie eigenartig.«

»Wieso?«

»Schon gut«, murmelte Kemble. »Gelinde gesagt überrascht es mich, dass ein gefühlloses Trampeltier wie Devellyn ein solches Kleinod bei sich führte. Wessen Porträt mag er wohl mit sich herumgetragen haben?«

Sisk hob einen Finger in die Höhe. »Da kann ich Ihnen aushelfen«, sagte er. »Es war das Bildnis seines Bruders.«

Kembles Augenbrauen schossen in die Höhe. »Bruder?«, zischte er. »Der, den er auf dem Gewissen hat?«

»Ach ja, tatsächlich«, antwortete Sisk. »Die Geschichte mit seinem Bruder hätte ich fast vergessen.«

»Mag sein, dass Sie den Skandal vergessen haben«, erwiderte Kemble. »Aber seien Sie versichert, dass seine Familie sich daran erinnert, als wäre es erst gestern passiert. Vor allem, weil er nun der Alleinerbe des Herzogtums ist.«

Sisk zuckte die Achseln. »Schön und gut, aber das geht uns nichts an, oder? Wir sollten uns auf den Diebstahl des Medaillons konzentrieren. Ist es Ihnen zufällig angeboten worden?«

Kem schüttelte den Kopf und blickte zu Jean-Claude.

Der Angestellte hob teilnahmslos die Hände und zuckte mit den Schultern. »*Non, pas moi*«, sagte er und widmete sich wieder der Silberschüssel.

»Keine besonders große Hilfe, dieser Bursche«, brummte Sisk.

»Dafür gibt es eine Erklärung«, sagte Kem mit gedämpfter Stimme. »Jean-Claude ist auf Ming-Vasen spezialisiert. Von Schmuck, Medaillons und Edelsteinen hat er keine Ahnung. Jetzt aber zurück zu Ihnen. Wie kommt es, dass Sie den Fall nicht offiziell untersuchen?«

Sisk richtete sich mit stolzgeschwellter Brust auf. »Es handelt sich um eine recht delikate Angelegenheit. Eine Hand voll Gentlemen ist von einem raffinierten Weibsstück ausgenommen worden«, sagte er. »Und jetzt planen die Opfer, sich an ihr zu rächen, wollen die Sache aber nicht an die große Glocke hängen.«

»Aha, der Schwarze Engel«, dachte Kemble laut nach. »Lassen Sie die Finger davon, Sisk. Diese Angelegenheit ist eine Nummer zu groß, selbst für Sie.«

Sisk riss die Augen auf. »Ich muss doch sehr bitten.«

Kemble dachte einen Augenblick lang über Sisks Worte nach. »Ich nehme alles zurück. Wenn es jemanden gibt, der diese diebische Elster dingfest machen kann, dann Sie«, lenkte er ein. »Aber zählen Sie dabei nicht auf meine Unterstützung. Ich finde, Ihren Auftraggebern geschieht es ganz recht, sie haben bekommen, was sie verdienen.« Mit einem verdrießlichen Lächeln langte er abermals zur Karaffe. »Noch ein Gläschen, ehe ich Sie unverrichteter Dinge ziehen lassen muss?«

Während die beiden ihre Gläser hoben, warf Jean-Claude sich den Umhang über und rief Kemble in raschem Französisch zu: »Ich mache für heute Feierabend. Wir sehen uns morgen wieder.« Seine Worte blieben jedoch ungehört, da Kemble und Sisk längst in Erinnerungen an die guten alten Zeiten schwelgten.

Lord Devellyn war äußerst schlechter Laune, während er sich zum Dinner ankleidete. Nichts war, wie es sein sollte. Erst hatte Fenton ihm das vermaledeite Halstuch zu eng gebunden, dann viel zu locker. Zu allem Übel sagte ihm der Halstuchknoten, den er in den letzten sechs Jahren mindestens tausend Mal getragen hatte, mit einem Mal nicht mehr zu. Es war wie verhext. Heute lief alles schief. Fluchend riss er sich das Halstuch herunter und warf es auf den Boden. Seine Lust auf das Abendessen mit Madame Saint-Godard schwand mit jedem Atemzug.

»Ein neues Tuch«, bellte er ungehalten.

Nach weiteren zehn Minuten war das Problem mit dem Halstuch endlich gelöst, und das Drama konnte in den nächsten Akt übergehen. Dieses Mal ging es um die Wahl der Weste. »Um Gottes Willen, Brokat«, fauchte er Fenton an. »Ich will doch nicht wie ein Vorhang daherkommen. Nein, Grau steht nicht zur Debatte. Viel zu dunkel. Gelb? Gelb ist noch schlimmer.«

»Aber Mylord«, protestierte Fenton. »Diese Weste ist neu und ausgesprochen elegant.«

Devellyn verzog das Gesicht. »Die Farbe erinnert an Pferdepisse.«

»Der Farbton nennt sich Champagnergold«, näselte sein Diener. »Mit Verlaub, aber ich habe den Stoff persönlich ausgesucht.«

So ging es noch eine Weile fort. Zu grell. Zu langweilig. Zu eng. Bis Fenton sich vor seinem Dienstherrn aufbaute und verkündete: »Mylord, das war die letzte Weste. Entweder Sie entscheiden sich für eine oder Sie gehen ohne.«

»Dann eben die Pferdepisse«, knurrte er und schnippte mit den Fingern.

Mit einem tiefen Seufzer half Fenton ihm, sie anzuziehen.

Devellyn wusste, dass weder sein Diener noch die Kleidungsstücke der Grund für seine hundsmiserable Laune waren. Er selbst war das Problem. Was in Gottes Namen hatte ihn dazu bewogen, der armen Nachbarsfrau eine Dinnereinladung aufzuschwatzen? Was wollte er damit erreichen? Ja, es hatte ihm Spaß gemacht, sie ein wenig zu ärgern – und mit ihr auf höchst subtile Weise zu flirten. Doch das Letzte, was er jetzt brauchte, war eine romantische Liaison. Er würde es ohnehin nur wieder vermasseln.

Davon abgesehen hatte er bei Sidonie Saint-Godard keine Chancen. Egal, wie viele Titel und Besitztümer er sein eigen nannte. Sie hatte Geschmack. Klasse. Sie war anders als die Frauen, mit denen er sich sonst einließ. Sie war nicht käuflich wie all die anderen. Sie war die Ehrbarkeit in Person – im Gegensatz zu ihm.

Als Devellyn einen Blick in den venezianischen Spiegel warf, stellte er erschrocken fest, dass er den Mann, der ihm entgegenstarrte, kaum kannte. Er wusste nicht einmal, wann er sich das letzte Mal die Zeit genommen hatte, sein Konterfei eingehend zu betrachten. Er war alt und zynisch geworden. Das Jungenhafte war ihm schon vor mehr als zehn Jahren verloren gegangen. Seine elegante, aristokratische Nase war, zusammen mit seinen hohen Prinzipien, zu Bruch gegangen, und seine Wangen, die einst wie aus makellosem Marmor gemeißelt gewesen schienen, haftete jetzt etwas unbarmherzig Hartes an.

Er konnte sich noch gut an seine jungen Jahre erinnern, an die Versprechen, welche die Jugend mit sich brachte. Wie stark und unbesiegbar er sich gefühlt hatte. Er und Greg hatten viel Aufmerksamkeit auf sich gezogen. Vor allem Greg, weil er eines Tages das Herzogtum erben würde. Von allen Seiten war sein Bruder hofiert worden. Doch das hatte Devellyn nichts ausgemacht.

Wer war dieser Griesgram, der ihn aus kalten, gefühllosen Augen und mit verbissenem Mund ansah? Was wollte dieser Mann vom Leben? Alles? Nichts? Devellyn schüttelte den Kopf. Wer sollte ihm eine Antwort auf diese Fragen geben, wenn er sie selbst nicht kannte?

Ruby Black hatte ihm voller Stolz von ihren Hoffnungen auf eine bessere Zukunft erzählen können, während Devellyns Leben kaum noch einen Sinn ergab. Wenn das Leben eine Kerze war, brannte seine nur noch sehr schwach und spendete kaum Licht.

Als er am Vortag eine Liste mit den Namen von Ruby Blacks Opfern angefertigt hatte, war ihm aufgefallen, dass es meist Einfaltspinsel wie Lord Francis Tenby waren, die es seiner Meinung nach verdient hatten, einem raffinierten Frauenzimmer wie Ruby Black zu begegnen. Aber wie stand es mit ihm? Hatte er es auch verdient? Wahrscheinlich schon.

Zur Hölle mit der Demütigung und dem Geld, sagte er sich, als Fenton ihm in den Gehrock half. Sollte das habgierige Weib doch mit dem Plunder glücklich werden – wäre da nicht Gregs Miniatur gewesen. Er musste das Medaillon zurückhaben, koste es, was es wolle.

Fenton, der um ihn herumgelaufen war und ihn von allen Seiten begutachtet hatte, wirkte verstört.

»Tut mir leid, alter Knabe«, sagte der Marquis und rang sich ein Lächeln ab. »Ich weiß auch nicht, was in mich gefahren ist.«

»Ist was passiert?«, ertönte eine Stimme von der Tür her. »Tun Sie sich keinen Zwang an, Fenton, kündigen Sie diesem Rüpel, damit ich Sie vom Fleck weg engagieren kann.«

Devellyn fuhr herum und erblickte Alasdair im Türrahmen. »Du bist spät dran«, fuhr er ihn an.

Alasdair breitete unschuldig die Hände aus. »Das sagst ausgerechnet du, wo du noch nicht einmal richtig angezogen bist? Aber warte ab, bis ich dir erzähle, warum ich mich verspätet habe.«

Der Marquis warf ihm einen misstrauischen Blick zu. »Na, da bin ich aber mal gespannt.«

»Ich habe den Nachmittag mit Tenby und seiner Kohorte verbracht«, antwortete er. »Und jetzt stehst du – schon wieder – tief in meiner Schuld, alter Junge.«

Gespannt winkte Devellyn ihn zu sich, und die beiden verschwanden im Arbeitszimmer, wo sie sich ungestört unterhalten konnten. »Franzosenwasser?«

Alasdair grinste. »Nervös?«

Devellyn füllte zwei Gläser. »Raus mit der Sprache, warum warst du bei Tenby?«

Alasdair baute sich vor dem Kamin auf und legte den Ellbogen auf den Sims. Von seinem Lächeln keine Spur mehr. »Ich würde lügen, wenn ich behauptete, Tenby und Konsorten wären mir sympathisch«, hob er an. »Aber eins muss man der Truppe lassen: Sie setzen alles daran, den Schwarzen Engel zu überführen.«

Devellyn, der gerade sein Glas an die Lippen setzen wollte, hielt inne. »Wie meinst du das?«

Alasdair zuckte die Achseln. »Der Schutzmann, den sie engagiert haben, hat bereits einiges über den Schwarzen Engel herausgefunden«, sagte er. »Daten. Orte. Genaue Uhrzeiten. Und eine Liste ihrer Namen. Ziemlich kreativ, die Kleine.«

Devellyn grunzte und nahm einen Schluck. »Bin ich der Einzige, der sie als Ruby Black kennengelernt hat?«

Alasdair grinste bis über beide Ohren. »Ruby Black hat sie eigens für dich reserviert, Dev. Die Französin, die Tenby um ein Haar vergiftet hätte, nannte sich Madame Noire.«

»Noire? Das bedeutet … das bedeutet ja *black*, also Schwarz.«

Alasdair nickte. »Aber jetzt kommt es. Ihr Vorname. Cerise.«

»Cerise Noire!« Devellyn musste so heftig prusten, dass ihm beinahe der Brandy zu den Nasenlöchern herausgeschossen wäre. »Nicht von schlechten Eltern, findest du nicht auch?«

»Aber es wird noch besser«, sagte Alasdair. »Letzten Monat hat Lord Scrandle eine hübsche sizilianische Sopranistin am Haymarket aufgelesen. Eine gewisse Signora Rosetta Nero. Rate doch mal, was das übersetzt bedeutet.«

Mit einem breiten Grinsen griff Devellyn abermals zur Karaffe. »Rosa Schwarz?«

Alasdair nickte. »Und dann war da noch Will Arnsted, der einem Zimmermädchen im Minvart's nachgestellt hat. Sie hat ihn halbnackt im Salon eingesperrt und ist mit seinem ganzen Hab und Gut durchs Fenster getürmt.«

»Lass mich raten«, sagte Devellyn. »Wieder ein rötlicher Vor- und ein schwarzer Nachname.«

»Du hast es erfasst.«

»Beim Allmächtigen!«, rief der Marquis. »Warum ist uns das nicht schon früher aufgefallen? Diese dahergelaufene Diebin.«

Alasdair schüttelte den Kopf. »Vertu dich nicht. Diese Frau ist keine herkömmliche Diebin. Darauf kannst du Gift nehmen.«

»Was ist mit diesem Schutzmann?«, wollte Devellyn wissen. »Was für ein Typ ist er?«

Alasdair beugte sich nach vorne und klopfte ihm auf die Schulter. »Du kannst dir schon bald selbst ein Bild von ihm machen, mein Freund«, sagte er frohgemut. »Wir treffen ihn heute Abend um elf im Oak Tree Inn.«

Der Marquis grunzte. »Das Oak Tree Inn? Gütiger Gott, Alasdair! Das liegt ja auf der anderen Seite von Stepney.«

Alasdair hob träge die Schultern. »Aber da wohnt er nun mal«, sagte er. »Wenn du ihn hinter Tenbys Rücken für deine Zwecke gewinnen willst, solltest du das möglichst diskret angehen.«

Just in dem Moment kam Fenton in das Zimmer gestürzt. »Mylord«, keuchte er. »Honeywell meint, Mrs. Crosby würde ständig durch die Vorhänge zu uns herüberblinzeln. Wenn Sie mich fragen, sollten Sie die Damen nicht länger warten lassen.«

Trotz der langen Jahre, die Julia Crosby nicht mehr auf der Bühne gestanden hatte, war sie noch immer eine begnadete Schauspielerin. Den ganzen Tag schon freute Sidonie sich auf Julias Auftritt. Darauf, wie sie die erhabene, kultivierte Dame mimen würde, obwohl sie sich mit Menschen abgeben musste, die sie im Grunde gar nicht unterhalten wollte.

Eingangs hatte Julia Sidonie ausgelacht, weil der Marquis sich selbst zum Abendessen eingeladen und Sidonie sich nicht herausgewunden hatte. »Du hast doch gar nichts mit diesem Marquis of Devellyn zu schaffen. Denk lieber mal an George und seine schwere Last.«

»Was hat George denn damit zu tun?«, hatte Sidonie misstrauisch gefragt.

»Sagen wir's mal so. Mich bringst du auch in eine prekäre Lage, Sidonie«, hatte sie ausweichend geantwortet. »Erst findest du, Devellyn sei ein Scheusal und willst ihm eins auswischen, was an und für sich ja schon gefährlich genug ist. Und jetzt hat es fast den Anschein, als hättet ihr euch angefreundet, was noch gefährlicher ist. George wird mich ausschelten, wenn etwas schief geht.«

»Was soll ich deiner Meinung nach denn tun?«

»Dich von ihm fern halten.«

Julias besorgtes Gesicht hatte Sidonie ins Grübeln gebracht. Sie wusste selbst, dass sie unter keinen Umständen eine Freundschaft zu Devellyn aufbauen durfte, selbst wenn sie es wollte. So funktionierte die Gesellschaft nun mal. Außerdem wusste sie viel zu wenig über ihn.

So kam es, dass Sidonie sich einredete, sie könnte den Abend dazu nutzen, sich ein besseres Bild von seinem Charakter zu machen, Julia aber hoch und heilig versprach, dass sie nie wieder etwas mit Lord Devellyn zu tun haben würde.

Und dann war es soweit. Es wurde sechs Uhr. Viertel nach sechs. Halb sieben. Julia spähte ein ums andere Mal durch die Vorhänge, bis Lord Devellyns Butler ihre Blicke erwiderte. Wie peinlich.

Es vergingen noch einmal zehn Minuten, bis Devellyn und sein Freund eintrafen und sie mit Entschuldigungen ob ihrer Verspätung überhäuften. Während Lord Devellyn sich betont distanziert gab, kehrte Sir Alasdair MacLachlan den Lebemann heraus.

Julia war derart begeistert von Alasdair, dass die beiden sich während des Abendessens angeregt unterhielten. Julia gab eine Reihe von Anekdoten aus dem Theater zum Besten, von denen Sir Alasdair kaum genug bekommen konnte. Sidonie war überrascht, wie redselig Julia war. Sobald einer der Herren jedoch versuchte, das Gespräch auf Sidonies Vergangenheit zu bringen, lenkte Julia gekonnt vom Thema ab.

Es war nicht so, dass sich Sidonie ihrer Familie oder ihrer

Herkunft schämte. Vielmehr verspürte sie nicht die geringste Lust, sich Fremden mitzuteilen.

»Hatten Sie die Gelegenheit, die großartige Mrs. Siddons kennenzulernen?«, wollte Alasdair mit einem Funkeln in den Augen von Julia wissen, als der letzte Gang abgeräumt wurde. »Ich habe sie in Homes *Douglas* gesehen, kurz, bevor sie in den Ruhestand gegangen ist.«

»Sie war wunderbar«, sagte Julia verträumt.

»Sie war brillant«, sagte Sir Alasdair und seufzte. »Was ist mit Miss Ellen Tree? Kannten Sie die auch?«

»Ob ich sie kannte?«, wiederholte Julia und legte sich die Hand auf die Brust. »Wir haben gemeinsam in *Was Ihr Wollt* auf der Bühne gestanden. Sie als Olivia und ich als Maria. Es war ihr Debüt in London.«

»Ja, jetzt erinnere ich mich«, rief Sir Alasdair begeistert. »Covent Garden. Sie waren wundervoll, Mrs. Crosby. Spielen Sie eigentlich noch immer?«

Julia presste die Lippen zusammen. »Nein, ich bin nicht mehr aktiv«, murmelte sie. »Aber wenn mich meine Erinnerung nicht trügt, habe ich noch mein Skript zu *Was Ihr Wollt*. Mit meinen Notizen, versteht sich. Ich habe es nicht übers Herz gebracht, es wegzugeben. Wie viele andere Dinge auch nicht.«

»Das Gefühl kenne ich«, entfuhr es Sir Alasdair. »Ich bin Numismatiker. Ich sammle seltene Münzen. Sammeln kann zu einer wahren Leidenschaft werden, finden Sie nicht auch?«

»Sie haben vollkommen recht.« Julia strahlte, wie sie es schon lange nicht mehr getan hatte. »Hätten Sie eventuell Lust, sich meine Memorabilien anzusehen? Alte Skripte, Plakate und das eine oder andere Kostüm. Ich bewahre sie in einer kleinen Truhe auf. Meg könnte sie für mich holen.«

»Eine wunderbare Idee«, rief Alasdair verzückt.

Julia lächelte schüchtern. »Vor oder nach dem Kartenspiel?«

»Danach. Unbedingt danach!«, meinte Alasdair. »Dann hätte ich eine wunderbare Entschuldigung, die Karten hinzuwerfen. Was meinst du, Dev? Wollen wir den Portwein gemeinsam mit unseren beiden entzückenden Gastgeberinnern im Salon einnehmen?«

Es dauerte nicht lange, da waren sich die vier einig und verließen das Speisezimmer, um in die erste Etage zu gehen. Lord Devellyn bot Sidonie seinen Arm an, und so sehr Sidonie sich auch dagegen sträubte, sie liebte das Gefühl, seinen muskulösen Arm zu spüren. Ein höchst sonderbares Gefühl, mit ihm in ihrem eigenen Haus umherzuwandeln, als wären sie eng befreundet. Was er wohl sagen würde, wenn er die Wahrheit über sie erführe? Dass sie diejenige Frau war, die ihn im Anker so gedemütigt hatte? Gegen ihren Willen schossen ihr Bilder seines entblößten Körpers durch den Kopf. Sein breites Kreuz, seine majestätische Erektion.

Sidonie geriet ins Straucheln – sie war auf der letzten Stufe auf den Saum ihres Kleides getreten – und wäre um ein Haar vorn übergefallen, wenn Devellyn sie nicht aufgefangen hätte.

»Sidonie, ist alles in Ordnung mit Ihnen?«, erkundigte er sich besorgt.

Sidonie, der die Röte ins Gesicht schoss, warf ihm einen verstohlenen Blick zu. *Warum musste er nur so verteufelt attraktiv sein?* Hastig schob sie den Gedanken beiseite und eilte hinter Julia in den Salon.

Doch Devellyn machte keine Anstalten, von ihr abzulassen, und so liefen sie gemeinsam durch den geräumigen Salon. Devellyn betrachtete jede Einzelheit genau, als wollte er alles in sich aufsaugen. Die meisten Möbelstücke hatten Claire gehört, und zum ersten Mal war Sidonie froh um die Eleganz, die sie dem Raum verliehen. Auf der einen Seite standen ein mit goldenem Brokat bezogenes Sofa sowie zwei passende Sessel, und die Wände waren mit olivfarbener und mit Goldfäden durchwirkter Seide bespannt, während smaragdgrüne orientalische Läufer das Gesamtbild abrundeten. Indem die beiden noch damit beschäftigt waren, sich umzusehen, ließen Sir Alasdair und Julia sich fröhlich plaudernd an einem Mahagonitisch unter den vier großen Fenstern nieder, die zum Bedford Place hinausgingen, und bereiteten alles für das bevorstehende Spiel vor.

»Habe ich's mir doch gedacht«, raunte Devellyn.

Sidonie bedachte ihn mit einem neugierigen Blick. »Was, wenn ich fragen darf?«

»Dass Ihr Heim gemütlicher ist als meins«, sagte er und ließ den Blick über die Kaminfront aus Marmor gleiten. »Kann es sein, dass Sie Chintz nicht mögen, ich sehe hier nichts davon?«

»Das ist noch untertrieben«, ließ sie ihn wissen. »Wie steht es mit Ihnen?«

»Nicht mein Fall«, antwortete der Marquis und legte seine Hand auf die ihre. »Ach übrigens, meine Liebe«, fuhr er fort und umfasste ihre Finger in seiner Armbeuge. »Sind Sie auch so theaterbegeistert wie mein Freund Alasdair? Falls nicht, leiste ich Ihnen gerne Gesellschaft, während die beiden dort drüben in Erinnerungen schwelgen.«

»Über das Theater weiß ich so gut wie nichts. Sehr zum Leidwesen von Julia, wie Sie sich denken können«, antwortete Sidonie. »Auf hoher See hat man andere Sorgen.«

Die dunklen Augenbrauen des Marquis schossen in die Höhe. »Sie haben auf einem Schiff gelebt?«

»Fast meine ganze Ehe habe ich zwischen Tauen und Segeln verbracht.«

»Sehr interessant«, murmelte Devellyn. »Wenn die Liebe groß genug ist, gibt es keine Hindernisse.« Sidonie fiel auf, dass er beneidenswert dichte Wimpern hatte. »Erzählen Sie mir, Sidonie«, sagte er mit heiserer Stimme. »Waren Sie eine hingebungsvolle Ehefrau?«

Sidonie wandte den Blick ab. »Kann schon sein«, antwortete sie. »Mein Gemahl wäre an Land eingegangen. Er war für die Seefahrt geboren. Was sollte ich tun, wenn ich bei ihm sein wollte?«

»Verstehe.«

Es verging eine Weile, ehe Sidonie abermals das Wort ergriff. »Pierre gehörte nicht zu der Sorte Mann, die man gerne lange allein lässt«, sagte sie, den Blick noch immer auf den Boden gerichtet.

»Zu welcher Sorte Mann gehörte er denn, wenn ich fragen darf?«

»Zu den Charmeuren«, kam es wie aus der Pistole geschossen. »Ich glaube, ich erwähnte es bereits. Mit Charmeuren kenne ich mich bestens aus, glauben Sie mir.«

Devellyn blieb stehen. »Verzeihen Sie«, murmelte er. »Es tut mir leid, dass ich einen so sensiblen Bereich angesprochen habe.«

»Kein Problem«, sagte Sidonie und wechselte das Thema. »Mylord, erzählen Sie mir lieber, warum Sie nie geheiratet haben.«

Devellyns Lachen kam aus tiefster Brust. »Sehe ich aus wie jemand, der sich zum Ehemann eignet?«

»Ich weiß nicht«, antwortete Sidonie. »Pierre war auch nicht der geborene Ehemann, und dennoch hat er mich zur Frau genommen. Auch wenn ich nie ganz verstanden habe, warum.«

»Weil er Sie besitzen wollte.«

Als Sidonie verwundert zu ihm aufsah, umfasste er ihr Kinn. »Ich sehe in Ihren Augen, dass Sie alles für ihn getan hätten, ihm treu ergeben waren«, flüsterte er. »Wie sah es mit Ihrer Nachsicht aus, wenn er anderen Frauen hinterhersah?«

Es kostete Sidonie ein gewisses Maß an Kraft, doch sie wahrte eine ruhige Stimme »Sagen wir mal so, ich war praktisch veranlagt.«

Einen Augenblick lang schwebte Devellyns Gesicht über dem ihren und sein harter Mund wirkte seltsam warm und einladend. Sidonie wurde es schwindelig. Was, wenn sie einander küssten? Würden sich seine Lippen abermals rau und verlangend anfühlen? Oder eher sanft und weich? Die Antwort lag so nah, dass sie versucht war, sich auf die Zehenspitzen zu stellen ...

Im Hintergrund ließ Julia ihr glockenklares Lachen erklingen und riss Sidonie damit aus ihren Tagträumen. Sie spürte, wie eine starke Hitzewelle ihren Kopf durchbrauste.

»Nachsichtig und praktisch«, raunte Devellyn, der ihr noch immer tief in die Augen sah. »Eine Frau wie Sie sollte weder das eine noch das andere sein. Sie sollten sich auf keinen Kompromiss einlassen. Tun Sie sich den Gefallen und lassen Sie von solchen Männern in Zukunft die Finger.«

Einen Augenblick lang war es Sidonie, als ertränke sie in seinen silbrigen Augen, in denen mehr Fragen als Antworten standen. Just in dem Moment kam Meg mit einem Tablett herein, und Devellyn rückte von Sidonie ab. Die Köchin setzte das Tablett mit Portwein und Sherry auf der Fensterbank ab, ehe sie davontrottete, um Julias Truhe zu holen.

Der Marquis nahm das Glas, welches Sidonie ihm reichte, als wäre nichts geschehen. Aber war denn etwas geschehen? Sidonie war sich dessen nicht sicher. Dieser Lord Devellyn brachte sie gehörig durcheinander. Wo war der respektlose, heitere Wüstling geblieben? Hatte es ihn je gegeben?

Während sie Sir Alasdair und Julia einschenkte, beobachtete sie aus den Augenwinkeln heraus, dass Devellyn sich in eine Ecke zurückgezogen hatte und den Raum mit einem scharfen, finsteren Blick erfasste, als wäre er ein Außenseiter. Sidonie beschlich das Gefühl, dass er Großteile seines Lebens auf diese Weise verbracht hatte.

Sie nutzte die Gelegenheit, ihn eingehender zu studieren. Sein Gesicht war scharf geschnitten, seine Wangenknochen hoch und nicht zu kräftig. Nicht zum ersten Mal fiel ihr der schwermütige Ausdruck um die Augen auf. Nein, er war mitnichten der leichtlebige Lord, für den ihn alle hielten. Das Gegenteil schien der Fall zu sein. Er wirkte, als hätte er zu viel von den dunklen Seiten des Lebens gekostet und sich dabei den Magen verdorben. Es war, als erkannten seine Augen Wahrheiten, die anderen verborgen blieben. Auch seine verbissenen Lippen legten beredtes Zeugnis davon ab, dass er dem Leben nichts Erstrebenswertes abgewinnen konnte. Er konnte sich noch so ruchlos und verwegen geben, wer genau hinsah, erkannte, dass er nur eine Rolle spielte.

Lord Devellyns Angewohnheit, ständig mit den Schultern zu rollen, legte nahe, er wäre schlecht gelaunt, doch Sidonie fand, es war vielmehr die Geste eines eingesperrten und verzweifelten Tieres.

Gedankenversunken servierte sie Julia und Sir Alasdair ihre Getränke, während Devellyn sich vor den Kamin stellte. Noch immer grübelte Sidonie darüber nach, was ihn dazu bewogen haben mochte, sich bei ihr zum Essen einzuladen. In der Stadt wimmelte es nur so von Frauen, die ihm schöne Augen machen würden und die er leicht verführen könnte. Aber wie stand es mit ihr? Auch sie fühlte sich zu ihm hingezogen, stellte Sidonie erschrocken fest.

Am Abend, nachdem Sie Zeugin von Miss Lederlys Auftritt in Devellyns Arbeitszimmer geworden war, hatte der Nachtwächter ihr eine Depesche von Jean-Claude überbracht, in der er sie bat, umgehend zum Bloomsbury Square zu kommen. Sie hatte sich sofort auf den Weg gemacht und einen Jean-Claude vorgefunden, der am ganzen Körper zitterte. »*Mon Dieu, la police, madame*«, hatte er geraunt und sie in eine dunkle Gasse gezogen. »Sie waren in die Geschäft. Mit eine Liste.«

»Was für eine Liste?«

»Von die Dinge, die *l'ange noire* 'at gestohlen«, hatte er mit erstickter Stimme geflüstert. »Alles. Er 'at es vor allem abgesehen auf die Medaillon von der Marquis. Die Bild ist von seine Bruder, den er 'at gemacht tot und die er jetzt will 'aben zurück.«

Sidonie hatte ihm die Hand auf die Schulter gelegt. »Jetzt mal ganz ruhig. Wer war bei euch, und was hat es mit der Geschichte von einem toten Bruder auf sich? Erzähl es mir auf Französisch.«

Doch Jean-Claude war so aufgeregt, dass er sich selbst in seiner Muttersprache mehr schlecht als recht auszudrücken wusste. »Sein Name ist Sisk, *madame*«, hatte er geantwortet. »Ich kenne ihn gut. Ein listiger Zeitgenosse. Lord Devellyns Bruder wurde umgebracht. Von ihm. Nicht von Sisk. Von Devellyn. Vor ein paar Jahren. Er ist gefährlich. Sehr gefährlich. Das ist meine Meinung.«

Sidonie hatte nicht einen Augenblick geglaubt, dass Devellyn zu so etwas fähig gewesen wäre. Warum sie sich da so sicher war, bedeutete ihr selbst ein Rätsel – schließlich kannte sie ihn kaum.

Als Devellyn Sidonie am Arm berührte, holte er sie augenblicklich in die Gegenwart zurück. »Meine Liebe«, ertönte seine tiefe Stimme. »Langweile ich Sie etwa?«

»Oh!« Verlegen sah Sidonie sich um. »Ich habe Sie gar nicht bemerkt.«

»Das ist aber schade«, antwortete er. »Ich bin nämlich schon eine ganze Weile hier.«

Sidonie schalt sich dafür, eine miserable Gastgeberin zu sein. »Wie wäre es mit der versprochenen Partie Karten?«

Er zuckte die Achseln. »Warum nicht.«

Als Sidonie seine Hand wie durch Zufall berührte, lief ein wohliger Schauer durch seinen Körper. »Sie müssen den Abend ziemlich langweilig finden«, sagte sie. »Vermutlich sind Sie erlauchtere Gesellschaft gewöhnt, als Julia und ich sie Ihnen bieten können.«

Er warf ihr einen befremdlichen Blick zu. »Wie kommen Sie darauf? Weil ich einen Titel trage? Weil ich eines Tages das Amt eines Herzogs bekleiden werde? Seien Sie versichert, dass ich mich nie darum bemüht habe, all das zu bekommen.«

Sie sah ihn überrascht an. »Sie werden eines Tages Herzog sein? Das war mir nicht bewusst.«

Devellyn hob eine Augenbraue. »Vorausgesetzt, mir pustet niemand im Morgengrauen das Gehirn fort oder rammt mir wegen einer verloren gegangenen Partie Karten einen Dolch ins Herz, dann wird es sich nicht vermeiden lassen.«

»Oh, das wusste ich nicht«, murmelte sie.

»Es gibt eine ganze Menge, meine Liebe, das Sie nicht über mich wissen. Zum Beispiel, dass ich die feine Gesellschaft wie die Pest meide. Sie sollten dort nicht verlautbaren lassen, dass Sie mich kennen.«

»Ich fürchte, ich verstehe nicht ganz.«

Da war es wieder, das zynische Lächeln, das um seine Lippen zuckte. »Wirklich nicht, Sidonie?«, antwortete er. »Wie nachsichtig von Ihnen. Aber wenn Ihnen Ihr Ruf lieb ist, sollten Sie lieber einen großen Bogen um mich machen.«

Sidonie lachte aus vollem Halse. »Ich liebe das Leben mit all seinen Facetten, müssen Sie wissen, Mylord«, antwortete sie. »Und was meinen Ruf betrifft, um den mache ich mir ohnehin keine Sorgen.«

»Das sollten Sie aber«, ermahnte er sie, streckte das Kinn nach vorne und deutete zum Kartentisch. »Alasdair!«, rief er. »Alasdair, alter Junge, bereit für die Niederlage deines Lebens?«

Alasdair, der gerade Julias Truhe bewunderte, riss den Kopf in die Höhe. »Das hättest du wohl gerne, Dev. Freu dich bloß nicht zu früh!«

Lachend schlug Julia mit ihrem Fächer Alasdair auf den Arm. »Aber Sie wissen doch noch gar nicht, wer mit wem spielt«, sagte sie. »Was, wenn Sie beide zusammen spielen?«

»Dann wollen wir mal sehen«, sagte Devellyn, nahm die Karten und breitete sie fächerartig aus. »Die beiden höchsten Karten gegen die beiden niedrigsten? Meine Damen?«

Julia beugte sich nach vorne und zog als Erste. Pik zehn.

»Respekt.« Lord Devellyn deutete eine Verneigung an, die Sidonie galt. »Madame Saint-Godard?«

Sidonie schloss die Augen und ließ die Finger über den Karten schweben.

»Dev, mir scheint, wir haben es hier mit einer eingefleischten Kartenspielerin zu tun«, sagte Alasdair.

»Wenn man etwas macht, Sir Alasdair, sollte man es auch richtig angehen«, erwiderte Sidonie, als ihre Finger zum Sturzflug ansetzten und sie die Pikdame umdrehte.

»Nicht schlecht, Sidonie«, staunte Devellyn.

»Jetzt sind wir an der Reihe«, sagte Alasdair, deckte die Karo-Drei auf und seufzte. »Mach was draus, Dev.«

Devellyn zog, lugte auf die Karte und schleuderte die Kreuz-Zwei auf den Tisch. »Komm an meine Brust, Al«, sagte er trocken. »Dann wollen wir den Damen mal zeigen, was eine Harke ist.«

»Fein!«, rief Julia entzückt. »Wir werden bestimmt viel Spaß haben. Gentlemen, was schlagen Sie als Einsatz vor?«

»Einen Guinea pro Punkt«, meinte Devellyn.

Julia verzog den Mund. »Dafür nehmen wir erst gar nicht die Karten auf, Mylord.«

»Prima. Dann können wir uns ja direkt Ihrer Truhe zuwenden«, grinste Alasdair.

»Halt die Klappe, Alasdair und setz dich«, fuhr der Marquis ihn an.

Sidonie, die auf der Merry Maiden alles gelernt hatte, was man übers Kartenspielen wissen musste, war fest entschlossen, zu gewinnen. Sie freute sich, mit Julia zu spielen, war diese doch eine erfahrene und raffinierte Whistspielerin. Aber erst in der dritten Runde war den beiden Frauen das Glück hold. Als Sidonie mit Austeilen an der Reihe gewesen war, hielt sie selbst nur rote Karten in der Hand. Als sie die Karte aufdeckte, die den Trumpf für diese Runde bestimmte, stieß Sir Alasdair ein kehliges Lachen aus. »Mir schwant nichts Gutes.«

Devellyn musterte die Karte einen Augenblick lang. »Herzdame«, murmelte er. »Wieso hältst du das für ein schlechtes Omen, Alasdair?«

Doch Alasdair sollte recht behalten. Sie gingen mit Pauken und Trompeten unter. Alasdair nahm es mit Humor und witzelte, sie hätten es mit zwei waschechten Amazonen zu tun.

Während Julia und Alasdair kurz aussetzten, um ihre Gläser

aufzufüllen, teilte Lord Devellyn aus und entschied, dass in dieser Runde Karo Trumpf war.

»Oje«, entfuhr es Julia, als sie ihre Karten aufnahm. »Mein Glück hat mich verlassen.«

Sir Alasdair lachte und der Marquis meinte trocken: »Nicht verzagen, in der nächsten Runde kann es wieder ganz anders aussehen. So ist das eben mit dem Glück.«

»Dein Wort in Gottes Ohr«, sagte Alasdair. »Sie müssen wissen, meine Damen, dass Lord Devellyn seit geraumer Zeit das Pech gepachtet hat. Es verfolgt ihn wie ein herrenloser Hund.«

Julia hob den Blick. »Sie Ärmster. Hoffentlich bezieht sich das nur auf Glücksspiele.«

»Schön wär's«, murmelte der Marquis. »Mrs. Crosby, Sie sind an der Reihe.«

Julia warf eine schwarze Zwei ab, doch Alasdair schien jegliches Interesse an dem Spiel verloren zu haben. »Ja, wissen Sie es denn noch gar nicht, Mrs. Crosby?«, flüsterte er geheimnistuerisch.

»Alasdair, reiß dich bitte am Riemen«, sagte Devellyn erbost. »Lass uns lieber weiterspielen.«

Alasdair warf achtlos eine Pik-Acht ab. »Das Schicksal nahm an jenem Tag seinen Lauf, als die wundervolle Miss Lederly mit Nachttöpfen um sich warf. Danach kamen die Klopfkäfer und der unerwartete Tod seines Cousins Richard.«

»Cousin dritten Grades, wohlgemerkt«, brummte der Marquis. »Und von *unerwartet* kann wohl kaum die Rede sein, Alasdair. Der Gute war zweiundneunzig.«

»Egal. Wichtig ist nur, dass du seitdem gar nicht mehr weißt, wie man *Glück* buchstabiert«, fuhr Alasdair fort. »Und Sie haben wirklich von alledem noch nichts gehört, Mrs. Crosby?«

Julia wurde mit einem Schlag blass. Sie ahnte, worauf Alasdair hinauswollte. »Sie haben unser Mitgefühl, Mylord«, murmelte sie verlegen.

Sidonie rang sich ein Lächeln ab. »Bei Gott, Devellyn!«, sagte sie und warf eine Fehlfarbe ab. »Alasdair meint bestimmt ihren gestrigen Unfall.«

Julia stand die Verwirrung ins Gesicht geschrieben. »Unfall?«

»Ja. Miss Lederly hat seinen Läufer in Flammen gesetzt«, prustete Alasdair.

Julias Augen weiteten sich. »Wie kam es denn dazu?«

Devellyn warf ihr einen gequälten Blick zu. »Lassen Sie mich es so formulieren, Werteste: Ich habe derzeit mehr Pech, als der Teufel in seinen Trögen sammelt«, erklärte er ihr, holte sich den Stich mit einem Trumpf und legte ihn neben sich ab. »Aber ich spüre, dass ich schon bald wieder aufatmen kann. Alasdair, würdest du dich jetzt bitte wieder auf das Spiel konzentrieren, statt dummes Zeug von dir zu geben?«

Mit einem breiten Grinsen warf Alasdair seine Karten hin. »Ich muss es einfach erzählen, Dev!«, platzte es aus ihm heraus. »Meine Damen, jetzt kommt die eigentliche Sensation. Unser Freund hier wurde unlängst das Opfer des Schwarzen Engels. Leider ist die Geschichte von pikanten Details gespickt, weshalb ich Sie Ihnen nicht in epischer Breite erzählen kann.«

»Sei still, Alasdair!«, knurrte Devellyn.

Julia leerte ihr Glas mit einem Zug.

»Ein schwarzer Engel«, sagte Sidonie scheinheilig. »Ich fürchte, ich kann Ihnen nicht ganz folgen.«

»Nein, *der* Schwarze Engel«, wiederholte Sir Alasdair, als müsste er ihr auf die Sprünge helfen. »Der weibliche Robin Hood, der es auf betuchte Gentlemen abgesehen hat.«

Sidonie riss die Augen auf. »Ich muss doch sehr bitten, Sir Alasdair. Es schickt sich nicht, dass Sie uns einen Bären aufbinden.«

»Das tue ich nicht, meine Werteste. Darauf gebe ich Ihnen mein Ehrenwort. Soll das heißen, Sie haben noch nie etwas vom Schwarzen Engel und seinen nächtlichen Streifzügen gehört?«

Sidonie schüttelte das Haupt. »Ich fürchte, wir haben nur begrenzt Kontakt zur Oberschicht.«

Im Untergeschoss schlug eine Uhr zehn. Julia räusperte sich geräuschvoll. »Ich glaube, ich könnte noch einen Sherry gebrauchen«, stöhnte sie. »Sehe ich das falsch, oder ist unsere Partie Karten damit beendet?«

»Ich habe ohnehin mehr Lust, mit Ihnen Ihre Schätze anzusehen«, sagte Alasdair zum wiederholten Male. Es schien ihm ernst zu sein.

»Nur Weicheier wie du geben sich freiwillig geschlagen«, sagte Devellyn verächtlich, ehe er sich an Sidonie wandte. »Wie sieht es aus, hätten Sie Lust auf eine Runde Pikett, meine Liebe?«

Julia und Alasdair hatten bereits an einem Tisch am Fenster Platz genommen.

Sidonie musterte ihn. »Mag sein, dass ich mich täusche, Mylord, aber im Grunde haben Sie auch keine große Lust auf eine Partie Pikett, oder?«

»Glückwunsch, Sie haben mich ertappt«, seufzte er und schob die Karten zusammen. »Wenigstens hätte ich dann eine Entschuldigung, mit Ihnen hier sitzen zu bleiben.«

Sidonie legte die Hand auf seinem Unterarm ab. Für den Bruchteil einer Sekunde trafen sich ihre Blicke. »Sie brauchen doch keine Entschuldigung«, sagte sie leise. »Dies ist mein Haus,

Mylord. Und Julia ist meine Freundin, nicht meine Anstandsdame.«

Eine seiner Augenbrauen wanderte in die Höhe. »Sie sind noch sehr jung, meine Liebe.«

»Nicht mehr lange, und mein Geburtstag jährt sich zum dreißigsten Mal«, murmelte sie. »Schon vergessen, dass Sie mich unlängst an mein fortgeschrittenes Alter erinnert haben?«

»Sie sollten mich nicht so ernst nehmen«, sagte er. »Vor allem, weil Sie wesentlich jünger aussehen. Wie lange waren Sie noch mal verheiratet, meine Liebe?«

Sidonie setzte ein schiefes Lächeln auf. »Zehn Jahre.«

Devellyns Blick ruhte schwer und bedeutungsvoll auf ihrem Antlitz, während seine Hände noch immer mit den Karten spielten. »Eine Kinderbraut«, sagte er.

»Nicht ganz. Ich war siebzehn.«

»War Ihnen denn klar, was Sie da taten?«

»Es ist nichts Ungewöhnliches für eine Frau, in diesem Alter zu heiraten.«

Devellyn machte eine wegwerfende Handbewegung. »Arrangierte Ehe, ja«, sagte er. »Aber Ihre Ehe, Sidonie? Ihre Ehe war nicht arrangiert, das spüre ich.«

»Wie kommen Sie darauf?«

»So, wie ich Sie einschätze, würden Sie nicht heiraten, ohne verliebt zu sein.«

»Interessant. Vor allem, weil wir uns noch gar nicht so lange kennen.«

»Liege ich mit meiner Vermutung denn falsch?«

Plötzlich drang das fröhliche Lachen von Alasdair und Julia zu ihnen herüber, und Alasdair hielt mit spitzen Fingern ein altmodisches Korsett in die Höhe.

»Was in Gottes Namen machen die beiden da nur?«, murmelte Devellyn. »Egal, Hauptsache, sie haben Spaß. Beantworten Sie meine Frage, Sidonie. War es nun eine Liebesheirat oder nicht?«

Sidonie biss sich auf die Lippe. »Ich bin mit Pierre davongelaufen, weil ich glaubte, ihn zu lieben.«

»Und liebten Sie ihn *wirklich*?«

Sidonie zögerte. »Nun ja, ich war ... einsam«, antwortete sie. »Aber ich habe auch all das empfunden, was man in Liebesgedichten liest – mögen sie noch so albern sein.«

»Sie finden Liebeslyrik albern?«, fragte er.

»Und wie.«

»Jetzt enttäuschen Sie mich aber«, murmelte er. »Bis eben hatte ich noch die Hoffnung, die Poeten könnten doch recht haben und dass selbst ein komischer Kauz wie ich eines Tages durch die Liebe einer Frau erlöst würde.«

»Jetzt wollen Sie mich zum Narren halten, Mylord.«

Devellyn legte den Kopf auf die Seite. »Will ich das? Ich weiß nicht so recht.«

»Welche Art der Erlösung schwebt Ihnen denn vor? Wenn es lediglich darum geht, die Absolution der Gesellschaft zu erhalten, Mylord, so kann ein Titel viele Tore öffnen.« Sie zögerte einen Moment lang. »Vor allem als Herzog.«

Dieses Mal lachte Devellyn so laut, dass Alasdair und Julia die Köpfe herumrissen.

Sidonie nutzte die Gelegenheit, sich in gefährlichere Gewässer vorzuwagen. »Wie nah stehen Sie und Ihre Familie sich eigentlich?«, fragte sie so beiläufig wie möglich.

Der Marquis hob eine Schulter. »Nicht sehr nah«, antwortete er. »Meine Mutter lehnt meinen Lebensstil ab und mein Vater und ich, wir haben uns entfremdet. Und das ist noch beschönigend formuliert.«

»Oh«, entfuhr es ihr, »das geschieht häufiger, als man denkt, nicht wahr?«

»Dass Familien zerstritten sind?« Er warf ihr einen durchdringenden Blick zu. »Sie klingen, als sprächen Sie aus Erfahrung.«

Sidonie zögerte. »Mein Vater verschied, als ich in der Fremde weilte«, antwortete sie. »Und meine Mutter hatte ihr eigenes Leben. Wir haben uns nicht im klassischen Sinne überworfen, aber nah standen wir uns alle nie.«

»Das tut mir leid«, sagte er.

Sie hob eine Augenbraue und schüttelte den Kopf. »Es gibt Schlimmeres im Leben«, entgegnete sie. »Haben Sie Geschwister?«

Ein Schatten schob sich vor die Augen des Marquis. »Ich hatte einen Bruder«, sagte er und schob eine Hand in die Tasche seines Gehrocks. »Bis zu seinem Tode waren wir unzertrenn ...« Seine Hand gefror.

Ein flaues Gefühl breitete sich in Sidonies Magen aus. »Stimmt etwas nicht?«

Mit einem gequälten Lächeln zog er die Hand zurück. »Ich hatte einst eine Miniatur von ihm«, antwortete er. »Aber ich trage sie nicht mehr bei mir. Sie wurde mir entwendet.«

Sidonie spürte, wie sie blass wurde. »Das tut mir leid.«

Er zuckte die Achseln. »Ich hätte Ihnen einfach gerne gezeigt, wie er aussah«, sagte er. »Greg sah gut aus, sehr gut sogar. Ich habe ihn stets um den liebenswürdigen Ausdruck in seinen Augen beneidet.«

»Sie sollten nicht so hart zu sich sein«, sagte Sidonie verlegen.

Devellyn überging ihre Bemerkung mit einem Augenzwinkern und fragte stattdessen: »Mich würde brennend interessieren, wer Sie denn nun *Sid* nennen darf, wenn es mir schon nicht gestattet ist?«

In Gedanken weilte Sidonie noch immer bei dem jungen Mann auf dem Miniaturporträt. »Ich habe einen Bruder, George«, antwortete sie geistesabwesend. »Er ist etliche Jahre älter als ich und so etwas wie ...« Sie verstummte, weil sie nicht die richtigen Worte fand und schüttelte den Kopf. »Meine Beziehung zu George lässt sich nur schwer in Worte fassen«, sagte sie. »Er ist mehr als ein Bruder, aber weniger als ein Vater.«

»Verstehe.«

Sidonie lächelte matt. »Mit Verlaub, aber das glaube ich kaum.«

»Dann erzählen Sie mir noch ein wenig mehr von ihm.«

Lautlos öffnete und schloss sich ihr Mund. »George ist von zu Hause fortgelaufen, als er noch sehr jung war«, sagte sie schließlich. »Er hat sich mit gefährlichen Zeitgenossen eingelassen. Und damit meine ich nicht Lebemänner oder Aufschneider. Ich meine damit wirklich *gefährliche* Kreise. In gewisser Weise haben wir uns also ... irgendwie entfremdet. Aber nicht wegen verletzter Gefühle. Es hat sich einfach so ergeben. Aber glücklicherweise hat uns das Schicksal wieder zusammengeführt.«

»Es ist Ihnen anzusehen, wie froh Sie darüber sind.«

Sidonie nickte, obwohl es ihr schwerfiel. »Nach Georges Verschwinden hatte ich jahrelang nichts von ihm gehört. Als Mutter mich dann auch noch in ein Kloster nach Frankreich schickte, dachte ich, ich würde ihn womöglich nie wiedersehen.«

»Und jetzt ist er nicht mehr derselbe, der er damals war, vermute ich?«, fragte Devellyn.

Sidonie sah auf die Tischdecke. »Das kommt ganz auf die Sichtweise an.«

»Klingt, als wäre Ihr Bruder ein geheimnisvoller Zeitgenosse.«

Langsam hob Sidonie den Blick. »Irgendwie ist George meine einzige Familie«, sagte sie leise. »George ist ... stark. Manchmal ein wenig unbarmherzig. Als ich jung war, hatte ich das Gefühl, er wäre der Einzige, auf den ich mich verlassen könnte. Papa haben wir kaum zu Gesicht bekommen und Mama lag ständig im Streit mit den Kindermädchen und Erzieherinnen. Keine von ihnen blieb lange genug, als dass wir eine Bezugsperson gehabt hätten.« Sidonie hielt kurz inne und legte die Fingerspitze an die Lippe. »Warum erzähle ich Ihnen das eigentlich alles?«

»Weil ich einen so einfühlsamen und besorgten Eindruck vermittle?«

Sidonie warf ihm einen skeptischen Blick zu. »Jetzt machen Sie sich schon wieder über mich lustig.«

Der Marquis lächelte sie an. »Bitte, erzählen Sie weiter.«

Sidonie war selbst verblüfft, dass sie seiner Bitte nachkam. »George war Papas einziger Sohn«, fuhr sie fort. »Aber unsere Eltern waren ... waren nicht verheiratet. Wir waren Papas Zweitfamilie, sozusagen.«

»Verstehe.«

»Ja, nun, das ist eine ziemlich lange und traurige Geschichte«, sagte sie. »Aber ich will Sie nicht unnötig damit belasten.«

Der Marquis schob die Karten von sich. »Das tun Sie nicht. Ich habe auch vieles erlebt, über das ich am liebsten nie wieder reden möchte. Ich weiß genau, wie Sie sich fühlen.«

»Gütiger Gott, Dev«, rief Alasdair und sprang auf. »Es ist schon nach halb elf.«

Devellyn zückte seine Taschenuhr, klappte sie auf und erhob sich ebenfalls. »Meine Damen. Es ist an der Zeit, dass wir uns empfehlen. Wir können unmöglich Ihre Gastfreundschaft noch länger strapazieren.«

»Ach nein!«, rief Julia. »Müssen Sie denn wirklich schon gehen?«

Sir Alasdair machte ein verlegenes Gesicht. »Ich fürchte, uns steht noch eine Fahrt nach Stepney bevor«, antwortete er. »Eine Angelegenheit, die keinen Aufschub duldet.«

»Bis nach Stepney!«, keuchte Julia. »Da müssen Sie ja die halbe Nacht aufbleiben!«

»Das tun wir gewöhnlich sowieso«, lachte Alasdair. »Meine Damen, haben Sie vielen Dank für den höchst kurzweiligen Abend. Das, was uns jetzt erwartet, wird nicht halb so vergnüglich sein.«

Nachdem auch Lord Devellyn sich bedankt hatte, begleiteten Sidonie und Julia die beiden nach unten und reichten ihnen ihre Stöcke, Umhänge und Hüte.

Betrübt blickte Julia den beiden Gentlemen nach und schloss mit einem tiefen Seufzer die Tür. »Was für ein wundervoller Abend«, sagte sie, als wäre sie von Anfang an von Lord Devellyns und Sir Alasdairs Kommen begeistert gewesen. »So viel Spaß hatte ich schon seit einer Ewigkeit nicht mehr.«

Kapitel 8

In welchem Ilsa und Inga eine Enttäuschung hinnehmen müssen

»Am besten, wir laufen zur Great Russell Street und nehmen uns dort eine Kutsche«, schlug Alasdair vor. »Es wäre wenig ratsam, deinen Wagen in der Nähe von Sisks Haus stehen zu lassen.«

Lord Devellyn, dessen Blick förmlich am Boden zu kleben schien, sah auf. »Was sagtest du, Alasdair?«, meinte er. »Ich war in Gedanken woanders.«

Alasdair blieb stehen. »Unser Treffen mit Sisk«, sagte er scharf. »Verdammt, du denkst schon wieder an diese Frau, habe ich recht?«

Devellyn schüttelte den Kopf. *Frauen* hätte es wohl eher getroffen. Derzeit gab es gleich zwei Frauen, die ihm im Kopf herumspukten. Mal dachte er an die eine, mal an die andere und manchmal an beide gleichzeitig, auch wenn sie nicht unterschiedlicher hätten sein können.

»Los, Dev«, drängte Alasdair. »Wir müssen uns sputen.«

Devellyn ließ sich mit seiner Antwort Zeit. »Ich habe keine Lust, Alasdair«, sagte er schließlich. »Ich bin müde.«

»Reiß dich zusammen. Willst du den Schwarzen Engel nun dingfest machen, oder nicht?« Enttäuschung schwang in Alasdairs Stimme mit. »Der Sergeant erwartet uns. Es wäre unhöflich, ihn zu versetzen. Komm schon, gib dir einen Ruck.«

Der Marquis legte Alasdair die Hand auf die Schulter. »Ja, ich will mich an diesem kleinen Miststück rächen. Aber heute fehlt mir die Kraft, noch etwas zu unternehmen. Ich werde einen Boten schicken, der uns entschuldigt.«

Alasdair zuckte gelassen die Achseln. »Es ist nicht mein Medaillon, das gestohlen wurde«, sagte er mit gespielter Gleichgültigkeit und setzte seinen Weg fort. »Mach, was du für das Beste hältst. Ich stecke voller Tatendrang und werde Mutter Lucy einen Besuch abstatten. Wenn ich Glück habe, sind Ilsa und Inga ja auch da.«

Der Marquis legte die Stirn in Falten. »Sind das nicht diese schwedischen Schwestern, über welche die ganze Stadt spricht?«

Alasdair verzog das Gesicht. »Es sind Zwillinge, Dev!«, korrigierte er ihn. »Gelenkige, langbeinige Blondinen mit Brüsten, wie Rembrandt sie malte, und flachsblondem Haar, das sich bis zu ihrem Allerwertesten ergießt.«

»Ach so.«

Alasdair hob eine Augenbraue. »Quin Hewitt hat erzählt, Ilsa könnte die Füße hinter den Kopf legen und Ingas Lippen könnten auf einer fünfundzwanzig Zentimeter langen Pfeife musizieren.«

»Aha«, sagte Devellyn. »Danke für die bildliche Beschreibung.«

Aufmunternd schlug Alasdair Devellyn auf den Rücken. »Wenn Inga wirklich so akrobatisch ist, dürfte es für sie ohne Frage ein Leichtes sein, deine Probleme aus dir herauszusaugen. Und Ilsa mit ihren geschickten Händen könnte dir die Anspannung aus den Schultern massieren. Metaphorisch oder wortwörtlich, wie du willst.«

»Meine Probleme sitzen in meinem Kopf«, erklärte der Marquis leicht gereizt. »Und der wiederum sitzt auf meinen verspannten Schultern. Egal, wie viel die beiden saugen oder massieren, es ändert nichts.«

»Wasser fließt immer bergab, alter Junge«, sagte Alasdair und musterte seinen Freund von der Seite. »Metaphorisch. Und im wahrsten Sinne des Wortes. Komm schon. Sei kein Spielverderber. Wenn du mitkommst, singe ich mit dir Hymnen auf dem Weg zu Lucy.«

»Beim Allmächtigen«, sagte Devellyn. »Dafür ist keiner von uns betrunken genug, Alasdair. Geh ruhig hin. So wie ich dich kenne, fällt es dir nicht schwer, Ilsa und Inga auch allein auf Trab zu halten.«

»Aber Dev. Was du jetzt wirklich brauchst, ist …«

»Schlaf«, unterbrach er ihn.

»Lass es dir noch einmal auf der Zunge zergehen, Dev. Zwillinge. Willig bis in die Haarspitzen. Das wird bestimmt besser als die drei französischen *filles de joie*, die wir letztes Frühjahr in der Rue Richer engagiert haben. Kannst du dich noch an die eine erinnern, welche die ganze Zeit über *Härter, härter!* geschrien hat, bis du bewusstlos geworden bist, weil du mit dem Kopf gegen das Kopfteil des Bettes geprallt bist?«

Die Erinnerung daran entlockte Devellyn ein flüchtiges Lächeln.

»Komm schon. Du wirst sehen, es wird dir gut tun.«

»Ein anderes Mal, Alasdair«, antwortete Devellyn ruhig.

»So langsam beginne ich, mir Sorgen um dich zu machen, alter Junge«, sagte Alasdair. »Es gab Zeiten, in denen hättest du ein Astloch in einem Holzzaun gevögelt, und jetzt lässt du dir schwedische Zwillinge entgehen. Ich versteh dich nicht.«

»Vermutlich mache ich einen Fehler, aber ich kann nicht anders«, murmelte der Marquis und legte Alasdair die Hand auf die Schulter. »Aber warte noch einen Moment.«

»Das hört sich schon besser an«, flötete Alasdair. »Meinetwegen kannst du Ilsa auch zuerst haben.«

Doch Devellyn schüttelte abermals den Kopf. »Nein«, sagte er leise. »Nein, ich komme nicht mit. Aber sag mir, Alasdair, wie fandest du den heutigen Abend? Oder anders formuliert, was hältst du von Madame Saint-Godard?«

Alasdair schwieg einige Augenblicke lang. »Ich finde«, hob er zu guter Letzt an, »dass du bis zum Hals in der Scheiße steckst, Dev.«

Nachdem Sidonie und Julia ihre Besucher verabschiedet hatten, halfen sie Mrs. Tuttle und Meg dabei, die unzähligen Schüsseln, Teller, Gläser und Tischdecken nach unten in die Spülküche zu tragen. Selbst eine noch so kleine Dinnerparty brachte das Hauspersonal an seine Grenzen. Zum Glück machte es den beiden Hausherrinnen nichts aus, mit anzupacken.

Erschöpft schleppte Sidonie sich schließlich die drei Etagen bis zu ihrem Schlafzimmer hinauf. Sie entledigte sich der Kleider, nahm einen Gedichtband zur Hand und ließ sich splitterfasernackt auf das Bett fallen. Nachdem sie ein wenig von Shelleys »Indischer Serenade« gelesen hatte, rollte sie sich auf den Rücken und starrte die Stuckdecke an. Eine Stelle aus dem Gedicht – es war der Anfang – wollte ihr nicht aus dem Kopf gehen.

Ich erwach aus Träumen von dir,
Und ein magischer Zauber trieb
Meine Schritte mit stürmender Hast
zu Deinem Fenster, mein Lieb.

Ehe Sidonie es sich versah, stand sie vor ihrem Fenster und spähte durch die Vorhänge, auch wenn sie wusste, dass er nicht da war. Nichts als nächtliche Schwärze hinter den Fenstern. Ob sein Schlafzimmer wohl auch im dritten Stock lag? Mit einem Mal wurde Sidonie von einem Gefühl der Niedergeschlagenheit befallen, und sie stieß einen lauten Seufzer aus. Ihr war warm. Die Uhr im Erdgeschoss schlug Mitternacht. Sidonie ging zurück zum Bett, nahm sich ein Kissen und hieb einige Male verzweifelt darauf ein. Aber auch das half nicht, die Bilder seines entblößten Körpers zu verscheuchen. Bei der Vorstellung, wie er sich nackt auf ihrem Bett räkelte, drehte sich das Zimmer.

Sie suchte vergebens nach einer Erklärung, warum ihre Gedanken ständig um seine Person kreisten. Vielleicht, weil Devellyn anders war als alle Männer, die sie kannte. In ihrer Vorstellung war sie wieder im Anker. *Ich begehre dich*, hatte er zu Ruby Black gesagt, gefolgt von *Wie viel, Ruby? Für die ganze Nacht?* Seine schonungslos offenen Worte und unverblümte Ausdrucksweise ließen sie schaudern. Doch er hatte auch etwas Zärtliches verströmt und sich entschuldigt, als er sie zu grob angefasst hatte. Verträumt glitt Sidonie mit der flachen Hand die Tagesdecke hinunter. Sie schloss die Augen und berührte sich selbst. Oh ja. Das war ihr schmachvolles Geheimnis. Sie wollte es. Sie wollte ihn. Jetzt, wo sie von ihm gekostet hatte. Wer oder was er war, spielte keine Rolle mehr.

Auf einer Seite war es wundervoll, nach so langer Zeit wieder einmal körperliche Lust zu verspüren. Zumal sie einst befürchtet hatte, sie hätte ihre Fähigkeit verloren, einen Mann zu begehren. Sidonie hatte die körperliche Liebe immer genossen – bis sie herausgefunden hatte, dass Pierre fremdging. Seitdem hatte die Sache an Charme verloren.

Da war es wieder. *Charme*. Sie verabscheute dieses erbärmliche Wort. Lord Devellyn war nicht charmant. Er war eine Bestie. Würde sie ohne mit der Wimper zu zucken nehmen, wenn sie ihn darum bat. Das hatte sie in seinem Blick gelesen. Sie warf den Kopf in den Nacken und streichelte sich sanft. Bei Gott, was war sie doch für ein verruchtes Frauenzimmer.

Sie spielte sogar mit der wahnwitzigen Idee, einfach über die Straße zu gehen und Devellyn zu fragen, ob er sie mit in sein Bett nehmen würde. Allein die Vorstellung schnürte ihr die Kehle zu, und ein sonderbares Kribbeln breitete sich in ihrer Magengrube aus. So aufgeregt war sie schon lange nicht mehr gewesen.

Aber war sie wirklich so mutig? Würde sie es wagen, ihn geradeheraus zu fragen? Nein. Das war ein wenig zu kühn. Selbst für sie. Und dann war da ja noch die Sache mit der vermaledeiten Tätowierung. Ihre Gedanken waren eh für die Katz, er war ja ohnehin nicht zu Hause und wer wusste schon, wo er sich herumtrieb. Von wegen dringende Angelegenheit.

In dem Moment sprang Thomas aufs Bett und riss sie aus der eigenartigen Stimmung, die sie befallen hatte. Urplötzlich wusste Sidonie, was sie zu tun hatte – oder zumindest, was sie sich *wünschte* – und richtete sich auf. Opportunistisch, wie Katzen nun einmal waren, ließ sich Thomas dort nieder, wo Sidonie bis eben gelegen und die Decke angewärmt hatte. Mit trägem Blick sah er seiner Herrin dabei zu, wie sie umherlief und Kleider zusammenklaubte.

»Wenigstens einer, der die Sache gelassen nimmt«, sagte sie zu ihm, doch der Kater blinzelte sie nur an, als würde sie eine Dummheit begehen, und widmete sich der Krallenpflege.

Thomas hatte recht. Aber es gab nur diesen einen Weg. Sie musste es tun. Es war wie ein Sog, der sie in die Tiefe zog.

Nachdem sie sich das Parfüm mit einer starken, geruchlosen Seife abgewaschen hatte, zog sie sich ein Hemd und locker sitzende Beinkleider sowie Stiefel mit weichen Sohlen an. Anschließend flocht sie sich das Haar, drehte es auf, sodass es ihr auf dem Kopf saß und setzte sich einen Lederhut auf. Als sie damit fertig war, wickelte sie Devellyns Besitztümer, die sie ihm geraubt hatte, in unbestickte Taschentücher und verstaute sie zusammen mit dem erbeuteten Geld in einem Seidensäckchen. Sie wollte sein Hab und Gut keine Sekunde länger bei sich im Haus wissen. Devellyn mochte charakterliche Schwächen haben – und zwar sicher nicht wenige – aber sie hatte ihm Unrecht getan. Er hatte weder Miss Lederly noch eine der anderen Gespielinnen vor die Tür gesetzt. Das Gegenteil war der Fall. Außerdem wusste sie jetzt, dass das Miniaturporträt seinen verstorbenen und geliebten Bruder zeigte. Sidonie schämte sich dafür, dass sie voreilige Schlüsse gezogen hatte.

Mit zügigen Bewegungen band sie das Säckchen mit einem Baumwollfaden zu und steckte sich den besten Freund eines Einbrechers in die Tasche – einen kleinen Hammer, mit dem sich Scheiben einschlagen ließen. Dann schlang sie sich ein dünnes, kräftiges Seil um die Taille und befestigte daran einen Enterhaken, den sie noch aus ihrem Leben auf hoher See hatte. Zum Schluss zog sie den Hemdschoß darüber.

Da Julia bereits im Bett lag und Meg im Untergeschoss beschäftigt war, würde es ein Einfaches sein, sich durch die Hintertür aus dem Haus zu stehlen, sich von den Schatten der Great Russel Street schlucken zu lassen und ungesehen über die Kreuzung zu huschen. Sie wusste um die Brisanz ihres Vorhabens. Genau genommen war alles, was der Schwarze Engel tat, gefährlich. Töricht. Und höchst wahrscheinlich aussichtslos. Zum hundertsten Mal fragte sich Sidonie, warum sie es dennoch immer wieder tat. Egal, wie vielen gefallenen Frauen sie half, egal, wie viele Gentlemen sie ausnahm, sie würde nie die Genugtuung empfinden, nach der sie strebte. Besonders traurig stimmte es sie, dass ihre Taten nur ein Tropfen auf den heißen Stein waren. Möglich, dass sie ein paar Frauen half, aber was war mit all den anderen, die Not litten? Warum ließ sie es also nicht einfach bleiben?

Todeswunsch hatte Julia es einst genannt. Anfänglich hatte sie sich mit Händen und Füßen dagegen gewehrt, Sidonie etwas über die Kunst der Verkleidung und des Theaterspielens beizubringen. Aber Sidonie hatte nicht locker gelassen und ihr so lange damit in den Ohren gelegen, bis Julia ihren Widerstand aufgegeben hatte. Sidonie hatte sich als wahres Naturtalent entpuppt. Davon abgesehen war es kein Todeswunsch, der sie trieb. Es ging vielmehr darum … Menschen Wahlmöglichkeiten zu bieten. Etwas, das in ihrem Leben keine große Rolle gespielt hatte. Nachdem ihre Mutter ihre Jungfräulichkeit verloren hatte, war ihr nicht mehr viel geblieben. Schuld an der Misere trug einzig ihr Vater, ein einflussreicher Mann, der sich nahm, was ihm gefiel und sich nicht um die Konsequenzen scherte. Mit anderen Worten: um sie und ihren Bruder. Die lebenden Beweise seiner unkontrollierten Selbstsucht.

Sidonie ermahnte sich, nicht ausgerechnet jetzt an die Misere ihrer Mutter und damit auch die ihre zu denken, da ihr sonst womöglich ein Fehler unterlief. Ein Quietschen drang an ihr Ohr. Sidonie blieb augenblicklich stehen. Deutlich spürte sie, wie etwas über die Spitze ihres Stiefels huschte.

Nur eine Maus. Sidonie atmete einige Male tief durch und näherte sich der Rückseite von Devellyns Haus. Wie nicht anders erwartet, war das Gatter verschlossen. Sie zog sich am Gartenzaun hoch und spähte hinüber. Alles dunkel. Sie würde sich also auf ihre Instinkte verlassen müssen. Flink schwang Sidonie ein Bein über den Zaun, verlagerte kurz das Gewicht auf die Hände, zog das zweite Bein nach und landete so lautlos wie eine Katze auf der anderen Seite. Sie blieb einen Augenblick lang hocken und lauschte angestrengt in die Dunkelheit. Alles war still. Bis auf einen Schlitz im Souterrain des Hauses, aus dem trübes Licht sickerte, war es dunkel. Auf der anderen Seite des Gartens entdeckte Sidonie einen Schuppen. Mit dem Rücken zum Zaun arbeitete sie sich bis dorthin vor. Mit Hilfe einer Regentonne erklomm sie das Dach des Schuppens und tastete sich bis zur Mauer des Wohnhauses vor.

Jetzt kam der schwierige Teil. Vor allem, weil sie das dritte Stockwerk anpeilte, in dem sich höchstwahrscheinlich das Schlafzimmer des Hausherrn befand. War es auf der rechten oder linken Seite? Sobald sie das Abflussrohr zu ihrer Rechten erklommen hatte, würde sie es wissen. Mit ein wenig Glück war es Devellyns Schlafzimmer. Wenn Sie Pech hatte, war es verriegelt. In dem Fall würde sie das Glas einschlagen, den Sack durch das Fenster werfen und die Flucht ergreifen.

Obgleich sich Sidonies Augen allmählich an die Dunkelheit gewöhnten, brauchte sie vier Anläufe, um das Seil am Abflussrohr festzubinden. Dann endlich kletterte sie mit fließenden Bewegungen nach oben. Das Klettern war für Sidonie nicht schwieriger, als in der Schiffstakelage mit Seilen zu arbeiten, was sie bei mehr als einer Gelegenheit getan hatte. Krankheit und Fahnenfluch konnten eine Schiffsbesatzung zur unpassendsten Zeit heimsuchen. Der Ruf »Alle Mann an Deck« konnte dann eine ganz neue Bedeutung gewinnen. Pierre war aufgeschlossen und dankbar für ihren Einsatz an Bord gewesen, und Sidonie hatte sich schnell an Schwielen und derbe Hosen gewöhnt.

Auf Höhe des Fensters angekommen, stellte sie erfreut fest, dass es nicht verriegelt war. Mühelos ließ es sich nach oben schieben. Eine Melange aus Tabak, Limone und Kräuterseife schlug ihr entgegen. Auch die feine würzige Note, wie nur ein

Mann sie produzieren konnte, entging ihr nicht. Es roch nach Devellyn. Sie kannte seinen Geruch, hätte ihn unter hunderten verschiedener Gerüche ausgemacht. Der Gedanke daran beunruhigte sie. Mit einem Satz war sie im Innern eines nicht sonderlich geräumigen Zimmers. Sidonie meinte, an der gegenüberliegenden Wand einen hohen Schrank und daneben eine Art Kommode ausmachen zu können. Oder war es ein Sessel? Nein, dazu war es zu groß. Zu ihrer Linken entdeckte sie ein Himmelbett. Und dann, gegenüber dem Bett erkannte sie es. Eine Frisierkommode.

Sie lüftete das Hemd und löste den Beutel mit dem Diebesgut. Als Erstes legte sie die Banknoten aus, ehe sie ein Bündel nach dem anderen auswickelte und den Inhalt auf dem Tischchen drapierte.

Devellyn erwachte von einem eigenartigen Geräusch. Er war nicht allein. Wer mochte es sein? Fenton? Honeywell? Nein, dann hätte er Kerzenlicht gesehen. Selbst die Kerze, die er sich ursprünglich zum Lesen angezündet hatte, war erloschen. Devellyn war auf dem Sofa eingenickt. Er hob den Kopf und legte leise seine Lektüre beiseite. *Er war nicht allein.* Kalte Nachtluft wirbelte durch den Raum. Das Fenster. Wieso stand das Fenster offen?

Vorsichtig schob er seine nackten Füße von der Ottomane und beugte sich nach vorne. Da, vor der Frisierkommode stand eine zierliche Gestalt. Das leise Klirren von Metall drang an sein Ohr. *Ein Dieb?* Der Silhouette nach zu urteilen ein Halbwüchsiger.

Bei Gott, nicht schon wieder. Geräuschlos erhob sich Devellyn und verwünschte das weiße Nachthemd, das er trug. Es war so dunkel, dass er den Eindringling nur schwer ausmachen konnte. *Na warte, dir werde ich es zeigen, Bürschlein*, dachte er bei sich, machte einen Satz nach vorne und warf den ungebetenen Gast zwischen Bett und Frisierkommode zu Boden. Er hörte, wie etwas mit einem dumpfen Geräusch zu Boden ging und davonrollte. Devellyn war erstaunt, wie zäh der Junge war, außer einem kurzen, lautlosen Stöhnen gab er keinen Laut von sich. Und noch eines musste Devellyn ihm lassen: Er war schnell. Verdammt schnell. Und wehrte sich mit Händen und Füßen. Ehe Devellyn wusste, wie ihm geschah, riss der Junge den Ellbogen nach hinten und traf ihn zwischen den Rippen.

Devellyn ächzte. »Halt bloß still, du diebischer Bastard.«

Einen Augenblick lang wälzten sie sich auf dem Läufer. Devellyn schlug den Kopf des Diebes gegen das Bettende, doch der Bursche war hart im Nehmen. Er stieß einen Fluch aus und erwischte Devellyn dieses Mal am Hals, was Devellyn für einen Augenblick außer Gefecht setzte. Sogleich robbte der Junge in Richtung Fenster und wollte sich gerade in den Stand ziehen, als Devellyn ihn am Knöchel zu packen bekam. »Dafür wirst du hängen, Bürschlein«, zischte er, warf den schmächtigen Jüngling auf den Rücken und fixierte ihn mit dem Bein. Doch so leicht wollte der Eindringling sich nicht geschlagen geben und versuchte, Devellyn das Knie in die Weichteile zu rammen. Ein Fehler.

»Dafür dreh ich dir den Hals um, du Rotznase«, brüllte der Marquis und wollte ihn bei der Taille packen. Der Knabe schien das Manöver jedoch vorauszuahnen und drehte den Oberkörper zur Seite. Devellyns Hände schossen nach vorne und bekamen einen Oberkörper zu fassen. Oberhalb der Taille.

»Was, zum Teufel, ist *das!*«, entfuhr es ihm, als sich seine Hand mit einer prallen Brust füllte.

Der Dieb gefror zu Stein. Er – nein, *sie* – lag breitbeinig unter Devellyn, der gerade den Mund öffnete, um nach Honeywell und einer Lampe zu verlangen. Als der Dieb abermals fluchte, hielt Devellyn inne. Von irgendwoher kannte er die Stimme.

»Nich' aufregen, Sir«, flüsterte Ruby Black. »Lassen Sie mich einfach los. Es ist nich' so, wie Sie denken.«

Und dann fiel es Devellyn wie Schuppen von den Augen. Einen Augenblick lang vernebelte die Erkenntnis ihm die Sinne. Ruby Black. Endlich würde er bekommen, wonach er sich die ganze Zeit gesehnt hatte. Er hatte nicht die geringste Absicht, sie loszulassen und schon gar nicht ihre Brüste. Er drückte sie heftig, woraufhin seine Gefangene keuchte.

»Es ist nich' so, wie Sie denken«, raunte sie. »Bitte, lassen Sie mich gehen.«

»Warum sollte ich, du kleines Luder«, herrschte Devellyn sie an.

»Ich hab' nix geklaut, wirklich nich'«, wand sie sich unter ihm. »Lassen Sie mich los, und Sie sehen mich nie wieder.«

Devellyn riss ihr den Hut vom Kopf und fuhr mit der Hand über ihr Haar, um sich dessen zu vergewissern, was sein vor Wollust schmerzender Körper längst wusste. Es war wirklich Ruby. Heute trug sie einen Dutt, wie Gouvernanten es taten. Wütend krallten sich seine Finger in die Frisur und rissen ihren Kopf herum.

»Lassen Sie mich gehen«, flehte sie. »Bitte.«

»Oh nein, Ruby«, antwortete er. »Dieses Mal musst du den Teufel bezahlen.«

»Ich hab' Ihnen Ihre Sachen zurückgebracht, Sir.«

Doch Devellyn hatte ihr nicht richtig zugehört. Es war, als wäre sein Verstand außer Gefecht gesetzt. Für ihn gab es nur ihr Keuchen, ihre Rundungen. Und seine Rachegelüste. »Ich werde dich erst gehen lassen, nachdem du deinen Teil der Abmachung erfüllt hast, Schätzchen.«

Devellyn schob ihr eine Hand unter den Hintern und hob ihr Becken in die Höhe, sodass sie unmissverständlich spüren konnte, was er meinte. Ihre Versuche, ihn von sich zu schieben, stachelten lediglich seine Wut und sein Verlangen an. Er sehnte sich nach einer Lampe oder einer Kerze, damit sie sehen konnte, wie ernst es ihm war, wusste aber, dass er sie nicht eine Sekunde aus den Augen lassen durfte.

Devellyn presste noch immer ihre Brust, rollte sie vor und zurück und zupfte an ihrer Brustwarze. Dass sie nichts unter dem Hemd trug, machte ihn fast wahnsinnig. Er wollte mehr. Wollte sie überall berühren. Wollte ihr das Hemd vom Leib reißen.

»Nein«, flüsterte sie mit erstickter Stimme. »Bitte nich'. Ich flehe Sie an, Sir. Lassen Sie mich laufen.«

»Nix da«, zischte er, glitt mit seiner Hand unter das Hemd und ließ sie über ihren zitternden Bauch gleiten. »Jetzt hole ich mir, was mir noch zusteht.«

Als seine Finger sich um ihre Brust legten, lief ein Schauer durch Sidonies Körper. »Ich hab' Ihnen Ihr Geld zurückgebracht«, wiederholte sie noch einmal. »Es liegt auf dem Tisch. *Überzeugen Sie sich selbst*.«

»Damit du mir wieder durchs Fenster entwischst?«, fauchte er. »Oh nein, Schätzchen. Darauf falle ich nicht mehr herein.«

Je länger er sie bearbeitete, desto lauter wurde ihr Stöhnen.

»Na, gefällt dir das?«

»Nein.«

»Lügnerin.«

»Bitte. Ich flehe Sie an.«

Devellyn gluckste und stülpte den Mund über ihre Lippen. »Oh Ruby, ich liebe es, wenn du mich anflehst«, sagte er und küsste sie ungestüm.

Als er ihr die Zunge in den Rachen schob, entwich ihr ein Keuchen. Er spürte ihren lieblichen Atem auf seiner Wange. Ihr Becken erwachte zum Leben und schoss in die Höhe, was seine Wollust gehörig anstachelte. Ihm war, als müsste er jeden Augenblick explodieren. Seine Hand suchte und fand den Bund ihrer Hose und zerrte ungeduldig an den Knöpfen. Er musste sie haben. Musste in sie eindringen. Musste sie so schnell wie möglich spüren.

Die Hand auf ihrem Bauch schob er die Hose über ihr Becken. Dann hielt er inne, als wäre er vom Blitz getroffen worden. »Gütiger Gott«, keuchte er. »Du trägst ja gar keine Unterwäsche.«

»Ich hatte ja auch nicht vor, die Hosen herunterzulassen«, fauchte Ruby.

Mit hastigen Bewegungen schob er ihr Hemd bis über die Brüste und drückte sie auf den Boden, indem er ihr die Hände auf die Schultern legte. Gleichzeitig liebkoste er ihre Brustwarzen und trank von dem lieblichen Geruch, den sie verströmte.

Wieder schoss Rubys Becken in die Höhe. Ein unmissverständliches Zeichen, dass ihr Wille stark sein mochte, ihr Fleisch aber schwach war. Als er ihre Brustwarzen zwischen die Zähne nahm, stieß sie einen erstickten Schrei aus und bäumte sich auf. Aus Angst, er könnte aufhören, wenn er sich bewusst würde, was er da tat, ließ er sie keinen Augenblick zur Ruhe kommen. Das Gefühl, sie unter sich zu spüren, gewann mit jedem Atemzug an Intensität. Sein Schwanz brannte lichterloh und war so hart wie ein Amboss. Seine Finger glitten über ihren flachen Bauch bis zu ihrem Venushügel und tauchten augenblicklich in ihrer weiblichen Wärme ab.

Ein leiser, kehliger Laut perlte von Rubys Lippen. Sie war feucht. War bereit. Bettelte förmlich darum, dass er sie nahm. »O Gott«, murmelte sie, als seine Finger sie erforschten, mit ihr spielten, sie streichelten, sich wieder herauszogen, um aufs Neue einzudringen und ihr höchst liebliche Qualen zuzufügen.

»Du begehrst mich«, raunte er. »Los, sag es, Ruby.«

»Nein.«

»Sag mir, dass du mich willst, Ruby.«

Ruby stieß ein leises, bitteres Lachen aus. »Mein *Körper* will Sie«, wisperte sie mit einer Stimme, die ihr fremd klang. »Also machen Sie schon, Devellyn. Los. Bringen wir es hinter uns.«

Devellyn spürte eine Welle von Unentschlossenheit in sich aufsteigen. »Das reicht mir aus«, erwiderte er dann. Er drängte sein Knie zwischen ihre Schenkel und schob sie auseinander. Dann brachte er sein bestes und zum Bersten angeschwollenes Stück in Position, damit der warme, weiche Ritt beginnen konnte. Ruby mochte sich zieren, aber ihr Körper sprach eine eindeutige Sprache. Das erwartungsvolle Beben, die aufgerichteten Brustwarzen, das lüsterne Keuchen.

Devellyn schloss die Augen und übergab seiner Wollust und seinem Schwanz die Führung. Mit einem Stoß drang er tief in sie ein.

Ruby stieß einen atemlosen Schrei aus. Ein Geräusch, das von Erstaunen herrührte, entschied Devellyn. Und nicht von Schmerz. Die Hände noch immer auf ihren Schultern abgestützt, zog er sich aus ihr heraus, um noch einmal mit voller Kraft in sie zu fahren. Er nahm sich, wonach sein Körper verlangte. Was sie empfinden mochte, war ihm in diesem Moment einerlei. Das war es, was er gewollt hatte. Wovon er geträumt hatte. Wonach er gehungert hatte.

»Ruby, Ruby, Ruby.«

Es dauerte einen Augenblick, ehe Devellyn merkte, dass das heisere Flüstern aus seinem Mund gekommen war. Er spürte, wie sich ein dünner Schweißfilm auf Rubys zarte Haut legte, und für die Dauer eines Lidschlages lichtete sich der Nebel. Ihm kam der Gedanke, ob er besser daran täte, von ihr zu lassen. Was er hier machte, war falsch. Oder?

Er musste in seinen Bewegungen innegehalten haben. Ruby schlang ihm das Bein um die Taille und drängte seinen Körper wieder nach unten. »Hör nicht auf«, keuchte sie. »Nicht jetzt!« Ehe er wusste, wie ihm geschah, spürte er ihre Hände, wie sie ihn durch den Stoff des Nachthemdes hindurch streichelten, sich um seinen Hintern legten und ihm zu verstehen gaben, er möge das Tempo erhöhen. Und die Gangart.

»Ja«, stöhnte sie, als würde ihr das Wort die Kehle verbrennen, wenn sie es nicht ausspräche, und zog seinen Kopf in die Tiefe. Sie biss ihm in die Lippe, bis er Blut schmeckte und schob ihm ihre Zunge in den Mund. Durch den hemmungslosen, wilden, hungrigen Kuss entstand eine Verbindung zwischen ihnen, die sich nicht in Worte fassen ließ. Beide hatten das Gefühl, ein Teil des anderen zu sein, unauslöschbar miteinander verbunden.

Devellyn schloss die Augen und betete, dass er sie nie wieder verlieren möge. Er würde sie nie wieder gehen lassen, würde sie in seinem Schlafzimmer gefangen halten. Noch nie in seinem Leben hatte er solch intensiven Sex erlebt, war noch nie einer Frau wie dieser Ruby Black begegnet. Einer Frau, die wie keine andere zu ihm passte. Ihre Körper bewegten sich im Einklang, tanzten zu einer Melodie, die kein menschliches Ohr hören konnte. Er legte ihr die Hände weit hinter den Kopf und ritt sie, als gäbe es kein Morgen mehr. Dass seine Knie sich anfühlten, als hätten sie Feuer gefangen, weil sie unbarmherzig auf dem Teppich scheuerten, nahm er kaum wahr.

Rubys Keuchen wurde immer rauer, immer schneller, immer zügelloser. Ihre Finger gruben sich tiefer in seine Hände. Bei Gott, sie war fast so weit. Devellyn legte eine Hand an ihre Wange.

»Komm, Liebste. Tu es für mich«, flüsterte er, ehe er sie langsam und tief küsste, diesmal behutsamer.

Wie es schien, weinte sie. Er schmeckte Salz und Tränen. Ihr Keuchen wuchs sich zu spitzen Schreien aus.

»So ist es gut, Kleine«, keuchte er. »Wehr dich nicht gegen deine Gefühle, öffne dich mir ganz.«

Wieder ein Schrei. Ihre Brust hob und senkte sich in schnellem Tempo. »Oh ja«, entfuhr es ihr. »Oh ja … genau so … genau so …«

Ihm war es, als wickelten sich ihre Worte um sein Herz, als wäre sein Leben ohne sie nie komplett gewesen. Er stieß jetzt mit so viel Kraft zu, dass ihre vereinten Leiber mit jedem Stoß über den Teppich wanderten. Seine Lungen brannten. Und dann spürte er, wie Ruby von Ekstase überwältigt wurde. Es war, als risse sie ihn mit sich in die Tiefe. Ein herrlich befreiendes Gefühl. Noch ein Stoß und noch einer. Und dann sah auch er in das gleißende Licht der Erlösung. Wieder und wieder stieß er seinen Samen tief in sie hinein. Während er sich mit einer letzten, triumphalen Bewegung in Ruby schob, schlang sie ihre Arme und Beine fest um seinen Körper.

Im selben Moment spürte er, wie etwas Hartes auf seinen Kopf heruntersauste. Ein jäher Schmerz durchzuckte ihn. Ein Gefühl, als würde ihm der Schädel gespalten. Dann wurde es dunkel.

Das entsetzliche Geräusch von splitterndem Knochen holte Sidonie augenblicklich in die Gegenwart zurück. Sie musste hilflos mit ansehen, wie Devellyn einen letzten Seufzer ausstieß, ehe er zusammenbrach und kraftlos auf sie fiel. »Devellyn?«, schrie sie panisch. »Beim Allmächtigen! Fehlt Ihnen etwas?«

Doch Devellyn blieb mucksmäuschenstill liegen.

Sidonie griff hinter sich. Das Bettende. Dann dämmerte es ihr. Er war mit dem Kopf dagegengeprallt. Die Vorstellung, dass er ihretwegen an einer Schädelfraktur verschied, und sie nicht einmal seinen Vornamen kannte, trieb ihr die Tränen in die Augen.

Irgendwie gelang es ihr, sich von ihm zu lösen. Verzweifelt bemühte sie sich, nicht zu weinen und einen kühlen Kopf zu bewahren. Nachdem sie sich von ihm befreit und sich mit hastigen Bewegungen die Kleider gerichtet hatte, stürzte sie zum Fenster, das zum Bedford Place hinausging. Licht. Sie brauchte Licht. Sie riss die Vorhänge auseinander und sank neben ihm in die Knie. Ein Schimmer der Straßenlaternen drang in den Raum. Rasch fand sie ihre Theorie bestätigt. Er war mit dem Kopf gegen das Bett gestoßen. Opfer der eigenen Leidenschaft. Glücklicherweise konnte sie nirgends Blut entdecken, und sein Puls schlug kräftig und gleichmäßig. Erleichtert sackte Sidonie in sich zusammen.

»Oh Devellyn, Sie Hornochse«, rief sie und strich ihm über den Hinterkopf. »Das hätte Sie das Leben kosten können!«

Als der Marquis einen tiefen, fast schon unmenschlichen Laut von sich gab, schoss Sidonie in die Höhe und sah sich panisch um. Was sollte sie nun tun? Warten? Sich offenbaren? Flüchten? Eins stand jedoch fest, sie konnte ihn unmöglich hier liegen lassen. Wo in Gottes Namen waren nur seine Bediensteten? Sie mussten doch *irgendetwas* gehört haben.

Dann fiel ihr wieder ein, dass seine Dienerschaft ein wenig träge wirkte. Vermutlich taten sie so, als hätten sie nichts gehört – was so gut wie unmöglich war.

Der Marquis stöhnte abermals auf. Er lebte, aber seine Beule am Kopf musste dringend gekühlt werden. Womöglich brauchte er einen Arzt. Verflogen war sämtliche Leidenschaft. Flink hatte sie ihm das Nachthemd gerichtet. Dann nahm sie ihren Hut, setzte ihn auf und suchte nach dem Hammer. Vergebens. Er war verschwunden.

Um nicht noch mehr Zeit zu verlieren, betätigte sie den Klingelzug neben dem Bett und läutete dreimal, ehe sie durch das Fenster kletterte, das sie von außen zuzog. Sie ließ sich zwei Fuß in die Tiefe sinken und wartete, bis sie den matten Schein einer Lampe in Devellyns Schlafzimmer ausmachen konnte. Erleichterung durchflutete sie. Jemand würde sich um ihn kümmern.

Und morgen früh würde er das Medaillon auf dem Frisiertisch entdecken und ihr dankbar sein. Das zumindest hoffte sie. Dann würde er sich vielleicht an ihr sonderbares Zwischenspiel erinnern. Aber mit welchem Gefühl? Mit Begeisterung? Enttäuschung? Sidonie wusste nicht einmal, was sie selbst fühlte. Sie musste sich jetzt dringend in Sicherheit bringen. Sie wollte nach Hause. Wollte allein sein mit ihren Gedanken. Und sie wollte sich, wenigstens eine Weile, den Erinnerungen hingeben, wie es sich anfühlte, in den Armen des lasterhaften Marquis of Devellyn zu liegen.

Kapitel 9

Ein Judaskuss

Um elf Uhr am nächsten Morgen hatte Lord Devellyn bereits einen Schwips. Er fläzte sich in seinem Ledersessel am Kamin des Arbeitszimmers und nippte an einem doppelten Whisky – aus medizinischen Gründen, wie er sich selbst weiszumachen versuchte.

Als Sir Alasdair MacLachlan in den Raum gestürzt kam, war es jedoch vorbei mit der Ruhe.

»Was, zum Teufel, ist passiert?«, rief sein Freund aufgeregt. »Honeywell meinte, du hättest einen Unfall gehabt.«

Devellyn studierte die goldenen Reflexe seines Getränks. »Hatte ich auch«, antwortete er nach einer kurzen Pause, wobei er jedes Wort einzeln betonte. »Einen *Unfall* namens *Ruby Black*.«

»Ruby Black?« Alasdair stand jetzt vor ihm und besah sich seinen Kopf. »Beim Allmächtigen, Dev, eine Beule so groß wie ein Gänseei.«

»Das ist nichts im Vergleich zu meinen Knien«, murmelte Devellyn.

Alasdair berührte vorsichtig Devellyns Beule. »Tut es sehr weh?«

»Nicht mehr«, sagte Devellyn und rülpste kräftig.

Alasdair starrte mit zusammengekniffenen Augen auf das Glas in Devellyns Hand. »Was trinkst du da eigentlich, alter Junge?«

Devellyn blieb das Lachen im Hals stecken, weil ihn Schmerzen durchzuckten. »Was pflegte deine Großmutter immer zu sagen? *Es gibt nichts, was ein gutes Glas Whisky nicht zu heilen vermag.*«

»Ich fürchte, das lässt sich leider nicht auf jede Situation übertragen.«

»Ich sag dir Bescheid, sobald ich das Experiment beendet habe«, sagte Devellyn und merkte, wie die Welt um ihn herum zu schwimmen begann. Er wusste nur nicht, ob dies vom Alkohol oder von seiner Gehirnerschütterung herrührte.

»Honeywell meinte, du wärst gestolpert und hättest dir den Kopf angeschlagen«, sagte Alasdair, nachdem er sich einen Stuhl herangezogen und sich neben ihn gesetzt hatte. »Stimmt das?«

Devellyn lachte. »Nicht ganz. Ich hatte heute Nacht unerwarteten Besuch, Alasdair. Vom Schwarzen Engel.«

»Dev, du hast dir wirklich den Kopf verletzt. Du meinst, der Schwarze Engel hat an deiner Tür geklingelt und ist einfach so hereinspaziert? Und dann hat er dir den Wandleuchter über den Kopf gezogen und ist wieder getürmt? Was hat sie denn dieses Mal mitgehen lassen?«

Meine Seele, dachte Devellyn, sagte aber: »Nichts, Alasdair. Das Ganze hat sich übrigens in meinem Schlafzimmer zugetragen. Ich bin aufgewacht und sah sie am Frisiertisch stehen.«

»Das Weibsstück hat wirklich Courage, das muss man ihr lassen«, sagte Alasdair.

»Das ist noch untertrieben.« Devellyn hatte den Eindruck, allmählich wieder nüchtern zu werden. Was ihm allerdings nicht sonderlich behagte.

»Herrje. Und was hast du gemacht, als du sie auf frischer Tat ertappt hast?«

Der Marquis starrte auf den Boden. »Ach, Alasdair, das möchtest du gar nicht wissen«, murmelte er und riss das Glas in die

Höhe. »Wärst du so nett, mir nachzuschenken? Nimm dir auch ein Glas, wenn du möchtest. Oder ist es noch zu früh für dich?«

»Allerdings«, antwortete er entrüstet und ging zu dem Tischchen mit den Getränken. »Und du solltest dich auch ein bisschen mehr am Riemen reißen.«

»Wenn du erlebt hättest, was ich erlebt habe, würdest du nicht so reden«, erwiderte Devellyn. »Ich bin dankbar für alles, was den Schmerz betäubt.«

»Erzähl mir einfach, was geschehen ist«, befahl Alasdair ihm, während er Devellyns Glas füllte.

Vorsichtig legte Devellyn den Kopf in den Nacken. »Ich bin mir nicht ganz sicher«, sagte er und wartete darauf, dass der Raum sich nicht mehr drehte. »Ich glaube ... ich glaube wirklich, dass ich mir den Kopf am Fußende des Bettes angestoßen habe.«

Alasdair drückte ihm das Glas in die Hand und bedachte ihn mit einem ungläubigen Blick. »Fußende?«, wiederholte er. »Beim Allmächtigen, Dev, wie konnte es denn dazu kommen?«

Devellyn warf ihm einen düsteren Blick zu. »Erinnerst du dich noch an die Französinnen in der Rue Richer?«

Die Augen seines Freundes weiteten sich. »Ach du ahnst es nicht«, stöhnte er. »Dev, sag, dass das nicht wahr ist. Sie hat sich wirklich auf dich eingelassen?«

Devellyn wandte den Blick ab. »Sagen wir mal so, sie hatte keine andere Wahl.«

»Himmel, Arsch und Zwirn.«

Der Marquis zuckte die Achseln, las einen Seidenbeutel auf, der neben dem Aschenbecher lag und zog einen kleinen silbernen Hammer hervor. »Oder sie hat mir hiermit eins übergezogen«, sagte er und drehte den Hammer zwischen den Fingern. »Das ist zumindest Fentons Theorie.«

Alasdair nahm das Werkzeug und sah es sich genauer an. »Hast du ihm gesagt, dass sie der Schwarze Engel war?«

Devellyn schüttelte das Haupt. »Mir war nicht danach, jemandem davon zu erzählen«, sagte er. »Ich habe ihm gesagt, es hätte sich um einen Dieb gehandelt, nachdem er das Säckchen und den Hammer gefunden hatte. Beides lag auf dem Teppich. Bei dem Hammer handelt es sich um ein Werkzeug, das fast alle Einbrecher benutzen. Aber ich glaube nicht, dass sie mir eins übergezogen hat. Zumindest nicht damit.« Den Griff zwischen Daumen und Zeigefinger haltend, ließ er ihn vor und zurückschwingen.

Alasdair schnappte sich den Hammer und ließ ihn zurück in den Seidenbeutel gleiten. »Dev«, sagte er nachdenklich, »soll ich Sisk nicht doch einen Besuch abstatten?«

Der Marquis nippte an seinem Whisky. »Spar dir die Mühe«, antwortete er. »Ich brauche seine Dienste nicht mehr. Ruby Black hat mir alles zurückgebracht.«

»Du fantasierst«, sagte Alasdair. »Außerdem heißt sie nicht Ruby, das weißt du genau. Mir scheint, wir sollten den besten Arzt der Stadt bitten, sich deine Beule mal ein wenig näher anzusehen.«

»Ich weiß, es klingt eigenartig, aber ich schwöre, es ist die Wahrheit, Alasdair«, beteuerte Devellyn und wühlte in der Tasche seines Hausmantels. »Als ich heute Morgen aufgewacht bin, lagen die Sachen auf meinem Frisiertisch.« Er klappte das Medaillon auf.

Alasdair schnappte nach Luft. »Donnerwetter!«, rief er und wollte aufspringen. »Das müssen wir unbedingt Tenby erzählen.«

Devellyns Arm schoss nach vorne, erwischte Alasdair am Saum seines Gehrocks und zog ihn wieder auf den Stuhl. »Untersteh dich«, sagte er mit eisiger Stimme. »Kein Wort. Kein Sterbenswörtchen, Alasdair. Nicht, wenn dir dein Leben lieb ist.«

Alasdair schob seine Hand fort. »Netter Versuch, Dev«, sagte er. »Aber ich weiß, dass du die Leute allenfalls *verletzt*, auf die du schießt.«

»Dieses Mal bin ich gewillt, eine Ausnahme zu machen.«

»Warum? Was schert es dich, ob Tenby davon erfährt?«

Devellyn lehnte sich vorsichtig zurück. »Das geht nur mich etwas an.«

»Ach, Dev, wem willst du eigentlich etwas vormachen? Ich weiß wirklich nicht, wer es dir mehr angetan hat. Ruby Black oder Madame Saint-Godard.«

Selbst im angetrunkenen Zustand konnte Devellyn es nicht ertragen, wenn beide Namen in einem Atemzug ausgesprochen wurden. Ruby repräsentierte Dunkelheit, Sidonie hingegen das Licht. Sie verkörperte kühle Eleganz und raffinierte Schönheit. Ruby war das genaue Gegenteil. Sie besaß die seltene Gabe, in den dunklen Abgrund eines Mannes zu sehen. Wie ein wildes Tier roch sie seine Angst, seinen Hunger und seine Verzweiflung. Devellyn betete, dass er sie jetzt, nachdem er mit ihr geschlafen hatte, ein für alle Mal vergessen könnte, wusste aber, dass er sich etwas vormachte. Es war nicht der körperliche Schmerz, den er im Alkohol zu ertränken versuchte. Es war ein nagender Hunger. Sein Gemächt brannte bereits wieder lichterloh. Selbst wenn er sie tausende Male nahm, würde ihre dunkle Seite noch immer nach ihm rufen, das spürte er ganz deutlich.

Alasdair räusperte sich. Devellyns Kopf schoss in die Höhe. Erst jetzt bemerkte er, dass Alasdair einen Umschlag in der Hand hielt. Eine willkommene Ablenkung. Er hatte nämlich die Nase voll davon, mit Alasdair über Frauen zu reden.

»Was hast du da, alter Freund«, fragte er seinen Gast.

Jetzt war es Alasdair, der sauertöpfisch dreinblickte. »Das hier ist der eigentliche Grund, warum ich dich zu so früher Stunde überfalle«, sagte er. »Das hier lag heute Nacht auf meinem Schreibtisch.«

Devellyns Neugierde war geweckt. »Was ist das?«

Alasdair zögerte und öffnete den Umschlag. »Ein Brief«, antwortete er, als wäre es ein Geheimnis. »Von deiner Mutter.«

»Von *meiner* Mutter?«

Ein schuldiger Ausdruck legte sich über Alasdairs Züge. »Erinnerst du dich noch an den römischen Denar ihres Vaters? Die antike Münze?«

Devellyn machte einen verwirrten Eindruck. »Ein Stück aus der albernen Münzsammlung meines Großvaters?«

Alasdair sah aus, als könnte er jeden Augenblick in die Luft gehen. »Dev, du bist furchtbar. Nie hörst du mir zu. Mag sein, dass die Sammlung vor achtzig Jahren nicht viel wert war, als er sie auf dem Festland zusammengetragen hat. Doch ob weise Voraussicht oder Zufall, der Denar ist heutzutage recht wertvoll.«

Devellyns Gesichtsausdruck veränderte sich. »Wie wertvoll?«

»Es gibt nur drei Exemplare«, antwortete er zusammenzuckend.

»Alasdair, wieso habe ich das Gefühl, Judas würde mich küssen?«, fragte er seinen Freund. »Wie auch immer, wir reden hier nur von einem Stück Silber.«

»Ganz schön vermessen, mein Lieber, dich mit Jesus zu vergleichen.«

»Vermessen?« Empört schob Devellyn sein Glas von sich. »Ich sollte dir die Hammelbeine langziehen, Alasdair. Aber red ruhig weiter. Was wollte meine Mutter denn nun von dir?«

Alasdair ließ den Kopf hängen. »Sie hat vor, das Haus am Grosvenor Square wiederzueröffnen«, sagte er. »Außerdem plant sie einen Ball. Anlässlich des siebzigsten Geburtstages des Herzogs.«

»Erzähl mir etwas, das ich noch nicht weiß.«

»Na ja, sie meint, es wäre an der Zeit, die Münzsammlung endlich aufzulösen.«

»Ja und?«

»Wenn ich zum Ball käme, so hat sie mir versprochen, hätte ich das erste Anrecht darauf.«

»Und?«, knurrte Devellyn.

»Na ja, falls es mir gelingt, dich zu überreden, dem Ball beizuwohnen, bekomme ich den Denar«, erklärte Alasdair. »Als Zeichen dafür, dass ich …

»Dass du mich verraten hast«, beendete Devellyn den Satz an seiner statt.

»Dev, du verstehst nicht«, setzte Alasdair sich zur Wehr. Ich würde meine Seele für diese Münze verkaufen.«

»Und meine gleich mit dazu, wie mir scheint.«

»So darfst du das nicht sehen. Was ist denn schon dabei, wenn wir uns kurz blicken lassen? Dein Vater wird uns kaum an den Ohren aus dem Ballsaal zerren.«

Wütend schleuderte Devellyn das Glas gegen den Kamin, wo es mit einem lauten Knall zerschellte.

Wie von der Tarantel gestochen, schoss Alasdair in die Höhe. »Nun denn«, sagte er und stopfte den Brief zurück in die Tasche seines Gehrocks. »Ich denke, es ist das Beste, wenn ich mich mal wieder auf den Weg mache.«

»Das denke ich auch«, knurrte Lord Devellyn.

Sidonie stand an diesem Tag verhältnismäßig spät auf. Danach trödelte sie unnötig lange in ihrem Zimmer, ehe sie ihren Pflichten nachkam. Sie war tunlichst darauf bedacht, Julia aus dem Weg zu gehen, da sie Angst hatte, diese könnte in ihren Augen lesen, dass etwas mit ihr nicht stimmte.

Um elf Uhr erschien Miss Leslie zum Benimmunterricht, direkt gefolgt von Miss Brewster, die heute lernte, wie sie ihre erste formale Dinnerparty vorzubereiten hatte. Sidonie war erleichtert, als der Unterricht endlich vorbei war. Als sie Julia zufällig im Salon antraf, wo diese gerade ihren Tee einnahm, war es bereits Nachmittag.

»Sidonie!« Julia schien sich über die Gesellschaft zu freuen. »Komm und setz dich zu mir, Liebes«, sagte sie und schenkte Sidonie eine Tasse ein. Sidonie wusste, dass sie ihre Freundin nicht enttäuschen durfte. Sie konnte schließlich nicht für immer vor der Welt flüchten, oder? Wenn sie sich am Riemen riss, würde Julia ihr hoffentlich nicht anmerken, dass letzte Nacht etwas geschehen war.

»Eine wunderbare Idee«, bedankte sich Sidonie, nahm ihren angestammten Platz am Fenster ein und tat drei Würfel Zucker in den Tee. Das brauchte sie jetzt.

»Tut mir leid, dass ich heute so lange geschlafen habe.«

Julia strahlte bis über beide Ohren. »Es war ein wundervoller Abend, fandest du nicht auch?«

Wenn du wüsstest, dachte Sidonie und zog den Löffel aus dem süßen Tee. Sie hatte eine halbe Stunde im heißen Badewasser gelegen, um ihrem geschundenen Körper ein wenig Linderung zu verschaffen.

»Lord Devellyn hat sich als wahrer Gentleman entpuppt. Wer hätte das gedacht?«, fuhr Julia fort. »Zum Glück scheint er keine Ahnung zu haben, wer du bist.«

»Nein«, sagte Sidonie. »Und so soll es auch bleiben.«

»Meinen Segen hast du.« Julia stellte ihre Teetasse ab und schlug die Zeitung auf. »Sieh mal. Morgen feiert *Hamlet* am Haymarkt Premiere.«

»Pfui«, entfuhr es Sidonie. »Welch ein deprimierendes Stück.«

»Dann werde ich eben Henrietta Wheeler fragen, ob sie mich begleitet«, erwiderte Julia ein wenig verschnupft. »Ihr Bruder hat eine Loge.«

»Dann wünsche ich Euch viel Spaß.«

Sehr zu Sidonies Leidwesen kehrte Julia zum ursprünglichen Thema zurück. »Jetzt mal ernsthaft, Sidonie. Als du angefangen hast, als Schwarzer Engel dein Unwesen zu treiben, bin ich davon ausgegangen, dass sich der Schaden in Grenzen halten würde – mal abgesehen vom materiellen Verlust der Herrschaften. Die Sache scheint Devellyn aber ziemlich mitgenommen zu haben, findest du nicht auch?«

Ja. Und die Frage war, wie lange sie mit ihrem Doppelspiel noch durchkommen würde. Sidonie hatte Angst. Angst, sich zu verraten. Durch eine Geste. Ein bestimmtes Wort. Wenn es ihr keine Probleme bereitete, Devellyn in einem dunklen Raum unter hunderten herauszusuchen – sie wusste, dass sie dazu in der Lage wäre –, warum sollte es ihm dann anders ergehen? Man durfte die Kraft der Instinkte nie unterschätzen. Hinzu kam, dass sich ihre Gefühle in einem tumultartigen Zustand befanden, was sie zusätzlich schwächte. Ihr war, als könnte sie noch immer seine Berührungen spüren, als hallte seine tiefe Stimme noch immer in ihrem Ohr.

Sidonie schob die Tasse von sich und schloss die Augen. Beim Allmächtigen, was hatte sie nur getan? Was hatte sie in Gang gebracht? Warum konnte sie ihn nicht einfach vergessen?

Ein lautes Klopfen an der Haustür rettete Sidonie davor, sich weiter zu zerfleischen. *Devellyn?* O Gott! Das Herz schlug ihr bis zum Hals, und sie eilte überstürzt zum Fenster. Erleichtert und zugleich enttäuscht stellte sie fest, dass Miss Hannaday mit ihrem Dienstmädchen vor der Tür stand.

»Mein Gott, Sidonie«, sagte Julia und erhob sich. »Du bist ja genauso schreckhaft wie Thomas.«

Kurze Zeit später stieß Miss Hannaday zu ihnen und wurde genötigt, eine Tasse Tee mitzutrinken. Sie trug eine sonnengelbe Haube und ein blau-gelb gestreiftes Promenadenkleid, das ihr etwas sehr Jugendliches verlieh. Ihre Augen waren groß und leuchtend.

»Ich kann aber nicht lange bleiben«, sagte sie atemlos. »Bitte sehen Sie es mir nach, dass ich unangemeldet hereinplatze, aber es gibt da etwas, das ich Ihnen beiden mitteilen wollte. Herrje, jetzt klinge ich schon wie ein Gimpel.«

»Aber wie ein glücklicher Gimpel«, sagte Julia und bot ihr eine Platte mit Keksen an. »Wir sind schon ganz gespannt, was Sie uns zu berichten haben, Miss Hannaday.«

Ihr Blick flog einige Male zwischen Julia und Sidonie hin und her. »Morgen ist es so weit«, verkündete sie mit feierlicher Stimme. »Ich kann es noch gar nicht glauben. Charles hat alles arrangiert. Ohne Sie, Madame Saint-Godard, wäre das nie und nimmer möglich gewesen.« Miss Hannaday standen die Vorfreude und Aufregung ins Gesicht geschrieben.

»Morgen ist *was* so weit?«, fragte Julia.

»Wir brennen durch. Um Mitternacht«, wisperte das Mädchen verschwörerisch. »Mr. Giroux hat uns seine Kutsche geliehen, die uns direkt nach Gretna Green bringen wird. Klingt das nicht alles entsetzlich aufregend?«

Sidonie wurde einen Augenblick lang von Unruhe erfüllt.

»Charles hat die Stelle also angenommen? Meinen Sie, sie beide kommen über die Runden?«

»Oh, Mister Giroux ist die Großzügigkeit in Person«, strahlte Miss Hannaday. »Charles hat versucht, alles richtig zu machen. Er hat um meine Hand angehalten und Papas Wutausbruch über sich ergehen lassen. Selbstredend hat er Charles eine Abfuhr erteilt. Also hat Charles ihn angefleht, mich nicht einem Geisteskranken wie Bodley zur Frau zu geben – mit dem Ergebnis, dass er ihm fristlos gekündigt hat.«

»Ach du meine Güte«, murmelte Julia.

»Aber das Beste kommt erst noch«, gluckste Miss Hannaday und errötete. »Charles arbeitet seit drei Tagen bei Giroux und Chenault, und Mister Giroux meinte, er sei ein wahres Buchhaltergenie«.

Julia lächelte wie eine Katze, die sich heimlich am Sahnetopf bedient hat. »Was gäbe ich darum, das Gesicht Ihres Vaters zu sehen, wenn er feststellt, dass Sie verschwunden sind.«

»Und ich Bodleys Visage«, murmelte Sidonie.

»Ich möchte weder dem einen noch dem anderen in nächster Zeit über den Weg laufen«, erwiderte Miss Hannaday ein wenig betrübt. Doch dann hellte sich ihr Gesicht wieder auf. »Ich bin das glücklichste Mädchen auf der ganzen Welt, und das habe ich einzig Ihnen zu verdanken, Madame Saint-Godard.«

»Vielen Dank, das ist sehr freundlich von Ihnen, meine Liebe.«

Miss Hannaday schob die Teetasse von sich. »Ich fürchte, ich muss jetzt gehen, damit Papa nicht misstrauisch wird«, sagte sie. »Ich werde heute Abend wohl um Punkt halb sieben von Unpässlichkeit befallen werden und ins Bett gehen. Schließlich gilt es, meine Sachen zu packen.« Sie lächelte und zwinkerte Julia und Sidonie zu. Es war das erste Mal, dass sie wie eine junge Frau wirkte, die in Bälde vor den Altar treten würde.

Die Damen lachten. Ihre Konversation kam zu einem Ende, Sidonie klingelte nach Miss Hannadays Dienstmädchen und begleitete ihre Elevin zur Haustür.

Nachdem sie dem Mädchen zum Abschied noch einmal zugewinkt hatte und sich umdrehen wollte, um wieder ins Haus zu treten, sah sie, wie Lord Devellyns eleganter Vierspänner um die Ecke bog. Scheinbar hatte der Marquis der Ankunft des Gefährts bereits entgegengefiebert, denn er verließ das Haus, noch bevor die Kutsche ihr Ziel erreicht hatte. Als er Sidonie erblickte, lüftete er den Hut, lächelte ihr zaghaft zu und kam auf sie zugelaufen.

Sidonie tat, als hätte sie ihn nicht bemerkt, ging zurück ins Haus und schloss leise die Tür.

Von innen legte sie die flache Hand auf das kalte, glatte Holz. Es war Zeit, ermahnte sie sich, sich wieder um die wichtigen Dinge des Lebens zu kümmern. Sobald Miss Hannaday auf dem Weg nach Schottland war, würde sie sich diesen Bodley vorknöpfen. Es war höchste Zeit, Lord Devellyn zu vergessen. Es hatte keinen Sinn, eine wie auch immer geartete Freundschaft zu ihm aufzubauen. Dies wäre nicht nur aberwitzig, sondern auch gefährlich. Der Mann war nicht so dumm, wie sie bei ihrem ersten Zusammentreffen geglaubt hatte. Sidonie ahnte, dass Devellyn unter seiner rauen Schale, seinem zynischen Humor und seiner aufsässigen Art einen scharfen Verstand verbarg.

Sidonie benötigte drei ganze Tage, um herauszufinden, wer genau der Marquis of Bodley war. Dieses Mal, so hatte sie sich geschworen, würde sie mit größter Vorsicht ans Werk gehen. Bodleys Stadthaus lag nur einen Steinwurf vom St.-James-Platz entfernt.

Jeden Tag nach Anbruch der Dunkelheit versteckte Sidonie

sich in einem nahe gelegenen Busch, wo sie sich, mit einem Opernglas bewaffnet, auf die Lauer legte. Von dort aus hatte sie einen guten Blick auf Lord Bodleys gut beleuchtetes Eingangsportal. Entsetzt stellte sie fest, dass Bodley um einiges älter war, als sie angenommen hatte. Er war von hoher Gestalt, hatte eine leicht gekrümmte Nase, einen dünnen, verkniffenen Mund und dunkles, dichtes Haar, das ihm schwer ins Gesicht fiel. Wenn er lief, tat er es mit hoch erhobenem Haupt, und er hatte die altmodische Angewohnheit, ein Monokel griffbereit zu halten.

Die Vorstellung, wie seine knochigen Finger Miss Hannaday berührten, jagte ihr einen Schauer über den Rücken. Wenn sie Georges Worten Glauben schenken konnte, so bevorzugte Bodley blutjunge Gespielinnen. Wie es schien, hatte er für Miss Hannaday, die bereits siebzehn Lenze zählte, eine Ausnahme gemacht – aber nur wegen der zu erwartenden Mitgift. Sidonie dachte so lange darüber nach, bis auch der letzte Funke Mitgefühl, den sie für eine derart verirrte Seele zu empfinden imstande war, restlos verglüht war und sie sich mit reinem Gewissen ihrem Vorhaben widmen konnte.

Jetzt, wo sie sich sicher war, dass er das nächste Opfer des Schwarzen Engels sein würde, begann sie mit der Beschattung, um mehr über seine Gepflogenheiten herauszufinden. Dienstagabend führte ihn sein Weg ins White's. Als er um zwei Uhr nachts den Club noch immer nicht verlassen hatte, gab Sidonie auf und lief gedankenverloren zurück nach Bloomsbury. Zuhause angekommen, stellte sie fest, dass Lord Devellyn sie hatte besuchen wollen. Julia war an diesem Abend mit Freunden vom Theater zum Essen ausgegangen. Devellyn hatte seine Karte, aber keine Nachricht hinterlassen.

Mittwochabend nahm Bodley sich eine Kutsche zum Portland Place, wo er wieder bis weit nach Mitternacht in einem Club weilte. Als Sidonie nach Hause kam, war Julia noch auf und wartete auf ihre Freundin. Lord Devellyn hatte während Sidonies Abwesenheit abermals vorgesprochen. Angeblich war er nur gekommen, um Julia eine Flasche Bordeaux aus seinem Weinkeller vorbeizubringen. Die Flasche stammte aus einem Jahrgang, für den Julia während des Abendessens ihre große Vorliebe bekundet hatte. Doch Julia ließ sich nicht so leicht ins Bockshorn jagen und zog Sidonie nun damit auf. Die wiederum konnte sich nicht gegen das Gefühl der Eifersucht wehren, das in ihr aufstieg. Während sie den Abend damit vergeudet hatte, in den feuchten Gassen von Marylebone herumzulaufen, hatte Julia es sich mit Lord Devellyn und einem Glas Madeira am Kamin gemütlich gemacht. Am Donnerstag war das Glück ihr endlich hold. Im Anschluss an einen ausgedehnten Besuch in einem orientalischen Club hatte Bodley seine Kutsche fortgeschickt und war, nur in Begleitung eines Dieners, zum St.-James-Park gegangen – eine unverhoffte Gelegenheit für Sidonie, die dieses Mal in den Kleidern eines Zeitungsjungen steckte. Sie schlich ihm nach, hangelte sich von Schatten zu Schatten, von Gebüsch zu Gebüsch.

Es dauerte nicht lange, da bedeutete Bodley seinem Diener, er möge stehen bleiben. Sie befanden sich bereits tief im Park und Sidonie wurde es ein wenig mulmig. Bodley verlangsamte seine Schritte und lief an einer Gruppe Dandys vorbei, die einen Flachmann kreisen ließen und Zigarillos rauchten. Als er sie passiert hatte, wandte er sich einem weniger frequentierten, dunkleren Teil des Parks zu, woraufhin Sidonie entschied, dass es zu gefährlich wäre, ihm weiter zu folgen.

Zehn Minuten später kehrte er zurück und signalisierte seinem Diener, sie würden ihren Weg fortsetzen. Sie gingen zum Golden Cross Inn am Ende der Uferpromenade. Bodleys Diener blieb draußen vor der Tür stehen. Gerade, als Sidonie grübelte, ob sie Bodley in das Hotel folgen sollte, schlenderte ein junger Bursche in Marineuniform die Straße entlang und begrüßte den Diener, woraufhin dieser ihm etwas zusteckte. Sidonie konnte es nicht genau erkennen. Es konnte sich um Geld oder um ein Stück Papier handeln.

Der Jüngling betrachtete es mit einem angewiderten Gesichtsausdruck, murmelte etwas und öffnete die Tür. Sidonie war klar, was gerade geschehen war. Sie hatten ein Rendezvous vereinbart, und der junge Mann wirkte nicht gerade begeistert. Da es nichts gab, was Sidonie in diesem Moment für ihn hätte tun können, ließ sie sich vom Strom der Nachtschwärmer schlucken und forttreiben.

Es war genauso, wie George gesagt hatte. Bodley kaufte oder erpresste seine Liebesdiener. Und zweifellos gab es andere, die ihn in der Hand hatten. Nun musste sie einen Plan schmieden. Eine frisch gestärkte Offiziersuniform hing bereits in Sidonies Kleiderschrank und wartete auf ihren Einsatz. Sidonie schwor sich, dass Lord Bodley seinen nächsten Abstecher in den Park noch bitterlich bereuen würde.

Früher als eigentlich geplant und ein wenig nervös näherte sie sich ihrem Haus von hinten. Sie wusste, dass sie sich einen Bärendienst erweisen würde, wenn die redselige Meg sie in ihrer Verkleidung sähe, und zog es kurz in Erwägung, im Schatten eines Gebüschs auszuharren, bis die Lichter im Souterrain verloschen waren. Just in dem Moment sah sie Julias Silhouette. Sie schien auf sie zu warten. Vermutlich hatte sie interessante Neuigkeiten oder wollte ihr eine Warnung zukommen lassen. Sidonie schlich die Hintertreppe hinauf und kratzte leise am Fenster. Einen Atemzug später riss Julia die Tür auf und zog sie ins Innere.

»Still!«, ermahnte sie Sidonie und schob sie in Richtung Treppe. »Meg hat sich noch nicht für die Nacht zurückgezogen. Komm mit, ich muss dir was zeigen.«

Von Julia gefolgt, schlüpfte Sidonie in ihr Zimmer. Als sie sich dabei ertappte, dass sie hoffte, Devellyn möge auch an diesem Abend auf der Schwelle gestanden haben, gab sie sich eine mentale Ohrfeige. Sie warf den leeren Sack, den sie bei sich getragen hatte, auf das Bett, riss sich die Mütze vom Kopf und griff zur Sherrykaraffe. Sie fand, sie hatte sich eine Stärkung mehr als verdient.

Julia stieß ein kehliges Glucksen aus und schien fast vor Aufregung zu platzen. Sobald Sidonie ihrer Freundin das Glas in die Hand gedrückt hatte, zog diese etwas aus ihrer Kleidertasche und hielt es triumphierend in die Höhe.

»Was ist das?«, wollte Sidonie wissen und ließ sich auf einen Stuhl fallen.

Julia tat es ihr gleich. »Dies, meine Liebe, ist eine Einladung zu einer der bedeutendsten Festivitäten der Saison«, antwortete sie. »Lord Walrafens jährlicher Wohltätigkeitsball. Bitte verzeih mir, aber als ich das Siegel sah, konnte ich einfach nicht anders und musste den Brief öffnen.«

Sidonie nahm das Schreiben, das Julia ihr hinhielt. *Lord Walrafen?* »Aber ich kenne ihn doch gar nicht«, sagte sie verwirrt. »Ich meine, ich habe schon von ihm gehört – wer hätte das nicht? –, aber warum in Gottes Namen sollte er ausgerechnet mich zu seinem Ball einladen?«

Julia holte einen weiteren Brief hervor und wedelte damit. »Ich würde sagen, es hat etwas mit dieser Depesche zu tun, die der Einladung vorausgegangen ist«, antwortete sie. »Mrs. Arbuckle schreibt, dass sie und ihre Lieben eingeladen sind und fleht dich an, ihre Tochter zu begleiten.«

Die Arbuckles? Und dann fügten sich die Puzzleteile zusammen. »Lord Walrafen ... ist das nicht einer der Gönner der Nazareth Society?«, murmelte sie. »So wie Lady Kirton.«

»Stimmt. Aber was für eine Rolle spielt das denn?«

Sidonie hüllte sich in tiefes Schweigen. »Nach Lady Kirtons musikalischer Soiree meinte Miss Arbuckle, ihr Vater plane, der Nazareth Society eine großzügige Spende zukommen zu lassen.«

»Scheint, als hätte er ein beträchtliches Sümmchen springen lassen«, gluckste Julia. »Wer eine Einladung zu diesem Ball hat, darf sich glücklich schätzen. Wirst du hingehen?«

Sidonie ließ sich abermals ein wenig Zeit mit ihrer Antwort. »Warum eigentlich nicht?«, sagte sie und streckte das Kinn in die Höhe. »Eine wunderbare Gelegenheit für Miss Arbuckle. Und Lord Walrafen ist so etwas wie ein Reformist, von dem George übrigens eine recht hohe Meinung hat.«

Julias Augen weiteten sich. »George kennt Lord Walrafen?«

»Du wärst überrascht, wenn du wüsstest, wen George so alles kennt«, sagte Sidonie. »Kannst du dich noch daran erinnern, wie er letztes Jahr nach Somerset und Schottland gefahren ist? Es handelte sich dabei um eine Art Geheimauftrag für Lord Walrafen.«

»Oh«, entfuhr es Julia. »George scheint eine Menge Geheimaufträge zu haben, kann das sein? Dann hat er bestimmt auch eine Einladung erhalten, oder?«

»Kann sein«, antwortete sie. »Man sagt Walrafen nach, er wäre bei der Auswahl seiner Freunde recht liberal. Aber so, wie ich George kenne, würde er ohnehin nicht hingehen.«

Julias Gesicht fiel in sich zusammen. »Das verstehe, wer will.«

Sidonie stellte ihr Glas neben sich ab und räkelte sich genüsslich. »Also«, sagte sie und gähnte. »Wann genau ist der Ball, Julia?«

Julia warf einen Blick in die Einladung. »Heute in einer Woche«, antwortete sie. »Ach du meine Güte, Mädchen. Wir sollten uns so schnell wie möglich Gedanken darüber machen, was du anziehst. Vielleicht können wir das burgunderfarbene Kleid deiner Mutter umändern lassen. Oder vielleicht das grüne Seidenkleid. Hast du passende Schuhe? Ich meine schon. Außerdem sollten wir uns die Zeit nehmen, uns den Schmuck deiner Mutter anzusehen und ...«

Julia war kaum zu bremsen, dachte laut über Seidenstrümpfe, Haarschmuck, Frisuren und Fächer nach. Es war also beschlossene Sache. Sidonie würde Miss Arbuckle zum Ball begleiten. Aber sie war noch nicht in der richtigen Stimmung, über ihre äußere Erscheinung an dem Abend nachzudenken. Noch immer spukte ihr der gehetzte Gesichtsausdruck des jungen Marineoffiziers im Kopf herum, mit dem Bodley sein böses Spiel trieb. Sie fürchtete, dass er sie bis in den Schlaf verfolgen würde.

Freitagmorgen überraschte Lord Devellyn sich selbst – und sein schockiertes Personal gleich mit –, weil er bereits um neun Uhr aus den Federn war und zum Frühstück erschien.

»F-R-Ü-H-S-T-Ü-C-K«, brummte er beim Anblick der Dienstboten, die bestürzt waren, weil er um diese Zeit angezogen und nüchtern die Treppe herunterkam. »Eine morgendliche Mahlzeit mit Eiern, Speck und Toast. Davon habt ihr faulen Burschen doch schon gehört, oder?«

Sogleich flüchtete einer der Dienstboten in Richtung Küchentreppe. »Bin schon unterwegs.«

Lord Devellyn ließ sich indes im Frühstückssalon nieder, von dem aus er auf den Bedford Place blicken konnte. Es schien ein warmer, sonniger Tag zu werden, weshalb die Vorhänge des Panoramafensters zurückgezogen worden waren. Kaum hatte Devellyn sich am Tisch niedergelassen, da öffnete sich die Tür von Nummer vierzehn und Madame Saint-Godard und Mrs. Crosby verließen das Haus. Erstere hatte sich für ein safrangelbes Musselinkleid entschieden, das ihr ausgesprochen gut stand und einen interessanten Kontrast zu ihrem Teint bildete.

Devellyn drehte sich um. »Du da«, rief er einem Diener unweit der Tür zu. »Henry Polk, wenn mich nicht alles täuscht, oder?«

Polk kam in den Raum geflogen. »Sir?«

Devellyn deutete auf die andere Straßenseite. »Hast du eine Ahnung, wo die beiden Damen hingehen?«

Polk schien die Frage ein wenig zu erstaunen. »Nein Sir, bedaure.«

»Bist du dir auch ganz sicher?«, blaffte der Marquis ihn an.

Polk besann sich schnell eines Besseren. »Einkaufen, würde ich sagen, Mylord. Die Damenwelt liebt es, am frühen Morgen Besorgungen zu machen.«

Der Marquis grunzte. »Was ist mit dieser Meg? Spricht sie denn nie davon, welche Pläne die beiden haben?«

»Nur, wenn ich gezielt danach frage, Sir.«

»Dann tu das gefälligst auch«, murrte er. »So oft es geht. Hast du mich verstanden?«

Devellyn erhob sich und trat vor das Fenster. Es ärgerte ihn, dass er nicht wusste, wohin Madame Saint-Godard ging oder woher sie kam, auch wenn ihn das im Grunde nichts anging. Kaum hatte er seine Besessenheit vom Schwarzen Engel abgelegt – zeitweise zumindest –, rückte seine Nachbarin wieder in das Zentrum seines Interesses. Zweimal hatte er in dieser Woche der Nummer vierzehn einen Besuch abgestattet, und beide Male war Sidonie außer Haus gewesen. So langsam beschlich ihn das Gefühl, dass er jeden Tag in der Woche unangemeldet vorbeikommen konnte und sie kein einziges Mal antreffen würde.

Devellyn war sich nicht sicher, ob Madame Saint-Godard ihm auf diese Weise die kalte Schulter zeigte, oder ob sie aus unerfindlichen Gründen auf einmal zur begehrtesten Witwe der Stadt avanciert war. Womit in Gottes Namen mochte sie ihre Abende zubringen?

Gerade, als die beiden Damen um die Ecke bogen, räusperte sich Polk lautstark. »Vielleicht wäre es in Ihrem Sinne, wenn Sie mir einen halben Tag zusätzlich frei gäben.«

Devellyn knurrte. »Bist wohl ein ganz ausgekochtes Schlitzohr.«

»Das fasse ich als Kompliment auf, Sir.«

»Wann hat Meg denn frei?«, fragte Devellyn.

»Mittwoch- *und* Samstagnachmittag, Sir.«

»Na gut, von mir aus«, brummte Devellyn. »Aber ich warne dich. Wehe, du lieferst mir im Gegenzug keine gescheiten Informationen.«

»Sehr wohl, Mylord«, murmelte Polk. »Sie können sich auf mich verlassen.«

»Morgen ist ja schon Samstag«, erwiderte der Marquis. »Heu soll man ernten, solange die Sonne scheint.«

Bedauerlicherweise ließ sich die Sonne in den nächsten Tagen kein einziges Mal blicken. Der April bescherte London einen entsetzlichen Frühjahrssturm. Nach drei Tagen Dauerregen war Sidonies Laune auf dem Tiefpunkt. Sie wusste, dass es momentan keinen Sinn hatte, sich an Lord Bodleys Fersen zu heften. Bei dem Wetter schickte man keinen Hund vor die Tür oder trieb sich gar im dunklen Park herum. Sidonie war sich sicher, dass Lord Bodley zu den Menschen gehörte, die Unbequemlichkeiten scheuten. So kam es, dass sie am Fenster saß und sich so lange mit Säumen, Stopfen und Sticken die Zeit vertrieb, bis sie das Gefühl hatte, sie könnte jeden Augenblick den Verstand verlieren.

Lord Devellyn hatte sich seit seinem letzten Besuch nicht mehr blicken lassen. Was auch immer er von ihr gewollt hatte, es schien sich erledigt zu haben oder war ihm nicht mehr wichtig. Sidonie gab sich große Mühe, das Gefühl der Enttäuschung nicht zu nah an sich heranzulassen. Ihr Ziel, ermahnte sie sich, war es, einen großen Bogen um diesen Mann zu machen – und das Zwischenspiel auf dem Teppich zu vergessen. Doch vor allem spät in der Nacht, wenn ihre Gefühle sie rücklings überfielen und sie von Hitzewallungen befallen wurde, zog es sie wie magisch zum Fenster. Dann stand sie da, spähte durch die Vorhänge auf die andere Straßenseite und verlor sich in ihren Gedanken. War er zu Hause? War er bei einer anderen? Dachte er überhaupt noch an sie oder an Ruby Black? Sidonie fand ihre ständigen Überlegungen erbärmlich und kitschig, konnte aber nicht anders. Sie hatte früher oft aus einem Impuls heraus gehandelt, allerdings nie aus Dummheit. Nun aber schien sie sich allmählich in ein Mondkalb zu verwandeln.

Julia nutzte die Regentage, um Sidonies Garderobe für Lord Walrafens Ball herzurichten. Sidonie, die das Gefühl hatte, schon den ganzen Morgen halbnackt auf einem Stuhl stehend verbracht zu haben, musste es über sich ergehen lassen, wie ihre beste Freundin Maß nahm, Stoff absteckte und zurechtschnitt oder leise fluchend wieder auftrennte. Sidonie hatte keine Zweifel, dass sie zu den elegantesten Damen auf dem Ball zählen würde. Schließlich hatte Julia als Näherin am Theater angefangen und sich später hochgearbeitet, mit dem Ergebnis, dass sie mannigfaltige Fähigkeiten besaß, von denen sie nichts verlernt hatte. Sie kupferte nicht nur ab, sondern entwickelte auch eigene Ideen. Zum Beispiel, was den Schnitt vom Oberteil des Ballkleides betraf.

»Julia, nein«, rief Sidonie während einer besonders anstrengenden Anprobe. »Vergiss nicht, dass ich als Anstandsdame auf den Ball gehe und nicht als Debütantin.«

Doch Julia lachte nur. »Deine Sorge ist unbegründet, Sidonie«, antwortete sie. »Es ist alles im Rahmen des guten Geschmacks und vor allem modisch auf der Höhe.«

Daraufhin entbrannte eine Debatte über die Tiefe des Ausschnitts, und sie kamen schließlich überein, dass er einen Fingerbreit höher ausfallen würde. Kaum hatten sie sich geeinigt, als Meg mit betretenem Gesicht den Raum betrat, den Blick auf den Boden gerichtet.

»Was gibt es, Meg?«, erkundigte sich Sidonie.

»Mrs. Tuttle meint, ihr Schnupfen hätte sich zu einer handfesten Grippe ausgewachsen, weil es unten ständig feucht ist«, berichtete das Mädchen verdrießlich. »Sie meint, sie ginge jetzt mit Senfwickeln ins Bett und bat mich, Ihnen auszurichten, dass das Abendessen ausfallen müsse, weil sie heute noch nicht auf dem Markt war.«

Julia und Sidonie tauschten Blicke aus. Vermutlich hatte die Köchin mal wieder zu tief ins Sherryglas gesehen. Julia drehte sich zu Meg um und stieß einen Seufzer aus, als würde eine Welt für sie zusammenbrechen. »Bist du so nett und kümmerst dich darum?«

»Sehr wohl, Ma'am.« Das Mädchen starrte noch immer auf den Boden.

Sidonie sprang vom Stuhl. »Schon gut, schon gut!«, sagte sie. »Ich werde das übernehmen. Schließlich ist mittwochs Megs freier Nachmittag.«

Das Gesicht des Mädchens hellte sich auf.

Julia, die noch immer die Nadeln in der Luft hielt, rief: »Aber was wird denn dann aus dem Ballkleid?«

»Wir machen morgen weiter«, antwortete Sidonie und glitt aus dem halbfertigen Kleid. »Sei so lieb, Meg und hol mir die Einkaufsliste und den Korb. Sobald du deine Aufgaben erledigt hast, darfst du gehen. Ich mache uns heute Abend ein Omelett.«

Es dauerte nicht lange, da bereute Sidonie ihre Entscheidung, vor die Tür zu gehen. Mit einem leichten Cape um die Schultern und baumelndem Korb am Arm lief sie die Treppe hinunter und machte sich auf in Richtung Markt, als jemand sie von hinten am Ellbogen packte.

Sie wirbelte herum und blickte in zwei dicht beieinander liegende, hässliche Augen, die sie anfunkelten. »Sie!«, rief der Angreifer. »Wir müssen uns dringend unterhalten, Sie und ich.«

Sidonie wollte sich losreißen. »Mister Hannaday«, echauffierte sie sich. »Hätten Sie wohl die Güte, meinen Arm loszulassen?«

Aber statt ihrer Bitte nachzukommen, verstärkte er den Druck seiner Finger. »Sie waren es, die meine Amy angestachelt hat«, zischte er. »Sie! Sie und Ihre *Laisser-faire*-Mentalität. Haben Sie eigentlich eine Vorstellung davon, in welche Lage Sie mich damit gebracht haben?«

»Mister Hannaday«, sagte Sidonie und trat einen Schritt nach hinten. Doch er folgte ihr. »Ich schlage vor, Sie lassen mich auf der Stelle los, Sir, und wir unterhalten uns wie Erwachsene über Ihre Probleme.«

»Ha, Sie geben also zu, davon gewusst zu haben!«, wütete er. »Sie giftige Natter!«

»Sir, das Einzige, das ich mit Sicherheit weiß, ist, dass Sie die Blutzufuhr meines Arms unterbrechen.«

Wie aus dem Nichts schoss eine große Faust zwischen sie und packte Mr. Hannaday so fest am Arm, dass es knackte. »Ich glaube«, knurrte Lord Devellyn, »die Dame hat Sie gebeten, von ihr abzulassen. Entweder Sie tun, was sie sagt, oder ich breche Ihnen jeden Finger einzeln.«

Widerwillig tat Hannaday, wie ihm geheißen. »Wer, zum Teufel, sind Sie?«, brummte er und rieb sich das Handgelenk.

»Gute Frage«, murmelte Devellyn. »Lassen Sie es mich so sagen: ein besorgter Nachbar.«

»Dann sorgen Sie bitte dafür, dass dieses Frauenzimmer sich nicht mehr in meine Familienangelegenheiten einmischt«, rief Hannaday mit schriller Stimme. »Sie hat meiner Tochter Flausen in den Kopf gesetzt. Aber das ist einzig eine Sache zwischen mir und diesem Miststück und geht Sie nichts an.«

Lord Devellyn sah Sidonie tief in die Augen, als wollte er sich vergewissern, dass es ihr gut ging. »Sieht aus, als hätte ich mich dieser Sache gerade angenommen«, sagte er und wandte sich wieder Hannaday zu. »Und Sie, Sir, lassen Sie es sich gesagt sein, dass kein Gentleman eine Dame auf offener Straße beschimpft.«

Hannaday taumelte rücklings, als wäre er geschlagen worden. Der Vorwurf, kein Gentleman zu sein, war offensichtlich eine der schlimmsten Beleidigungen, die man einem Emporkömmling wie ihm an den Kopf werfen konnte. »Dafür müsste ich Sie eigentlich zum Duell herausfordern«, geiferte er. »Diese Frau ist eine Lügnerin und eine Intrigantin. Mit so einer sollten Sie sich nicht abgeben.«

»Es ist mir eine Freude, Ihnen die Entscheidung abzunehmen, ob Sie sich mit mir duellieren wollen«, sagte Lord Devellyn, entledigte sich eines Handschuhs und schlug ihm damit kräftig ins Gesicht.

Hannadays Hand flog an seine Wange, und er blickte entsetzt drein. Als sich seine Finger lösten, starrte er sie an, als vermutete er Blut an ihnen.

Devellyn schleuderte ihm einen angewiderten Blick zu. »Wenn ich dann wohl Ihren Namen erfahren dürfte?«

Er hob seinen Blick. »Thomas Hannaday«, antwortete er ausdruckslos. »Und wer sind Sie?«

Der Marquis verneigt sich hölzern. »Der Marquis of Devellyn«, antwortete er. »Aber jene, denen ich beim Duell gegenübertrete, nennen mich gewöhnlich den Teufel aus der Duke Street. Ich habe den Ruf, dass jeder meiner Schüsse ein Treffer ist. Mal tödlich, mal nicht. Aber verlassen Sie sich nicht darauf, dass Sie mit dem Leben davonkommen.«

Hannaday schien Devellyns Namen zu kennen. »Sie! Sie sind doch wahnsinnig.«

»Auch das erzählt man sich gerne von mir«, sagte Devellyn gelassen. »Wer wird im Duell Ihr Sekundant sein?«

»M-mein ... Se-Sekundant?«

»Sir, nicht nur, dass Sie eine Dame in aller Öffentlichkeit angegriffen haben, Sie haben sie auch noch beschimpft, schon vergessen?«, erinnerte er ihn. »Sie dürfen sich glücklich schätzen, dass ich Sie nicht gleich hier und jetzt ungespitzt in den Boden ramme.«

»A-aber ... w-was ist denn mit dem Grund meines Kommens?«, rief der Mann. »Madame Saint-Godard hat meine Tochter dazu angestachelt, von zu Hause wegzulaufen. Mit einem Mann durchzubrennen. Nach Gretna Green. Mit einem Niemand, einem Buchhalter. Das hätte meine Amy nie getan, wenn dieses Weibsstück nicht seine Finger im Spiel gehabt hätte.«

Devellyn zeigte sich wenig beeindruckt von Hannadays Worten. »Entweder Sie benennen einen Duellpartner oder Sie entschuldigen sich auf der Stelle.«

»Aber meine Amy sollte doch eigentlich Lord Bodley heiraten!«, jammerte Hannaday.

»Beim Allmächtigen!« Devellyn verzog angewidert das Gesicht. »Das ist mit keiner Entschuldigung der Welt wieder gutzumachen.«

Und dann besann Hannaday sich doch noch. Er presste die Lippen aufeinander und verbeugte sich steif in Sidonies Richtung. »Entschuldigung, Madame Saint-Godard«, knirschte er. »Ich ... ich fürchte, ich habe mich im Ton vergriffen.«

Mit diesen Worten wandte er sich ab, doch Devellyn packte ihn am Arm und zog ihn mit sich. »Ich gebe Ihnen jetzt eine Warnung mit auf den Weg«, flüsterte er so leise, dass Sidonie ihn kaum verstehen konnte. »Wenn Sie es wagen sollten, ihren Namen noch einmal in der Öffentlichkeit in den Mund zu nehmen, bringe ich Sie noch am selben Tag um die Ecke. Haben wir uns verstanden, Sir?«

Hannaday kniff die Augen zusammen.

Devellyn schürzte die Lippen. »Besser, Sie nehmen mich beim Wort.«

Es dauerte einen Augenblick, ehe Hannaday nickte. »Ich habe genug über Sie gehört.«

»Guten Tag, Mister Hannaday.« Devellyn ließ von seinem Arm ab, verneigte sich und gesellte sich wieder zu Sidonie, die am Fuße der Treppe stand, die Hand noch immer am Geländer.

»Alles in Ordnung?«, fragte er und legte ihr die Hand auf die Schulter.

Sidonie ließ vom Treppengeländer ab. »Danke der Nachfrage, ja«, sagte sie. »Was für ein abscheulicher Mensch.«

Devellyn warf ihr einen prüfenden Blick zu. »Hatte er wirklich vor, seine Tochter mit Lord Bodley zu verheiraten?«

»Ja.« Es klang, als hätte sie gespien.

»Verflixt und zugenäht«, sagte der Marquis. »Und ich dachte immer, *mein* Vater würde *mich* hassen.«

»Das Ganze ist so grauenhaft, dass man Albträume bekommen könnte, finden Sie nicht auch?«

»Sie wissen also, was für ein Mensch er ist?«

Sidonie nickte wortlos und sah Hannaday nach. Ihr gefror das Blut in den Adern. Hannaday war ihr auf die Schliche gekommen. Kein sonderlich gutes Omen. Um ein Haar hätte er ihren guten Ruf ruiniert. Eine Bemerkung in die richtigen Ohren, und sie wäre die längste Zeit Lehrerin gewesen und würde nie wieder zu Festivitäten eingeladen. Sie hatte es einzig Lord Devellyns Eingreifen zu verdanken, dass sie mit einem blauen Auge davongekommen war.

Als Devellyn sie beim Arm nahm, wurde sie stutzig. »Also dann, Sidonie. Lassen Sie uns aufbrechen.«

»Aufbrechen?«, wiederholte sie ungläubig. »Wo gehen wir denn hin?«

Er lächelte. »Wo immer Sie auch hinwollten, bevor dieser elende Kerl Hand an Sie gelegt hat. Anhand des Korbes vermute ich, Sie waren auf dem Weg zum Covent Garden Market.«

Er hatte recht und Sidonie hoffte, dass die Stände nicht schon allesamt leer gekauft waren, weil sie so viel Zeit verloren hatte. Doch mit einem Mal kam ihr die Vorstellung, in Begleitung von Lord Devellyn auf den Markt zu gehen, vollkommen absurd vor, und sie sah ihn von der Seite an. »Jetzt sagen Sie nicht, Sie gingen für gewöhnlich in Covent Garden einkaufen.«

»Nun ja«, antwortete er verschmitzt. »Ich schleiche dort eher bei Nacht herum.«

Sidonie schüttelte den Kopf und hakte sich bei ihm unter. Immer, wenn Devellyn zu schnell lief, zog sie ihn am Ärmel, und er warf ihr einen entschuldigenden Blick zu.

Sidonie erwiderte sein Lächeln. O Gott, was für eine Närrin sie doch war. Sie sollte sich von ihm fernhalten. Seine Nähe war gefährlich – und verstörend. Sie war ihm so nah, dass ihr sein maskuliner Geruch in die Nase stieg – eben jener Duft, der sie in seinem Schlafzimmer umfangen hatte. Für die Dauer eines Lidschlages vergaß sie, wo sie war, und wäre um ein Haar mit einem Zeitungsjungen zusammengeprallt, der um eine Straßenecke geschossen kam.

Devellyn zog sie zu sich und blieb stehen. »Alles in Ordnung?«

Verlegen senkte Sidonie den Blick, der ausgerechnet an seinem Schritt hängen blieb. Bei der Erinnerung daran, was sich dort verbarg, schoss ihr die Röte ins Gesicht. Mit einem Mal fiel ihr das Atmen schwer.

»Dieser Bastard scheint Ihnen ziemlich zugesetzt zu haben«, ertönte Devellyns tiefe Stimme. »Vielleicht sollte ich ihn doch erschießen.«

»Mir geht es gut«, versicherte sie ihm. »Lassen Sie uns weitergehen.«

Kaum jemand begegnete ihnen auf dem Weg nach Bloomsbury. Devellyn hatte Sidonies Hand über seinen Arm gelegt und sie fest bei sich eingehakt – ein wenig inniger, als es schicklich war. Sie war ihm für seine Hilfe noch immer dankbar. Und erleichtert, dass er so groß war und Rückgrat bewiesen hatte. Vergessen war ihr Schwur, sich von ihm fernzuhalten.

Plötzlich kam Devellyn noch näher. »Verzeihen Sie mir meine Neugierde, Gnädigste«, sagte er so dicht an ihrem Ohr, dass sie seinen warmen Atem spüren konnte, »aber haben Sie wirklich etwas mit Miss Hannadays Verschwinden zu tun?«

Sie sah ihn fragend an. »Was genau wollen Sie damit andeuten, Mylord?«

Ein eigenartiges Lächeln legte sich auf Devellyns Lippen. »Da bin ich mir selbst nicht so ganz sicher«, räumte er ein. »Immer, wenn wir zusammen sind, beschleicht mich der Verdacht, dass Sie ein stilles Wasser sind. Sie wissen ja, was man über stille Wasser sagt, nicht wahr?«

Sidonie schwieg einen Moment. »Wenn es doch zu ihrem Besten war«, antwortete sie, »habe ich keine Gewissensbisse. Schließlich wollte er sie an einen kranken, grausamen Mann verkaufen, damit seine Enkel einen Titel trügen. Aber Amy hat ihr Herz an einen anderen verloren. Er mag keinen Titel sein eigen nennen, aber er ist ein guter Mensch, dafür lege ich meine Hand ins Feuer.«

Devellyn schob eine Schulter in die Höhe. »Und wovon soll die Gute leben? Von Luft und Liebe?«

»Es wäre einen Versuch wert.«

Devellyn blickte ein wenig skeptisch drein, lenkte aber ein. »Vielleicht besser, als an Bodley gekettet zu sein.«

Sidonie warf ihm hastig einen verstohlenen Blick zu. »Sagen Sie, Mylord, waren Sie je richtig verliebt?«, erkundigte sie sich beschwingt. »Jetzt sehen Sie mich nicht so entgeistert an. Oder ist Ihnen schon entfallen, dass Sie mir unlängst dieselbe Frage gestellt haben?«

Er öffnete den Mund und schloss ihn direkt wieder. »Verliebt? Nun ja ... nicht direkt«, antwortete er und beschleunigte den Schritt.

Sidonie lauschte dem Klang seiner Schritte und hoffte, er würde fortfahren. Ihr Wunsch wurde erhört.

»Gab es je etwas in Ihrem Leben, Sidonie, das Sie dermaßen begehrt haben, dass Sie das Gefühl hatten, Sie würden verrückt werden, wenn Sie es nicht bekämen?«, fragte er nach einer Weile. »Etwas, das sich wie ein Juckreiz durch Ihre Eingeweide fraß, das Sie des Nachts auf der Bettkante sitzen ließ, den Kopf auf die Hände gestützt, das Herz im Hals? Etwas, das Sie so gut wie sicher besaßen und dann plötzlich wieder verloren? Etwas, das in Ihnen einen unstillbaren Hunger hervorrief ... nach etwas, das sich nicht in Worte kleiden lässt.«

Sidonie schüttelte das Haupt. »Nein.«

»Dann beten Sie dafür, dass es nie so weit kommt.«

»Kann es sein, dass Sie von einer Frau sprechen?«

»Einer Hexe«, verbesserte er sie. »Einer seltsam bezaubernden, rothaarigen *femme fatale*.«

»Herrje, wer war sie?«

Einen Augenblick lang schwieg er. »Das weiß ich, ehrlich gesagt, selbst nicht so genau.«

»Aber wie können Sie ...« Sidonie unterbrach sich, als ihr dämmerte, von wem er sprach.

»Wie ich das nicht wissen kann?«, half er ihr aus. »Das ist eine Geschichte, die wir ein anderes Mal erörtern sollten.«

Sidonie blieb wie angewurzelt stehen. »Diese Frau, Mylord«, sagte sie und sah ihn dabei an. »Sind Sie ... über sie hinweg?«

Sein Gesicht versteinerte. »Ich bin ...« Er rang nach Worten und Kummer schlich sich in seinen Blick. »Nein, Sidonie. In gewisser Weise ja und dann auch wieder nicht.«

Nun denn. Jetzt hatte Sidonie endlich die Antwort, nach der sie gesucht hatte. Er schien also noch immer an Ruby Black zu denken. Er war von einer Hafenprostituierten besessen, die es in Wirklichkeit gar nicht gab.

Schweigend setzten sie ihren Weg fort.

Sidonie schalt sich, dass es töricht war, in seiner Nähe zu bleiben. Sie spürte, wie sich eine dieser Hitzewallungen ankündigte, denen sie seit einigen Tagen immer häufiger zum Opfer fiel. Ein Gefühl, als würde sie dahinschmelzen. Wegen eines Schürzenjägers. Zugegeben, sein dunkles, zerzaustes Haar, seine hohen Wangenknochen, die gebrochene Nase und das Funkeln in seinen Augen verliehen ihm etwas Anziehendes – ganz zu schweigen von seinen verführerisch sinnlichen Lippen. Bei der Erinnerung daran, wie diese Lippen sie feurig und leidenschaftlich geküsst hatten, schnürte es ihr die Brust zu. »Lord Devellyn«, hörte sie sich raunen.

»Warum nennen Sie mich eigentlich nicht bei meinem Vornamen, Sidonie?«, unterbrach er sie mit einem warmen Lächeln. »Bitte nennen Sie mich Aleric.«

Aleric. Welch seltener Name. In einer verborgenen Windung ihres Bewusstseins flackerte eine winzige Flamme der Erinnerung auf, erlosch aber sogleich wieder. »Ehe wir Bedford Place verlassen haben«, fuhr sie fort, »haben Sie einen Witz darüber gemacht, dass Ihr Vater Sie nicht besonders schätze.«

»Das war kein Witz«, antwortete Devellyn nach einer kleinen Weile. »Wie ich bereits erwähnte, mein Vater und ich, wir haben uns auseinandergelebt.«

»Ja, ich erinnere mich«, sagte sie ernst. »Wäre es entsetzlich aufdringlich, wenn ich mich nach dem Grund erkundigte?«

Vor der breiten Treppe des St.-George-Friedhofs blieb Devellyn stehen und sah mit zusammengekniffenen Augen himmelwärts. Dann öffnete er unvermittelt das Gatter und zog eine sichtlich verblüffte Sidonie hinter sich her.

Vor einer Sitzbank aus Stein blieb Devellyn stehen, zückte ein Taschentuch, wischte über die Sitzfläche und bedeutete ihr, Platz zu nehmen. Sidonie tat ihm den Gefallen. Devellyn hingegen lief auf und ab, als wäre er in einem unsichtbaren Käfig gefangen.

»Sie weilen noch nicht allzu lange in London«, ergriff er nach einigen, langen Momenten das Wort. »Ein Jahr, wenn mich nicht alles täuscht.«

»Ungefähr, ja«, antwortete sie.

Lord Devellyn stieß ein verbittertes Lachen aus. »Scheint, als hätten sich die Wogen um meine Person ein wenig geglättet, sonst wüssten Sie bestimmt Bescheid«, sagte er. »Vater und ich haben uns überworfen, als ich noch sehr jung war. Nein, so sollte ich es nicht formulieren. *Jung* klingt, als hätte ich nicht gewusst, was ich tat. So war es aber nicht. Ich zählte zweiundzwanzig Lenze und war sehr erfahren.«

»*Sehr* erfahren? Mit Zweiundzwanzig?«

Devellyn schenkte ihr ein freudloses Lächeln. »In besagtem Jahr brachte ich die meiste Zeit mit Trinken, Glücksspielen und den Freuden des Liebesspiels zu. Mein Bruder und ich ...« Er unterbrach sich, suchte in seiner Tasche und zog das ihr bestens bekannte Medaillon hervor. »Dies ist mein Bruder«, sagte er und klappte es auf. »Er hieß Gregory.«

Sidonie streckte die Hand aus und berührte den goldenen Rahmen. »Sie ... Sie haben es gefunden«, sagte sie. »Das freut mich für Sie.«

Einen Moment lang starrte er sie mit offenem Mund an. »Ja, ich habe es wiedergefunden«, sagte er leise und schloss vorsichtig das Schmuckstück. »Wenn ich sage, dass ich nicht weiß, wer von uns schlimmer war, Greg oder ich, dann müssen Sie mir das glauben, Sidonie. Was wir auf dem Kerbholz hatten, ging auf keine Kuhhaut mehr. Wir waren unzertrennlich, ständig bemüht, einander zu übertrumpfen. Aber das war nichts weiter als Rivalität unter Brüdern, darauf gebe ich Ihnen mein Wort. Mehr war das nicht.«

»Mein Bruder ist zwar einige Jahre älter als ich«, sagte Sidonie, »aber ich glaube, ich verstehe.«

Devellyn blickte säuerlich drein und schüttelte den Kopf. »Ich wünschte, ich könnte verstehen, was sich in jenem Frühjahr zugetragen hat. Ich weiß nur, dass Greg sich in dem Jahr verliebt hatte. Nicht in eine erfahrene Frau, sondern in eine Debütantin. Ich habe ihn verlacht, habe seine Gefühle nicht für bare Münze genommen. Ich dachte, er mache der Kleinen nur deshalb den Hof, um Vater einen Gefallen zu tun.«

»Wollte er denn, dass Ihr Bruder heiratet?«

»Und wie«, sagte Devellyn. »Ich glaube, Greg hat ernsthaft darüber nachgedacht. Aber eines Tages hat einer aus unserem Freundeskreis zehn Guineas darauf gewettet, dass ich nicht den Mut aufbrächte, die Kleine in die dunkle Bibliothek zu locken und ihr dort einen Kuss zu rauben.«

»Und haben Sie?«

»Ich war völlig sicher, es zu schaffen«, sagte er. »Und sie schien der Sache nicht abgeneigt zu sein. Aber Greg folgte uns und platzte herein. Er war aschgrau. Hat mich beschuldigt, ich wolle das Mädchen ruinieren, und mit der Faust ausgeholt. Natürlich habe ich mich gewehrt. Es war nicht unser erster Faustkampf, aber diesmal war schon mein erster Hieb zu kräftig für ihn. Er geriet ins Straucheln und schlug mit dem Kopf auf der Ecke des Schreibtischs auf.«

Sidonie sog scharf die Luft ein. »Gütiger Gott«, flüsterte sie. »Ist er ... v-verschieden?«

»Nicht sofort.« Devellyn war außerstande, sie anzusehen.

»Meine Eltern haben ihn nach oben gebracht – an jenem Abend fand in unserem Haus am Grosvenor Square ein Ball statt, müssen Sie wissen –, wo er eine Weile lag, ohne das Bewusstsein wiederzuerlangen. Ich weiß gar nicht mehr, wie lange es dauerte. Zwei Wochen? Ein Monat? Bei Gott, ich weiß es nicht. Ärzte und Operateure gaben sich die Klinke in die Hand, aber keiner konnte etwas tun. Mein Vater war außer sich. Meine Eltern ließen nichts unversucht, vom Aderlass bis zu Wahrsagerinnen und Gesundbetern. Sie schreckten selbst nicht davor zurück, ihn zu schröpfen und – danken Sie Gott, wenn Sie so etwas noch nie erlebt haben – den Schädel anzubohren, in der Hoffnung, er würde wieder aufwachen. Doch das tat er nicht. Er starb.«

»Oh«, sagte sie mitfühlend. »O Mylord, das tut mir leid.«

»Es hätte meinen Vater beinahe umgebracht«, sagte er und war wieder ganz der alte – zynisch, bis in die Haarspitzen. »Seine Verzweiflung ging ins Unermessliche. Er wurde nicht müde zu betonen, dass er sich wünschte, ich wäre an der Stelle meines Bruders gestorben. Er meinte, es wäre ein schlechter Witz, dass ich nun an Gregs Statt das Herzogtum erben würde, wo ich doch Schuld an seinem Tod sei.«

»O mein Gott, es fällt mir schwer, das zu glauben.«

Devellyn drehte sich wie von der Tarantel gestochen zu ihr um und bedachte sie mit einem flammenden Blick, der ihr beinahe das Herz stehen bleiben ließ. »Aber so war es. Und nicht anders«, sagte er zähneknirschend. »Genauso hat Vater es gesagt. So und nicht anders. Immer wieder. Und das war längst nicht alles, was er von sich gegeben hat. Er meinte – und ich kann ihm nicht einmal widersprechen –, dass ich es einzig unserem guten Ruf zu verdanken hätte, dass mir der Galgen erspart bliebe. Dass Menschen schon für weniger hingerichtet worden wären. Dass ich mir früher oder später wünschen würde, man hätte mich gehängt.«

»Es war ein Unfall«, sagte sie und streckte die Hand nach ihm aus. »Ein tragischer Unfall, ja, aber eben nicht mehr und nicht weniger.«

»Ich weiß nicht so recht«, murmelte er. Im selben Moment wurde sie sich bewusst, dass er sie bei der Hand hielt, als wollte er sie nicht mehr loslassen. »Lassen Sie uns gehen, ehe mich der Blitz trifft, weil ich auf geweihtem Grund und Boden stehe.«

Sidonie brachte es nicht übers Herz, ihn weiter auszufragen. Genau genommen wünschte sie sich, sie hätte das Thema niemals angeschnitten. Sie drückte ihm die Hand, um ihm Mut einzuflößen und erhob sich. Schweigend setzten sie ihren Weg fort und Sidonie musste an Jean-Claudes Worte in der Gasse denken. *Seine Bruder, den er 'at gemacht tot.*

Sidonie hatte vom ersten Moment an nicht daran geglaubt und fühlte sich noch einmal in ihrer riskanten Entscheidung, ihm das Medaillon zurückzubringen, bestätigt.

Erst als sie in die Drury Lane einbogen, durchbrach Devellyn die entstandene Stille. Er blieb aus heiterem Himmel stehen, legte seine Hand auf die ihre und drückte sie. »Hier trennen sich unsere Wege.«

Sidonies Blick fiel auf die Marktstände und die zahlreichen Einkäufer. Sie entdeckte nur wenige Blumenverkäufer, dafür aber diverse Gemüsekarren. Ein aufgezehrter Händler trottete an ihnen vorbei und pries halbherzig seine Waren an.

»Vielen Dank, dass Sie mich bis hierher begleitet haben«, sagte sie. »Ich verstehe, dass es nicht zu Ihrem bevorzugten Zeitvertreib gehört, sich auf dem Markt zu tummeln.«

Eine Gefühlsregung, die Sidonie nicht einzuordnen vermochte, huschte über sein Gesicht. »Sidonie, das ist es nicht.«

»Was ist es denn dann?«, wollte sie wissen. »Devellyn, stimmt etwas nicht?«

Ehe sie wusste, wie ihr geschah, hatte er sie bei der Hand gepackt, sie in eine Seitengasse gezogen und sah ihr mit erschreckender Intensität in die Augen. »Sidonie, ich gehöre nicht zu der Sorte Mann, die Frauen wie Sie in der Öffentlichkeit begleiten sollte«, sagte er. »Es sei denn, Ihr Ruf ist Ihnen einerlei.«

Sidonie hatte längst vergessen, dass sie ihm aus dem Weg gehen wollte. »Ich bin der Auffassung, dass Freundschaft über allem anderen steht, Mylord«, sagte sie. »Wenn wir Freunde wären, wäre es mir egal, welche Schlüsse andere daraus zögen.«

»Freunde?«, wiederholte er und legte seine großen, warmen Hände auf ihre Unterarme. »Ich hoffte, das wären wir längst.«

Sidonie dachte daran zurück, wie schnell er ihr heute zur Hilfe geeilt war. »Ja«, sagte sie schnell. »Natürlich sind wir das.«

Er verstärkte den Druck seiner Hände und ließ den Kopf hängen. »Ich weiß allerdings nicht, ob das reicht«, flüsterte er.

Der Kuss war unvermeidlich gewesen. Sidonie spürte, wie ihre Arme erschlafften, wie der Korb auf dem Kopfsteinpflaster aufschlug, wie Lord Devellyns Lippen über die ihren strichen. Es war kein wilder, ungezügelter Kuss, vielmehr eine unbeschreiblich zärtliche Liebkosung. Eine Frage. Eine Bitte. Und sie antwortete ihm, auch wenn sie sich vorgenommen hatte, es nicht zu tun. Doch ehe sie es sich versah, legte sie den Kopf in den Nacken, schloss die Augen und bot ihren Mund dar.

Er küsste sie, als hätte er es mit einem zerbrechlichen und kostbaren Gegenstand zu tun, seine warmen Hände fingen ihre Wangen ein. Als seine Daumen über ihre Wangen glitten, hatte sie das Gefühl, die Flügel eines Vogels würden sie streifen.

Sidonie stieß einen tiefen Seufzer aus und ließ ihre Hände

über seinen breiten Rücken gleiten. Im selben Moment schalt sie sich, weil es ihn veranlasste, dichter an sie heranzurücken und den Kuss anzuheizen. Doch nur für einen kurzen Augenblick, dann löste er sich von ihr.

»O Sidonie, so kann es nicht weitergehen«, sagte er mit erstaunlich klarer Stimme, ehe er seine Stirn auf der ihren ablegte. »Sehen Sie nur, was ich Ihnen angetan habe. In einer Gasse. Es tut mir leid.«

Es tat ihm leid. Sicher, er begehrte sie. Aber nicht in demselben Maße wie Ruby Black. Sidonie schluckte gegen die Enttäuschung an und fing seine Wange mit der Hand ein. »Devellyn, Sie müssen sich nicht grämen«, wisperte sie. »Hier ist doch niemand außer uns. Niemand hat uns gesehen.«

»Ich begehre Sie, Sidonie«, antwortete er. »Verdammt, sehen Sie das denn nicht? Sie hätten allen Grund, mir ob meiner Aufdringlichkeit ins Gesicht zu schlagen. Ja, ich begehre Sie. Als ... als Geliebte. Nicht als Zeitvertreib in einer Gasse. Das wird Ihnen nicht gerecht. Mir schwebt eher etwas ... Privates vor. Nur Sie und ich.«

»Eine heimliche Affäre«, flüsterte sie. Die Vorstellung setzte ihr bei weitem nicht so zu, wie es zu erwarten gewesen wäre. Sie legte ihm die Hände auf die Brust und schüttelte die Vorstellung ab. Es stand außer Frage, dass sie sich dem Marquis of Devellyn nicht hingeben konnte. Sidonie biss sich auf die Lippe und verfluchte den Tag, an dem sie sich die Tätowierung hatte stechen lassen.

Devellyn, der ihr Zögern falsch interpretierte, ließ die Hände sinken und sah an ihr vorbei in die Gasse. »Braves Mädchen«, sagte er leise. »Tun Sie es nicht. Heben Sie sich für jemanden auf, der es verdient hat.«

Es war bereits das zweite Mal, dass er ihr diese Warnung mit auf den Weg gab. Sie legte die Hand auf seine Wange, damit er sie wieder ansah. »Sagen Sie so etwas nicht, Devellyn«, flüsterte sie. »Vertrauen Sie mir. Ich bin alt genug, um mir meine Freunde selbst auszusuchen. Und dazu zähle ich auch Sie. Aber Ihre Geliebte? Es tut mir leid, das kann ich nicht.«

Seinem Blick haftete etwas sehr Ernstes an. »Soll das heißen, dass ich meine Hoffnungen allesamt über Bord werfen muss?«

Sidonie musste kräftig schlucken. »Nur die, die über eine Freundschaft hinausgehen«, antwortete sie.

Er ging in die Knie und hob ihren Korb auf. »Verstehe.«

»Nein, das tun Sie nicht.« Sie schüttelte das Haupt und hängte sich den Korb über den Arm. »Und ich kann es Ihnen leider nicht näher erklären.«

»Eine Dame muss sich nicht rechtfertigen«, sagte er mit einem Lächeln, von dem sie beide wussten, dass es aufgesetzt war.

»Wie wäre es, wenn Sie mich doch zum Markt begleiteten?«, schlug sie aus einem Impuls heraus vor. »Ich werde Hilfe beim Tragen der Einkäufe benötigen.«

»Sie sind eine charmante Lügnerin, Sidonie Saint-Godard«, sagte er, nahm ihr den Korb wieder ab und folgte ihr wie ein treuer Spaniel, während sie Waren aussuchte. In Gedanken war Sidonie jedoch bei Ruby Black. Der Frau, die Devellyn so sehr begehrte, dass er Angst hatte, den Verstand zu verlieren. Er hatte gesagt, dass er ihretwegen Qualen litt und nicht mehr schlafen konnte. Wie es wohl wäre, fragte sie sich, wenn sie das Objekt seiner Begierde wäre. Und dann traf es sie wie der Blitz. *Sie* war ja Ruby. Woher kam nur die ständige Eifersucht? Gütiger Gott! Das Ganze nahm allmählich lächerliche Züge an. Ihr war es, als wäre sie wieder zur halbwüchsigen Elevin mutiert, die bis über beide Ohren verliebt war. Und das ausgerechnet in einen unverbesserlichen Filou! Hastig schob sie den Gedanken beiseite und konzentrierte sich auf die feilgebotenen Waren.

Um diese Jahreszeit gab es Unmengen von Wurzelgemüse, dafür aber kaum grünes Gemüse, das Sidonie über alles liebte. Sie stieß in die Mitte des Marktplatzes vor, sah sich alles genau an und legte nur das Allerfrischste in den Korb. Plötzlich erspähte sie aus den Augenwinkeln heraus einen Strunk Brokkoli aus dem Gewächshaus. Er lag in einem kleinen Korb ungefähr eine Armeslänge entfernt. Doch just, als sie die Hand danach ausstreckte, kamen ihr lange, hagere Finger zuvor.

Doch so leicht wollte Sidonie sich nicht geschlagen geben. »Ich habe ihn zuerst entdeckt«, protestierte sie, ehe sie den Blick hob und in die großen braunen Augen ihres Bruders sah.

»Gegen so viel Entschlossenheit bin ich machtlos«, antwortete er und ließ den Blick an Lord Devellyn hinuntergleiten, ehe er das Gemüse in Sidonies Korb fallen ließ. »Wie wäre es, wenn du mich deinem Begleiter vorstelltest?«

Lord Devellyn sagten weder der Anblick noch der Tonfall dieses schlanken und elegant gekleideten Mannes zu, der ihnen gegenüberstand. Er war durchaus attraktiv, sehr sogar, aber auf eine Art und Weise, die ihn beunruhigte, und ihn unwillkürlich an eine Schlange denken ließ, die durchs Wasser glitt. Er schien nicht jung und nicht alt und schreckte nicht davor zurück, Devellyn genauestens zu mustern.

Sidonie löste sich von Devellyns Arm. »Hallo George«, murmelte sie, »was für eine Überraschung.«

»Nicht wahr?«, sagte er voller Ungeduld. »Was ist jetzt, willst du uns nicht endlich miteinander bekannt machen?«

Sidonie gab sich einen Ruck. »Lord Devellyn, dies ist mein Bruder George Bau …, ich meine George Kemble.«

Für den Bruchteil einer Sekunde fragte sich Devellyn, was sie hatte sagen wollen.

»Es ist mir eine Freude«, sagte Kemble, dessen Blick eine gänzlich andere Sprache sprach, ehe er sich wieder Sidonie zuwandte. »Meine Liebe, ich würde mich freuen, wenn du heute zum Abendessen kämest. Um sieben. Ich schicke dir eine Kutsche.«

Sidonie legte die Stirn in Falten. »Das geht nicht«, antwortete sie. »Ich habe Julia versprochen, für sie zu kochen.«

Kemble nahm die Abfuhr nicht sonderlich gut auf. »Ich fasse es nicht!«, schnaubte er. »Eine Hausherrin, die für ihre Gesellschafterin kocht, wo gibt es denn so etwas?«

»George!«, schalt Sidonie ihn. »Tuttle ist krank und Meg hat ihren freien Tag. Ich kann heute unmöglich weg.« Sie lehnte sich nach vorne und zupfte an seinem perfekt sitzenden Halstuch. »Jetzt kannst du wieder unter Leute gehen, ohne dich zu blamieren. Wir sehen uns am Freitag, George, wie immer.«

Ihr Bruder machte einen steifen Diener. »Einen schönen Tag noch, die Herrschaften.«

Mit jedem Schritt, den George sich entfernte, wurde Devellyns Laune schlechter. Ihm war klar, dass Sidonie ihren Bruder noch vor Freitag treffen würde, ob sie es wollte oder nicht.«

Sidonie räusperte sich. »Zwiebeln«, sagte sie und führte ihn in die vom Weg ihres Bruders entgegengesetzte Richtung. »Ich brauche dringend Zwiebeln. Und Eier.«

Aus purer Verärgerung heraus nahm Devellyn ihre Hand und legte sie auf seinen Arm. »Nun, meine Liebe«, murmelte er, »soll ich Ihnen wirklich glauben, dass Sie sich ihre Freunde selbst aussuchen?«

Sidonie riss die Augen auf. »Was genau wollen Sie damit zum Ausdruck bringen?«

Devellyn lächelte verkniffen. »Wer weiß, vielleicht habe ich die Situation auch nur falsch eingeschätzt«, brummte er. »Ich hatte den Eindruck, dass Ihr Bruder bei der Wahl Ihrer Freunde gerne ein Wörtchen mitredet. Vielleicht wäre es doch das Beste, wenn ich ginge.«

Sidonies zaghaftes Lächeln bröckelte. »Nein. Bitte nicht.«

»Es tut mir leid«, sagte er leise.

Sidonie kniff die Lippen zusammen. Sie nickte steif und kehrte um. Als er sich umdrehte, war sie bereits um die Ecke gebogen und zwischen den Ständen verschwunden. Verzagt und niedergeschlagen bahnte Devellyn sich den Weg durch die Stände zurück in die Richtung, aus der sie ursprünglich gekommen waren. Am liebsten hätte er sich geohrfeigt, weil er Sidonie in eine derart unangenehme Lage gebracht hatte. Und diesen George Kemble wünschte er zum Teufel.

Aber Kemble war nicht zur Hölle gefahren, sondern hatte sich am letzten Stand über ein paar Kräuterbündel gebeugt. Er warf Devellyn einen vernichtenden Blick zu und stellte sich ihm in den Weg, als dieser sich an ihm vorbeischieben wollte.

»Erlauben Sie mir, Ihnen einen gut gemeinten Ratschlag mit auf den Weg zu geben, mein Freund«, murmelte er und zog eine dunkle Augenbraue in die Höhe. »Sollten Sie mit meiner Schwester spielen, werden Sie Ihres Lebens nicht mehr froh werden.«

Devellyn baute sich zu seiner vollen Größe auf und starrte mit einem funkelnden Blick auf den schmächtigen George herab. Doch Kemble wich nicht zurück, sondern lehnte sich wagemutig nach vorne, was Devellyn, der es gewohnt war, mit seiner körperlichen Dominanz Eindruck zu schinden, ein wenig irritierte.

»Was genau ist eigentlich Ihr Problem, Kemble?«, fragte er nach einem kurzen Moment des Schweigens.

Ein höhnisches Lächeln umspielte Kembles Lippen. »Probleme kenne ich nicht«, sagte er, drehte sich weg und widmete sich wieder den Kräutern. »Ich glaube vielmehr an Lösungen. Halten Sie sich von meiner Schwester fern oder ich vergesse mich.«

Eine glühende Zorneswelle fraß sich durch Devellyns Eingeweide. »Soll das etwa eine Drohung sein?«

»Sieh einer an, Sie sind ja doch nicht so dumm, wie sie aussehen.« Kemble ließ ein Bund Frühlingszwiebeln in seinen Korb fallen. »Aber auch das würde mich nicht davon abhalten, Ihnen eine Kugel durch den Kopf zu jagen.«

»Sie aufgeblasener Emporkömmling!« Devellyn packte ihn beim Ellbogen, doch Kemble riss sich angewidert los.

Mittlerweile hatte sich eine kleine Traube Schaulustiger um sie gebildet und das Mädchen, das den Kräuterkarren bediente, wich ängstlich zurück. Kembles Lächeln glitt ins Säuerliche. »Wenn Sie wüssten, wen Sie vor sich haben«, zischte er. »Sie sind auf dem besten Wege, eine Dummheit zu begehen, lassen Sie sich das gesagt sein, Sie Narr.«

Zum zweiten Mal an diesem Tag entledigte sich der Marquis des Handschuhs. Doch Kemble stieß ein blechernes Lachen aus und machte eine wegwerfende Handbewegung. »Sparen Sie sich die Mühe, Devellyn«, sagte er. »Ich bin kein Gentleman. Wenn mir der Sinn danach steht, schieße ich Ihnen einfach in den Rücken. Am besten, Sie räumen das Feld und verkriechen sich in einer Spielhölle oder zwischen den Beinen einer Dirne. Irgendetwas, das Sie von meiner Schwester ablenkt.«

Verdutzt stand Devellyn mit halb ausgezogenem Handschuh da, während George Kemble einige Münzen auf den Karren fallen ließ und in aller Seelenruhe davonschlenderte.

Kapitel 10

In welchem Ilsa und Inga eine Überraschung ins Haus steht

Beim *Lucy's* handelte es sich um ein Freudenhaus von zweifelhaftem Ruf in einem heruntergekommenen Teil von Soho. Die Weinkarte war bestenfalls passabel, die Mädchen willig und Puffmutter Lucy mit einer Hässlichkeit geschlagen, die ihre Mädchen wie wunderschöne Schwäne wirken ließ. Als Alasdair und Quin Hewitt unangemeldet auf Devellyns Schwelle erschienen und ihn zu einer »Schenkelparty« überreden wollten, sagte dieser sofort zu. Schließlich war er ein freier, ungebundener Mann und noch dazu mit dem nötigen Kleingeld ausgestattet.

Um zehn kehrten sie im *Lucy's* ein und nahmen die Ware in Augenschein. Quin war umgehend Feuer und Flamme für eine Blondine mit rauem Charme, mit der er in Windeseile in der oberen Etage verschwunden war und bis jetzt – es ging bereits auf Mitternacht zu – verschwunden blieb.

Alasdair beugte sich zu Devellyn. »Was meinst du, ob sie ihn zwischen ihren Schenkeln zerquetscht hat?«

»Kommt darauf an, wie viel er ihr gegeben hat«, antwortete Devellyn und nippte an seinem Wein, der ihm heute ganz und gar nicht mundete. Vielleicht, weil er noch immer an seiner heftigen Auseinandersetzung mit Kemble zu schlucken hatte.

Die beiden hatten es sich in weichen, plüschigen und mit schrillem Violett bezogenen Sesseln gemütlich gemacht und beobachteten Ilsa und Inga Karlsson, wie sie eine Gruppe zügellos wirkender Gentlemen mit ihrer berühmten Gesangschoreographie unterhielten, die im Wesentlichen aus Hüpfen, Kreischen und Busenwackeln bestand. Die beiden geizten nicht mit ihren Reizen, die sie aus Göteborg mitgebracht hatten und die sich unter ihrer spärlichen Kleidung so deutlich abzeichneten, als wären sie nackt. Ihre Showeinlage war billig und vulgär – und genau deshalb fand sie so großen Anklang. Ein Mann, der beim Anblick von Ilsas nacktem Gesäß keine Erektion bekam, musste so gut wie tot sein, fand Devellyn, und im Augenblick genoss er eine ausgezeichnete Aussicht.

Ilsa und Inga, die eigentlich eine Karriere am Theater anstrebten, waren eine solche Rarität, dass Mutter Lucy sie lieber als Appetithappen statt als Hauptgericht anbot. Nur die betuchteren Herren der Schöpfung konnten sich ein schwedisches Schäferstündchen leisten. Mutter Lucy verlangte ein wahrlich horrendes Sümmchen für das Duo.

»Ich glaube, mir steht heute der Sinn nach etwas Exklusiverem«, sagte Alasdair, der an seinen Manschetten herumfingerte, damit er Devellyn nicht in die Augen blicken musste. Doch Devellyn hatte ihn längst durchschaut.

»Lass uns Ilsa und Inga buchen«, schlug Alasdair betont heiter vor. »Komm schon, sei kein Spielverderber. Wir können es uns schließlich leisten.«

Devellyn war zu müde, um sich auf eine langwierige Diskussion einzulassen. »Einverstanden«, sagte er lustlos, erhob sich und fügte hinzu: »Ich geh schon mal die Zeche zahlen.«

»Kommt gar nicht in Frage«, erwiderte Alasdair rasch und sprang auf seine Füße. »Lass mich zahlen, alter Junge.«

Im Grunde wusste Devellyn, dass höchste Vorsicht geboten war, wenn ein Schotte freiwillig eine Rechnung übernahm, doch an diesem Abend dachte er nicht weiter darüber nach. Alasdair gesellte sich zu Mutter Lucy, die aussah, als hätte sie heute keine

Zeit gehabt, sich zu rasieren. Zwanzig Minuten später befand sich Devellyn mit den beiden Schwedinnen in einem dunklen, stickigen Zimmer des ersten Stocks wieder – ohne Alasdair. Vielleicht war das seine Art, sich für das Fiasko mit der Münze zu entschuldigen, mutmaßte Devellyn und zuckte innerlich mit den Achseln, als er sich in einen Lehnstuhl setzte. Inga – Devellyn glaubte zumindest, dass es Inga war – setzte sich vor ihm auf die Fersen, drückte seine Knie auseinander, glitt mit der Hand über seinen Schritt und stieß einen Laut aus, der keiner Übersetzung bedurfte.

Devellyn spürte, wie sein Gemächt anschwoll und wärmer wurde. Die beiden Mädchen waren atemberaubend schön. Kichernd stellte Ilsa sich hinter den Stuhl. Er spürte ihre nackten, warmen und schweren Brüste, als sie sich nach vorne beugte und sein Ohrläppchen zwischen die Zähne nahm.

»Saugen tut gut, nicht wahr?«, sagte Inga und blinzelte durch ihre hellen Wimpern zu ihm herauf. »Wir machen es dir gerne. Du wirkst jetzt schon viel entspannter, siehst du?«

Devellyn verfluchte Alasdair dafür, dass er ihn scheinbar als eine Art Pflegefall verkauft hatte, der ein wenig Aufmunterung gut gebrauchen konnte.

Aber als sich Ingas geschickte Finger an den Hosenknöpfen zu schaffen machten und seine Erektion den einengenden Beinkleidern entkam, hatte er gegen etwas Aufmunterung auf einmal nichts mehr einzuwenden.

»Der ist aber grooooß«, schnurrte Inga mit einem koketten Blick, während sie sein bestes Stück zwischen den Handflächen rieb. »Zu groß für die kleine Inga, ich denken.«

»Das wage ich zu bezweifeln, mein hübscher blonder Engel«, entgegnete Devellyn lachend. Er wusste, dass Mutter Lucys Mädchen mit jeder Größe zurechtkamen. Als sich Ilsas

Hände um seinen Hals legten, um ihn vom Halstuch zu befreien, beugte Inga sich so weit nach vorne, dass er einen guten Blick auf ihr herzförmiges Gesäß hatte. Flink wie ein Wiesel schoss ihre Zunge hervor und machte sich mit seiner Länge vertraut.

»Nimm ihn in den Mund, Inga«, ermutigte Ilsa ihre Schwester. »Du schaffst das.«

Die Vorstellung, wie viele Freier schon auf den schwedischen Stuten geritten waren, bereitete Devellyn aus heiterem Himmel Probleme, und als er Inga ansah, hatte er das Gefühl, er müsste sich übergeben. Nicht das, was sie tat, bereitete ihm Probleme, sondern dieser ... Ort. Die Atmosphäre. Die Tatsache, dass er für die körperlichen Freuden zahlen musste. Dass keines der Mädchen mit ihm schlafen würde, weil es ihn begehrte. Bis zu seinem heutigen Ausflug auf den Markt war ihm so etwas stets einerlei gewesen. Es war ihm in Fleisch und Blut übergegangen, dass er für jegliche Art des Liebesdienstes bezahlen musste. Sidonie hingegen spielte in einer gänzlich anderen Liga. Sie würde niemals Geld für so etwas nehmen.

Inga hatte seine Erektion mittlerweile in den Mund genommen. »Ist sie nicht aufmunternd, meine Schwester«, hauchte Ilsa ihm ins Ohr und rieb ihre Brüste an seinem Ohr.

Bei Gott, schoss es ihm durch den Kopf, *ich will das hier alles nicht*.

Das, was er im Grunde wollte, konnte er nicht haben. Er streckte die Hände nach unten und glitt in Ingas flachsblondes Haar. »Tut mit leid, meine Liebe«, sagte er sachte. »Ich kann nicht. Nicht heute.«

Ilsa ließ von ihm ab, beugte sich über ihn herüber und sah auf seinen Schwanz. »Was meinst du, du kannst heute nicht«, sagte sie empört. »*Stenhård*, wie ein Backstein.«

»Und so breit«, murmelte Inga und setzte sich auf die Fersen.

Zum ersten Mal in seinem Leben machte Devellyn die Erfahrung, dass sein Körper etwas anderes begehrte als sein Verstand. Und dass sein Verstand gewinnen konnte, wenn er ihn nur ließ und ihn nicht mit Alkohol außer Gefecht setzte, wie er es sich zur Gewohnheit gemacht hatte.

Er sah mit einem Mal so klar, dass er im Bruchteil einer Sekunde auf den Beinen war und die Hose zuknöpfte. Inga richtete sich ebenfalls auf und blickte dankbar drein. Im Gegensatz zu ihrer Schwester. Sie lief um Devellyns Stuhl herum und nestelte an dem Hauch von einem Bustier, das sie unlängst ausgezogen hätte.

»Verfliest und zugemäht«, sagte sie und kämpfte sowohl mit ihren Gefühlen als auch mit ihren Fremdsprachenkenntnissen. »Komm, Inga. Dieser Mann niecht gut. Lass uns wieder tanzen.«

»*Nej då!* Nicht mehr tanzen«, sagte sie abgespannt. »Meine Fuße tun weh. Ich möchte jetzt nur noch arbeiten auf Rücken.«

Devellyn war gerade dabei, sich das Hemd in die Hose zu stecken. »Vergesst das mit dem Tanzen«, sagte er und drapierte den Schritt seiner Hose um seine Problemzone. »Ich schleich' mich durch den Hinterausgang hinaus. Ihr bringt die Bettfedern ein wenig zum Quietschen, quietscht ein wenig herum, verriegelt die Tür und macht ein Nickerchen oder so.«

»Ja?«, fragte Ilsa ungläubig.

»Ja!«, sagte Inga. »Nickerchen klingt wunderfull.«

»Dann bestehe ich darauf, meine Lieben«, sagte Devellyn und warf Inga einen zusätzlichen Zehner zu.

Die beiden Mädchen starrten ihn mit weit aufgerissenen Augen an, als könnten sie ihr Glück gar nicht fassen. Oder sie hinterfragten Devellyns Geisteszustand – sein bestes Stück zumindest war offensichtlich gesund. Als er sich das Halstuch gebunden hatte, sprang Ilsa ausgelassen auf dem Bett herum, während Inga im Stuhl saß und stöhnte und schrie, was das Zeug hielt. »Ja. Oh! Oh! Ja! Ja!«

Mit einem wohlwollenden Schmunzeln sah Devellyn den beiden zu. Vielleicht stand ihnen doch noch eine große Theaterkarriere bevor. Er schüttelte den Kopf witterte seine Chance und schlüpfte zwischen all dem *oh! oh!* und *ja! ja!* aus dem Raum.

Am folgenden Nachmittag kehrte der Regen nach London zurück, gefolgt von dichtem Nebel, der die Stadt wie eine nach altem Fisch und kaltem Rauch riechende Decke einhüllte. Aber der Nebel war noch nicht einmal das Schlimmste. Im Souterrain von Nummer vierzehn war nichts, wie es sein sollte. Bei Tagesanbruch hatte Mrs. Tuttle sich aus dem Bett gequält, um das Frühstück vorzubereiten, aber ihr Husten war im Laufe des Tages immer schlimmer geworden. Sidonie hatte ein schlechtes Gewissen, weil es diesmal nichts mit ihrem Sherrykonsum zu tun hatte.

Wegen des nasskalten Wetters hatte Meg die Aufgabe, sämtliche Besorgungen für die Köchin zu erledigen, was das Mädchen bei jeder Gelegenheit dazu nutzte, vor Devellyns Haus herumzulungern, in der Hoffnung, Henry Polk könnte herauskommen und ihr schöne Augen machen. Es war also nicht weiter verwunderlich, dass Meg eine Weile fortblieb, als Mrs. Tuttle sie zur Bäckerei in der Great Russell Street entsandte.

Nachdem Meg bereits über eine Stunde auf sich warten ließ, war Sidonie nahe daran, die Vordertür aufzureißen und durch den Nebel hindurch auf die andere Straßenseite zu rufen, als sie hörte, wie eine Tür im Keller lautstark zugeworfen wurde. Meg war wieder da. Wenig später erklang auch wieder Mrs. Tuttles Röcheln und Husten.

Besorgt suchte Sidonie Julia im Salon auf. »Würde es dir etwas ausmachen, heute wieder Omelette zu essen?«

Julia blickte von ihrer Arbeit an einem Saum auf. »Tuttle hört sich nicht besonders gut an, findest du nicht auch?«, sagte sie und zog den Stich fest. »So langsam finde ich, sollten wir nach Doktor Ketwell rufen.«

Sidonie bedachte sie mit einem freudlosen Lächeln. »Ich werde ihr gleich mal die Nachricht überbringen.«

Aber der Zustand der Köchin war nicht so schlimm, als dass sie nicht für einen kleinen Plausch zu haben gewesen wäre. Sidonie befand sich auf der Hälfte der Kellertreppe, als sie ein Gespräch der beiden Angestellten belauschte. Sie unterhielten sich mit gedämpften Stimmen und kicherten hier und da.

»Henry sagt, einmal ist dieser Sir Alasdair im Arbeitszimmer ohnmächtig geworden und hat die Nacht auf dem Sofa verbracht«, hörte sie Meg erzählen. »Während Lord Devellyn wie ein Toter auf dem Boden gelegen hat. Sie hatten beide noch ihre Mäntel und Stiefel an und sind wie betrunkene Matrosen herumgetorkelt, als das Hausmädchen sie geweckt hat, weil sie den Kamin ausfegen wollte.«

»Oh, dieser Lord Devellyn«, sagte Mrs. Tuttle mit unheilschwangerer Stimme. »Ich habe gehört, dieser Kerl hat es faustdick hinter den Ohren.«

»Dann hast du richtig gehört«, sagte Meg halblaut. »Gestern sind sie nach Soho und waren die halbe Nacht weg. Dann haben sie auch noch den armen Wittle vergessen und sind laut grölend zu Fuß nach Hause gegangen. Seine Lordschaft hat Hymnen gesungen und Sir Alasdair den Takt angegeben, indem er mit seinem Spazierstock den Boden eines Bierfasses malträtiert hat. Henry meinte, die beiden wären zuvor in einem besonders heruntergekommenen Dirnenhaus eingekehrt.«

»Pass auf, was du sagst«, warnte Mrs. Tuttle sie.

»Wie soll ich es denn sonst nennen?«, fragte Meg. »Ein Kloster? Wie dem auch sei, es heißt *Mother Lucy's* und die beiden haben die halbe Nacht dort verbracht. Henry meinte, früher hätten sie sich schon mal drei Tage dort eingenistet. Er meint, der Laden wäre eine Ausgeburt aus Anstößigkeit. Klingt aufregend, meinst du nicht auch?«

Tuttle antwortete mit einem weiteren Hustenanfall, was Sidonie die Gelegenheit gab, laut polternd ihren Weg nach unten fortzusetzen. Die beiden Bediensteten sahen sie mit unschuldigen Gesichtern an. »Zurück mit dir ins Bett«, befahl sie Tuttle, die dabei war, Kartoffeln und Zwiebeln zu schälen. »Ich werde mich um das Gemüse kümmern, während Meg Doktor Ketwell holt.«

Als beide zum Protest anhoben, unterbrach Sidonie sie mit einem für sie ungewöhnlich scharfen Ton. »Könntet ihr beide ein einziges Mal ohne Murren tun, was ich euch sage?«

Sofort kehrte Stille ein. Meg hüllte sich wieder in ihren Umhang, während Tuttle in ihr Zimmer ging und Sidonie mit den zur Hälfte geschälten Kartoffeln allein ließ. Sogleich schnappte die Hausherrin sich das scharfe Messer und begann mit den Erdäpfeln kurzen Prozess zu machen. In Gedanken stellte sie sich vor, Devellyns bestes Stück läge vor ihr.

Er war also im *Mother Lucy's* eingekehrt! Überraschte sie das? Nein, eher nicht. Sidonie hackte die Kartoffeln kurz und klein.

Wie schön, dass er auf seine Kosten gekommen war. Sie war nicht wirklich davon ausgegangen, dass er den Abend allein am Kamin verbrachte, oder? Der Teufel der Duke Street hatte schließlich einen Ruf zu wahren.

»Nun«, sagte der Marquis of Devellyn, als Henry Polk durch die Haustür hereinkam. »Ich hoffe, du hast nicht umsonst eine Dreiviertelstunde im Nebel vor der Haustür herumgelungert.«

Polk machte ein fassungsloses Gesicht. »Das ist schwer zu sagen, Sir.«

»Schwer zu sagen?«, knurrte Devellyn. »Was soll das heißen? Was hat sie gesagt? Was weiß sie?«

Seine Worte klangen schroffer, als er es beabsichtigt hatte. Er verabscheute es, in die erniedrigende Lage gebracht zu werden, sein Hauspersonal danach ausfragen zu müssen, was in seinem Haus vorging, geschweige denn in einem fremden Haus. Seine Bediensteten fragten sich vermutlich bereits, warum ihr Arbeitgeber dem Haus auf der gegenüberliegenden Straßenseite so viel Aufmerksamkeit schenkte.

Polk öffnete die Arme mit einer theatralischen Geste. »Die Situation stellt sich ein wenig kompliziert dar«, sagte er. »Ich habe den Eindruck, die beiden Hausherrinnen erzählen Meg nicht sonderlich viel.«

Vielleicht war ihnen aufgefallen, dass Meg ein lockeres Mundwerk hatte, hätte Devellyn um ein Haar gesagt. Doch er besann sich und kehrte stattdessen in den Salon zurück. »Was meinst du damit, sie erzählen ihr nicht viel?«, fragte er und setzte sich wieder an den Tisch, wo er bis eben Kaffee getrunken hatte. »Das Mädchen wohnt doch mit ihnen unter einem Dach, nicht wahr? Sie muss doch wissen, wo die beiden sich so herumtreiben.«

»Das sollte man meinen«, stimmte Polk ihm zu. »Als ich aber herauszufinden versuchte, wo Madame Saint-Godard sich jeden Abend letzte Woche aufgehalten hat, war Meg sich nicht einmal sicher, ob sie überhaupt ausgegangen war.«

»Verflucht! Wie kann das denn sein?«

Polk zuckte die Achseln. »Meg meint, sie würde hören, wie *madame* zu den ungewöhnlichsten Zeiten kommt und geht«, antwortete der Diener. »Ihren Angaben zufolge hat sie kein persönliches Dienstmädchen, das nur ihr zur Hand geht. Das heißt, manchmal frisiert Mrs. Crosby ihr das Haar. Aber für gewöhnlich tut sie das selbst und lässt sich kaum blicken. Sie bewohnt eine Reihe von Zimmern unter dem Dach, wo sie die meiste Zeit mit diesem Katzenvieh verbringt, das sie aus Frankreich mit herübergebracht hat. Meg meinte, sie spricht sogar mit dem Fellknäuel.«

Was vermutlich schlauer war, als mit Meg zu sprechen, mutmaßte Devellyn. Sidonie war eben nicht auf den Kopf gefallen. *Sie verheimlicht etwas*, dachte Devellyn bei sich, *und stellt es ziemlich clever an*. »Was ist mit ihrem Bruder?«, erkundigte er sich. »Diesem George Kemble?«

Polk kratzte sich am Kopf. »Irgendwie passt das alles nicht so recht zusammen, oder?«, sagte er. »Meg meinte, sie hätte zwar von diesem ominösen Bruder gehört, ihn aber noch nie zu Gesicht bekommen.«

Devellyn zermarterte sich das Gehirn. Wie hatte Sidonie es doch gleich formuliert? *Er* – George – *hat sich mit gefährlichen Zeitgenossen eingelassen*.

Devellyn konnte nur bestätigen, dass er etwas Böses und Widerliches an sich hatte. Er gehörte zu jenen Menschen, die man sich nicht gerne zum Feind machte. Wie gefährlich mochte dieser George Kemble wohl sein? War er überhaupt ihr Bruder? Sidonie – zumindest vermutete er das – war Französin, wenngleich sie nur den Hauch eines Akzents hatte. Die Aussprache des Mannes, dem Devellyn im Covent Garden begegnet war, war jedoch so englisch wie die *Times*. Außerdem sprach er auf eine Art, als wäre er mit einem silbernen Löffel im Mund geboren worden.

»Ich bitte um Entschuldigung«, unterbrach Polk ihn. »Sagten sie Kemble? Wie die Schauspielerfamilie?«

»Nein, ganz bestimmt nicht«, entfuhr es Devellyn verärgert. »Er stammt aus vornehmerem Hause, dafür lege ich meine Hand ins Feuer.«

»Sie haben seinen Namen noch nie erwähnt«, hakte Polk nach. »Schreibt sich der Name, wie er sich spricht?«

Devellyn dachte kurz nach. »Ich denke schon. Weshalb?«

Mein Bruder Ben – der, der für die Flusspolizei arbeitet –, kennt jemanden mit dem Namen. Unten an der Uferpromenade. Ein hochtrabende Zeitgenosse, der mit erlesenen Gütern handelt.«

»Mit erlesenen Gütern?«

»*Edles Allerlei*, steht auf dem Türschild«, erklärte Polk ihm. »Um die Ecke der *St. Martins Church*. Er handelt mit Kunst, Schmuck und teuren alten Sachen – wie nennt man das doch noch gleich, – *Antiquitäten*. Skulpturen aus dem fernen Ägypten, alte chinesische Schnitzereien von Künstlern, die schon über tausend Jahre tot sind.«

»Was du nicht sagst«, erwiderte Devellyn.

Polk nickte enthusiastisch. »Zu seinen Kunden zählen viele betuchte Gentlemen«, sagte er. »Ben hat mich mal mitgenommen, weil er eine Hutnadel für Mutters Geburtstag erstehen wollte. Und stellen Sie sich vor, der Premierminister war auch da. Hat eine Uhr gekauft.«

»Wer? Wellington?«, ließ Devellyn verlauten. »Klingt, als sprächen wir von demselben Kemble.«

Polk warf ihm einen warnenden Blick zu. »Der Kemble, von dem ich spreche, ist kein unbeschriebenes Blatt. Die Ordnungshüter kennen ihn ziemlich gut«, sagte er. »Deshalb kannte Ben ihn ja auch.«

»Ein Mensch von kriminellem Charakter?«

Polk zuckte mit den Schultern. »Er kennt auf jeden Fall viele von ihnen«, sagte er. »Schmuggler und Hehler. Ben meint, Schutzmänner gingen regelmäßig bei ihm ein und aus, erkundigten sich bei ihm nach bestimmten Gegenständen oder zeigten ihm Ware, von der sie annähmen, sie könnte gestohlen sein. Hin und wieder ist Kemble ihnen behilflich, aber nur äußerst widerwillig, wenn Sie wissen, was ich meine. Ben sagt, man weiß nie, ob man ihm vertrauen kann oder nicht.«

Der Marquis schnaubte. »Klingt, als wäre das der Kerl, den ich meine.«

»Mylord, es liegt nicht im Rahmen meiner Befugnisse, Ihnen Ratschläge zu erteilen«, redete der Diener ein wenig geschwollen daher und schickte sich an, genau das zu tun, »aber ich an Ihrer Stelle würde mir den nächsten Schritt gut überlegen. Ben meint, dieser Kemble hätte einflussreiche Freunde. Er kennt Mister Peel persönlich und ist politisch immer auf dem Laufenden, kennt sie alle.«

»Wen?«, sagte Devellyn.

»Die Richter«, erklärte Polk. »Ganz zu schweigen von seinen Seilschaften mit dem Innenministerium.«

Devellyn stellte seine Kaffeetasse beiseite. »So, so, ein vielschichtiger Geschäftsmann.«

»Könnte man so sagen«, erwiderte Polk

Devellyn stieß ein nachdenkliches Brummen aus. »Alles ziemlich eigenartig. Danke, Polk. Sie können gehen.«

Polk wollte sich gerade zum Gehen wenden, drehte sich

aber noch einmal um. »Mylord, eine Kleinigkeit wäre da noch.«

»Ja?«

»Sie wollten doch wissen, ob die Damen von Gegenüber in nächster Zeit irgendwelche Einladungen haben«, sagte er. »Meg meinte, *madame* wäre zu einem Ball eingeladen. Einer ziemlich pompösen Festivität, die in wenigen Tagen stattfinden wird. Ein einflussreicher Freund von Mister Peel lädt ein. Sie weiß es, weil Mrs. Crosby schon seit Tagen am Ballkleid arbeitet.«

»Wie eigenartig«, sagte Devellyn. »Wer veranstaltet den Ball? Und wann?«

»Wann, wusste sie nicht genau, Sir«, ließ Polk ihn wissen. »Aber den Namen des Gastgebers, den hat sie aufgeschnappt, als Mrs. Crosby damit herumprahlte. Er heißt Walrafen, Sir, Lord Walrafen.«

Einige Stunden später, es war bereits Abend, bereitete Sidonie sich mit größtmöglicher Sorgfältigkeit für die bevorstehende Aufgabe vor. Nachdem sie das Haar aufgedreht hatte, schlüpfte sie in die Uniform eines Leutnants; weiße Weste, gemütliche Beinkleider und ein eleganter, dunkelblauer Gehrock mit goldenen Knöpfen und einem imposanten Ärmelaufschlag. Ein wenig Make-up verhalf ihr zu einem schrofferen Aussehen und verlieh ihr den Anschein, als trüge sie einen Bart. Zum Schluss setzte sie sich die Mütze auf und übte noch einmal den leicht schaukelnden Gang eines Matrosen.

Thomas warf ihr einen gleichgültigen Blick zu – eine seiner ganz speziellen Marotten. »Na, was denkst du, alter Junge«, fragte sie ihn und musterte ihr Spiegelbild.

Thomas fuhr die Krallen aus und begann damit, den Teppich zu bearbeiten.

»Eine fantastische Idee«, murmelte Sidonie, ging zu einer Kommode und suchte nach ihrem Dolch. Nachdem sie ihn verstaut hatte, streichelte sie den Kater.

Thomas stellte sich auf die Hinterpfoten und rieb sein Köpfchen an ihrem Knie, was ihr ein eigenartiges Schaudern bescherte. Für gewöhnlich war Thomas nicht so anhänglich, zumindest nicht, wenn kein Fressen in Sicht war. Sie schüttelte das befremdliche Gefühl ab, hob ihn hoch, gab ihm einen Kuss und setzte ihn in die Mitte des Bettes.

»Halt es mir schön warm, Tommy«, flüsterte sie und kraulte ihn zum Abschied noch einmal unter dem Kinn. »Ich werd' bestimmt nicht lange fortbleiben.«

Sie warf einen letzten Blick in den Spiegel und betrachtete nachdenklich die Mütze. Was, wenn Bodley mit ihr – wie mit dem letzten Freier – ins Wirtshaus ging? Dann käme sie nicht umhin, die Mütze abzusetzen. Mit einem Seufzen setzte sie die Mütze ab und ließ das Haar herunter. Gerade, als sie nach der Schere gegriffen hatte, stahl sich Julia in ihr Schlafzimmer.

»Meg hat sich zur Nacht zurückgezogen und Tuttle steht noch immer unter dem Einfluss der Opiumtinktur, die Doktor Ketwell ihr verabreicht hat.« Dann blieb sie wie angewurzelt stehen und starrte auf die Schere. »Sidonie, bist du des Wahnsinns?«

Sidonie rang sich ein halbherziges Lächeln ab und tat, als wollte sie einen überstehenden Faden am Revers entfernen. Doch da hatte sie die Rechnung ohne den Wirt gemacht, der in diesem Fall auf den Namen Julia hörte. Sidonie erhielt eine Standpauke, die sich gewaschen hatte. Julia machte keinen Hehl aus ihrer Meinung, dass Sidonies Rachepläne außer Kontrolle geraten seien, woraufhin Sidonie ihr vorwarf, sie wäre ein Hasenfuß. Das wiederum brachte ihr Julias Drohung ein, sie würde George einweihen. Kurzum: eine fruchtlose Diskussion.

»Tu mir wenigsten den Gefallen«, sagte Julia erzürnt, »und ruinier dir nicht dein wundervolles Haar.«

»Dann drapier es mir so, dass es nicht auffällt«, fuhr Sidonie sie ungehalten an.

Mit unverhohlenem Missmut verließ Julia das Zimmer und kehrte wenig später mit einer Perücke zurück. Wortlos und nicht gerade zimperlich drehte Julia Sidonies Haar auf, steckte es fest und zog ihr das Kunsthaar darüber. Das Ergebnis konnte sich sehen lassen. Sidonie küsste ihre Freundin auf die Wange, dankte ihr und verschwand in den dunklen Gassen Londons.

Sie schlug sich gen Westen, dachte und bewegte sich wie ein Mann – sie streckte das Kinn nach vorne, nahm die Schultern zurück und ließ den Blick in alle Richtungen schweifen. Mal abgesehen von den zwei schwarzäugigen Dirnen, die im schummerigen Licht vor dem Golden Cross herumlungerten, schenkte ihr kaum jemand Aufmerksamkeit. Die Erinnerung daran, wie Bodley sein letztes Opfer in die Wirtsstube gelockt hatte, bescherte ihr eine Gänsehaut. Sie beschleunigte den Schritt und lief an der Eingangstür vorbei.

Einzig der äußere Bereich des St.-James-Parks war in das weiche Licht der Gaslaternen getaucht, das sich aber zwischen den Büschen und Bäumen verlor. Glücklicherweise regnete es nicht, und auch die Temperaturen waren erträglich. Einzig der Nebel hatte sich hier, unweit des Flusses, noch nicht aufgelöst. Einen Augenblick lang dachte Sidonie darüber nach, wieder umzukehren. Andererseits wuchsen einem grauen Haare, wenn man auf eine sternenklare Nacht in London wartete. Es half nichts, diese Nacht war so gut wie jede andere.

Sidonie folgte dem Fußpfad am östlichen Rand des Parks, wie Bodley es getan hatte. Zu ihrer Rechten, an der Ecke zur New Street, parkte eine elegante Kutsche ohne Insignien. Ein Stallbursche fütterte die Pferde, während der Kutscher, in dicke Decken gehüllt, auf dem Kutschbock saß. Seiner Haltung nach zu urteilen, schlief er. Da es sich nicht um Bodleys Angestellte handelte, setzte Sidonie ihren Weg fort.

Zu ihrer Linken lief ein verliebtes Pärchen in Richtung Wasser, das die Köpfe zusammengesteckt hatte und sich angeregt unterhielt. Ein Diener und ein Hausmädchen, vermutete Sidonie und musste unwillkürlich an Meg und ihre wachsende Begeisterung für Devellyns Angestellten denken. Sie hoffte nur, dass Meg ihre Zunge im Zaum hielt. Gedankenverloren marschierte Sidonie weiter und merkte erst spät, wie weit sie schon gelaufen war. Sie riss den Kopf in die Höhe, um sich zu orientieren und prallte gegen einen jungen Dandy.

»Ich muss doch sehr bitten!«, murmelte der Mann und packte sie bei der Schulter, ehe sie zu Boden gehen konnte. »Ein bisschen mehr Haltung, mein Junge!«, sagte er streng und klopfte ihr kräftig auf den Rücken.

Diese unerwartet männliche Geste überrumpelte sie. Sidonie öffnete den Mund, und es gelang ihr gerade noch, mit der Stimme eines Matrosen zu sprechen. »Ich bitte vielmals um Verzeihung, Sir«, sagte sie. »Hab' Sie gar nich' gesehen.«

Sie bemerkte den hungrigen Blick des Dandys, der an ihr heruntерglitt, die Platzierung seines Taschentuchs und dass er den Daumen in die Westentasche geklemmt hatte. »Auf dem Weg zum Admiral?«, fragte er, als wollte er ein Gespräch in Gange bringen.

Sidonie schüttelte das Haupt. »Nein«, sagte sie. »Ich meine, ja. Mehr oder weniger.« Sie nickte und schickte sich an weiterzugehen. »Nochmals meine Entschuldigung, Sir. Guten Abend.«

Der Dandy lüftete den eleganten Hut und sah ihr nach, wie sie ihren Weg auf dem Kieselsteinweg fortsetzte. Nur noch wenige Schritte und sie würde die Stelle einsehen können, an der Lord Bodley seinen Diener verlassen hatte. Ja, dort bei diesem Baum. Sie atmete aus und ließ die Anspannung aus ihrem Körper weichen. Trotz der Dunkelheit machte sie ein kleines Grüppchen gut gekleideter Gentlemen aus, die zwischen den Bäumen und Büschen umherliefen, rauchten und sich hier und da unterhielten. Viele von ihnen hatten Damen eines gewissen Metiers im Arm, die allesamt heiter lachten. Verbittert fragte sich Sidonie, ob sie wirklich so vergnügt waren, wie sie taten oder ob viele von ihnen im Grunde nur auf ein warmes Essen und auf einen Platz zum Schlafen spekulierten.

Ein Stück weiter des Weges stieß sie auf das Paradegelände und erblickte am Ende der Great George Street, genau auf der Ecke, eine Kutsche. Wenige Augenblicke später trug der Wind ihr den Geruch von Opium in die Nase. Opium? Hier? Im Park? Es schien, als wandelte sich der Park mit Einbruch der Dunkelheit zu einem Ort, an dem so mancher seinem Laster nachging.

Sidonie lief ein wenig am östlichen Rand des Parks auf und ab, konnte aber nirgends Bodley entdecken. Dreimal trug es sich zu, dass Gentlemen ihre Nähe suchten und sie verstohlen musterten. Doch Sidonie hatte ihnen mit der Kraft ihres Blickes unmissverständlich klargemacht, dass sie nicht interessiert war. Sie hatten es akzeptiert und sie in Ruhe gelassen. Nach und nach verschwanden auch die stattlichen, attraktiven Männer aus ihrem Blickfeld – manche allein, manche in Begleitung einer Frau – und mit ihnen der Rauch nach Zigarren und das Gelächter. Irgendwo in der nebligen Ferne läutete eine Kirchenglocke die Mitternachtsstunde ein.

Es war sinnlos, entschied sie. Bodley würde nicht mehr auftauchen. Sidonie schüttelte das Gefühl der Enttäuschung ab. Immerhin als Generalprobe war der Abend ein Erfolg gewesen. Plötzlich vernahm sie das Knirschen von Kieselsteinen hinter sich.

Sidonie blieb wie angewurzelt stehen – nicht das Klügste in solch einer Situation. Langsam drehte sie sich um. Nichts. Trotzdem lief ihr ein Schauer über den Rücken. Herrjemine. Ihre Fantasie hatte ihr einen Streich gespielt. Das Rumpeln einer Kutsche, die in Richtung Charing Cross fuhr, drang an ihr Ohr. Sie war nur einen Katzensprung von der Zivilisation entfernt. Ein wenig selbstsicherer setzte sie ihren Weg fort, aber nicht, ohne noch einmal nach ihrem Dolch zu tasten, den sie in der Tasche ihres Gehrocks bei sich trug. Sie näherte sich der hell erleuchteten und gut besuchten Uferpromenade, entschied sich aber für eine Seitenstraße, aus Angst, George könnte einen nächtlichen Spaziergang machen.

Wenige Atemzüge später hörte sie es wieder. Oder spürte etwas. Sie wusste es selbst nicht so genau. Stand sie kurz davor, die Nerven zu verlieren? Zugegeben, ihr Doppelleben war seit der Begegnung mit Lord Devellyn ein wenig aus den Fugen geraten. So langsam beschlich sie das Gefühl, dieser Haudegen hatte sie mit einem Fluch belegt.

Vorsichtiger denn je nahm sie eine Abkürzung nach Whitehall. Eiligen Schrittes überquerte sie die menschenleere Straße und verlor sich in dem Gebäudekomplex unweit von Scotland Yard. Ob das eine gute Wahl gewesen war? Die Regierungsgebäude entlang dem Fluss lagen in Dunkelheit gehüllt da, die Wirtshäuser der Uferpromenade hatte sie längst hinter sich gelassen.

Sidonie spürte die Bewegung in ihrem Rücken, ehe sie gepackt wurde. Sie schoss herum, riss das ausgestreckte Bein in die Höhe, wie es ihr ein kantonesischer Matrose beigebracht hatte, und traf ihren Angreifer auf Höhe der Rippen, woraufhin dieser rücklings taumelte und hinfiel. Sobald Sidonie das Gleichgewicht wiedergefunden hatte, verlagerte sie das Gewicht auf den Schuhabsatz und drehte sich abermals um die eigene Achse. Dieses Mal traf sie ihn am Hals, als er sich gerade aufrappeln wollte. Das Ganze dauerte nicht mehr als zwei Sekunden. Plötzlich war Sidonie in der Unterzahl. Ein anderer packte sie von hinten und presste sie an seine Brust.

»Sieh mal einer an, was wir hier ha'm, Budley«, raunte er über ihre Schulter hinweg. »Der Hering kennt 'n paar Tricks, was?«

»Verzieht euch«, knurrte Sidonie und versuchte, sich zu befreien. »Zieht Leine«, sagte sie betont gelassen, während sie in Wahrheit das Gefühl hatte, ihr läge eine Schlinge aus Furcht um den Hals, die sich mit jedem Atemzug zusammenzog. *Das sind Kleinganoven*, beruhigte sie sich. *Im schlimmsten Fall Taschendiebe.*

Der Unhold namens Budley, der sich noch immer die Rippen rieb, machte einen Schritt auf sie zu. Er war jung. Unrasiert. Seine Hände waren schmutzig, und seine Kleider standen und stanken vor Dreck.

»Wir soll'n uns verzieh'n? Ganz schön freche Worte für 'nen Leichtmatrosen, der noch nich' mal trocken hintern Ohren is'«, krächzte er, packte Sidonie unwirsch am Arm und schleuderte sie mit dem Gesicht gegen die klamme Wand.

»Was der wohl in seinen Taschen spazieren führt? Wer weiß, vielleicht hat der Hering seine Heuer mit seinem niedlichen Mädchenpopo aufgebessert.«

Budley beugte sich ebenfalls nach vorne und ließ die Hand

in Sidonies Gehrocktasche gleiten – in die leere, ein Glück. Sidonie musste den Kopf zur anderen Seite drehen. Er hatte fauligen Atem. War ungewaschen. Stank nach altem Schweiß. Beide schienen ziemlich angetrunken zu sein. Zumindest in dem Maße, dass ihr Urteilsvermögen und ihr Timing nicht das Beste waren.

Sie machte eine blitzschnelle Drehung und hätte ihn beinahe ein weiteres Mal mit dem Ellbogen erwischt. »Ich habe gesagt, ihr sollt verschwinden!«, fauchte sie.

Budley stierte sie an und streckte die Hand aus. »Ihr kleinen Schwuchteln geht gerne mal im Park spazieren, was?«, raunte er. »Hey, Pug, schon mal einen warmen Bruder vernascht?«

»Bloß nich'«, rief der entsetzt aus.

Budley schlug ihr auf die Schulter. »Was hältste davon, wenn wir den Kleinen mal so richtig rannehmen?«

»Beim Allmächtigen! *Hier?*«

Budley feixte. »Warum nich'? Irgendwie hat der Bengel was.«

»Herrje, Budley, willste, dass dir der Schwanz abfault?«, sagte sein Gefährte. »Komm, wir nehm'n ihn aus und hau'n ab.«

Sidonie nutzte den Augenblick der Unsicherheit und riss mit aller Kraft den Ellbogen nach hinten. Die Luft in Budleys Lungen explodierte, und er klappte keuchend vornüber, als müsste er sich jeden Augenblick übergeben.

Sidonie schoss herum und erwischte Pug mit der Handkante am Hals. Budley machte einen Sprung nach vorne, doch Sidonie sprang gekonnt zur Seite und zückte den Dolch.

»Fort mit euch«, zischte sie, »oder ich säble euch euren Mast ab.«

Budley wurde kreidebleich und ließ die Hände sinken, während Pug sich noch immer den Hals hielt. Sidonie lief einige Schritte rücklings, ohne die beiden aus den Augen zu lassen. In gebührender Entfernung drehte sie sich um und ließ sich von der Dunkelheit schlucken. So rasch ihre Beine sie trugen, eilte sie in Richtung Uferpromenade.

Doch so schnell wollten sich die beiden nicht geschlagen geben. Sidonie hörte dumpfe Schritte hinter sich. Sie schlug sich in eine Gasse, um die Verfolger abzuschütteln, lief durch Pfützen und Schlimmeres und kam hechelnd an der Scotland-Yard-Kohlewerft heraus, die vollkommen im Dunkeln lagen. Keine Menschenseele weit und breit.

»Hier rein.« Budleys Stimme hallte drohend durch die Gasse. »Hab' geseh'n, wie er hier drin verschwunden is'.«

Sidonie rannte blindlings weiter, durchquerte das Geflecht aus Gärten, bis sie auf den Fluss stieß. *Northumberland Street*, raste es ihr durch den Kopf. *Die Northumberland Street führt zur Uferpromenade*. Panisch schoss ihr Blick in alle Richtungen auf der Suche nach Lichtquellen. Hier eine Kerze in einem Fenster und dort die schaukelnde Laterne eines vorbeifahrenden Schiffes. Doch so sehr sie sich auch bemühte, es wollte ihr nicht gelingen, die Verfolger abzuschütteln. Blind vor Panik und laut schnaufend bog sie um eine Ecke.

Plötzlich tauchte in der Dunkelheit vor ihr ein Gesicht auf. »Die Geldbörse!«, knurrte Pug. »Rück schon raus damit.« Im selben Moment blitzte etwas in der Dunkelheit auf.

Mit einem Schrei auf den Lippen und dem Dolch in der Hand stürmte sie auf ihn zu und erwischte den Angreifer an der Hand, der fassungslos stehen blieb, während Sidonie lief und lief – vorbei am Hungerford-Markt und seinen leeren und dunklen Ständen. Als sie um eine Ecke bog, kam eine Laterne in Sicht. Northumberland. Gott sei Dank. Die Kreuzung fest im Blick rannte sie weiter.

Erst jetzt merkte Sidonie, dass etwas mit ihrem Oberarm

nicht stimmte – sie blutete. Im nächsten Augenblick verschwamm das Laternenlicht vor ihren Augen, und sie geriet ins Straucheln. Der Dolch entglitt ihrer kraftlosen Hand und landete klirrend auf dem Kopfsteinpflaster.

☆ ☆ ☆

George Kemble saß gerade bei einem Glas zwölf Jahre altem Portwein am Kamin und war in seine Lieblingsstelle von »Zeitalter der Vernunft« vertieft, als ein unverschämt ungestümes Pochen aus dem Erdgeschoss an seine Ohren drang. Kemble war eine Nachteule, zugegeben, aber er konnte es auf den Tod nicht ausstehen, wenn ihn jemand bei Thomas Payne und einer Flasche Quinta do Noval '18 unangekündigt störte.

Nach einer kurzen Pause setzte das Hämmern wieder ein. Maurice, der in einem Ohrensessel am anderen Ende des Raums saß und leise vor sich hingeschnarcht hatte, hob den Kopf. »Bestimmt wieder einer von diesen Betrunkenen«, murrte er. »Hinten in der Gasse.«

Mit einem traurigen Seufzen legte Kemble das Buch beiseite, holte eine Taschenpistole aus der Anrichte und nahm einen Kerzenleuchter, ehe er sich nach unten begab.

Das Hämmern verlor an Intensität und wurde unregelmäßiger. Kemble schob die drei massiven Riegel zurück, die die Hintertür sicherten, ehe er die Kerze in die Höhe hielt und die Tür einen Spalt weit öffnete. Sein Blick fiel auf einen jungen Marineoffizier, der im Türrahmen gelehnt stand und sich den Oberarm hielt.

»Bitte …«, keuchte er. »Bitte … Schnittwunde …«

Doch Kemble, der selbst mit allen Wassern gewaschen war, war nicht gewillt, die Waffe aus der Hand zu legen. Dennoch stellte er die Kerze ab und schob eine Hand unter den Ellbogen des Jünglings. Zu spät, wie es schien. Der Jüngling verdrehte die Augen, bis nur noch das Weiße seiner Augäpfel zu sehen war, ehe er zusammensackte und kraftlos über die Schwelle fiel. Erst jetzt bemerkte er, dass die Uniform am Oberarm eingerissen war und Blut aus einer tiefen Wunde sickerte.

Kemble ließ den Arm sinken. »Oje«, murmelte er, »das war's wohl mit meinem Feierabend.« Und dann, um einiges lauter, rief er die Treppe hinauf: »Maurice! Maurice, komm doch mal bitte nach unten. Ein Weichei von der Marine hat sich in der Gasse hinterm Haus abstechen lassen.«

»Schon wieder?«, maulte Maurice und polterte die Treppe herunter.

Auf der Hälfte der Treppe – Kemble hatte sich den Jungen über die Schulter geworfen – sagte Maurice, der die Nachhut bildete: »Bleib mal stehen, George. Der Kleine verliert seine Kopfbedeckung.« Im selben Moment fing er den Hut auf. »Sieh einer an, wen haben wir denn hier?«

Kemble warf einen Blick über die freie Schulter und versuchte, das Gleichgewicht nicht zu verlieren. »Ich weiß ja nicht, wen du mit *wir* meinst, aber *ich* für meinen Teil habe es mit dem Knie, alter Junge. Weiter geht's.«

Maurice hielt die Kerze in die Höhe. »Der Bursche trägt eine Perücke«, sagte er und glitt mit dem Finger zwischen Kunsthaar und Kopfhaut.

»Was, zum Teufel!«, rief Kemble.

Maurice schwieg einen Augenblick. »Um genau zu sein … ist das gar kein Junge.«

»Was, zum Teufel!«, sagte Kemble abermals.

»Es ist sogar noch schlimmer«, murmelte Maurice und hielt die Perücke zwischen Zeigefinger und Daumen, als hielte er eine verlauste Ratte in der Hand. »Bitte mach, dass ich mich irre.«

»Was faselst du da eigentlich?« Kemble hatte das Gefühl, ihm könnte jeden Augenblick der Rücken durchbrechen. »Was kann es Schlimmeres geben, als am wohlverdienten Feierabend einen abgestochenen Matrosen vor der eigenen Tür aufzulesen?«

Maurice richtete sich auf, hielt die Kerze in die Höhe und zuckte mit den Schultern. »Wenn sich der blutende Matrose als die eigene Schwester entpuppt.«

☆ ☆ ☆

Fünf Minuten später hatten sie den einstigen Marineoffizier erst einmal in ein Gästezimmer gelegt. Kemble hatte aufgehört, sich lautstark darüber auszulassen, was in Gottes Namen seine kleine Schwester dazu bewogen hatte, sich als Mann zu verkleiden und in was sie da wohl hineingeschlittert sein mochte, während Maurice losgelaufen war, um die Küchenmagd aus dem Schlaf zu reißen.

»Ich fall' vom Glauben ab!« Kemble riss Sidonies Weste auf, sodass die Knöpfe im hohen Bogen davonflogen. »Hat dir wohl nicht gereicht, mit einem Dolch zwischen den Zähnen in der Takelage herumzuhampeln, oder?«

Als hätte sie seine Frage gehört, stöhnte Sidonie auf.

Mit klappernder Schere begann er, vorsichtig den Ärmel des Hemdes von der Manschette ausgehend aufzuschneiden. Gehrock und Weste hatte er bereits aufgeschnitten und unter ihr weggezogen. »Warum hast du denn nichts gesagt, Sidonie?«, fuhr er fort. »Dann hätte ich dir doch ein Schiff gekauft. War es das, was du wolltest? Sag schon!«

»Aua«, murmelte sie mit geschlossenen Augen. »Aufhören.«

Doch George konnte nicht anders. Er musste reden, um sich selbst zu beruhigen. Würde er auf eine Wunde stoßen oder auf mehrere? Würden sie tief sein? Er schickte ein Stoßgebet zum Himmel, dass es sich nicht um eine Stichwunde handeln möge. Schockiert musste er feststellen, dass seine Hände zitterten. Seine Hände zitterten sonst *nie*.

Der Stoff des Hemdes war blutgetränkt. Strahlendes Weiß. Kräftiges Rot. Kemble wurde von Grausen übermannt – ein Gefühl, dem er schon lange nicht mehr begegnet war. Am Oberarm entdeckte er eine hässliche Stichwunde. Mit flinken Bewegungen stoppte er die Blutung, indem er den Arm oberhalb abband.

Maurice brachte eine Schüssel mit dampfendem Wasser und eilte abermals davon. Nachdem Kemble auch den anderen Ärmel aufgeschnitten hatte – zum Glück, ohne auf eine Wunde zu stoßen –, und gerade ihre Brust freigelegt hatte, kam ihm der Gedanke, es könnte ihr nicht behagen, wenn sie erfuhr, dass er sie gesehen hatte, wie Gott sie erschaffen hatte. Nachdenklich legte er die Schere beiseite. Als sein Blick den entblößten Oberkörper seiner Schwester streifte, war ihm, als würde ihm die Luft aus der Lunge gesogen.

Gütiger Gott! Beim Allmächtigen …

»George?«, murmelte Sidonie geschwächt und mit flatternden Lidern. »Oh George. So … dumm.«

Dumm. Das war genau das richtige Wort. Kemble schloss die Augen und öffnete sie wieder. Aber es war noch immer da. Dieses entsetzliche Ding – dieser verteufelte Fleck – war noch immer da. So schwarz wie ein Skorpion, der sich auf ihre Brust gesetzt hatte.

Sidonies Finger krabbelten über die Decke, auf der Suche

nach den seinen. »George«, flüsterte sie. »George ... werde ich ... verbluten?«

»Nein«, antwortete ihr Bruder gereizt. »O nein, meine Liebe. Weil ich dich nämlich vorher eigenhändig erwürgen werde!«

Kapitel 11

Die Befragung beginnt

Nachdem Kemble sich einigermaßen gefasst und Sidonie ein Beruhigungsmittel eingeflößt hatte, nähte er die Wunde an ihrem Oberarm. Sidonie jammerte, schlug um sich, drohte, ihm das Gemächt zu verstümmeln und nahm Worte in den Mund, die Damen eigentlich nicht kennen durften. Doch irgendwann entfalteten die Tropfen ihre Wirkung. Als Kemble mit dem Nähen fertig war, schnitt er den Seidenfaden ab und schüttete einen halben Liter Brandy in sich hinein.

Es war nicht das erste Mal, dass er eine Wunde verarztete, nein – und Sidonie konnte von Glück sprechen, dass kein Dritter die Tätowierung gesehen hatte, denn dann wäre ihr der Galgen so gut wie sicher gewesen. Von Zeit zu Zeit, wenn er nicht wie ein gefangener Tiger im Käfig auf und ab lief, benetzte er ihr Gesicht mit einem Schwamm. Als Sidonie am Nachmittag langsam wieder das Bewusstsein erlangte, drohten seine Wut, seine Enttäuschung und seine Furcht überzukochen.

»Du bist also der berühmt-berüchtigte Schwarze Engel!«, donnerte er am Abend, als sie mit einer Tasse Rinderbrühe im Bett saß. »Die Patronin der gefallenen Frauen! Du … du Möchtegern-Robin-Hood. *L'ange noire* – Französisch für *größte Idiotin aller Zeiten*.«

»George!«, sagte sie, als er auf dem Absatz kehrtmachte und auf das Bett zustapfte. »Du fluchst doch sonst auch nicht in Anwesenheit von Damen.«

»Aber du bist keine Dame«, entgegnete er. Sidonie warf ihm einen wütenden Blick über den Rand der Tasse zu. »Du bist eine suizidgefährdete Irre mit einer Tätowierung auf der Brust.«

Sidonie warf ihm einen funkelnden Blick zu. »Und ich bin entsetzt, dass du meine Kleider aufgeschnitten hast!«

»Was hätte ich denn deiner Meinung nach tun sollen?«, entgegnete er aufgebracht. »Dich verbluten lassen?«

Seufzend stellte Sidonie die Tasse ab. »Langsam wünschte ich mir, du hättest genau das getan«, sagte sie.

»Wolltest du mich eigentlich je einweihen?«

Sidonie senkte den Blick. »Nein. Weil ich wusste, wie du reagieren würdest. Außerdem bist du nicht mein Ehemann, George. Und schon gar nicht mein Vater. Du kannst mich nicht davon abhalten.«

Kemble beugte sich über das Bett und bedachte sie mit einem Blick, in dem unverhohlene Verachtung mitschwang. »Ist das so?«, grummelte er. »Stell mich doch auf die Probe. Ich werde dich an den Hauptmast eines Frachtschiffes Richtung Boston binden, noch bevor du ›Leck mich am Arsch‹ sagen kannst.«

Sidonie traute ihren Ohren nicht. Noch nie hatte George sich derart im Ton vergriffen. Zumindest nicht ihr gegenüber. Sie holte tief Luft, um ihm so richtig die Meinung zu geigen, doch irgendetwas ging schief. Die Worte blieben ihr im Halse stecken, und sie brach in Tränen aus.

Ehe sie sich versah, breitete ihr Bruder die Arme aus und zog sie an sich. »O Sid, bitte nicht weinen«, flehte er sie an. »Verzeih mir. Bitte, verzeih mir.«

»Aua«, keuchte sie. »Die Wunde.«

Sofort lockerte George die Umarmung. »O Sidonie«, sagte er. »Was in Gottes Namen ist eigentlich passiert?«

Sidonie war noch immer außer Atem. »D-das l-lässt sich n-nicht so leicht erklären«, jammerte sie.

»Dann musst du es versuchen«, sagte er, zog ein Taschentuch hervor und hielt es ihr hin, als wäre sie ein kleines Kind, dem er die Nase putzen wollte.

Sidonie gab sich einen Ruck und versuchte, George den Sachverhalt zu erklären, aber alles kam vollkommen verquer und bruchstückhaft heraus. Sie erzählte ihm, dass sie sich lebensmüde und nutzlos gefühlt hatte. Dass Pierres Tod ein entsetzliches Loch in ihr Leben gerissen hatte. Dass London die Erinnerungen an ihre Mutter zurückgebracht hatte. Sie erzählte ihm auch von ihren immensen Zweifeln, ob sie die richtige Entscheidung getroffen hatte, als sie nach London zurückgekehrt war. Und dann erzählte sie ihm davon, wie der Schwarze Engel geboren wurde. Sie war zum Schaufensterbummeln in die Bond Street gegangen – in der Hoffnung, ein neuer Hut könnte ihr Leben verändern oder sie zumindest aufheitern –, als ein Adliger mit einer zierlichen und eleganten Dame am Arm ein Hutgeschäft verließ. Sidonie hatte beobachtet, wie eine junge Magd, die guter Hoffnung war, mit ängstlichem Gesichtsausdruck auf ihn zugestürzt kam, der betuchte Lord sie einfach aus dem Weg geschoben und seiner Begleiterin in die offene Kutsche geholfen hatte.

Die Magd hatte zu betteln begonnen. »Wie können Sie Ihr eigen Fleisch und Blut verhungern lassen?«, hatte Sidonie sie flüstern hören.

Der Mann hatte gelacht und seinen Grauschimmeln die Peitsche gegeben. *»Huren!«*, hatte er gemurmelt und ihr einen letzten verächtlichen Blick zugeworfen. *»Die haben doch so viele Kunden, dass sie den einen nicht vom anderen unterscheiden können.«*

Das Mädchen hatte dreingeblickt, als hätte die Pferdepeitsche sie getroffen und war in Tränen ausgebrochen. Die feine Dame hatte sie mit einem Blick bedacht, in dem Verachtung und Mitleid sich vermischten.

Etwas in Sidonies Innern war in dem Moment zugeschnappt. Ihre Langeweile war verflogen, und an deren Stelle war unsägliche Wut getreten. Sie hatte den Namen des Gentlemans in Erfahrung gebracht und der Schwarze Engel war geboren. Seine Spülmagd war nun stolze Besitzerin von vierhundert Pfund und eines Cottages unweit der Niederungen.

George, der ihr die ganze Zeit über mit ausdruckslosem Blick zugehört hatte, erhob sich und lief im Zimmer umher. »Sprich weiter, meine Liebe, sprich weiter.«

So kam es, dass Sidonie ihm auch den Rest erzählte. Einzig die Tatsache, dass Jean-Claude involviert war, verschwieg sie. Stattdessen erzählte sie ihm in epischer Breite von den einzelnen Frauen, denen sie zu ihrem Recht verholfen hatte und von dem Geld, das sie in den Gewändern einer trauernden Witwe mit schwerem Schleier regelmäßig der Nazareth Society stiftete.

»Aha, die Nazareth Society«, sagte ihr Bruder mit warnendem Unterton. »Sei vorsichtig, Liebes. Die Damen, die dort ehrenamtlich arbeiten, haben allesamt einen scharfen Verstand.«

Unwillkürlich musste sie an Lady Kirtons scharfsinnigen Blick denken. Wenn jemand nicht auf den Kopf gefallen war, dann sie. Sidonie schüttelte den Gedanken ab und beendete ihre Ausführungen, indem sie ihm von Amy Hannadays blauen Flecken erzählte und von ihrem Plan, Lord Bodley im Park nachzustellen.

George wurde mit einem Schlag kreidebleich. »Gütiger Gott!«, rief er, setzte sich aufs Bett und packte sie bei den Händen. »Bodley! Hör mir gut zu, Sidonie – du hast ja keine Ahnung, welch enormem Risiko du dich damit aussetzt.«

Sidonie kniff die Augen zusammen. »Ich kenne Kerle wie ihn. Mit dem werde ich allemal fertig.«

»Nein, du Närrin, da täuschst du dich. Gewaltig sogar!«, zischte ihr Bruder.

»Bodley ist anders als die verhätschelten Müßiggänger aus der Oberschicht. Er führt ein Leben, von dem du nichts ahnst – ein Leben, das du hoffentlich nie kennenlernen wirst. Du hast ja keine Vorstellung davon, wie die Welt da draußen funktioniert. Ich rede von Puffmüttern, Strichern und Kinderprostitution. Menschen wie er schrecken vor nichts zurück und würden, ohne mit der Wimper zu zucken, unschuldige Kinder umbringen, wenn nötig. Sidonie, du weißt nicht, wie gefährlich dieser Mann ist.«

»Ach!« Sidonie hob die Augenbrauen. »Im Gegensatz zu dir, oder wie?«

Georges Gesichtsausdruck verfinsterte sich. »Ich weiß mehr, als mir lieb ist«, sagte er. »Vergiss nicht, dass ich seit meinem vierzehnten Lebensjahr auf eigenen Füßen stehe.«

»Im Umfeld von Puffmüttern, Strichern und Kinderprostitution, oder?«

»So ähnlich, ja«, schoss er mit funkelnden Augen zurück.

Sie bedachte ihn mit einem anklagenden Blick. »Vergiss du nicht, dass dich keiner gezwungen hat, so jung schon auf eigenen Füßen zu stehen«, sagte sie. »Du hättest jederzeit nach Hause kommen können. Zu Mutter und mir. Ein Leben mit uns wäre allemal besser gewesen als ein Leben ganz allein.«

George hüllte sich in Schweigen. In so tiefes Schweigen, dass es Sidonie angst und bange wurde, sie hätte ihrer Beziehung irreparablen Schaden zugefügt und zukünftig würde nichts mehr wie vor diesem Abend sein. »Du hast nicht ganz unrecht«, sagte er nach einer Weile. »Ich hätte nach Hause kommen sollen, Sid. Aber ich war jung und voller Stolz. Und ich hasste Vater. Hasste seine Besuche. Hasste seine Lügen und was er uns angetan hat. Uns allen, Mutter eingeschlossen. Gütiger Gott, sie war so unterwürfig. So manipulativ.«

»So verzweifelt«, ergänzte Sidonie mit leiser Stimme.

»Ja«, antwortete er. »Das war sie wirklich.«

»George«, hob Sidonie leise an. »Hattest du … hattest du mit Männern wie Bodley zu tun?«

Zorn schob sich vor seine Augen. »Ich habe gelernt, ihnen aus dem Weg zu gehen«, sagte er. »Und zwar ohne Rücksicht auf Verluste. Das, Sidonie, war der einzige Weg, um in der Gosse zu überleben.«

Sidonie wandte den Blick ab, doch George hielt noch immer ihre Hände fest. Sie holte tief Luft und befreite sich von ihm. »Mama meinte einst« – sie senkte die Stimme zu einem kaum wahrnehmbaren Flüstern – »du würdest dich verkaufen. An reiche Männer. Und dass du es gerne tätest, um Vater zu düpieren.«

Die Wut kehrte in seinen Blick zurück. »Ich habe getan, was ich seinerzeit für das Richtige hielt«, knirschte er. »Und bei Gott, ich habe meinen Namen geändert. Habe den erstbesten Namen angenommen, der mir einfiel. Ich bin seit einer halben Ewigkeit nicht mehr George Bauchet. Und ich habe etwas erreicht, was weder Vater noch Mutter vergönnt gewesen war. Ich habe etwas aus mir gemacht, aus eigener Kraft. Bin zu dem geworden, was ich heute bin, weil ich Biss und Durchhaltevermögen bewiesen habe.«

»Ach, George!«, flüsterte Sidonie und streckte die Hand nach ihm aus. »Ich habe mich deinetwegen nie geschämt.«

Doch ihr Bruder schien sie nicht gehört zu haben. »Kann schon sein, dass ich ein Dieb und ein Gauner war, oder beinahe zumindest«, raunte er. »Aber ich habe mich nach oben gearbeitet, meine Liebe. War ich ein Gigolo? Manche Zungen behaupten es. Aber darauf gebe ich nichts. Ich habe mir Stil und Klasse erarbeitet, habe von wahren Stilikonen gelernt – etwas, das Mutter nie geschafft hat.«

Sidonie beugte sich so weit nach vorne, bis sie ihn berührte. »George, ich glaube, so langsam verstehe ich.«

Doch George war mit seinen Ausführungen noch nicht zu Ende. »Stell dir nur vor, Sidonie, ich war seinerzeit der beste Butler in ganz London. Dann habe ich meinen Laden eröffnet und war binnen drei Jahren steinreich. Und das nur, weil ich die Lektion, die ich auf der Straße und durch Männer wie Bodley gelernt habe, nie vergessen habe. *Sei rücksichtslos*. Nein, Sid, ich werde nie sein, was Vater war. Ich werde nie der Herzog von Gravenel sein. Aber egal, was ich bin, ich bin es aus eigenem Antrieb geworden. Ich habe nicht gewartet, bis mir offiziell bestätigt würde, durch meine Adern flösse blaues Blut. Ich weiß, dass die Welt hinter vorgehaltener Hand über mich redet, mir üble Spitznamen gibt. Aber wenigstens sagen sie mir die nicht ins Gesicht.«

Sidonie spürte, wie sich ihre Augen mit Tränen füllten. »Niemand gibt dir Spitznamen, George«, wisperte sie. »Das würde sich niemand trauen. Warum sollte das jemand überhaupt wollen?«

George stieß ein verbittertes Lachen aus und beugte sich nach vorne, bis seine Stirn auf der ihren lag. »Devellyn schon«, sagte er. »Ich habe es in seinem Blick in Covent Garden gelesen.«

»Du hast ihm aber auch reichlich Grund dazu gegeben, George.«

Kemble stieß einen Seufzer aus und setzte sich wieder auf.

»Was auch immer du mit ihm zu schaffen hast, Sidonie, du musst es auf der Stelle unterbinden. Er ist ein Schürzenjäger vor dem Herrn.«

»Was meinst du mit ›was auch immer du mit ihm *zu schaffen* hast‹, Sidonie?« blaffte sie ihn an.

Ihr Bruder zuckte die Achseln. »Was auch immer es ist, es ist der helle Wahnsinn«, bekräftigte er mit ruhiger Stimme. »Lass es einfach. Du wirst die Welt nicht verändern können, glaub es mir. Männer wie er werden sich nie ändern, es wäre vertane Liebesmüh.«

Seine Worte verletzten sie zutiefst. »Wie kannst du es wagen, meine Arbeit als fruchtlos zu bezeichnen?«, wütete sie. »Ich helfe armen, ausgebeuteten Frauen. Und vielleicht sollte ich so lange damit weitermachen, bis man mich hängt.«

George packte seine Schwester grob am gesunden Arm. »Sidonie, du Närrin, sie *werden* dich hängen. Das ist so sicher wie das Amen in der Kirche«, beschwor er sie. »Es gibt effektivere, ungefährlichere Wege, den Unterdrückten zu helfen. Und falls es dir noch nicht aufgefallen ist, deine Raubzüge machen uns auch nicht weniger unehelich, als wir sind. Weder verbessern sie meine gesellschaftliche Stellung, noch verschlechtert sich dadurch Devellyns Status. Es wird auch nicht rückgängig machen, was Vater Mutter angetan hat. Und vor allem wird es das, was aus ihr geworden ist, – verdammt noch mal – keinen Deut respektabler machen.«

Sidonie sah ihn ungläubig an. »In diese Richtung habe ich nie gedacht.«

»Doch, hast du wohl. Du versuchst, Vaters Sünden zu rächen, indem du dir Männer vorknöpfst, die sich ähnlicher Vergehen wie Vater schuldig gemacht haben. Mach doch endlich die Augen auf, und gib es zu.«

»Was für ein Blödsinn«, sagte sie erregt. »Diesen Humbug muss ich mir nicht länger anhören, George.«

Er schüttelte sie abermals. »Sidonie, ich werde nicht untätig zusehen, wie du dir bei dem Versuch, ein Unrecht zu rächen, das nicht mehr rückgängig gemacht werden kann, das Genick brichst.«

Mit einem Mal wollte Sidonie weinen. Ihr Kopf schmerzte, ihr Arm brannte und nichts in ihrem Leben war, wie sie es sich gewünscht hatte. Hatte George womöglich recht? Lebte sie in einer Märchenwelt, in der die Bösen bekamen, was sie verdienten?

»O Gott!«, sagte sie nach einer Weile. »Gibt es denn gar keine Gerechtigkeit, George? Mutter war all ihrer Hoffnungen beraubt. Und wer war daran schuld? Vater. Er nahm ihr die Hoffnung und hat nie dafür bezahlt.«

»Dazu ist es jetzt zu spät«, erwiderte er einen Hauch sanfter. »Mag sein, dass du andere dafür zur Rechenschaft ziehst und dir dein Tun kurzfristig Erlösung verschafft. Aber was ist gewonnen, wenn du dein Leben aufs Spiel setzt?«

Sidonie schniefte. »Du meinst, es wird immer unschuldige Frauen geben, mit denen Männer wie Vater spielen, sie wegwerfen und demütigen?«, fragte sie. »Und das niemand etwas dagegen unternehmen kann?«

»Es ist an der Zeit, erwachsen zu werden, Sidonie.« Der Stimme ihres Bruders wohnte wohlige Wärme inne. »Mutter war nie unglücklich. Am Anfang vielleicht, ja, aber später nicht mehr. Sie liebte Dramen. Liebte teure und elegante Dinge. Und vor allem liebte sie es, im Zentrum des Geschehens zu stehen. Das war auch der Grund, warum sie dich weggeschickt hat, meine Liebe, schon vergessen? Deine Jugend und deine Schönheit waren ihr ein Dorn im Auge.«

Ein entsetzliches Pochen befiel Sidonies Kopf. »Vielleicht hast du recht«, flüsterte sie und drückte sich die Fingerspitzen gegen die Schläfe. »Ach, George. Ich weiß gar nichts mehr.«

Ihr Bruder gab ihr einen flüchtigen Kuss auf die Stirn, ehe er sich erhob. »Ich würde dir gerne etwas zeigen«, sagte er, verließ den Raum und kehrte kurze Zeit später mit der Zeitung in der Hand zurück. Er schlug sie auf und zeigte auf eine Zeitungsnotiz.

»Dies ist der Grund, warum ich möchte, dass du dich von Devellyn fernhältst«, sagte er. »Er sucht nach dir. Stellt Fragen. Stochert herum. Und früher oder später wird jemand reden.«

»Julia ist die einzige, die Bescheid weiß. Und die würde sich lieber die Zunge abbeißen, als mit der Wahrheit herauszurücken.« Dennoch griff Sidonie nach der Zeitung. Die Anzeige war klein, die Worte unmissverständlich.

Sollte Miss Ruby Black, zuletzt gesichtet in Southwark, bei den Herrschaften Brown und Pennington in der Gracechurch Street vorstellig werden und ihre wahre Identität preisgeben, ohne dass sie dafür Sanktionen zu befürchten hat, erwartet sie ein finanzielles Angebot, das ihr nicht zum Nachteil gereichen dürfte.

»Gütiger Gott!«, raunte sie. »Ist das die Zeitung von heute?«

»Nein, sie ist schon ein paar Tage alt«, räumte er ein. »Du begibst dich schon in Gefahr, Sid, wenn du mit diesem Devellyn nur einen Spaziergang machst. Selbst wenn du nicht der Schwarze Engel wärst, solltest du ihn wie die Pest meiden.«

Er hatte recht, das wusste sie. Um ein wenig Zeit zu gewinnen, las sie die Botschaft abermals. »George«, fragte sie neugierig. »Was macht dich so sicher?«

»Was genau meinst du, meine Liebe?«

»Dass Devellyn diese Annonce aufgegeben hat«, antwortete sie. »Der Name Ruby Black hat die Runde in den Londoner Clubs gemacht. Dir ist der Name ja auch ein Begriff gewesen. Es könnte genauso gut jemand anderes dahinterstecken.«

George schüttelte den Kopf. »Eher unwahrscheinlich«, sagte er. »Vor allem, wenn man bedenkt, dass Brown und Pennington seine Sachwalter sind.«

»Woher weißt du das?«

George zuckte mit den Schultern. »Na ja, das vermute ich zumindest«, sagte er. »Die Annonce hat vor allem deshalb meine Aufmerksamkeit erregt, weil Brown und Pennington seit Ewigkeiten auch die Sachwalter des Herzogs von Gravenel und seiner Erben sind.«

»Des Herzogs von Gravenel?«, wiederholte sie heiser.

»*Vaters* Sachwalter, Sidonie«, erklärte er. »Bei Gott, ich habe ihren Briefkopf dutzende Male auf Anschreiben gesehen. Erinnerst du dich an die Apanage, die Mutter erhalten hat? Brown und Pennington haben sie ihr zugestellt. Alle Vierteljahre, auf den Tag pünktlich.«

»George!«, raunte sie und streckte die Hand nach ihrem Bruder aus. »O Gott, George, was sagst du denn da?«

Die Züge ihres Bruders entspannten sich. »Ahnst du das nicht?«

Sidonie presste sich den Handballen gegen die Stirn. »Aleric«, murmelte sie. »Er heißt Aleric. Und sein Nachname lautet Hilliard, nicht wahr? Es ist nur eine Vermutung. Ich habe nie danach gefragt. O Gott! Wie konnte ich nur so dumm sein?«

»Hilliard, ja«, antwortete George mit ruhiger Stimme. »Er ist zum Erben eingesetzt worden, nachdem sein Bruder verschieden ist.«

Ein Gefühl der Übelkeit schnürte ihr die Kehle zu. »Das war ein Unfall, George. Nichts weiter als ein Unfall. Aber der Gedanke, dass wir ... verwandt sind. Welcher Verwandtschaftsgrad, George? Gütiger Gott, George, du musst es mir sagen.«

»Über drei Ecken, was weiß denn ich. Vielleicht ein Cousin zweiten Grades. Als Vater starb, ohne einen Erben zurückzulassen ...«

»Ohne einen legitimen Erben, meinst du wohl.«

»Was auch immer«, murmelte er. »Egal. Der Titel wurde innerhalb der Familie weitergereicht. Der derzeitige Herzog ist ein sehr standhafter, rechtschaffener Zeitgenosse. Ganz anders als Vater. Und nicht zu vergleichen mit seinem eigenen Sohn.«

Sidonie hatte das Gefühl, ihr Kopf könnte jeden Augenblick zerspringen. »Cousin und Cousine«, stöhnte sie. »George, warum hast du mich nicht schon viel früher gewarnt? Zum Beispiel, als ich das erste Mal von ihm gesprochen habe.«

»Weil ich Ausflüge in die Vergangenheit verabscheue«, erwiderte er. »Außerdem hasse ich es, über Devellyn zu sprechen. Ihm liegt die Welt zu Füßen, und er tritt sie mit denselben. Außerdem hielt ich es nicht für wichtig. Woher sollte ich wissen, zu was du imstande bist?«

Sidonie nickte zaghaft. »Da hast du recht.«

George warf ihr einen bedächtigen Blick zu. »Täusche ich mich, meine Liebe, oder ist da doch mehr?«

Sidonie schwieg einen Moment lang. »Nein, du irrst. Da ist nichts.«

»Prima«, sagte er und tätschelte ihr die Hand. »Für den Bruchteil einer Sekunde habe ich mir Sorgen um dich gemacht. Schlaf jetzt, Sidonie. Bald sieht die Welt schon wieder ganz anders aus, das garantiere ich dir. Du ruhst dich jetzt erst mal ein paar Tage hier aus.«

Sidonie schüttelte das Haupt. »Ich muss nach Hause«, sagte sie. »Walrafens Wohltätigkeitsball findet am Donnerstag statt. Und ich habe die Ehre, Miss Arbuckle zu begleiten.«

»Du musst dich ausruhen«, ermahnte George sie. »Wir entscheiden Donnerstagmorgen, ob du stark genug bist, um zum Ball zu gehen.«

Mit einem düsteren Blick sah Sidonie ihm nach. Auf der Türschwelle drehte George sich noch einmal um. »Ach ja, da wäre noch eine Kleinigkeit, Schwesterherz«, murmelte er. »Die beiden, die dir das angetan haben, haben sie zufällig auch Namen?«

Sidonie schloss die Augen. »Pug«, sagte sie. »Einer von ihnen hieß Pug und der andere Budley. Warum? Kennst du die beiden?«

Ein schwaches Lächeln umspielte Georges Lippen. »Bedauerlicherweise hatte ich bisher noch nicht die Ehre«, sagte er. »Aber das gedenke ich schleunigst nachzuholen.«

Kapitel 12

Wenn der Blitz einschlägt

»Das Naturell des Menschen«, so sagte einst Francis Bacon, »wird oft versteckt, manchmal überwunden, aber selten ausgelöscht.« Das Naturell des Marquis of Devellyn ließ sich vor allem als sündhaft und zügellos beschreiben. Jetzt hatte es allerdings den Anschein, als würde er seinem eigenen Lebensmotto – Teilnahmslosigkeit, Trägheit und Trunksucht – abtrünnig werden. Seine Nerven lagen blank, so ungeheuerlich war Devellyns Verlangen nach – nein, Besessenheit von – zwei Frauen, die verschiedener nicht sein konnten. Es machte ihn wahnsinnig, dass er weder wusste, wo die eine war noch wo die andere steckte.

Es war, als hätte der Erdboden Sidonie verschluckt. Sobald er zu Hause war, legte er sich auf die Lauer und beobachtete durch die Gardinen hindurch die gegenüberliegende Eingangstür. Sobald er außer Haus war, hielt er Ausschau nach Ruby Black, ließ seinen Blick über die Menge hinweggleiten auf der Suche nach ihrem roten Haar. Alasdair hatte er erzählt, er habe kein Interesse mehr daran, sie ausfindig zu machen. Eine faustdicke Lüge. Was er auch tat, er konnte ihren Geschmack und ihre weiche Haut nicht vergessen.

Mehr und mehr beschlich ihn das Gefühl, als lauerte ein Dämon in seinem Hinterkopf, der immer dann, wenn ihm der Sinn danach stand, mit seinen Gefühlen spielte, als wäre er eine Marionette. Immer wieder ertappte er sich dabei, wie er Dinge tat, die für den echten Devellyn vollkommen untypisch waren.

Das war seiner Meinung nach auch die einzig plausible Erklärung dafür, dass er am folgenden Donnerstag in Alasdairs Kutsche vor Lord Walrafens Anwesen vorfuhr und über den plüschigen, roten Teppich trottete, der im Ballsaal endete. Devellyn war es, als würde er zum Schafott geführt, während ein Diener mit lauter, durchdringender Stimme seine Ankunft verkündete. Ein Raunen ging durch die Menge. Alle drehten sich um und starrten ihn an. Überall offene Münder. Und dann, als wäre nichts geschehen, wandten sie ihre Blicke ab und begannen zu tuscheln. Doch der Dämon war noch lange nicht fertig mit Devellyn. Er schickte ihn geradewegs in die Ecke des Ballsaals, in der sich Sidonie Saint-Godard mit all den anderen Witwen und Anstandsdamen aufhielt. Es war, als suchte er Zuflucht bei ihr.

Ungeachtet der vielen empörten Blicke packte er sie beim Ellbogen. »Tanzen«, zischte er.

Sidonie wollte protestieren, besann sich aber und drückte der nächstbesten Person ihr Glas Mandelmilch in die Hand. Devellyn wäre am liebsten im Boden versunken, als er bemerkte, dass es sich ausgerechnet um die Busenfreundin seiner Mutter handelte – Lady Kirton.

»Gütiger Gott!«, raunte sie. »Aleric?«

Devellyn erstarrte. Zwei Jahrzehnte hatte er der feinen Gesellschaft die lange Nase gezeigt, und jetzt besaß er nicht einmal den Mut, Isabel, Gräfin of Kirton und ein Ausbund an Tugendhaftigkeit, die kalte Schulter zu zeigen. »Guten Abend, Ma'am.« Er deutete eine knappe Verbeugung an. »Wie steht es um Ihr wertes Befinden?«

»Gerade gut genug, um zu verkraften, dass Sie den Weg auf diesen Ball gefunden haben«, antwortete sie, den Blick auf seine Hand gerichtet, die Sidonie gefangen hielt. »Madame Saint-

Godard, möchten Sie, dass ich Sie diesem liebenswerten Wüstling vorstelle?«

Sidonie errötete. »Nein, ich ...« stammelte sie. »Wir kennen uns bereits.«

»Ich kann nicht glauben, dass Sie das zugegeben haben«, sagte er und zog sie enger zu sich.

Sidonie legte ihre Hand auf die seine. »Hatte ich denn eine andere Wahl?«, erwiderte sie. »Ach, übrigens, Devellyn, falls Sie vorhaben, Attila den Hunnen zu mimen, sollten Sie sich von Julia diesen spitzen Helm geben lassen, den sie in ihrer Theatertruhe aufbewahrt.«

Devellyn zermarterte sich das Hirn nach einer spitzfindigen Antwort, als er die Musik bemerkte. *Ein Walzer?* Nun denn. Die Figuren der komplizierteren Tänze lagen ihm ohnehin nicht. Außerdem hatte er ihr etwas zu sagen.

Sidonie machte einen gedankenverlorenen Eindruck, vollendete die erste Drehung aber mit der nötigen Eleganz. »Verzeihen Sie mir die Bemerkung, Devellyn, aber noch nie ist ein Mensch derart fehl am Platz gewesen, wie Sie heute Abend in diesem Ballsaal«, sagte sie. »Warum, um Himmels willen, sind Sie hier?«

»Wo, um Himmels willen, waren Sie?«

Sie wich ein wenig zurück und wäre fast aus dem Tritt gekommen. »Mir war nicht bewusst, dass ich mich bei Ihnen abmelden muss, Mylord.«

»Sie haben gesagt, wir wären Freunde, Sidonie«, erwiderte er schneidend. »Und Freunde verschwinden nicht einfach wortlos für drei Tage. Wenn Sie mich meiden wollen, können Sie mir das ruhig ins Gesicht sagen.«

»Devellyn, das halbe Oberhaus sieht, wie wir zusammen tanzen«, rief sie ihm in Erinnerung. »Sieht das etwa danach aus, als würde ich Sie meiden?«

Einen Augenblick später verklang die Melodie. »Verflixt«, entfuhr es ihm. »Schon vorbei?«

Sidonies Züge entspannten sich. »Der Walzer war schon fast zu Ende, als wir uns aufs Parkett begeben haben«, sagte sie. »Dasselbe trifft auch für das Tanzen zu. Das war nämlich der letzte Tanz vor dem Abendessen.«

Devellyn sah um sich und spürte, wie sein Fluchtinstinkt wieder an Stärke gewann. Die Tanzpaare lösten sich und verließen die Tanzfläche, während er noch immer Sidonies Hand festhielt, was dieser ganz und gar nicht recht war.

»Devellyn, ich muss gehen.«

Er riss den Kopf herum und starrte sie mit großen Augen an. »Bitte nicht«, flüsterte er. »Sidonie, ich muss dringend mit Ihnen sprechen.«

»Das geht nicht.« Hektisch flog Sidonies Blick durch den Ballsaal. »Ich muss zu Miss Arbuckle.«

»Nur fünf Minuten«, flehte er. »Den Weg zu ihrem Platz an der Tafel wird sie allein finden, meinen Sie nicht auch?«

»Ja, aber ich möchte mich trotzdem gerne kurz davon überzeugen, neben wem sie sitzt. Wo kann ich Sie finden?«

»Im oberen Stockwerk«, sagte er. »Ich warte dort auf Sie.«

Wie sich herausstellte, hing Miss Arbuckle am Arm eines Milchgesichts vom Lande, umringt von einem halben Dutzend ähnlich unschuldiger Gesichter, unter die sich ein paar alte Jungfern gemischt hatten. Sidonie nickte zustimmend und zog sich dezent zurück.

Lord Devellyn lief im Flur vor den Ruheräumen der weiblichen Gäste auf und ab, was ihm so manchen verwirrten und verängstigten Blick einbrachte.

»Hier rein«, sagte er, als sie allein im Flur waren, stieß eine Tür auf und zog sie in einen leeren, kleinen Salon, der nur durch ein heruntergebranntes Feuer erhellt wurde. Wortlos drehte er sich um und küsste sie.

Anders als sein letzter Kuss, war dieser alles andere als zart. Dieses Mal eroberte er sie, küsste sie mit weit geöffnetem Mund und kostete von ihr. Seine Hände glitten über ihren Rücken und drückten sie sanft aber bestimmt an sich. Sidonie war machtlos dagegen, tief in ihrem Innern explodierte etwas zu einer lodernden Flamme, und sie legte die Arme um seine Taille. Devellyns Atem ging schneller und seine Nasenflügel blähten sich auf, als sich ihre Lippen zu einem weiteren Kuss vereinten.

Seine Hand verfing sich in ihrem Rock und schob ihn in die Höhe. Es kostete Sidonie einiges an Kraft, ihn nicht noch anzutreiben. Sie fühlte sich schamlos, fast schon verzweifelt. Und dann fiel ihr wieder ein, wo sie war. *Mit wem sie zugange war.*

»Aufhören«, wisperte sie, als sein geöffneter Mund an ihrem Hals entlangglitt.

»O Sidonie«, raunte er. »Warum denn?«

Sidonie schloss die Augen und ließ den Kopf gegen die Wand fallen, an der sie lehnte. Sie wünschte sich nichts sehnlicher, als sich seinen verführerischen Berührungen hinzugeben. Aber sie wollte nichts in Gang bringen, das ihr das Genick brechen würde.

»Es muss sein«, sagte sie. »Wir dürfen das nicht tun.«

Dann ließ er von ihr ab, schob sie langsam auf Armeslänge von sich und sah ihr tief in die Augen. »Ich weiß, dass ich Sie nicht begehren sollte, Sidonie«, sagte er. »Aber ich tue es nun einmal. So sehr, dass ich bereit bin, einen Narren aus mir zu machen. So sehr, dass ich Ihren Ruf aufs Spiel setzen würde. Und ungeachtet meiner chronischen Übellaunigkeit und meiner grobschlächtigen Art, bin ich Ihnen nicht gleichgültig. Oder doch, Sidonie? Sagen Sie es mir, bitte. Ich muss es wissen.«

Sidonie riss den Blick von ihm und starrte blind in die Tiefe des Raums. »Sie wissen, dass ich mich auch zu Ihnen hingezogen fühle«, sagte sie. »Auch wenn ich mir wünschte, dem wäre nicht so.«

»Wie heißt es im Volksmund? Wer nicht wagt, der nicht gewinnt«, sagte er. »Bei Gott, allmählich glaube ich, dass an diesem Spruch in der Tat etwas dran ist.«

»Sind Sie aus diesem Grunde heute auf dem Ball erschienen, Devellyn?«, wollte Sidonie wissen. »Um mich zu verführen?«

»Ich hätte gar nicht kommen sollen«, sagte er. »Morgen spricht ganz Mayfair über uns. Und Ihr Bruder wird vermutlich versuchen, mich zu töten. Aber Sidonie, ich brauche Sie.«

»Sie *brauchen* mich?«, entfuhr es ihr mit ungläubiger Stimme.

»Ja.« Er schüttelte den Kopf und schloss die Augen. »Ich kann mir dieses Gefühl selbst nicht erklären«, fuhr er fort. »Erlauben Sie mir, Sie heute Nacht aufzusuchen. Lassen Sie mich das Bett mit Ihnen teilen, bitte.«

Seiner Berührung wohnte etwas Verführerisches inne, seinen Worten etwas Berauschendes. Sidonie dämmerte, wie er zu seinem Spitznamen gekommen war. »Es gibt Hunderte von anderen Frauen, die Sie haben könnten.«

Er stieß ein spöttisches Lachen aus. »Sidonie, ich hatte bereits Hunderte anderer Frauen.«

»Aber ich habe seit Pierres Tod bei keinem anderen gelegen«, entgegnete sie. »Ich weiß gar nicht, wie wir das anstellen sollten.«

»Diskret«, antwortete er und drückte ihr einen Kuss auf die Schläfe. »Wenn Sie nachher nach Hause kommen, stellen sie eine Kerze in das Fenster Ihres Salons, sobald die anderen schlafen. Ich komme dann und stelle mich vor Ihre Tür. Werden Sie mich hineinlassen?«

Sidonie musste schlucken. »Ja«, antwortete sie. »Aber nur, weil wir uns dringend in Ruhe unterhalten müssen.«

»Unterhalten?«, stöhnte er. »O Himmel, Sidonie! Warum wollen Frauen eigentlich immer reden? Das liegt mir einfach nicht. Erlauben Sie mir, Ihnen meine Gefühle ohne Worte im Bett zum Ausdruck zu bringen.«

Sidonie benetzte ihre Lippen. »Ich gebe es nur ungern zu, aber Ihr Angebot klingt verführerisch, Devellyn«, sagte sie mit kehliger Stimme. »So, zufrieden?«

Er legte seine Stirn auf der ihren ab, und Sidonie spürte, wie eine Woge der Erleichterung durch ihn hindurchlief. »Zufrieden?«, wiederholte er. »Seitdem ich Sie das erste Mal sah, habe ich keine Befriedigung mehr erfahren, Sidonie. Zumindest bin ich jetzt ein wenig beruhigt.«

»Beruhigt? Warum?«

»Vor zwei Tagen dachte ich noch, ich würde Sie nie wiedersehen«, raunte er. »Jedes Mal, wenn ich Ihnen einen Besuch abstatten wollte, weilten Sie außer Haus, und Mrs. Crosby hat alles daran gesetzt, mir nicht über den Weg zu laufen.«

Sidonie räusperte sich. Es war an der Zeit, Devellyn reinen Wein einzuschenken, soweit es ihr möglich war. »Die Wahrheit ist«, setzte sie an, »dass ich einen kleinen Unfall hatte. Ich habe es Julia gegenüber nicht erwähnt.«

»Einen Unfall?« Sein Blick tastete besorgt ihr Gesicht ab. »Was für ein Unfall?«

Sie zögerte. »Vor ein paar Tagen lief ich abends am Fluss entlang, als …«

»Allein? Abends?«, unterbrach er sie.

»Genauso hätte Julia auch reagiert«, murmelte Sidonie. »Und ja, ich habe meine Lektion gelernt, falls Sie mir jetzt eine Standpauke halten wollen. Zwei Straßenräuber haben versucht, mich auszurauben. Was mir natürlich alles andere als recht war. Es ist zu einer recht erhitzten Debatte gekommen, und einer der beiden zückte ein Messer.«

»Ein Messer!« Entsetzen schlich sich in seinen Blick. »Gütiger Gott, ist Ihnen etwas zugestoßen?«

Sidonie senkte den Blick. »Nur eine kleine Stichwunde«, antwortete sie. »Ich konnte flüchten und bin bei George untergekommen. Er hat die Wunde vernäht und mich dazu verdonnert, bei ihm zu wohnen, bis ich keine Schmerzen mehr hätte.«

»Stichwunde!« Devellyns Stimme klang blechern. »Mein Gott! Wo denn?«

Sidonie berührte ihre rechte Schulter.

Sofort schossen seine Hände in die Höhe und schoben ihr Schultertuch beiseite. »Zeigen Sie sie mir«, befahl er ihr und zupfte sie am Ärmel. »Runter damit, Sidonie. Ich will sie sehen. Sofort.«

Sidonie zuckte leicht zusammen, woraufhin das Schultertuch zu Boden glitt. Der Ärmel des Kleides, der ohnehin tief saß, glitt problemlos von ihrer Schulter und gab den Blick auf den oberen Teil des Verbandes um ihren Oberarm frei.

»Beim Allmächtigen!«, stieß er aus und fuhr mit zitterndem Finger am Rand des Verbandes entlang. »Den Kerl, der das getan hat, bringe ich um. Wie schlimm ist es? Wie viele Stiche waren es? Gütiger Gott, Sidonie, was fällt Ihrem Bruder ein, Sie zu verarzten? Was, wenn sich die Wunde entzündet? Los, runter mit dem Verband. Ich will die Wunde untersuchen.«

»Seien Sie versichert, dass alles in Ordnung ist«, sagte sie mit schneidender Stimme. Ein regelrechter Kampf um ihren

Ärmel entbrannte – sie zog ihn nach oben, er nach unten. »Die Wunde ist sauber und verheilt bereits.«

»Verdammt noch mal, dann stellen Sie sich doch nicht so an.«

In dem Moment wurde die Tür aufgerissen. »Ach herrjemine, das ist ja gar nicht Lord Walrafens Arbeitszimmer«, zwitscherte eine weibliche Stimme. »Haben wir uns in der Tür geirrt, Cole?«

Sidonie und Devellyn erstarrten. Ein hochgewachsener, gut aussehender Gentleman stand vor ihnen, die Hand noch immer auf dem Türgriff und starrte sie mit großen Augen an.

»Ich bitte vielmals um Entschuldigung!«, erklärte er angsterfüllt. Und dann, über seine Schulter hinweg: »Der Raum ist belegt, Isabel. Lass uns woanders hingehen.«

Seine weibliche Begleitung – niemand Geringeres als Lady Kirton – hatte sich bereits an ihm vorbeigeschoben. »Madame Saint-Godard!«, murmelte sie und errötete. »Ach du meine Güte!«

Sidonie ahnte, welcher Eindruck sich den beiden ob ihres zerzausten Haars, ihres derangierten Kleides und ihrer geschwollenen Lippen förmlich aufdrängen musste. Unbeholfen zupfte der Marquis an Sidonies Ärmel und warf ihr einen fragenden Blick zu. »Raus«, formten ihre Lippen.

Mit einem fahrigen Nicken lief der Marquis zur Tür. »Vermutlich sollte ich mir die Worte sparen«, sagte er zähneknirschend an Lady Kirton gewandt, »aber es ist nicht das, wonach es aussieht.«

Lady Kirton schürzte die Lippen.

Devellyn verneigte sich steif. »Ich bitte vielmals um Entschuldigung, aber ich muss jetzt gehen.« Mit diesen Worten und hoch erhobenen Hauptes verließ er den Raum.

Wenige Augenblicke später empfahl sich der große und noch immer verdutzt dreinblickende Gentleman ebenfalls. »Isabel, wir kümmern uns ein anderes Mal um die Papiere«, sagte er, ehe die Tür lautstark ins Schloss fiel.

Mit einem schmallippigen Lächeln näherte Lady Kirton sich Sidonie. »Es tut mir leid, *madame*«, sagte sie. »Sind Sie wohlauf?«

»Alles bestens, danke der Nachfrage«, antwortete Sidonie gelassen. »Zu Lord Devellyns Verteidigung muss ich sagen, dass er ...«

»Meine Liebe, Sie müssen ihn nicht auch noch in Schutz nehmen«, unterbrach Lady Kirton sie, deren Wangen noch immer glühten. »Ich kenne diesen Rüpel, seitdem er laufen kann.«

»Ich halte es für meine Pflicht«, sagte Sidonie mit ernster Stimme und schob den Ärmel ihres Kleides nach unten, bis der Verband in Sicht kam. »Wie Sie sehen, hatte ich einen kleinen Unfall. Ich bin letzte Woche von zwei Taschendieben überwältigt worden.«

Lady Kirton wurde kreidebleich. »Wie abscheulich!«

»In der Tat«, stimmte Sidonie zu. »Als Devellyn von diesem bedauerlichen Zwischenfall erfuhr, wollte er sich davon überzeugen, dass ...« Ihr fehlten die Worte. Wie sollte sie etwas erklären, dass sie selbst nicht richtig verstand? »Wir sind Nachbarn, müssen Sie wissen. Freunde. Ich fürchte, seine Sorge um mich ist mit ihm durchgegangen.«

Wärme mischte sich in Lady Kirtons Blick. »So ein Verband würde jeden in Sorge stürzen.«

Sidonie richtete sich den Ärmel, doch der Stoff blieb am Verband hängen. »Lassen Sie mich das machen«, murmelte die Marquise, legte einen Stapel Papiere beiseite, die sie bei sich trug, und machte sich daran, Sidonie zur Hilfe zu eilen. »Sind Sie genäht worden?«

»Ja«, antwortete Sidonie. »Es sind ein halbes Dutzend Stiche, aber ich war nicht recht bei Bewusstsein, als ich verarztet wurde.«

Vorsichtig schob Lady Kirton den Ärmel nach oben, bis er wieder richtig saß. »So, fertig«, gluckste sie. »Alles wieder in Ordnung. Mein Gott! Taschendiebe. Was für ein aufregendes Leben Sie führen!«

»Aufregend?« Sidonie drehte sich zu ihr um. »Das sehe ich etwas anders.«

Ihre Ladyschaft blinzelte verlegen. »Wenn ich richtig informiert bin, sind Sie mit Ihrem verstorbenen Gemahl um die halbe Welt gesegelt«, sagte sie. »Na ja, und dann wären da noch Ihre Elevinnen. Und all die anderen Dinge, die Sie sonst noch so … *tun*. Und jetzt sind Sie auch noch überfallen worden. Dagegen ist mein Leben regelrecht langweilig.«

Lady Kirton klang aufgewühlt, doch Sidonie befürchtete, dass sie ein ganz bestimmtes Ziel verfolgte.

»Es war mir gar nicht bewusst, Ma'am, dass Unterrichten als etwas Aufregendes erachtet wird.«

Lady Kirton hob die Augenbrauen und griff nach Sidonies Fingern. »Außerdem ist mir *dies* ins Auge gesprungen. Sie erinnern sich an meine musikalische Soiree?«, fragte sie und hob Sidonies Hand in die Höhe. »Als Sie für Miss Arbuckle die Seiten am Flügel umgedreht haben. Ich bin entsetzlich, nicht wahr?«

»Ich fürchte, ich verstehe nicht ganz.«

Ehe Sidonie es bewusst wurde, hatte Lady Kirton den Saum ihres Handschuhs zurückgeschoben und strich mit dem Finger über ihr entblößtes Handgelenk. »Welch höchst ungewöhnliche Narbe«, murmelte sie. »Sieht aus wie eine Verbrennung. Von einem Seil, würde ich vermuten.«

»Ich habe sie mir auf dem Schiff meines Mannes zugezogen«, antwortete Sidonie.

»Oh ja, ein Schiffsdeck ist bestimmt ein gefährlicher Ort«, sagte Ihre Ladyschaft. »Ich möchte wetten, dass ein kluges Mädchen wie Sie bald schon wusste, wie man Seemannsknoten bindet, wie man Segel setzt, an Masten hochklettert und wie man all die anderen Sachen erledigt, die an Bord wichtig sind.«

Sidonie setzte ein schwaches Lächeln auf. »Manchmal ließ sich so etwas nicht verhindern«, stimmte sie zu. »In diesem Fall bin ich einem Matrosen beim Aufrollen eines Segels zur Hand gegangen, habe mich aber nicht sonderlich geschickt angestellt.«

»Unachtsamkeit ist etwas sehr Gefährliches«, sagte Ihre Ladyschaft und tätschelte Sidonie die Hand. »Leichtfertigkeit kann dazu führen, dass einem schlimme Dinge passieren. Wissen Sie, meine Liebe, eine ähnliche Narbe habe ich erst ein einziges Mal in meinem Leben gesehen.«

Sidonie geriet ins Stocken. »Eine ä-ähnliche Narbe?«

Lady Kirton hielt ihren Blick gefangen. »Diese Art von Narbe ist eher selten, würden Sie mir da nicht zustimmen?«

»Nun ja, so selten kommen solche Missgeschicke auch nicht vor.«

»Bei Matrosen ja, aber bei Frauen?« Lady Kirton ließ von Sidonies Hand ab, als hätte sie Feuer gefangen. »Außer Ihnen kenne ich nur noch eine weitere Frau, die eine solche Narbe trägt. Sie sollten mehr Sorgfalt walten lassen, wenn Sie nicht wollen, dass jemand Sie erkennt. Sie sollten etwas vorsichtiger sein, wenn Sie – sagen wir einmal, etwas über einen breiten Tresen reichen wollen. Beispielsweise Geld. Wenn Sie Handschuhe tragen, die zu kurz sind, könnte Ihr Gegenüber einen Blick auf ihr Handgelenk erhaschen.«

Sidonie war es speiübel. Sie streckte die Hand aus und hielt sich an der Rückenlehne eines Sessels fest, um nicht das Gleichgewicht zu verlieren. Georges warnende Worte über ihre Besuche bei der Nazareth Society schossen ihr durch den Kopf. *Sei vorsichtig, Liebes. »Die Damen, die dort ehrenamtlich arbeiten, haben allesamt einen scharfen Verstand.«*

Doch Lady Kirton plauderte schon wieder über Schiffe, Bälle, Violinen, als wäre nichts Weltbewegendes geschehen. »Was sagten Sie gerade?«, fragte Sidonie.

»Eine Quadrille, meine Liebe«, wiederholte Lady Kirton und schenkte ihr ein kühles Lächeln. »Unten wurde soeben eine Quadrille angestimmt. Scheint, als wäre das Abendessen vorüber. Sollen wir uns in den Ballsaal begeben und uns auf die Suche nach Miss Arbuckle machen?«

☆ ☆ ☆

Sobald Sidonie wieder zu Hause war, entzündete sie eine Kerze. Sie war nervös – weil Lady Kirton sich in entsetzlichen Andeutungen ergangen hatte und weil sie Devellyn erzählen würde, was sie von ihrem Bruder erfahren hatte. Das Netz aus Lügen schien sich zusammenzuziehen und ihr die Luft abzuschnüren. Sie musste aktiv werden und wollte nicht, dass der Berg aus Lügen weiter anwuchs.

Vorsichtig schob sie den Samtvorhang beiseite und stellte die Kerze ins Fenster. Das Glas war beschlagen, und es regnete in Strömen. Devellyn schien ganz in der Nähe gewartet zu haben, denn binnen weniger Sekunden ertönte ein leises Klopfen an der Tür. Nachdem Sidonie die Kerze wieder auf den Tisch gestellt hatte, schloss sie den Vorhang und ließ einen durchnässten Devellyn ein.

»Sie sind ja schneller als der Blitz«, sagte sie, half ihm aus dem Kapuzenumhang, schüttelte das Kleidungsstück aus und hing es über eine Stuhllehne.

Er suchte ihre Nähe, wollte sie küssen, doch Sidonie schob ihn von sich. »Bitte, setzen Sie sich«, sagte sie. »Es gibt da etwas, das ich Ihnen gerne mitteilen möchte.«

Sein Blick verfinsterte sich. »Etwas, das mir nicht gefallen wird, nehme ich an?«

Er nahm Platz und unterbrach Sidonie kein einziges Mal, während sie ihm erzählte, was George ihr berichtet hatte.

»Unglaublich!«, sagte er, nachdem sie ihre Ausführungen beendet hatte. »Claire Bauchet?«

»Sie kannten sie?«

Sein Blick wurde gläsern. »Ich habe von ihr gehört, ja«, murmelte er. »Es war ein offenes Geheimnis, dass sie ein Verhältnis mit dem vorherigen Herzog hatte.«

Sidonie erhob sich und begann auf und ab zu laufen. »Ich weiß«, sagte sie. »Aber ich habe zwölf Jahre außer Landes geweilt habe, Devellyn. Niemand erinnert sich an mich. Und ich habe auch nicht vor, meine Verwandtschaft mit Lord Gravenel herauszuposaunen – oder mit meiner Mutter, falls es Sie interessiert.«

Ein wissender Ausdruck trat in Devellyns Augen. »George *Bauchet*«, sagte er gedehnt. »Um ein Haar hätten Sie ihn in Covent Garden so genannt. Weshalb nennt er sich jetzt Kemble?«

»George hat sich mit unseren Eltern überworfen, als er jung war«, flüsterte sie. »Er hat einen neuen Namen angenommen, damit er nicht mit dem Herzog in Verbindung gebracht wurde. Außerdem hat er ... hat er sich für einen Lebensstil entschieden, den unsere Eltern niemals befürwortet hätten. Wenn Sie wissen, was ich meine.«

Devellyn zuckte die Achseln. »Es ist sein Leben. Aber was

hat das nun mit uns zu tun? Warum grollt Ihr Bruder mir eigentlich?«

Sidonie sah ihn mit sorgenvollem Blick an. »Mein Bruder ist eben auch nur ein Mensch«, sagte sie leise. »Schließlich werden Sie eines Tages den Titel tragen, der ihm zustünde, wenn das Leben nicht so unfair mit ihm umgegangen wäre. Ich bin mir nicht sicher, ob er sich überhaupt im Klaren darüber ist, woher seine Erbitterung Ihnen gegenüber rührt. Können Sie seine Wut da nicht verstehen?«

»Doch, natürlich. Wie könnte ich nicht.« Devellyn streckte seine Hand nach Sidonie aus, die noch immer wie ein Tier in einem Käfig umherlief. »Es tut mir leid, Sidonie«, sagte er und zog sie zu sich. »Sie und George waren von Anfang an zu einem Leben auf der Schattenseite verurteilt, aber ich finde, Sie beide haben etwas daraus gemacht. Ich habe es gut angetroffen und es, gelinde gesagt, vermasselt. Wenn ich könnte, würde ich den Titel an ihn weiterreichen, aber wir wissen beide, dass das nicht geht.«

»Ja, ich weiß.« Sidonie verstärkte den Druck ihrer Finger.

Devellyn hielt ihrem Blick stand. »Wie dem auch sei, heute Nacht können wir unsere Familienprobleme bestimmt nicht mehr lösen, was meinen Sie?«, sagte er und zog sie langsam zu sich. »Kommen Sie schon, Sidonie, geben Sie Ihrem neu gefundenen Cousin einen Kuss.«

Sidonie ließ ihn gewähren, wenngleich sie wusste, dass sie nicht einmal seine Umarmung tolerieren sollte. Wenn sie seinem und ihrem Verlangen nachgab und sich ihm hingab, würde er unweigerlich erkennen, wer sie war und sie bis an sein Lebensende hassen. Warum nur war es so schwierig, zu diesem Mann *nein* zu sagen? Sie wusste es nicht. Sie wusste nur, dass sie sich aus unerfindlichen Gründen zu ihm hingezogen fühlte. Er gab ihr das Gefühl, sie wäre bei sich angekommen. Sie waren Seelenverwandte, hatten beide eine dunkle Seite und waren beide höchst sensibel.

Er zog sie noch näher zu sich und stülpte seinen Mund über ihre Lippen – zart und dennoch fordernd. *Nichts weiter als ein Kuss*, dachte sie. Doch das war eine faustdicke Lüge. Wenn es nach ihr ginge, würde der Kuss bis in die Morgenstunden andauern.

Seine schwere Hand glitt an ihrem Rücken herunter, legte sich um ihre Pobacke und presste sie an sich. Sofort fühlte sie sich an den Abend im Anker erinnert. Wie damals spürte sie die Härte seiner Männlichkeit durch den Stoff seiner eleganten Beinkleider hindurch. »Gütiger Gott, ich begehre Sie noch immer, Sidonie«, sagte er. »Am liebsten möchte ich Ihnen die Kleider vom Leib reißen und Sie b … Nein, verflixt!« Er musste schlucken. »Sidonie, ich möchte mich gerne mit Ihnen …«

»Ich weiß, was Sie möchten«, wisperte sie, die Lippen an seiner Schulter.

»Sicher?«, raunte er. »Das kommt mir gelegen. Diese Dinge in blumige Worte zu kleiden, zählt nämlich nicht gerade zu meinen Stärken.«

»Womit wir wieder beim Thema Charme wären«, murmelte Sidonie und blickte verträumt zu ihm auf. »Oberflächlich, vergänglich und manchmal ein wenig … langweilig.«

Er küsste sie noch einmal. »Geben Sie sich einen Ruck«, flüsterte er und schob seine freie Hand über ihre Brust. »Lassen Sie es zu. Geben Sie mir die Gelegenheit, Sie zu lieben. Es ist eine Ewigkeit her, dass ich eine Frau so sehr begehrt habe wie Sie.«

Am liebsten hätte Sidonie protestiert, war er doch noch vor ein paar Tagen wie ein Wilder über eine gewisse Ruby Black hergefallen. Doch aus ihrem Protest wurde nichts, denn Devellyns warme, große Hand massierte ihre Brust.

»Devellyn«, hauchte sie. »Ich kann das nicht.«

»Doch, können Sie«, sagte er beharrlich, zog an ihrem rechten Ärmel und legte ihre Brust frei. In freudiger Erwartung seiner Berührung, zog sich ihre Brustwarze zusammen. Devellyn streichelte sie, als hätte er ein seltenes Juwel vor sich. »Sidonie«, raunte er mit sanfter, aber fordernder Stimme. »Ich habe versucht, Ihnen zu widerstehen, aber ich kann nicht. Ich muss Sie haben.«

»Hier?«

»Hier und jetzt ist es genau richtig.«, sagte er und zog auch den anderen Ärmel in die Tiefe und enthüllte ihre andere Brust. Ihr Atem wurde flacher, schneller, rauer. Sie musste dem Wahnsinn ein Ende bereiten. Sie *musste*. Doch Devellyns Lippen hatten sich um ihre Brustwarze geschlossen und zogen sie in die Wärme seines Mundes. Sie blickte auf seinen vollen, sinnlichen Mund und spürte, wie seine Zunge sie in einen Rausch der Leidenschaft versetzte. Sie begehrte ihn. Was sollte es, sie würde sich ihm hingeben – ungeachtet aller Konsequenzen.

»Die Kerze«, sagte sie mit belegter Stimme. »Löschen Sie sie.«

»Ich soll sie löschen?« In seiner Stimme schwang ein Hauch von Enttäuschung mit.

»Ja, bitte«, antwortete sie mit flehender Stimme. »Würde es Ihnen etwas ausmachen?«

»Nicht im Geringsten.« Er drehte sich um, jedoch ohne sie loszulassen und blies die Flamme aus. Dunkelheit eroberte den Raum, in dem es still und kühl war. Sidonie spürte, wie er sein Gesicht an ihrem Hals vergrub. »Sie zittern ja«, raunte er und spendete ihr mit seinem Atem etwas Wärme. »Ich werde das Kaminfeuer anfachen.«

»Nein«, entfuhr es ihr. »Ich möchte, dass Sie mich wärmen.«

Während seine warmen und weichen Hände an ihrem Oberkörper hinunterglitten, suchten und fanden seine Lippen ihren Mund. Eine Hand wog und streichelte ihre Brust, während die andere sich an den Knöpfen des Kleides zu schaffen machte und sie freilegte, als hätte er das bereits hunderte Male gemacht. Vermutlich hatte er das auch. Sie hätte nein sagen sollen. Aber stattdessen drängte sie sich ihm entgegen und verlor sich im nächsten Kuss. Sie spürte, wie ihr das Kleid über die Hüften rutschte und zu Boden glitt.

Was sie nun empfand, ging weit über körperliches Verlangen hinaus. Ihr Herz und ihre Seele verzehrten sich nicht minder nach ihm. Auch der letzte Funke Vernunft wurde von einer Lawine aufwallender Gefühle überrollt. Als hätte Devellyn dies geahnt, ließ er den Kuss inniger werden. *Nur dieses eine Mal*, sagte sie sich. Nur dieses eine Mal würde sie sich ihm hingeben und für den Rest ihres Lebens von der Erinnerung daran zehren.

Der Regen wurde stärker und trommelte, vom Wind angepeitscht, gegen die Scheiben und das Mauerwerk. Durch einen schmalen Schlitz zwischen den Vorhängen erkannte sie, wie sich in den Tropfen, die es an die Scheibe getrieben hatte, der schwache Schein der Gaslaterne verfing. Im Innern des Salons nahm das Gefühl der innigsten Vertrautheit stetig zu, als wären sie zwei Liebende in einer geheimen Welt. Sidonie ließ ihren Händen freien Lauf, erfreute sich an seinem muskulösen Körper, seinen kräftigen Armen und Beinen. Es reichte völlig, dass sie ihn, wenn auch nur kurz, nackt gesehen hatte – die Erinnerung loderte noch immer spürbar in ihrem Innersten.

Im Schutz der Dunkelheit zogen sie einander aus. Keiner fragte oder sagte etwas. Worte waren fehl am Platz, hätten den natürlichen Rhythmus zerstört. Sein Gehrock flog auf die Erde, gefolgt von ihrem Unterkleid. Weste, Beinkleider, Strümpfe und Unterhose segelten durch den Raum, bis sie voreinander standen, wie Mutter Natur sie erschaffen hatte. Seine Hände erforschten ihren Körper, als wollte er sich ihre Formen einprägen. Er fuhr ihr Gesicht und ihre Schultern nach, ihre Hüften und ihr Becken, ehe er ihre Brüste ein weiteres Mal in den Händen wog. Sidonie war es, als stünden ihre Brustwarzen in Flammen, als er seine Handflächen an ihnen rieb. Etwas Warmes und Wunderbares wand sich durch ihren Körper und floss in ihrem Becken zusammen. Ihre Knie drohten nachzugeben, so schwer wog ihr Verlangen.

Sie streckte die Hand aus, in der Angst, sie könnte das Gleichgewicht verlieren, woraufhin Devellyn die Arme um sie schlang und sie emporhob – eine unvergleichlich anmutige und romantische Geste. »Möchten Sie, dass ich den Gehrock über Sie lege?«, fragte er, als er sie behutsam auf dem Teppich ablegte.

Verzweifelt griffen Sidonies Hände nach ihm. »Nein. Ich möchte Sie spüren.«

Auf die Ellbogen gestützt, bedeckte er ihren Körper mit dem seinen, um sie gegen die nächtliche Kälte abzuschirmen. Seine kraftvollen, muskulösen Beine drückten sie in die weiche Wolle. Nicht enden wollende Augenblicke küsste er sie, ließ seine Zunge in die Tiefen ihres Mundes gleiten, ehe er sie zurückzog und langsam die Konturen ihres Mundes nachfuhr. Seine Beherrschung und seine Zärtlichkeit überraschten sie. Auch dieses Mal verströmte er den Geruch nach Limone und nach etwas wie warmem Holz – Kastanie, dachte sie – und den Geruch erhitzter Männlichkeit. Sie füllte ihre Lungen mit dem Duft, den nur er besaß und verspürte einen tiefen Schmerz. Sein Mund war über ihrer Brust, saugte und zupfte, während seine Hand über die andere Brustwarze herfiel. Als das Verlangen zu stark wurde, riss sie das Becken in die Höhe.

»Bist du so weit, Liebste?«, raunte er. »Was genau willst du?«

Sidonie legte den Kopf auf dem Boden ab. »Dich, Devellyn«, hörte er ihr Flüstern, das sie der Dunkelheit übergab. »Immer nur dich.«

»*Aleric*«, sagte er leise.

»Aleric.«

Als sein Mund zu ihren Lippen zurückkehrte, hieß sie ihn willkommen und nahm ihn hungrig in sich auf. Sie ließ ihre Zunge an der seinen entlanggleiten, als Einladung, ihr zu folgen. Sie küsste ihn innig, ließ sich von ihrem Verlangen leiten. Als seine Finger, begleitet von einem kehligen Stöhnen, über ihren Bauch strichen, bekam sie eine Gänsehaut. Dann glitten seine Finger zwischen ihre Schenkel und berührten sie an ihrer empfindlichsten Stelle.

Sidonie wurde von einem wohligen Schaudern ergriffen. Ein trunkenes Seufzen perlte von ihren Lippen, während sie sich unter ihm wand. »Ich will dich. *Jetzt*.«

Devellyn entließ ein leises Lachen in die Dunkelheit und bewegte sich, bis er zwischen ihren Beinen kniete. Er legte seine schweren Hände an die Innenseite ihrer Oberschenkel und schob sie ein wenig auseinander, legte sich aber nicht auf sie. »Komm zurück«, flehte sie ihn mit belegter Stimme an. »Leg dich auf mich. Bitte. Aleric. Bitte.«

Doch statt ihrer Bitte nachzukommen, legte er ihre Fesseln auf seinen breiten Schultern ab, ließ die Hände unter ihre Hüften gleiten und stemmte sie in die Höhe – eine höchst obszöne Position. Devellyn, der noch immer kniete, beugte den Kopf nach vorne und streifte mit der Zunge zärtlich über ihre Liebesknospe.

Sidonie stieß einen Laut aus, der eher an ein Tier, als an einen Menschen erinnerte.

»Gefällt dir das, Liebste?«, raunte er, ehe seine Zunge tiefer in sie eindrang. Unbändige Lust durchströmte sie. Ein Gefühl, welches sie in dieser Intensität noch nie erlebt hatte.

Sie war bemüht, seine Berührungen länger zu genießen, noch zu warten, es hinauszuzögern. Doch schon nach wenigen Streifzügen seiner warmen, weichen Zunge braute sich ein Beben in ihrem Becken zusammen, und sie war machtlos gegen die reißenden Wogen, die sich mit jeder neuen Berührung zu einem peitschenden Sturm auswuchsen. Zeit und Raum verschmolzen und so sehr sie sich auch dagegen wehrte, sie verlor die Kontrolle über sich und gab sich ganz und gar dem erlösenden Schluchzen hin, das in ihr aufstieg.

Erst, nachdem der Sturm abgeflaut war und sich ihre Atmung normalisiert hatte, streckte sie die Hände nach ihm aus und hörte, wie sie nach ihm rief – wie ein Ertrinkender, der nach Wasser verlangte. Sie wollte ihn ganz nah bei sich wissen, brannte darauf, ihn in sich aufzunehmen.

»Gleich, meine Liebste«, raunte er ihr zu und spreizte behutsam mit dem Knie ihre Beine. Doch statt über sie herzufallen, erforschte er mit der Hand ihre weiblichen Tiefen. »Du bist so schön«, raunte er, »und sehnsuchtsvoll, Sidonie.«

»Nimm mich«, hörte sie sich sagen. »Bitte nimm mich, Aleric.« Sie konnte selbst kaum glauben, wie stark das Verlangen war, welches sie durchströmte. Sie wollte das Gewicht seines Körpers spüren, von ihm in den Teppich gedrückt werden und ihn in sich aufnehmen. Sehnsüchtig streckte sie die Hände nach ihm aus und umfasste sein warmes, hartes Gemächt. Mit einem tiefen, kehligen Stöhnen legte er den Kopf in den Nacken, während Sidonie hingabevoll seine Erektion liebkoste. Keuchend stützte er sich mit einer Hand ab, sodass sein Gesicht auf der Höhe ihrer Augen war, und erst dann erfüllte er ihren brennenden Wunsch. Langsam, ganz langsam schob er sich in sie. Sidonie wollte das Becken in die Höhe stoßen, um ihm entgegenzukommen, doch Devellyn legte ihre die Hände auf die Beckenknochen. »Oh, langsam, langsam«, flüsterte er. »Ich glaube, du ahnst nicht, was du da mit mir machst.«

Sidonie spannte ihre innersten Muskeln an, und Devellyn schnappte nach Luft. »Du kleines Aas«, keuchte er. »Lass das, sonst ist die Vorstellung vorbei, ehe sie begonnen hat.«

Sidonie hatte verstanden und entspannte sich, wenngleich ihr das alles andere als leicht fiel. Sie genoss es, wie er sie eroberte, sich an ihr rieb und ihr Innerstes streichelte, als gäbe es kein Morgen. Das Donnergrollen in weiter Ferne war Musik in ihren Ohren, genau wie das Prasseln des Regen. So, wie der Sturm, der über London hinwegfegte, immer stärker wurde, wurden auch seine Stöße fordernder und schneller. Eingehüllt in das samtene Tuch der Dunkelheit gaben sich die beiden dem Rhythmus der Liebe hin. »Oh Sidonie! Geliebte Sidonie!«, hörte Devellyn seine eigene Stimme, die von weither zu kommen schien und spürte, wie sie wild unter ihm zu zucken begann. Der Sturm war nun fast über dem Bedford Place. Mit einem Schrei, der aus den Tiefen seiner geschundenen Seele nach außen drang, stieß Devellyn, so kräftig er konnte, in sie. Sidonie schwanden die Sinne. Lichtfetzen zuckten vor ihren Augen. Ein unbeschreibliches Gefühl drohte sie zu zerreißen, und sie wurde in luftige Höhen katapultiert.

Ewigkeiten später spürte sie, wie Devellyn ihr ein Sofakissen unter den Kopf schob und erschöpft neben sie fiel. Sie bettete ihren Kopf an seiner breiten Brust, ehe sie in einen tiefen Schlaf glitt.

Wenngleich Devellyn Sidonies Gesicht nicht sehen konnte, sah er mit einem liebevollen und erfüllten Blick auf sie herab. Er konnte nicht schlafen. Der Sturm, der über London hinwegfegte, war nichts im Vergleich zu dem, was sich in seinem Kopf und seinem Herzen abspielte. *Seinem Herzen*. Bis eben war er sich nicht einmal sicher gewesen, überhaupt ein Herz zu besitzen. Seine überwältigende Sehnsucht nach ihr war echt gewesen, durchfuhr es ihn. Und diese war teilweise – nur *teilweise* – gestillt. Sein Herz und sein Geist wollten sie schon wieder. Aber sein Körper benötigte eine Ruhepause.

Als ein Blitz den Himmel teilte, badete Sidonies Gesicht für den Bruchteil einer Sekunde in silbrigem Licht. Doch Devellyn konnte auch in tiefster Dunkelheit das Bild ihres liebreizenden Äußeren aufrufen. Ihre zierliche Nase. Ihre lieblichen, leicht ovalen Augen, die leicht schräg standen. Ihre geschwungenen Augenbrauen, eine wundervolle Ergänzung ihrer Augenpartie. Es war schwer zu glauben, dass sie eine halbe Engländerin war – eine halbe Hilliard – wo sie doch so französisch wirkte. Es gab so viele Fragen, die ihm auf der Seele brannten.

Es schien, als wäre der Sturm weitergezogen und Devellyn fragte sich, wie spät es wohl sein mochte. Es dauerte vermutlich nicht mehr lange, bis das Haus erwachte. Was sollte er tun? Sidonie wecken und nach Hause gehen? Schweren Herzens löste er sich von ihr. Wieder zuckte ein Blitz am Himmel und erhellte für einen winzigen Augenblick den Salon. Sidonie lag auf der rechten Seite, das Gesicht halb in dem Kissen vergraben, das er ihr gegeben hatte. Es zerriss ihn fast, dass er sie allein lassen musste. Musste er denn wirklich schon gehen? Blieben ihm nicht vielleicht doch noch ein paar Minuten? Devellyn tastete sich zu seinem Gehrock durch, zog die Taschenuhr hervor, ging zum Fenster und zog den Vorhang ein wenig auseinander, musste aber feststellen, dass die Flammen der Gaslaternen dem peitschenden Wind zum Opfer gefallen waren. Es hatte keinen Sinn, er konnte das Zifferblatt nicht richtig erkennen. Enttäuscht drehte er sich weg, als eine Reihe von Blitzen den Salon erhellte. Devellyn erstarrte. Er blickte auf ihren schönen Körper. Ihre makellose Haut. Ihre vollen, perfekten Brüste … Entsetzen befiel ihn.

Panisch riss Devellyn die Vorhänge weiter auseinander und sank fassungslos vor Sidonie auf die Knie. Er wusste, was er gesehen hatte. Für einen Moment stockte ihm der Atem. Seine Finger gruben sich vor Verzweiflung in den Teppich.

Kalter Schweiß legte sich auf seine Stirn. Beim Allmächtigen! Warum musste das Schicksal so grausam sein? Seine Gedanken rasten. Die Lust, die Leidenschaft und der Höhepunkt, der erst wenige Minuten alt war – all das kam ihm vor, als wäre es ewig her. Er schluckte gegen das Schluchzen an, das sich in seiner Kehle formte. Er wollte Sidonie mit aller Gewalt aus dem Schlaf reißen, damit sie ihm Rede und Antwort stand.

Er war fassungslos, wie kaltblütig dieses zarte Geschöpf vor ihm in Wirklichkeit war. Ohne dass er es bemerkt hatte, hatten sich seine Hände fest um ihren schlanken Hals gelegt. Nur schwer konnte er dem Wunsch widerstehen, sie zu erdrosseln.

Plötzlich schreckte Sidonie aus dem Schlaf hoch, sie musste seinen fester werdenden Griff bemerkt haben. »Devellyn?«

Devellyn packte sie bei den Schultern und riss sie in eine sitzende Position. »Verdammtes Luder! Los, steh auf«, schrie er. »Wer bist du? Raus mit der Sprache.«

Sidonie versuchte, ihn von sich zu schieben. »Aufhören«, raunte sie. »Du tust mir weh.«

Er schüttelte sie kräftig. »Du Miststück!«, tobte er »Wie konntest du mir das antun?«

»Devellyn, hör auf!«, rief sie und rappelte sich hoch, sodass sie auf den Knien saß. »Du hattest einen Albtraum.«

»Was ich durchmache, ist schlimmer als jeder Albtraum.« Sidonie wollte aufstehen, doch Devellyn zog sie in die Tiefe. »Ich habe es gesehen, Sidonie. Ich *weiß*, wer du bist.«

»G-Gesehen? W-Was denn?«

Wieder packte er sie und schüttelte sie kräftig. »Mein Gott, jetzt tu doch nicht so. Die ach-so-biedere Madame Saint-Godard! Du hast sie alle hinters Licht geführt, nicht wahr?«

Er spürte, wie sie in sich zusammensackte. »Es ist nicht so, wie du denkst«, flüsterte sie und versuchte, sich zu befreien. »Das musst du mir glauben.«

Devellyns Hände packten stärker zu. »Wo habe ich das nur das letzte Mal gehört?«, erwiderte er. »Was führst du im Schilde, Sidonie? Was für ein perfides Spiel treibst du hier mit mir?«

Sidonie begann zu schluchzen. »Lass mich los«, wimmerte sie und brach zusammen. »Raus mit dir, Devellyn. Ich führe nichts im Schilde. Ich habe dich nie gebeten, hierher zu kommen.«

Mit loderndem Hass in den Augen stieß er sie von sich, sodass Sidonie unsanft auf dem Teppich landete. Mit zitternden Fingern griff sie nach ihrem Unterkleid, um ihre Blöße zu bedecken. »Der Schwarze Engel!«, spie er und stellte sich hin. »Du wolltest mich zum Idioten machen, was? Aber das wird kein zweites Mal passieren, du verlogenes Miststück.

Während Devellyn sich anzog, kauerte Sidonie noch immer auf dem Teppich. »Ich wollte dich nicht zum Idioten machen, das musst du mir glauben«, sagte sie mit erstickter Stimme. »Ich habe das alles nicht geplant.«

Devellyn stieß ein verbittertes Lachen aus. »Menschen wie

du tun nichts ohne Berechnung, Sidonie«, fauchte er sie an. »Heuchler wie du sind mit allen Wassern gewaschen. Worauf warst du dieses Mal aus? Auf mehr Geld? Oder wolltest du nur mal wieder auf deine Kosten kommen?«

Sidonie presste sich den Handrücken auf den Mund, um ein Schluchzen zu unterdrücken. »Ich habe dir das Geld doch zurückgegeben, Aleric«, wimmerte sie. »Ich habe dir alles zurückgegeben. Verdammt, ich habe dir mein Herz gegeben.«

Devellyn spürte, dass auch er den Tränen nahe war. Um sich nicht die Blöße zu geben, drehte er sich auf der Suche nach seiner Weste von ihr weg. »Lügen und Krokodilstränen, welch eine harmonische Kombination«, wütete er. »Hör auf, mir etwas vorzuspielen, Sidonie. Du hast mich betrogen.«

»Das wollte ich nicht, wirklich. Wo willst du denn jetzt hin?«

»Wohin wohl? Nach Hause, wo ich mich volllaufen lassen werde. Heute, morgen, übermorgen und den Rest des Jahres. Komm mir also nicht zu nahe, oder ich vergesse mich und hole nach, wozu mir eben der Mut gefehlt hat.«

Sidonie presste sich die Hände vor den Mund und weinte. »Wirst du ... zu den Behörden gehen?«

Angewidert beugte Devellyn sich nach unten und riss seinen Gehrock vom Boden. »Deinetwegen?«, fragte er verächtlich. »Du bist die Mühe nicht wert. Für mich bist du gestorben, Sidonie. So tot, als hätte ich dir einen Pfahl durch dein schwarzes Herz getrieben.«

Im selben Moment fiel die Salontür hinter ihm ins Schloss. Von draußen konnte er hören, wie sie von einem haltlosen Schluchzen ergriffen wurde, das aus den Tiefen ihrer Seele kam. Mit lauten Schritten verließ er das Haus und trat in den Regen. Erst jetzt merkte er, dass ihm übel war und sich ein Gefühl der Leere in ihm ausbreitete.

Er blieb noch eine Weile stehen und sah zu dem Fenster, in dem vor wenigen Stunden ein hoffnungsvolles Licht gebrannt hatte.

Sidonies Verrat hatte einen schalen Geschmack in seinem Mund hinterlassen. Als hätte er von etwas gekostet, das ihm nicht bekam. Jetzt wurde ihm so einiges klar. Zum Beispiel, warum er sich nach zwei Frauen gleichzeitig verzehrt hatte. Hatte er nicht von Anfang an eine gewisse Ähnlichkeit zwischen den sonst so grundverschiedenen Frauen gespürt?

Ihretwegen hatte er sich zum Narren gemacht und sich auf dem Ball unmöglich benommen. Und das alles nur, weil er trunken war vor Liebe. Doch nun hatte die Realität ihn eingeholt.

Er beugte sich nach vorne, streckte die Hand aus und presste sie gegen die Fensterscheibe, hinter der die Kerze gestanden hatte. Kalt. Kalt wie der Tod. Er wandte sich ab und ging mit schweren Schritten über die Straße. Als er abermals spürte, wie ihm die Tränen unter den Lidern brannten, hielt er sie nicht länger zurück.

Alasdair tauchte kurz nach Mittag am Bedford Place auf. Am Abend zuvor hatten er und Devellyn sich beim Betreten von Lord Walrafens Stadthaus aus den Augen verloren. Honeywell führte Alasdair zu Devellyn ins Arbeitszimmer und servierte kurz darauf einen stärkenden Kaffee. Alasdair schien zu ahnen, dass etwas nicht stimmte, fasste sich aber in Geduld, bis Honeywell sich empfohlen hatte.

Er stellte sich vor das Fenster und beobachtete Devellyn, wie er mit zitternder Hand den Kaffee einschenkte. »Alles in Ordnung mit dir, alter Freund?«, erkundigte er sich. »Du siehst aus, als hättest du eine dreitägige Sauftour hinter dir.«

Devellyn öffnete den Mund, aber es kamen ihm keine Worte über die Lippen. »Ich wünschte, ich hätte«, sagte er schließlich. »Mir ist so flau, dass ich nicht mal einen Schluck Sherry herunterbekomme.«

Sein Freund musterte ihn einen Augenblick. »Dev, bist du krank?«

Devellyn sah ihn zaudernd an. »Alasdair, es hat sich etwas Entsetzliches zugetragen«, sagte er mit brüchiger Stimme. »Allmählich mache ich mir Sorgen um meinen Geisteszustand.«

Alasdair legte ihm den Arm auf die Schulter. »Für mich siehst du nicht wie ein Irrer aus, alter Junge«, sagte er. »Abgesehen davon, dass du so bleich bist wie der Tod. Du bist blasser als damals, als Lord Porterfield dir in die Schulter gestochen hat, weil du mit seiner Frau geschlafen hast.«

Devellyn deutete auf einen Stuhl. »Setz dich doch endlich, verdammt.«

Alasdair nahm Platz. »Erledigt. Jetzt raus mit der Sprache.«

»Aber nur, wenn du mir versprichst, mit niemandem darüber zu reden«, krächzte Devellyn. »Das musst du mir schwören – bei deiner Ehre, bei deinem Leben.«

Alasdair lehnte sich aufmerksam nach vorn. »Du kannst dich auf mich verlassen, Dev«, sagte er. »Das weißt du doch.«

Devellyn starrte in die Tiefen des Raums und hüllte sich in Schweigen. »Ich habe meine gerechte Strafe erhalten, Alasdair«, sagte er. »Ich habe Ruby Black gefunden.«

»Wirklich?«, sagte Alasdair mit hochgezogenen Augenbrauen. »Das sind doch wunderbare Nachrichten. Und das, obwohl du gar nicht auf der Suche warst, oder?«

»Wichtig ist nur, dass ich sie gefunden habe. Und das habe ich eher dem Zufall zu verdanken«, antwortete er tonlos. »Ruby Black ist ... verdammt ... sie ist ... Sidonie.«

Alasdair schwieg einen Augenblick. »Du willst damit andeuten, Madame Saint-Godard und … dieses Flittchen aus dem Anker wären ein und dieselbe …«

»Genau.«

»Mit Verlaub, Dev, aber wie kommst du auf so einen Blödsinn?«

»Ich weiß es!«, sagte er mit frostiger Stimme. »Du musst mir glauben, dass ich den Beweis mit eigenen Augen gesehen habe.«

Alasdair hob eine Augenbraue. »Selbst in betrunkenem Zustand hast du keine solch blühende Fantasie«, gab er zu. »Und im Moment machst du einen ziemlich nüchternen Eindruck auf mich.«

»Leider«, murmelte Devellyn. »Ich habe Angst, meine Sinne zu betäuben. Wer weiß, welches Unglück dann auf mich niederfährt.«

»Ich denke, du hast da etwas missverstanden, Dev«, setzte Alasdair abermals an. »Madame Saint-Godard ist so kultiviert. Bist du dir auch wirklich sicher, dass sie …?«

War er sich sicher? War er das, verdammt noch mal?

Ja. Auch wenn der Raum nur für den Bruchteil einer Sekunde im hellen Licht des Blitzes erleuchtet gewesen war, er hatte gesehen, was er gesehen hatte. Zum Teufel, erst hatte er sich auf Walrafens Ball zum Trottel gemacht. Danach hatte er den Ball verlassen, um etwas noch Idiotischeres zu tun. Er war um das Haus am Grosvenor Square geschlichen und hatte nach seiner Mutter gesucht. Glücklicherweise war sie nicht zu Hause gewesen. Und während all dessen war er stocknüchtern gewesen. Genau wie bei dem, was danach geschehen war.

Er vergrub den Kopf in den Händen. »Verflixt, Alasdair, ich weiß es nicht«, sagte er. »Nein, das stimmt nicht. Ich bin mir *sicher.* Aber sie will es weder zugeben noch streitet sie es ab. Ich habe das Gefühl, diese Frau hat mich in den Wahnsinn getrieben.

Alasdair schwieg einige Momente lang. »Wenn diese zwei Frauen ein und dieselbe sind«, sagte er nachdenklich, »würde das so einiges erklären. Warum sich die Geister daran scheiden, ob sie Französin oder Italienerin ist. Und warum Sidonie so oft außer Haus weilt.«

»Aber wie kann das möglich sein?«, fragte Devellyn und wünschte sich, er ließe es bleiben, sein eigenes Argument auseinander zu nehmen. »Polk hat ständig ein Auge auf ihre Tür. Nicht einmal hat er sie als Prostituierte oder Zimmermädchen verkleidet aus dem Haus gehen sehen.«

»Vergiss nicht, die Gute ist nicht auf den Kopf gefallen«, warf sein Freund ein. »Vermutlich schleicht sie sich durch den Hinterausgang oder ein rückwärtiges Fenster nach draußen. Wir wissen ja, dass der Schwarze Engel klettern kann, und Sidonie hat viel Zeit auf hoher See verbracht, wo man alle möglichen nützlichen Dinge lernt. Außerdem ist es nicht einfach, sich hier in London eine Tätowierung stechen zu lassen. Aber auf einigen tropischen Inseln ...« Alasdair hob die Schultern und hielt inne, als wollte er Devellyn Zeit geben, über seine Worte nachzudenken.

»Gütiger Gott, ich hätte sie erwürgen sollen, als ich die Gelegenheit dazu hatte«, knirschte er und schlug mit der Faust auf die Sessellehne. »Wer weiß, vielleicht hole ich das noch nach.«

»Herrje, Dev!« Alasdairs Hand schoss nach vorne, damit Devellyn mit dem Trommeln aufhörte. »Weshalb so wütend? Selbst wenn wir recht haben, wieso willst du dich noch am Schwarzen Engel rächen?«

Devellyn warf ihm einen ungläubigen Blick zu. »Ich fasse es

nicht, Alasdair. Dieses kleine Miststück hat mich ausgeraubt und gedemütigt, schon vergessen?«

Alasdair legte den Kopf auf die Seite und musterte ihn. »Ja, und wenn mich meine Erinnerung nicht täuscht, hat sie dir alles wieder zurückgebracht«, gab er leise zu bedenken. »Und was die Demütigung betrifft, Devellyn, das ist wohl eher auf meinem Mist gewachsen. Soweit wir wissen, hat der Schwarze Engel nichts darüber verlauten lassen.«

Von diesem Standpunkt aus hatte Devellyn die Angelegenheit noch gar nicht betrachtet. Es stimmte, was Alasdair sagte. Sie hatte einiges auf sich genommen, um ihm die Sachen zurückzubringen. Und wie hatte er sie im Gegenzug behandelt? War über sie hergefallen, als wäre sie eine dahergelaufene Hure. Kein Mann hatte das Recht, eine Frau so zu behandeln. Er spürte eine Woge der Übelkeit in seinem Innern aufbranden. Wie konnte sie ihm überhaupt ins Gesicht sehen? Wieso hasste sie ihn nicht?

Nun, vielleicht tat sie das doch. Vielleicht ging es ihr nur um Rache.

Nein, nein, das konnte unmöglich stimmen. Er schüttelte das Haupt, um wieder klar denken zu können. Sidonies Verhalten sprach eine gänzlich andere Sprache. Sie war ihm begegnet, als wenn sie ihn über die Maßen begehrte. Hatte sie nicht sogar gesagt, sie hätte ihr Herz an ihn verloren?

Als Polk den Raum betrat, riss er Devellyn aus den Gedanken. »Verzeihen Sie die Störung, Mylord«, sagte er unsicher. »Mir war nicht bewusst, dass Sie Besuch haben.«

»Schon in Ordnung«, sagte Devellyn. »Was gibt es denn?«

Der Diener warf Alasdair einen zögerlichen Blick zu.

»Was? Was denn?«, fragte der Marquis. »Ich habe keine Geheimnisse vor Alasdair.«

Nach kurzem Zögern betrat Polk das Arbeitszimmer und überreichte Devellyn eine Nachricht, die an einer Ecke angesengt war. »Meg hat gesehen, wie *madame* dies hier heute Morgen in den Kamin geworfen hat«, informierte er seinen Dienstherrn. »Aber da ist noch etwas. Sie sagt, dass *madame* sich seit dem Morgengrauen die Seele aus dem Leib weint.«

Alasdair warf Devellyn einen düsteren Blick zu.

»Meg meinte, Mrs. Crosby sei in einer ähnlich schlechten Verfassung«, fuhr Polk fort. »Sie gibt zudem an, sie hätte heute Nacht seltsame Geräusche aus dem Salon im Erdgeschoss gehört. Meg weiß aber nicht, was da vor sich gegangen ist.«

Devellyn nahm den Brief an sich. »Wie ist Meg in den Besitz dieses Schriftstücks gekommen, wenn Madame Saint-Godard es den Flammen übergeben hat?«

»*Madame* war viel zu aufgelöst, um Vorsicht walten zu lassen«, erklärte Polk. »Sie hat ihn danebengeworfen, und als Meg das Frühstück abräumte, hat sie ihn aufgelesen. Sie dachte, er könnte etwas mit dem Durcheinander im Haus zu tun haben.«

Der Brief trug ein schwarzes Wachssiegel, das leicht angelaufen war, dessen schlafender Geier aber noch gut zu erkennen war. Eine Adresse oder den Namen des Absenders suchte er jedoch vergebens. Devellyn öffnete ihn und überflog die eindeutig männliche und ansatzweise elegante Handschrift, doch der Schreiber war offensichtlich in Eile gewesen.

Heute im Cross Keys.
Schankraum. Dringend. Neun Uhr.
Bonne chance, J-C

»Wer hat das Schreiben überbracht?«, knurrte Devellyn.

Polk schüttelte den Kopf. »Meg weiß nicht, wie *madame* in

den Besitz der Nachricht gekommen ist, noch aus wessen Feder sie stammt. Finden Sie die Wortwahl nicht auch ein wenig eigentümlich?«

»*Bonne chance* ist französisch, nicht wahr?«, murmelte Devellyn.

»Richtig. Es bedeutet *Viel Glück*«, erklärte Alasdair.

Polk verlagerte sein Gewicht auf das andere Bein. »Was meinen Sie, Sir, ob sie Meg entlassen werden, wenn sie herausfinden, dass sie mir den Brief gegeben hat?«

»Kann schon sein«, brummte der Marquis und las sich die Botschaft ein weiteres Mal durch.

Alasdair streckte die Hand aus. »Lass mich mal sehen, Dev.«

Doch Polk meldete sich abermals zu Wort. »Mylord? Wenn sie die arme Meg entlassen, werde ich wohl das einzig Vernünftige tun müssen und sie heiraten, oder wie sehen Sie das?«

»Glückwunsch«, knurrte Devellyn und reichte Alasdair den Brief.

Alasdair überflog die Zeilen. »Dev, was gedenkst du als Nächstes zu tun?«

Devellyn schüttelte das Haupt. »Warum sollte sie sich auf so etwas Gefährliches einlassen, Alasdair? Warum? Verdammt noch mal. Ich muss es wissen.«

»Sir?«, sagte Polk und sah seinem Herrn geradewegs in die Augen. »Was halten Sie davon?«

»Wovon?«, fuhr Devellyn ihn an und sah endlich zu ihm auf. »Was gibt es denn noch, Polk?«

Der Diener atmete genervt aus. »Wenn *madame* Meg wirklich auf die Straße setzt«, sagte er »und ich sie heiraten muss, bräuchte ich ein größeres Quartier, finden Sie nicht auch, Sir? Und ein wenig Privatsphäre?«

Devellyn zog eine Augenbraue in die Höhe. »Und Ihr Gehalt soll ich am besten gleich mit aufstocken, oder wie?«

»Das wäre wunderbar«, sagte Polk. »Aber ich gehöre nicht zu den Menschen, die aus allem Kapital schlagen wollen. Sie müssten uns nur so lange beherbergen, bis unser erstes Kind geboren wird.«

Mit einem Seufzen verstaute Devellyn den Brief in seiner Westentasche. »Mein lieber Polk, irgendwie habe ich das Gefühl, mir fällt die zweifelhafte Ehre zu, dich und deine Sippschaft bis zum Sanktnimmerleinstag durchzufüttern«, sagte er. »Mach doch, was du willst. Heirate die Kleine. Dann ist wenigstens einer von uns beiden glücklich.«

In dem Moment betätigte jemand den Türklopfer.

»Ich kümmere mich darum, Sir«, sagte Polk und hastete aus dem Zimmer.

Alasdair warf Devellyn einen besorgten Blick zu. »Erwartest du jemanden?«

Devellyn sah auf die Uhr. »Das dürfte meine werte Frau Mutter sein«, sagte er zähneknirschend.

Wie ein geölter Blitz sprang Alasdair auf. »Unter diesen Umständen ziehe ich es vor, den Hinterausgang zu benutzen, alter Junge«, sagte er. »Ich finde übrigens, du solltest zum Cross Keys gehen und die Sache mit Sidonie ein für alle Mal aus der Welt schaffen.«

»Warum, zum Teufel, sollte ich mir den Abend ruinieren?«

Alasdair, der bereits die Türklinke in der Hand hielt, bedachte ihn mit einem mitleidigen Blick. »Selbst ein Blinder sieht dir an, dass du in diese Frau verliebt bist«, sagte er. »Du hurst nicht mehr herum, hast die Lust am Glücksspiel verloren und hast aufgehört zu trinken. Es wäre eine Schande, wenn Sidonie den Tod fände.«

Den Tod fände? Als er die Nachricht abermals hervorholte, durchlief ihn ein eisiges Schaudern. Alasdair hatte womöglich nicht ganz unrecht. Er für seinen Teil hatte angenommen, dass sie ihrem gefährlichen Spiel ein Ende setzen würde, jetzt, wo er wusste, wer sie war. Alles deutete jedoch darauf hin, dass sie noch einmal als Schwarzer Engel aufzutreten gedachte. Die Worte der Nachricht waren undurchsichtig und zweideutig. Zudem war sie von einem Straßenjungen überbracht oder einfach unter die Fußmatte gelegt worden. Darauf hätte Devellyn seinen letzten Schilling verwettet. Die Nachricht war für sie das Signal, etwas zu unternehmen. Aber was?

Dann fiel es ihm wie Schuppen von den Augen. Es hieß nicht, triff *mich* im Cross Keys. Es konnte durchaus sein, dass der Schwarze Engel einen Dritten treffen würde. Jemanden, den der Verfasser der Nachricht ausgesucht hatte. Je mehr er darüber nachdachte, desto mehr kam Devellyn zu dem Schluss, der Schreiber sei eine Art Mitverschwörer. Viele Prostituierte hatten Kupplerinnen und Zuhälter. Der Vergleich hinterließ einen bitteren Geschmack in Devellyns Mund, aber er war sich jetzt sicher, dass sie nicht allein agierte.

Devellyn blieb jedoch keine Zeit, weiter darüber nachzudenken. Seine Mutter kam ins Zimmer hereingeplatzt. Sie trug ein elegantes Kleid in eisblauer Seide und einen voluminösen Federhut. Sie strahlte und versprühte etwas … Triumphierendes. Das war kein gutes Zeichen, entschied Devellyn.

»Aleric, mein Junge«, begrüßte sie ihn überschwänglich und nahm seine Hände. »Du siehst ein wenig blass aus, wenn ich das sagen darf.«

»Mir geht es gut genug, Mutter«, antwortete er, als sie einander auf die Wangen küssten. »Und du siehst aus, als seist du in allerbester Stimmung.«

Honeywell, der zwanzig Jahre im Dienste der Herzogin gestanden hatte, war ihr mit einem Tablett frisch zubereiteten Tees gefolgt und räumte den kalt gewordenen Kaffee ab, während Ihre Hoheit sich der Handschuhe entledigte und einschenkte. »Nun«, setzte sie an und reichte Devellyn eine Tasse. »Man hat mir gesagt, du hättest gestern Abend am Grosvenor Square vorbeigesehen.«

Jetzt wünschte sich Devellyn, er hätte es nicht getan. »Richtig. Aber das war eine spontane Entscheidung, die nichts zu bedeuten hat.«

»Außerdem wurde mir berichtet, du wärst auf Lord Walrafens kleiner Wohltätigkeitsveranstaltung gewesen«, bohrte sie weiter nach. »Du machst dich, mein Junge. Wie bist du eigentlich an die Einladung gekommen?«

Devellyn zuckte die Achseln. »Alasdair hat es eingefädelt«, murmelte er. »Scheint, als würde Walrafen jeden einladen, der bereit ist, den Konservativen seine Stimme zu geben.«

Die Herzogin blinzelte. »Beim Allmächtigen! Ich wusste gar nicht, dass du dich für Politik interessierst.«

»Tue ich auch nicht«, antwortete er. »Aber Sie kennen ja Alasdair.«

»Mehr als mir lieb ist.« Seine Mutter setzte ein gequältes Lächeln auf. »Wie dem auch sei, ich war gestern bei Tante Admeta und Horatio zum Pikett spielen, als Cousin George hereingeplatzt kam und ...«

»Moment mal. Du hast *Pikett* gespielt? Mit einem *Terrier?*«

Seine Mutter errötete. »Das erklär ich dir ein anderes Mal«, fuhr sie unbeirrt fort. »Auf einmal stand also Cousin George in der Tür und schwor Stein und Bein, er hätte dich auf Lord Walrafens Ball gesehen. Und als unser Butler uns zu Hause ausgerichtet hat, du hättest vorgesprochen, da war ich sprachlos.«

»Wie schön, dass Sie darüber hinweg sind«, brummte Devellyn.

Sein Kommentar prallte jedoch von seiner Mutter ab. »Hätte ich gewusst, dass du uns besuchst, hätte ich das Haus schon vor Urzeiten wieder in Betrieb genommen.«

Gedankenverloren tat Devellyn sich Zucker in den Tee. »Wie ich schon sagte, es war eine spontane Anwandlung.«

Als er aufblickte, sah er, dass seine Mutter voller Entsetzen auf seine Hand starrte. »Mein Gott, Aleric. Du trinkst deinen Tee doch ohne Zucker. Das war gerade der dritte Löffel.«

»Ma'am?« Erst, als er den Blick senkte, wurde ihm bewusst, was er getan hatte. »Das muss ich mir irgendwo angewöhnt haben.«

»Dann gewöhn es dir schleunigst wieder ab!«, sagte sie mit strenger Stimme. »Das ist Gift für deine Hüften.«

Devellyn nippte am Tee. »Ich werd's mir merken, Mutter.«

Seine Mutter warf ihm einen befremdlichen Blick zu. »Warum bist du heute so ergeben? Bist du krank? Hast du womöglich Fieber?«

Devellyn stellte die Tasse ab und hüllte sich einige Augenblicke in Schweigen. Er war zum Haus seiner Mutter gefahren, weil er sich Sorgen um Sidonies Ruf gemacht hatte und nicht wusste, bei wem er sonst Rat holen sollte. Heute hingegen sah die Welt ganz anders aus. Es kümmerte ihn nicht, ob Sidonie einen gesellschaftlichen Absturz erlitt.

Doch egal, was sie ihm angetan hatte, er würde ihren Fall nicht provozieren.

»Nein, ich habe kein Fieber«, sagte er und wagte den Schritt auf dünnes Eis hinaus. »Mutter, ich habe ein Problem. Genauer gesagt habe ich jemand anderem ein Problem bereitet.«

Die hellen Augenbrauen seiner Mutter wanderten in die Höhe. »Herrje«, murmelte sie, »was ist denn geschehen?«

Devellyn redete nicht lange um den heißen Brei herum. »Das Übliche halt«, sagte er. »Ich bin einem unschuldigen, jungen Frauenzimmer in einem dunklen Raum begegnet und habe sie bloßgestellt. Zumindest dürfte es so für die beiden ausgesehen haben, die uns gestern in einem der Salons von Lord Walrafen überrascht haben.«

Seine Mutter wurde kreidebleich. »O Gott«, sagte sie, »wie schlimm ist es?«

Der Marquis zuckte mit den Schultern. »Wir haben uns geküsst, und das hat man ihr auch angesehen«, räumte er ein. »Schlimmer noch, wir waren in einen Kampf um ihren Ärmel verwickelt.«

Seine Mutter schloss die Augen. »O Aleric!«

Die leisen Worte seiner Mutter brachten ihn auf die Palme. »Verdammt noch mal, ich habe mir lediglich eine Wunde an ihrem Arm ansehen wollen!«, verteidigte er sich. »Sie ist vor wenigen Tagen überfallen worden.«

Devellyns Mutter riss die Augen auf. »Wie furchtbar!«

»Dazu muss man wissen, dass sie eigensinnig und töricht genug war, sich bei Nacht allein in den Straßen herumzutreiben«, antwortete er bissig. »Und ich habe das dumpfe Gefühl, dass das nicht das letzte Mal war.«

»Ach du meine Güte«, erwiderte seine Mutter trocken. »Eigensinnig und töricht? Scheint, als könnte einen die Gute ganz schön auf Trab halten.«

»Sparen Sie sich den Sarkasmus, Mutter«, brummte er. »Ich wollte lediglich erklären, weshalb die Dame nicht vollständig angezogen war.«

Ihre Hoheit unterdrückte ein Lächeln. »Bitte, sprich weiter, mein Junge.«

Devellyn warf ihr einen giftigen Blick zu. »Ich wollte die

Wunde sehen«, wiederholte er noch einmal. »Ich musste wissen, wie schlecht es um sie bestellt war. Aber sie hat sich gesträubt. Also ist ein regelrechtes Gerangel um ihren Ärmel entstanden, welches noch im Gang war, als wir entdeckt wurden. Ich bin mir sicher, dass es nach einer anderen Art Kampf aussah.«

»Und jetzt möchtest du, dass ich dir einen Rat gebe?«

»Ja, weil ich weiß, wie schnell ein Skandal einer unschuldigen Frau zum Verhängnis werden kann«, sagte er, ohne einen Gedanken daran zu verschwenden, dass Sidonie alles andere als unschuldig war. »Ich möchte nicht, dass schon wieder eine Frau unter meinem rüpelhaften Verhalten zu leiden hat.«

Ihr Gesicht fiel in sich zusammen. »Verstehe, du denkst dabei an Jane«, murmelte sie. »Aber Jane ist mittlerweile Lady Helmshot, Aleric. Und das schon seit über zehn Jahren. Ich glaube nicht, dass sie allzu sehr gelitten hat.«

»Man hat sie gezwungen, einen Mann zu heiraten, der doppelt so alt war wie sie.«

»Gezwungen?«, wiederholte seine Mutter spitz. »Vergisst du da nicht eine Kleinigkeit?«

»Ich weiß nicht, worauf du anspielst.«

»Darauf, dass du Jane einen Heiratsantrag gemacht hast.«

»Am Tag darauf, wie Vater es befohlen hat«, erwiderte er bissig. »Und sie hat mir einen Korb gegeben.«

»Ja, aber zu der Zeit lebte dein Bruder ja auch noch«, murmelte seine Mutter. »Und wir alle, Jane eingeschlossen, hatten die Hoffnung, er könnte wieder erwachen und ein normales Leben führen.«

»Dazu ist es aber leider nicht gekommen. Und auch daran war ich Schuld.«

Die Herzogin setzte ihre Tasse ab und legte die Fingerspitzen an die Schläfe. »Aleric, mir steht nicht der Sinn danach, dieses Thema zum hundertsten Male durchzukauen«, sagte sie müde. »Ich wollte auf etwas ganz anderes hinaus.«

»Dann raus damit.«

»Erst möchte ich dir noch eine Frage stellen«, entgegnete sie. »Was glaubst du eigentlich, warum Jane damals mit dir in die Bibliothek gegangen ist? Du warst schließlich nicht der Rangerste.«

»Sie wollte Greg eifersüchtig machen«, sagte er.

»Ja, und es hat geklappt«, entgegnete seine Mutter. »Gregory platzte herein und wollte seine Eroberung aus den gierigen Händen seines Bruders reißen. Wie romantisch!«

»Jetzt weiß ich wenigstens, was ich das nächste Mal erwidere, wenn du mich zynisch schimpfst«, sagte Devellyn.

Seine Mutter lachte. »Bin ich zynisch?«, fragte sie. »Greg ist also hingefallen und …«

Devellyn unterbrach sie. »Er ist nicht gefallen, verdammt noch mal. Ich habe ihn geschlagen. Mit voller Absicht.«

Seine Mutter tat, als hätte sie ihn nicht gehört. »Wenn Greg nicht gefallen wäre, wäre Jane heute bestimmt die ehrenwerte Lady Devellyn«, fuhr sie mit ruhiger Stimme fort. »Aber nein, Lord Helmshot hat ihr zwei Tage später einen Antrag gemacht, und sie hat angenommen, weil sie ihre – wie sagte man so schön – große Chance witterte.«

Devellyn lächelte verbittert. »Du hast Jane nie leiden können, stimmt's?«

Seine Mutter zuckte mit den schmalen Schultern. »Sie wusste, was Greg denken würde, als sie sich allein mit dir zurückgezogen hat«, sagte sie. »Sie war eine Opportunistin. Irgendwann wäre das auch Greg aufgefallen, aber vermutlich erst nach der Vermählung.«

»Ich weiß nicht, wie wir jetzt eigentlich auf das Thema Jane und Greg gekommen sind, Mutter«, meinte Devellyn.

»Ja, verzeih mir, eigentlich wolltest du doch meinen Ratschlag, nicht wahr?«

Devellyn setzte ein sarkastisches Lächeln auf. »Einen Rat, für den ich scheinbar teuer bezahlen muss.«

Seine Mutter war dazu übergegangen, die Falten ihres Kleides zu ordnen. »Es würde mir ungemein helfen, wenn ich den Namen der jungen Dame wüsste, Aleric.«

»Sei beruhigt, der tut wirklich nichts zur Sache«, antwortete er. »Ihr Name spielt keine Rolle.« *Beim Allmächtigen, was für ein Humbug*. Natürlich würde der Name alles ändern.

Seine Mutter verzog das Gesicht. »Ist es wenigstens eine Dame von Ehre? Ein tugendhaftes Geschöpf?«

»Wenn sie ein leichtes Mädchen wäre, säße ich dann hier mit dir und ließe dich alte Geschichten aufwärmen?«

»Verstanden, Aleric«, sagte sie. »Wir haben es also mit einer tugendhaften Vertreterin ihres Geschlechts zu tun. Ist sie noch unberührt?«

»Verwitwet«, antwortete er steif. »Aber jung und ohne namhafte Beziehungen.«

»Verstehe«, sagte seine Mutter, ehe sie eine Weile lang schweigend dasaß. »Falls dir wirklich etwas daran gelegen ist, ihren guten Ruf zu wahren, wäre es das Beste, wenn du sie zur Gemahlin nähmest.«

Devellyn warf seiner Mutter einen Blick zu, aus dem unmissverständlich hervorging, dass ihm diese Idee vollkommen neu war. »Eine Heirat?«, entfuhr es ihm. »Mit mir? Du bist genauso verrückt wie Großtante Admeta, wenn du glaubst, mein Name könnte ihren Ruf reinwaschen und ihr Schutz bieten. Hinzu kommt, dass ich sie nicht begehre, Mutter.«

Immerhin schien seine Mutter für dieses Argument zugänglich zu sein. »Also keine Hochzeitsglocken. Von wie vielen ungebetenen Zuschauern sprechen wir eigentlich?«

»Nur zwei«, brummte Devellyn. »Deine Busenfreundin Isabel und einer ihrer Freunde. Dieser große blonde Adonis, der mit Lady Kildermore verheiratet ist.«

»Ach, Reverend Amherst!«

»Verdammt. Ein Pfaffe? Das wird ja immer schlimmer.«

»Hüte deine Zunge, Aleric«, schalt seine Mutter ihn. »Von Amherst droht dir keine Gefahr. Selbst wenn man diesen Zeitgenossen mit einer Brechstange bearbeiten würde, würde er schweigen wie ein Grab.«

Devellyn entspannte sich ein wenig.

Seine Mutter lehnte sich über den Tisch und legte ihm die Hand auf den Arm. »Vielleicht sollte ich zum Berkley Square fahren und meine Karte bei Isabel hinterlassen«, sagte seine Mutter. »Wozu sind wir denn Freundinnen?«

Sie machte Anstalten, sich zu erheben, doch Devellyn packte sie am Arm. »Mutter, warte«, raunte er. »Vielleicht sollten wir noch ein wenig warten.«

Blass wie Kalkstein und mit einem besorgten Blick sank sie wieder auf den Stuhl. »Was ist denn los, mein Lieber?«

Er kaute kurz auf seiner Lippe; eine Angewohnheit, von der er dachte, er hätte sie längst überwunden. »Ich habe gelogen«, sagte er schlussendlich. »Der Name der Frau spielt doch eine Rolle.«

Sie streichelte ihm die Hand. »Spätestens Isabel hätte ihn mir verraten.«

»Isabel weiß aber nicht alles«, sagte er. »Die Dame hat in jungen Jahren einen französischen Kapitän geheiratet, ist nach seinem Tod nach England zurückgekehrt und hat das Haus gegenüber gemietet. Bis vor kurzem war ich überzeugt davon, dass sie Französin sei.«

Seine Mutter hob eine Augenbraue. »Aber das ist sie nicht?«

Devellyn schüttelte den Kopf. »Sie heißt Madame Saint-Godard«, sagte er. »Vor ihrer Hochzeit hieß sie jedoch Sidonie Bauchet. Kennen Sie sie?«

Seine Mutter runzelte die Stirn und schüttelte das Haupt.

»Sie hat einen Bruder, der sich Kemble nennt«, fuhr Devellyn fort. »Ein erfolgreicher Geschäftsmann an der Uferpromenade. Meine Nachforschungen haben ergeben, dass er einflussreiche Freunde hat, darunter auch Walrafen. Die Familie bewegt sich aber ansonsten eher am Rande der feinen Gesellschaft. Die Dame ist in keiner sehr guten finanziellen Lage und legt großen Wert auf ihren guten Ruf.«

Seine Mutter gluckste mitfühlend. »Isabel wird bestimmt nichts sagen.«

»Sind Sie sicher, Mutter?«, fragte er besorgt. »Ich fühle mich nämlich gleich in zweierlei Hinsicht für sie verantwortlich. Die Dame, von der ich spreche, ist nämlich eine entfernte Verwandte von uns. Sie ist die Tochter des vorherigen Herzogs.«

Seine Mutter machte ein verwirrtes Gesicht. »Da musst du dich täuschen. Das Mädchen ist in Indien gestorben.«

Devellyn langte über den Tisch und griff nach ihrer Hand. »Sie ist seine *uneheliche* Tochter«, sagte er. »Ihre Mutter ist Claire Bauchet, Gravenels Kurtisane, Mutter.«

»Ach du meine Güte!« Der Blick seiner Mutter nahm weichere Züge an. »Er hatte eine Tochter? An den kleinen Jungen kann ich mich erinnern. Dein Vater war außer sich, du hättest ihn sehen sollen.«

»Kannte er Claire Bauchet?«

Seine Mutter schüttelte den Kopf. »Tante Admeta kannte

sie, wenn ich mich nicht täusche«, sagte sie. »Armes Mädchen. Wie du weißt, hat er sie ruiniert.«

»Sie ruiniert?«

Seine Mutter blickte ihm geradewegs in die Augen. »Der vorherige Herzog«, sagte sie leise. »Mademoiselle Bauchet war die Gouvernante seiner Tochter in Stoneleigh. Sie war jung und ausnehmend hübsch. Als sie auf seine Annäherungsversuche nicht eingegangen ist, hat er sich ihr aufgedrängt. Die älteren Bediensteten sprechen noch heute hinter vorgehaltener Hand davon.«

»Gütiger Gott! Sidonie hat das nie erwähnt.«

»Dann solltest du das Thema auch tunlichst vermeiden«, warnte seine Mutter ihn. »Der Herzog war ihr Vater. Sie empfindet ihm gegenüber bestimmt Zuneigung.«

Oder brennende Wut, dachte Devellyn. Vielleicht wollte sie sogar Rache. Aber ihr alter Herr weilte längst nicht mehr unter den Lebenden. »Und diese arme Claire Bauchet«, murmelte er, »ist bei diesem niederträchtigen Hund geblieben? All die Jahre?«

Die Augen seiner Mutter weiteten sich. »Was hätte sie denn sonst tun sollen?«, fragte sie und schob die Schulter in die Höhe. »Schließlich trug sie sein Kind unter dem Herzen.«

Devellyn spürte, wie sich blinde Wut durch seine Eingeweide fraß. »Beim Allmächtigen, ich hätte ihn umgebracht.«

»Aleric, du Narr.« Empörung blitzte in den Augen der Herzogin auf. »Nichts dergleichen hättest du getan.«

»Hätte ich doch«, insistierte er, »und wäre hoch erhobenen Hauptes zum Galgen geschritten.«

»So kann nur ein Mann sprechen«, sagte sie bissig. »Das arme Mädchen war *ruiniert*, Aleric, und guter Hoffnung. Sie konnte es sich nicht leisten, aus seinem Mord Befriedigung zu schöpfen. Ich sage es ja immer, aber ihr Männer habt keine Ahnung davon, was es bedeutet, Mutter zu werden oder zu sein. Werdende Mütter sind bereit, zum Schutz des Kindes eine Menge über sich ergehen zu lassen und bringen große Opfer.«

Devellyn schwieg und dachte über ihre Worte nach. Vielleicht war die Ungehaltenheit seiner Mutter nicht ganz unbegründet. Seine Gedanken kreisten darum, wie dürr und zerbrechlich seine Mutter wirkte und dass sie ihn in den letzten dunklen Tagen, als Greg starb, mit Zähnen und Klauen verteidigt hatte. Er konnte sich noch gut an all die hässlichen Auseinandersetzungen erinnern, die sie mit seinem Vater geführt hatte. Sie war sogar so weit gegangen, ihre Ehe aufs Spiel zu setzen, weil sie ihn in Schutz genommen hatte. Nachdem ihr Gemahl ihr weiterhin die kalte Schulter gezeigt hatte, war sie auch nicht davor zurückgeschreckt, ihren eigenen Vater zu bitten, er möge Devellyn unterstützen.

Sein Großvater war ihrer Bitte nachgekommen. Aber das war noch lange nicht alles gewesen. Er hatte Devellyn als seinen Erben eingesetzt, damit er auch weiterhin das Leben eines Gentlemans führen konnte. Devellyn, der ihm für diese Entscheidung unendlich dankbar war, hatte dennoch seiner Wut und Verbitterung die Zügel überlassen. Wie hatte er das Opfer, das seine Mutter für ihn gebracht hatte, nur so mit Füßen treten können?

Er starrte in seine Teetasse und durchschnitt mit den Händen die Luft. »Es tut mir leid, Mama«, raunte er. »Ich kann heute keinen klaren Gedanken fassen.«

Seine Mutter entspannte sich ein wenig und lehnte sich zurück. »Diese Frau«, sagte sie, »würdest du sie als guten Menschen bezeichnen?«

Er nickte. »Ja, sie ist ein wundervoller Mensch«, sagte er und meinte jedes Wort davon. Vergessen war seine Wut. Sidonie besaß jede Tugend, die man sich vorstellen konnte. In gewisser Weise erinnerte sie ihn an die Frau, die ihm in diesem Moment gegenübersaß. Zierlich. Elegant. Pragmatisch. Sie hatte das Herz nicht nur auf dem rechten Fleck, sondern konnte auch wie eine Löwin kämpfen.

Als er aufblickte, sah er, dass seine Mutter sich erhoben hatte. »Aleric, ich werde Isabel jetzt einen Besuch abstatten«, sagte sie und gab ihm einen Kuss auf die Stirn. »Vertrau mir, ich werde die Sache schon geradebiegen. Ich ertrage es nicht, dich so leiden zu sehen.«

Devellyn spürte, wie die Klauen der Angst, die sich um sein Herz gelegt hatten, von ihm abließen. Ja, er vertraute seiner Mutter. Sie würde niemals etwas versprechen, das sie nicht halten konnte. Sidonies Ruf war so gut wie gerettet – und er war nicht ganz unschuldig daran.

Als seine Mutter schon fast aus der Tür hinaus war, drehte sie sich noch einmal um und sagte: »Ehe ich es vergesse. Herzlichen Glückwunsch. Honeywell meinte, die Renovierungsarbeiten in der Duke Street seien beendet und dass ihr nächste Woche zurückzöget.«

»So, hat er das?«, murmelte Devellyn. »Dann werden wir das wohl so machen.«

»Besonders froh klingst du nicht, Aleric.«

Devellyn zuckte die Achseln. »Ich weiß nicht, Mutter. Irgendwie bin ich der Duke Street ein wenig überdrüssig, wenn du weißt, was ich meine.«

Seine Mutter rümpfte die Nase. »Bloomsbury ist ohnehin nicht mehr *en vogue*.«

Devellyn stieß ein aufrichtiges Lachen aus. »Dasselbe trifft für mich auch zu«, sagte er, erhob sich und bot ihr seinen Arm dar.

Die Herzogin von Gravenel verlor keinen Augenblick und wies den Kutscher an, sie im Eiltempo nach Mayfair zu bringen. In den Straßen wimmelte es nur so von edlen Kutschen, die feine Herrschaften nach Hause brachten, Dienern, die Karten oder Blumen überbrachten und Spaziergängern, die einfach nur gesehen werden wollten. Dennoch war die Herzogin sich ziemlich sicher, dass sie ihre Jugendfreundin Lady Kirton in ihrem Haus am Berkley Square antreffen würde.

Lady Kirton befand sich jedoch nicht an ihrem Schreibtisch, um Besucher zu empfangen oder Karten entgegenzunehmen. Sie musste hinter dem Fenster gelauert haben, denn sie ließ es sich nicht nehmen, der Herzogin höchst persönlich die Tür zu öffnen. »Elizabeth, endlich«, sagte sie. »Geh doch bitte schon mal in die Bibliothek. Es gilt, keine Zeit zu verlieren.«

Der Herzogin war die Verwunderung ins Gesicht geschrieben. »Kennst du denn den Grund meines Besuches?«

Lady Kirton nickte verständig. »Wegen Madame Saint-Godard, habe ich recht?«, flüsterte sie und zog die Herzogin in einen Korridor. »Wegen des Zwischenfalls in Lord Walrafens Salon. Du hättest sein Gesicht sehen sollen, meine Liebe.«

»Du wirst es nicht glauben, aber dieses Mal hat es ihn richtig erwischt, Isabel«, sagte Devellyns Mutter. »Er hat sich bis über beide Ohren verliebt.«

»Das kam mir auch so vor«, sagte Lady Kirton. »Noch nie habe ich ihn so aufgebracht erlebt – und das wegen einer Schnittverletzung.«

Die Herzogin hob die Augenbrauen. »Jetzt sag nicht, du glaubst diese alberne Geschichte.«

»Dass Madame Saint-Godard eine unerfreuliche Begegnung mit ein paar Kleinkriminellen hatte?«, fragte Isabel. »Es stimmt tatsächlich. Aber das Ganze ist alles andere als albern, das kannst du mir glauben. Zufällig weiß ich ein paar Dinge über die gute Madame Saint-Godard, von denen Aleric vermutlich keine Ahnung hat.«

»Bist du dir sicher?«

»Sehr sogar«, sagte Lady Kirton und zog leise die Tür hinter ihnen zu. »Und wenn ich sage, dass wir keinen Augenblick verschwenden sollten, um diese beiden vor den Altar zu bringen, dann meine ich das auch.«

Kapitel 13

Ein Abend im Cross Keys

Um halb neun saß Devellyn in einem angemieteten Zimmer des Cross Keys, von dessen Fenster aus er den Eingang beobachten konnte. Rund sechs Stunden vorher hatte er Polk nach Cheapside entsandt, um eines der Gästezimmer des Wirtshauses anzumieten. Dann war er zu Hause unruhig auf und ab gegangen, bis der Diener endlich zurückgekommen war, samt Schlüssel und einer absurden Geschichte darüber, wie er den Vermieter mit dem Wechselgeld von Devellyns Zehnpfundnote bestochen hatte, damit er ihm das Zimmer mit der besten Aussicht gab.

Devellyn hatte den Schlüssel genommen und Polk mit einer nervösen Handbewegung signalisiert, er wolle von alldem nichts hören. Anschließend hatte er seine Wanderung durch das Arbeitszimmer wieder aufgenommen – den Schlüssel so fest umklammert, dass das Metall ihm in die Haut schnitt. Immer wieder hatte er sich gesagt, dass es keinen Grund gab, vor neun dort einzutreffen. Dennoch stand er seit mehr als einer Stunde am Fenster und starrte auf den Verkehr der Wood Street hinauf. Er hatte sich ein Beefsteak bestellt, das jedoch wie gekochte Lederstiefel geschmeckt hatte.

Das Zimmer, in dem nichts weiter als ein rostiges Bett, ein Waschtisch und ein robuster Tisch mit zwei Stühlen stand, war eine mittlere Katastrophe. Es war klein, gedrungen und schäbig. Devellyn, der sich ducken musste, wenn er den Raum betrat, kam sich vor wie ein Tier in einem Käfig. Aber immerhin hatte er den gewünschten Blick auf den Eingang des Wirtshauses. Er redete sich ein, dass er, wenn er Sidonie in der Rolle des Schwarzen Engels sah, sich mit der Wahrheit abfinden und sein Leben weiterleben konnte. Ob sie kommen würde? *Ob er sie erkennen würde?*

Angestrengt sah Devellyn auf die Straße, wo es bereits wie im Taubenschlag zuging. Überall Passanten und Stallknechte. Eine Kutsche kam, die andere fuhr ab. Arm und Reich, Dick und Dünn, Hübsch und Hässlich, alle strömten ins Cross Keys. Manche, weil sie eine Unterkunft für die Nacht suchten, andere, weil es sie nach einem frisch gezapften Bier verlangte.

Der Schankraum. In der Nachricht hatte ausdrücklich Schankraum gestanden. Da sich keine vornehme Dame mit einem Mann in einem normalen Wirtshaus treffen würde, stand für Devellyn fest, dass Sidonie in Verkleidung kam. Womöglich sogar als Ruby Black.

Ruby. Ja. Sie würde als Ruby kommen. Sein Herz klopfte schneller.

Gütiger Gott! Es gab keine Ruby. Wieso wollte das nicht endlich in seinen Schädel? Devellyn fuhr sich mit der Hand durchs Haar und konzentrierte sich wieder auf das nächtliche Treiben. Das war der Moment, in dem er sie entdeckte. *Ruby Black*. Mit sicherem Schritt und wiegenden Hüften lief sie durch den gelblichen Lichtkegel einer Laterne. Er hatte sie trotz des dunklen Umhangs erkannt.

So schnell ihn seine Beine trugen, lief er in den spärlich beleuchteten Schankraum, wo er sich vom Schatten eines ausladenden Regals schlucken ließ und Ruby dabei zusah, wie sie durch den Raum schlenderte und sich suchend umsah. Als sie die gewünschte Person offenbar nirgends entdecken konnte, ließ sie sich an einem schmalen Tisch im hinteren Bereich nieder, von wo aus sie die Eingangstür im Blickfeld hatte. Von allen Seiten folgten ihr hungrige Augen, betrachteten gierig ihren Mund, ihre Brüste und die verführerischen Kurven ihrer Hüften, die hauteng in roten Samt gehüllt waren. Die vielen anzüglichen Blicke ignorierte sie geflissentlich. Devellyn hingegen spürte, wie es in ihm zu brodeln begann. Verdammt, hoffentlich genoss Sidonie diesen Auftritt, es würde nämlich ihr letzter sein, wenn es nach ihm ging.

Devellyn sah, wie ein sehr junger Mann mit flinken Augen die Schankstube betrat. Er war dünn, von zierlicher Statur und trug elegante Kleider. Als sein Blick an Sidonie hängen blieb, setzte er sich augenblicklich in Bewegung. Die beiden begrüßten einander, und der fremde Jüngling ließ sich nieder.

Sogleich beugte Ruby – *Sidonie* – sich über den Tisch. Ihre Haut war dunkler, ihr Gesicht nicht so grell geschminkt und das Muttermal dieses Mal unterhalb des Auges. Als die anfängliche Lockerheit des Gespräches umschlug und ein eindringlicher Ausdruck in die Augen des Jünglings trat, kochte Devellyn. Jetzt würde es nicht mehr lange dauern, bis Ruby das Netz auswarf. Er grübelte darüber nach, wie sein nächster Schritt aussehen konnte. Sollte er an ihren Tisch treten und den jungen Mann warnen? Der Bursche wirkte erschreckend naiv. Jetzt langte er auch noch über den Tisch, um nach Rubys Hand zu greifen. Die aber lehnte sich zurück, nickte und entspannte sich, als wären die beiden gerade übereingekommen.

Und dann, durch den dichter werdenden Qualm, wurde Devellyn Zeuge davon, wie die Hand des Jünglings in der Gehrocktasche verschwand und eine Geldbörse zum Vorschein brachte. So, dass es kaum einer merkte, schob er eine Hand voll Scheine über den Tisch.

Nachdem Sidonie das Geld achtlos in ihr schäbiges Ridikül gestopft hatte, machte sie Anstalten, sich zu erheben.

Erst als Devellyn bereits den halben Raum durchquert hatte, wurde ihm bewusst, was er tat.

Als Sidonie ihn entdeckte, entglitt ihr die Handtasche. Der junge Mann bemerkte erst jetzt, dass Gefahr im Verzug war, als Devellyn Sidonie am Arm packte und vom Tisch wegzerrte.

Der Jüngling sprang auf und warf ihm einen bitterbösen Blick zu. »*Monsieur*«, zischte er mit starkem Akzent. »Lassen Sie sie los. Auf die Stelle.«

Devellyn baute sich so dicht vor dem Jüngling auf, dass sich ihre Nasenspitzen fast berührten. »Jetzt hör mir mal gut zu, du Bengel«, knurrte er. »Du hast ja keine Ahnung, was für ein Glück du hast, dass ich hier bin. Du kannst dich glücklich schätzen, dass sie dich nicht bis auf die Unterhose ausgezogen hat.«

»Gehen Sie«, raunte Ruby, die sich augenblicklich wieder in Sidonie zu verwandeln schien, dem jungen Mann zu.

Er warf ihr einen letzten zögerlichen Blick zu und hastete zur Tür. Devellyn bückte sich nach dem Ridikül und schleuderte es ihm hinterher. »Nehmen Sie bloß Ihr verdammtes Geld mit!«, brüllte er. »Sie ist nämlich nicht käuflich.«

Sidonie versuchte aufgebracht, sich seinem Griff zu entwinden. »Lass mich los, du Grobian«, schrie sie. »Du tust mir weh!«

Eine Hand voll Gäste war aufgesprungen, um Sidonie zur Hilfe zu eilen. Als sie jedoch Devellyns Blick bemerkten, sanken sie kleinlaut wieder auf die Stühle. Sidonie war machtlos, als Devellyn sie durch den Schankraum zur Treppe zerrte.

»Lass mich los, du Scheusal!«, rief sie und machte sich so schwer wie möglich, in der Hoffnung, er würde von ihr ablassen. Doch Devellyn zeigte sich unbeeindruckt. Er packte sie bei der Taille, warf sie sich über die Schulter und lief weiter. Als es Devellyn zu bunt wurde, weil Sidonie wie ein Waschweib zeterte und um sich schlug, gab er ihr einen kräftigen Klaps auf den Allerwertesten. »Halt still, du kleines Biest!«

»Lass mich runter!«, kreischte Sidonie und trommelte mit den Fäusten auf seinen Rücken ein. »Verdammt noch mal, Devellyn, du sollst mich runterlassen.« Als sie merkte, dass sie so nicht weiterkam, begann sie, aus Leibeskräften um Hilfe zu rufen.

Devellyn trat seine Tür auf, warf Sidonie auf das Bett und ließ die Tür krachend ins Schloss fallen. »Es ist zwecklos. Dich kann niemand hören, *Ruby*«, fuhr er sie an.

Sidonie, deren Ausschnitt verrutscht war, kam mit umständlichen Bewegungen in den Stand. »Was willst du eigentlich von mir?«, fauchte sie.

»Vielleicht nehme ich mir, wofür dieser Franzmann dich bezahlt hat«, donnerte er und machte sich an seiner Hose zu schaffen. »Wäre doch schade, wenn ich mir einen Leckerbissen wie dich entgehen ließe.«

»Hör zu, Devellyn, es ist nicht so, wie du denkst«, sagte sie und ließ nervös den Blick durch den Raum gleiten, als suchte sie nach einer Fluchtmöglichkeit. »Jean-Claude ist ein Freund. Er wollte mich warnen. Weil es eine Verhaftung gegeben hat. Sie haben einen Hehler geschnappt.«

Devellyn verschränkte die Arme vor der Brust und postierte sich vor der Tür.

»Dazu hast du kein Recht«, schrie Sidonie, sprang auf das Fenster zu und riss es auf.

»Liebchen, das solltest du schön lassen«, warnte er sie. »Mit gebrochenen Beinen kommst du nicht weit.«

Sidonie warf ihm einen verächtlichen Blick über die Schulter zu. »Tu nicht dümmer, als du bist, Devellyn«, zischte sie. »Ich würde mir nicht einmal einen Fingernagel einreißen.«

Devellyn legte sich die Finger an die Nase. »Ach ja, ich vergaß!«, erwiderte er bissig. »Der Schwarze Engel kann ja fliegen.«

»Was interessiert es dich eigentlich, ob ich mich verletze, oder nicht? Ich dachte, für dich wäre ich gestorben. So tot, als hättest du – Moment mal, wie war das doch gleich – mir einen Pfahl durch mein schwarzes Herz getrieben. Sag mir, wenn mich meine Erinnerung trügt«, entgegnete sie spöttisch.

Jetzt platzte Devellyn der Kragen. Mit zwei großen Schritten war er bei ihr, packte sie am Arm, zog sie zum Waschstand und goss Wasser in die Waschschüssel. »Wasch dir den Dreck aus dem Gesicht«, befahl er ihr mit eisiger Stimme, »bevor ich dir anständig den Hintern versohle.«

Sidonie schoss herum und verpasste ihm eine Ohrfeige. »Versuch das besser nicht«, zischte sie ihn mit flammendem Blick an.

Wie betäubt ließ Devellyn von ihr ab und hielt sich die schmerzende Wange. »Wasch dir die Schminke ab, Sidonie«, wiederholte er ein wenig sanfter. »*Bitte*.«

»Stimmt was nich', der Herr?«, fragte Sidonie in breitestem Cockney. »Hat Ihnen beim letzten Mal doch sehr gut gefall'n, wie?«

Entsetzt wich Devellyn zurück. »Hör auf!«, fuhr er sie an. »Verdammt, hör auf, mit dieser Stimme zu mir zu reden. Und dann diese abscheulichen Kleider. Zieh sie aus. Weg damit. Hör auf mit dieser entsetzlichen Scharade!«

»Was ist los, Devellyn?«, flüsterte Sidonie mit unverstellter Stimme. »Ist die ungezogene Ruby Black eine Nummer zu groß für dich? Sehnst du dich denn gar nicht danach, ihr die Kleider vom Leib zu reißen? Komm schon, gib zu, dass das der Grund ist, warum du dich wie ein Volltrottel aufführst.«

»Halt die Klappe, Sidonie«, brüllte er. »Du bist nicht … *sie*.«

Sidonie schubste ihn in Richtung Bett. »Weißt du, was dein Problem ist, Devellyn?«

»Meine Probleme«, knirschte er, »sind meine Privatangelegenheit und gehen dich einen feuchten Kehricht an.«

Als Sidonie die flache Hand auf seinen Bauch legte und langsam an ihm heruntterglitt, kniff er verwirrt die Augen zusammen. Er spürte, wie sie durch den Stoff der Hose hindurch seinen Schwanz massierte, den Kopf an seiner Schulter ablegte und ein sinnliches Stöhnen von sich gab.

»Dein Problem, Devellyn«, raunte sie, »ist, dass du Frauen wie Ruby begehrst. Weil es einfach ist. Unverbindlich. Keine Fragen, keine Verpflichtung.«

Ein wohliger Schauer erfasste Devellyn. »Hör auf, Sidonie«, raunte er.

Doch Sidonies Hand machte weiter, bis er das Gefühl hatte, er müsste vor Lust vergehen. »Ja, ich bin der Schwarze Engel, Devellyn«, raunte sie. »Ich bin Ruby Black, die kleine, verwegene Hure, die dir noch immer schlaflose Nächte beschert und die du so begehrst. Den Beweis dafür halte ich in meiner Hand. Aber Sidonie hast du fallen gelassen, weil sie nicht die tugendhafte Witwe ist, für die du sie gehalten hast.«

»Sei still, Sidonie«, flüsterte er. »Sei einfach nur still. So ist es nicht.«

Sidonie hauchte ihm zarte Luft ins Gesicht. »Bist du dir da ganz sicher? Vielleicht denkst du ja, dass du nichts Besseres als Frauen wie Ruby verdient hast. Oder dir fehlt der Mumm, dich der Herausforderung einer Beziehung zu stellen.«

Devellyn packte sie beim Handgelenk und riss ihre Hand nach hinten. »Vielleicht ein bisschen von allem. Oder nichts von alledem. Ich habe dich verlassen, Sidonie, weil du eine Lügnerin bist. Ich habe die Wahrheit mit eigenen Augen gesehen. Die *Tätowierung*. Wie konntest du mir das antun? Mich nach dir schmachten lassen, mich mit dir schlafen lassen und mir nichts davon sagen? Wie konntest du nur so grausam sein?«

Sidonie wirkte mit einem Mal weniger aufgebracht. »Ich … ich habe einen Fehler gemacht«, sagte sie leise und schlug die Augen nieder.

»Was genau meinst du?«, fragte er und zog sie zu sich. »Dass du mich belogen hast? Dass du dich mir hingegeben hast?«

Sidonie schloss die Augen und schüttelte das Haupt. »Nein«, wisperte sie. »Mag sein, dass es verwegen war, mich dir hinzugeben. Aber es hat sich gut angefühlt, ganz und gar nicht wie ein … Fehler. Bis du mich verlassen hast.«

Devellyn atmete tief ein. »Gütiger Gott, ich dachte wirklich, ich hätte mich in dich verliebt«, stammelte er. »Jetzt stehe ich am Rande des Wahnsinns. Wenn du schon so verdammt clever bist, dann erkläre mir, warum ich vor Angst um dich vergehe. Ständig male ich mir aus, man könnte dich eines Tages mit aufgeschlitzter Kehle in einer verdreckten Gasse finden oder dass du am Galgen baumelst. Wenn du glaubst, ich träume davon, wie ich eine Hafenhure vögele, die es gar nicht gibt, dann bist du auf dem Holzweg.«

Sidonie schlug die Augen auf und bedachte ihn mit einem langen Blick, in dem sich Faszination und Vorsicht vermischten. »Du bist es, der auf dem Holzweg ist. Der Schwarze Engel existiert. Und er ist noch lange nicht mit dir fertig.«

Devellyn schnappte nach Luft. Ehe er wusste, was er tat,

presste er seine Lippen auf ihre, und küsste sie, wie es inniger und stürmischer nicht sein konnte. Als Sidonie sich lösen wollte, zog er sie noch fester an sich, bis sie nachgab und sich seinen Liebkosungen hingab. Als sich seine Hände mit ihren Brüsten füllten, perlte ihr sein Name von den Lippen.

Aleric. Aleric.

Der kehlige und leidenschaftliche Laut trieb Devellyn die Tränen in die Augen. Es war wie ein Echo aus der Vergangenheit. Ein Ruf. Eine Anrufung. Er begehrte sie, wollte sich an ihr abreagieren; die Enttäuschung, den Frust und die Wut loswerden, die ihn von innen heraus verbrannten, und ein weiteres Mal in den Gefühlen baden, die ihm in der vergangenen Nacht vergönnt gewesen waren. Er wollte die Frau, die er in Händen hielt, egal, wer sie war. Er musste sie haben. Sein Blick schoss durch den Raum. Nein, das wackelige Bett kam nicht in Frage. Nicht für das, was er zu tun gedachte. Er schob sie in Richtung Tisch, den er mit einer ausholenden Bewegung leer fegte. Er hörte, wie der irdene Teller zu Bruch ging und das Besteck klirrend auf den Boden schlug, als er sie auf den Tisch warf. Eine Hand riss ihren Rock in die Höhe, während die andere sich an seinen eigenen Kleidern zu schaffen machte. Er umfasste ihr Becken, zog sie zu sich und fuhr mit einem Stoß in sie. Sidonie schrie kurz auf und streckte die Arme nach ihm aus, bis Devellyn sich über sie beugte und ihr mit einem leidenschaftlichen Kuss die Lippen verschloss. Das Verlangen brannte in ihm, als hätte es die letzte Nacht nie gegeben. Einzeln waren sie nichts. Waren sie falsch. Unvollständig. Doch zusammen, jetzt, in dieser Sekunde, waren sie wie ein anschwellender Feuersturm, brennend und tobend.

Sidonie war es, als drehte sich der kleine schäbige Raum. Immer wieder rief sie seinen Namen, und als sie das Becken in die Höhe riss, war es Devellyn, als müsse er vor Verlangen sterben. Seine Stöße wurden schneller, fordernder, erhitzter und das weiße Licht, das ihn umgab, stetig gleißender. Und dann lag er keuchend auf ihr.

Es verstrichen einige Augenblicke, ehe seine Beine ihn wieder tragen konnten und er Sidonie zum Bett trug und sie auf seinen Schoß setzte. »Habe ich dir wehgetan?«, fragte er mit heiserer Stimme und hauchte ihr einen Kuss auf die Stirn.

Sidonie antwortete mit einem undefinierbaren Laut. Lachte sie? Schluchzte sie? Devellyn wusste es nicht.

»Es tut mir leid«, murmelte er. »Es tut mir leid, Sidonie. Ich wollte dich nicht ... du hast es nicht verdient, dass ...« Wie sollte er etwas erklären, das er selbst nicht ganz verstand? »Ach, Sidonie. Ich kann es nicht ertragen, ohne dich zu sein. Möge Gott uns beiden helfen.«

Verwundert schüttelte Sidonie den Kopf. »Warum, Devellyn?«, flüsterte sie. »Warum ausgerechnet ich?«

»Ich weiß es nicht«, antwortete er mit leiser Stimme und legte die Lippen an ihren Hals. »Ich kann es dir nicht erklären, Sidonie. Ich habe mich verliebt. In dich.«

Sidonie legte die Hände um sein Gesicht und zwang ihn, sie anzusehen. »Und das, obwohl du weißt, wer oder was ich bin?«

»Das spielt keine Rolle mehr. Ich will dich. Brauche dich.«

»Du wolltest wissen, ob die letzte Nacht ein Fehler war«, wisperte sie. »Nun, du siehst, was daraus entstanden ist. Ich bin ein törichtes Risiko eingegangen, um zu bekommen, wonach ich mich so verzweifelt sehnte. Und nun bin ich aufgeflogen. Aber wie könnte irgendetwas davon ein Fehler gewesen sein? Das frage ich mich ständig. Wie kann etwas so Schönes ... *falsch* sein?« Mit diesen Worten vergrub Sidonie das Gesicht an seiner Weste.

»Es war kein Fehler.«, sagte Devellyn.

»O Gott«, schluchzte sie gegen seine Brust. »Was auch immer daraus wird, es war es wert.«

Devellyn füllte seine Lungen mit ihrem warmen Duft. Ihre Worte, ihre Reaktion schürten seine Ängste. »Gütiger Gott, der Schwarze Engel!«, sagte er. »Warum tust du so etwas, Sidonie? Warum gehst du so ein großes Risiko ein? Sie könnten dich hängen.«

Sidonie beobachtete, wie eine Mischung aus Furcht, Unsicherheit und Trauer über Devellyns Gesicht huschte. Er verdiente eine Antwort. Zögernd versuchte sie, ihm eine zu geben. Aber es machte nicht viel mehr Sinn, als bei George. Und Devellyn billigte ihre Erklärung ebenso wenig. Seine Augen verdunkelten sich.

»Sidonie, es gibt bessere und sichere Methoden, den Benachteiligten unserer Gesellschaft zu helfen«, sagte er ernst und strich ihr über die Wange, als wollte er seine Worte einbrennen. »Was du tust, ist gefährlich.«

»Du klingst schon wie George.«

»Du musst damit aufhören, Sidonie. Egal, was zwischen uns geschieht. *Versprich mir das*.«

Sidonie seufzte. »Das kann ich nicht, Devellyn«, antwortete sie nach einer kurzen Pause. »Verstehst du denn nicht? Es war nicht geplant, dass ich mich in dich verliebe. Ich habe mir große Mühe gegeben, mich von dir fernzuhalten, aber du wolltest ja kein … kein …«

»Nein als Antwort akzeptieren?«, riss er das Wort an sich. »Recht hast du, und daran hat sich auch nichts geändert. Sidonie, der Schwarze Engel ist tot.«

»Nein«, raunte sie. »Nicht für mich.«

»Hör auf, bevor du geschnappt wirst«, beschwor er sie. »Versprich mir hier und jetzt, dass du damit aufhörst.«

Sidonie schwieg. »Ich werde vorsichtig sein«, sagte sie. »Mehr kann ich dir nicht versprechen. Aber Lady Kirton – o Gott – ich glaube, sie weiß Bescheid oder ahnt zumindest etwas. Aber sie wird bestimmt nichts sagen.«

»Um Lady Kirton kümmere ich mich«, sagte er. »Wer außer dir und Julia weiß noch davon? Wer könnte dir auf die Schliche gekommen sein?«

»Eigentlich niemand. Außer dir, Aleric. Und selbst du hast mich zuerst nicht durchschaut.«

»Weiß der Teufel, warum«, brummte er. »Doch das alles passte einfach gar nicht zusammen, sodass mein Verstand die Zusammenhänge übersehen hat. Aber ich kann nur für *meinen* Geist sprechen. Irgendwann wird sich irgendjemand an irgendwas erinnern und eins und eins zusammenzählen. Und was machen wir dann, Sidonie?«

»So weit wird es nicht kommen«, entgegnete sie. »Ich werde vorsichtig wie nie sein.«

Devellyn wünschte, er könnte ihre Meinung teilen. »Für dich wäre es das Beste, wenn du mich heiraten würdest«, sagte er. »Mein Ruf ist nicht der Beste, das wissen wir beide, aber mein Rang dürfte dir den Kopf retten, wenn es hart auf hart käme.«

Sidonie nahm seine Hand, führte sie an ihre Lippen und küsste ihm die Handknöchel. »Ich weiß dein Angebot zu schätzen.«

Devellyn hielt die Luft an. »Heißt das *ja?*«

»Das war ein klares *nein*«, antwortete sie und schüttelte den Kopf. »Es gibt zu viele, die meine Hilfe benötigen. So viel Elend, das es zu bekämpfen gilt. Versuch wenigstens, mich zu verstehen. Vergiss nicht, wie entsetzt deine Familie über eine Heirat von uns beiden wäre.«

»Mein Vater ist schon entsetzt, wenn ich nur den Mund aufmache oder mein Name fällt«, sagte er und versteifte sich. »Meine Mutter hingegen wäre aus dem Häuschen und würde vor Dankbarkeit vor dir auf die Knie fallen.«

»Ich glaube eher, dass sie die Hände über dem Kopf zusammenschlagen würde«, konterte Sidonie. »Ein Herzog in spe und die Tochter einer ...«

Devellyn legte ihr den Finger auf die Lippen, damit sie verstummte. »Sprich nicht weiter, Sidonie«, flüsterte er. »Sie war deine Mutter. Sie wäre bestimmt erfreut gewesen.«

Sidonie warf ihm einen fragenden Blick zu. »Du scheinst wirklich den Verstand verloren zu haben.«

»Sag ich doch«, antwortete er. »Wie dem auch sei, ich würde meines Lebens nicht mehr froh, wenn dir etwas zustieße oder du gehängt würdest. Sidonie, auch ich habe mich noch nicht ganz an den Gedanken gewöhnt; aber ich wünsche mir, dass du meine Frau wirst und meine Kinder zur Welt bringst. Ich bin in den vergangenen Stunden durch die Hölle gegangen, aus Angst, dir könnte etwas zustoßen. Oh Sidonie, bedeute ich dir denn gar nichts? Nicht wenigstens ein winziges bisschen?«

Sidonie schloss die Augen. »Natürlich«, flüsterte sie, »die Tiefe meiner Gefühle für dich macht mir Angst. Ich ... ich liebe dich, Devellyn. So, jetzt ist es raus. Wirst du es jetzt gegen mich verwenden und es als Waffe einsetzen?«

Als Antwort darauf gab er ihr einen innigen Kuss. »Gott sei Dank«, flüsterte er mit rauer Stimme. »Heirate mich, Sidonie. Bitte.«

Sie öffnete die Augen und sah ihn an.

»Du musst nichts weiter tun, als *ja* zu sagen, Sidonie«, beschwor er sie. »Sag es einfach. Spring über deinen Schatten. Bei mir wirst du Geborgenheit und Sicherheit finden.«

Sidonies Zögern schürte seine Hoffnung. »O Devellyn! Es klingt so verlockend. Aber was würden denn die Leute sagen?«

»Dass du eine schreckliche Partie gemacht hast«, sagte er, nahm ihre Hände und sah ihr tief in die Augen. »Hör mir zu, Sidonie«, sagte er, »in wenigen Tagen richtet meine Mutter einen Ball aus. Mein Vater wird siebzig. Sidonie, ich möchte, dass du ebenfalls kommst. Meine Mutter wird dich einladen und dich in die Gesellschaft einführen. Dich und natürlich auch deinen Bruder. Sie weiß bereits von ...«

»Uns?«, unterbrach Sidonie ihn und machte ein ungläubiges Gesicht. »Devellyn, sag, dass das nicht wahr ist.«

»Ich habe ihr von dir erzählt, ja«, sagte er mit einem schiefen Lächeln. »Und von deinem Bruder. Sie war sehr ergriffen. Genau genommen war es ihre Idee, dir nach dem, was in Lord Walrafens Salon geschehen ist, einen Antrag zu machen.«

»Aleric, das würde niemals funktionieren«, sagte sie und blickte besorgt drein. »Ich habe eine Vergangenheit. Eine Vergangenheit, die mich immer verfolgen wird. Mag sein, dass deine Mutter uns akzeptiert, aber wie steht es mit deinem Vater?«

»Wen interessiert das schon?«, schnaubte Devellyn.

»Ach, Devellyn«, seufzte sie. »Ich glaube, dass dir das Ganze mehr bedeutet, als du zuzugeben bereit bist.«

Devellyn wollte protestieren, doch Sidonie legte ihm zwei Finger auf die Lippen. »Schon gut, du Nervensäge«, sagte sie. »Ich komme zum Ball und lasse alle an meinem verkorksten Leben teilhaben. Vielleicht gelingt es mir ja, bei dem einen oder anderen doch einen guten Eindruck zu hinterlassen.«

Devellyn drückte ihr die Hände. »Werde meine Frau«, flehte er sie an. »Trenne dich von Ruby Black und stell dich einer Herausforderung, die alles andere in den Schatten stellt. Stell dir nur mal vor, wie viel Gutes du als vermögende Marquise tun könntest.«

Sidonie warf ihm einen misstrauischen Blick zu. »Angenommen, ich lasse Ruby Black sterben, was würdest du im Gegenzug für mich tun?«

»Was ich tun würde? Was, zum Teufel, soll das denn heißen?«

»Dein Vater ist bestimmt ein stolzer Mann«, sagte sie. »Aber was, wenn er dir die Hand zur Versöhnung reichen würde, wenn auch nur verhalten? Wärst du bereit einzuschlagen? Deiner Mutter zuliebe?«

»Ich möchte dich einfach nur heiraten«, murmelte er. »Vater würde sich lieber die Hand abschlagen lassen, als sie mir zu reichen.«

»Was, wenn du dich irrst? Ich finde, Ihr solltet euch aussprechen, solange ihr noch die Gelegenheit habt. Mach bitte nicht denselben Fehler wie ich.«

»Wie meinst du das?«, fragte er und sah sie skeptisch an.

Sidonie schwieg eine Weile. »George meint, ich hätte den Schwarzen Engel nur deshalb ins Leben gerufen, weil ich noch immer mit meiner Mutter hadere«, antwortete sie schließlich. »Und ich ... fürchte, dass er recht hat. Als ich jung war, habe ich nicht verstanden, dass sie ein Leben voller Entbehrungen und geplatzter Träume führte. Als sie mich fortschickte, war ich verletzt, fühlte mich ungeliebt. Also bin ich davongelaufen.«

»Armes Mädchen«, murmelte er und küsste ihr die Stirn.

Sidonie schob ihn von sich, damit er ihr in die Augen sehen konnte. »Ich bin nie wieder nach Hause gekommen, Aleric«, fuhr sie fort. »Selbst nicht nach Vaters Tod, als sie mich angefleht hat, ich möge sie besuchen. Es hat mich mit einer krankhaften Genugtuung erfüllt, ihr vor den Kopf zu stoßen. Ich war der Illusion erlegen, wir könnten uns später irgendwann mal versöhnen, wenn überhaupt. Ich weiß bis heute nicht, was für ein Mensch meine Mutter war. Und jetzt kann ich sie nicht mehr kennenlernen.«

»Verstehe. Aber bei mir liegt der Fall etwas anders. Mein Vater lebt ganz in der Nähe. Er hätte mich jederzeit aufsuchen können.«

»Dann musst du eben über deinen Schatten springen. Und ich werde dich so lange damit nerven, bis du es tust.«

Devellyn schleuderte ihr einen düsteren Blick zu. »Alasdair hatte doch recht.«

»Womit?«

»Dass Weiber sich ständig einmischen müssen. Dass sie alles besser wissen. Dass sie nicht eher Ruhe geben, bis sie ihren Willen bekommen.«

»Soll das heißen, dass du deinen Heiratsantrag zurückziehst?«, sagte sie mit einem Schmunzeln. »Prima, mein Bruder wird sich freuen.«

Devellyn, der nicht im Traum daran dachte, seinen Antrag zurückzunehmen, sah fasziniert zu, wie Sidonie sich die Schminke vom Gesicht wusch, die Perücke ablegte und sich das Haar ausschüttelte. Binnen weniger Minuten war sie wieder so, wie er sie kannte. Nachdem sie sich den Umhang umgelegt hatte, nickte sie ihm zu. Es war Zeit, nach Hause zu gehen.

Devellyn schwebte förmlich auf Wolken, so erleichtert war er, dass ihr nichts zugestoßen war. Und dass sie ihn … liebte. Vielleicht hatte er sie noch nicht davon überzeugt, dass er ihre Liebe und ihr Opfer wert war, aber er war frohen Mutes, als sie durch den Lieferanteneingang die Gutter Lane betraten.

Plötzlich stolperte eine keifende, junge Frau aus einem Haus. Devellyn bereute seine Entscheidung, den Weg durch diesen Teil der Stadt genommen zu haben, in dem es zahlreiche Freudenhäuser gab. Die junge Frau landete auf ihrem Allerwertesten und musste sich von einer untersetzten, bunt gekleideten Frau auf der obersten Treppenstufe bespucken lassen.

»Schmier dir deine feine Art sonst wohin«, rief sie. »Für eine wie dich ist hier kein Platz.«

Das Mädchen mit dem strohblonden, wirren Haar, das in einem pflaumenfarbenen und dreckigen Kleid steckte, hatte sich wieder hochgerappelt. »Ach, halt doch die Klappe, du alte Hexe!«, schoss es zurück. »Ich besorg's doch keinem Scheintoten, der nich' mal mehr Zähne im Mund hat. Gib ihn Maryanne. Sie fürchtet sich vor nix.«

Im Nu war die Alte bei der jungen Frau und schlug ihr mit der flachen Hand ins Gesicht. Sidonie riss sich von Devellyn los und rannte auf die beiden zu. »Lassen Sie das Mädchen in Ruhe!«, schrie sie und zerrte die Kupplerin fort. »Woher nehmen Sie sich das Recht, sie zu misshandeln?«

»Woher ich mir das Recht nehme? Dieses kleine Luder hat seine Miete noch nie bezahlt. Wie kommen Sie eigentlich dazu, sich in meine Angelegenheiten einzumischen?«, rief sie und warf Devellyn einen steifen Blick zu. »Rein mit dir, Bess. Die feinen Herrschaften möchten bestimmt auf dem schnellsten Weg nach Hause.«

Doch Sidonie dachte gar nicht daran, ihren Weg einfach fortzusetzen, sondern gesellte sich zu der jungen Frau, die sich mit dem Handrücken die blutige Lippe abwischte. »Ich möchte Ihnen gerne helfen«, sagte sie. »Bitte erlauben Sie mir, Ihnen eine Bleibe für heute Nacht zu suchen.«

Das Mädchen sah sie höhnisch an. »Für heute Nacht?«, äffte

sie sie nach. »Das hilft mir auch nich'. Hier hab' ich wenigstens 'ne Arbeit. Und ein Dach überm Kopf. Ich lass mich doch nicht ins Armenhaus stecken.«

Sidonie legte ihr zur Beruhigung die Hand auf den Arm. »Aber, meine Liebe, das wäre doch besser, als hierzubleiben, oder?«

Das Mädchen hob eine Augenbraue und riss sich los. »So, meinen Sie?«, raunte sie. »Da schürf ich mir lieber die Knie auf, indem ich einem zahnlosen Greis einen blase, statt halb verhungert Böden zu schrubben.« Mit diesen Worten hastete sie die Treppe hinauf und verschwand im Haus.

»Warten Sie!«, rief Sidonie verzweifelt. »Wer redet denn hier vom Armenhaus? Bitte. Hören Sie mich doch an.«

Doch das Mädchen blieb verschwunden. Die Kupplerin lächelte sie dünkelhaft an und schlug die Tür zu.

Sidonie sah aus, als könnte sie jeden Augenblick in Tränen ausbrechen. Devellyn legte den Arm um sie und zog sie zu sich. »Du hast es versucht, Liebste«, tröstete er sie leise. »Sie hat deine Hilfe nicht gewollt.«

»Ich darf gar nicht daran denken, dass es noch Tausende dieser Mädchen gibt«, sagte sie besorgt. »Sie kennt es ja nicht anders. Hier bleiben oder ins Armenhaus – zumindest denkt sie das. Das ist unfair, Devellyn.«

»Das Mädchen hat nichts mit deiner Mutter zu tun«, sagte er einfühlsam.

»Doch. Wie meine Mutter fühlt sie sich gefangen«, schoss Sidonie zurück. »Beim Allmächtigen, ich wünschte, ich hätte dir nie von Georges alberner Theorie erzählt.«

Devellyn zog sie weiter. »Du kannst sie nicht alle retten, Sidonie«, sagte er. »Selbst die Arbeit des Schwarzen Engels ist nicht mehr als ein Tropfen auf den heißen Stein.«

Sidonie ließ die Schultern hängen. »Aber der Schwarze Engel kann es wenigstens versuchen«, flüsterte sie mit erstickter Stimme. »Besser als nichts.«

Eine Weile liefen sie schweigend nebeneinander her. »Ich weiß jetzt, wo dein Problem liegt«, wagte Devellyn sich schließlich vor. »Du bist zwar tüchtig, löschst aber nur kleine Brände. Vielleicht ist es an der Zeit, in größerem Maßstab zu denken.«

Sidonie stieß einen müden Seufzer aus. »Ich fürchte, ich verstehe nicht ganz.«

Nachdenklich fuhr Devellyn sich über die Bartstoppeln am Kinn. »Ich weiß selbst nicht genau, wie ich das meine, aber gib mir ein wenig Zeit und lass dich überraschen, wozu mein eingerostetes Oberstübchen fähig ist.«

Devellyn sah dem Ehrentag seines Vaters entgegen wie ein Verurteilter dem Gang zum Schafott. Er fürchtete sich vor einem weiteren öffentlichen Auftritt und davor, dass sein Vater ihn vor versammelter Gesellschaft bloßstellte. Nach dem sonderbaren Zwischenspiel im Cross Keys hatte er sich abermals mit seiner Mutter getroffen und ihr ein Abkommen vorgeschlagen: Sidonie und ihr Bruder würden als lang verschollene Cousine und Cousin im Schoß der Familie aufgenommen, wenn er dafür im Gegenzug am Ball teilnähme. Es war beängstigend, wie schnell seine Mutter zugestimmt hatte, und auch das eigenartige Funkeln in ihren Augen war ihm nicht entgangen.

Die Luft knisterte förmlich vor Spannung – so, als setzte man sich gerade an einen Kartentisch, um in die nächste Runde mit einzusteigen. Devellyn war es, als hielte das Schicksal neue Karten für ein neues Leben bereit. Was würde er wohl vorfinden? Asse und Könige? Oder nur Zweien und Dreien?

Sidonie hatte ihm auf seinen Antrag noch keine bindende Antwort gegeben. Je länger er darauf wartete, desto nervöser wurde er. Wenn sie gemeinsam etwas unternahmen, musste er sich am Riemen reißen, um sie nicht unter Druck zu setzen. Doch noch war nicht alle Hoffnung verloren. Sidonies Küsse wurden von Tag zu Tag leidenschaftlicher und ihr Protest immer schwächer, was daran liegen mochte, dass Devellyn sie regelrecht belagerte – im romantischen Sinne. Morgens schickte er ihr frische Blumen, abends Schokolade und hin und wieder Schmuck, wenngleich sie das Geschmeide stets zurückschickte.

Und dann war er da, der Abend, an dem der große Ball steigen würde. Sir Alasdair MacLachlan traf – wie könnte es anders sein – mal wieder überpünktlich ein, damit ihm genug Zeit blieb, seinen Freund zu piesacken. Er überschüttete Devellyn mit unerwünschten, überflüssigen und überzogenen Ratschlägen über das Leben im Allgemeinen und die Liebe und die Abgründe der weiblichen Seele im Besonderen. Während Fenton Devellyn beim Anziehen der Abendrobe behilflich war, saß Alasdair in einem Sessel neben der Frisierkommode. Es dauerte nicht lange, bis die beiden auf die Herzogin von Gravenel zu sprechen kamen.

»Hast du eigentlich vor, ihr zu sagen, dass ich dein Kommen erzwungen habe?«, fragte Alasdair, hielt seinen Sherry in die Höhe und erfreute sich an dem satten goldenen Schimmer.

»Wo denkst du hin«, erwiderte Devellyn. »Stell dich lieber darauf ein, dass ich heute Abend meine Verlobung bekannt geben werde.«

»Da wird ja der Hase im Pfeffer verrückt!«, rief Alasdair empört und stellte das Glas ab. »Was wird denn nun aus meinem Denar? Und was ist mit Sidonie? Weiß sie überhaupt davon?«

»Eigentlich nicht.« Devellyn hob das Kinn, damit Fenton den Kragen schließen konnte. »Es soll eine Überraschung werden. Wenn ich sie in aller Öffentlichkeit frage, wird sie wohl kaum ablehnen, oder?«

Alasdair warf ihm einen skeptischen Blick zu. »Wie heißt es so schön?«, sagte er. »Eine gesprungene Tasse lässt sich nicht mehr kitten. Was, wenn sich das Ganze als Schuss in den Ofen herausstellt?«

»Verschon mich mit deinen schottischen Plattitüden, Alasdair«, brummte Devellyn. »Irgendjemand muss der Frau schließlich so etwas wie Sicherheit bieten. Außerdem weiß ich mir keinen anderen Rat mehr.«

»Dann handelt es sich bei deinem Heiratsantrag also um eine rein humanitäre Geste, sehe ich das richtig?«

»Hätten Sie wohl die Freundlichkeit, den Kopf zu heben?«, brummte Fenton, der sich mit dem Binden des Halstuchs abmühte.

Devellyn hüllte sich in tiefes Schweigen, während sein Kammerdiener die letzten Handgriffe anlegte. »Danke, Fenton«, murmelte er anschließend. »Sie haben ein Wunder vollbracht.«

»Das haben Sie in der Tat«, murmelte Alasdair. »Er sieht fast wie ein zivilisierter Mensch aus.«

»Du bist der geborene Schmeichler, Alasdair«, entgegnete Devellyn und legte seinem Freund die Hand auf die Schulter. »Komm mit. Ehe ich mich ins Getümmel schmeiße, muss ich noch etwas Unangenehmes an der Uferpromenade erledigen.«

Der Zufall wollte es, dass George Kemble nicht der einzige Einwohner Londons war, der an diesem Abend einen unerwarteten Besucher empfing. Kurz vor Sonnenuntergang wurde der Türklopfer vom Haus Nummer vierzehn am Bedford Place betätigt. Da Julia gerade beschäftigt war, die letzten Änderungen an Sidonies Ballkleid vorzunehmen und Meg außer Haus weilte, öffnete Sidonie die Tür. Als sie sah, wer ihr gegenüberstand, stockte ihr der Atem. Lady Kirton. Und hinter ihr die Kutsche mit Familienwappen.

»Guten Abend, Madame Saint-Godard«, sagte Lady Kirton mit einem freundlichen Lächeln um die Lippen, »ich dachte mir, Sie würden mich vielleicht gerne zu Lord Gravenels Ball begleiten.«

»*Sie begleiten?*« Sidonie sah sie an, als wäre sie schwer von Begriff.

Die beiden violetten Federn auf Lady Kirtons Hut hüpften im Takt, als die Trägerin nickte. »Elizabeth und ich dachten, es wäre ein wenig unangemessen, wenn Sie mutterseelenallein einträfen«, murmelte sie. »Und wenn mich nicht alles täuscht, hat Ihr Bruder die Einladung abgelehnt. Hätten Sie etwas dagegen, wenn wir alles Weitere drinnen besprächen?«

Sidonie rief sich zur Ordnung und besann sich ihrer Kinderstube. »Aber selbstverständlich. Bitte treten Sie doch ein«, stammelte sie und gab den Weg frei. »Von welcher Elizabeth sprechen wir hier, wenn ich fragen darf?«

»Von der Herzogin von Gravenel natürlich«, antwortete Lady Kirton, als läge es klar auf der Hand. »Wir kennen uns seit unserer Kindheit, müssen Sie wissen. Hat Aleric das nie erwähnt?«

Sidonie führte Ihre Ladyschaft in den Salon. »Nicht, dass ich mich erinnern könnte«, antwortete sie. »Und Sie wollen wirklich, dass ich mit Ihnen zum Ball fahre?«

Lady Kirton breitete die Arme aus. »Es sei denn, meine Gesellschaft sagt Ihnen nicht zu.«

»Nein, nein. Wo denken Sie hin?« Sidonie lief rot an. Und dann dämmerte es ihr. »Sie hat es Ihnen gesagt, oder?«, murmelte sie. »Die Herzogin, meine ich. Sie hat Ihnen gesagt, dass ich eine ... entfernte Verwandte bin.«

Lady Kirton trat einen Schritt auf sie zu und tätschelte Sidonie aufmunternd die Wange. »Eine liebe Base, die lange im Ausland gelebt hat und nun zu ihren Wurzeln zurückkehrt«, interpretierte sie die Situation. »Der bedauerliche Umstand, dass Sie vor kurzem Ihren Gemahl verloren haben, hat sie bewogen, bis heute ein eher zurückgezogenes Leben zu führen. Kopf hoch, mein Kind. Und wehe, Sie erzählen eine andere Version.«

Die Sonne war gerade erst untergegangen, als Devellyns Kutsche vor Kembles Geschäft vorfuhr. In den Läden rechts und links gingen allmählich die Lichter aus, während die Kaffeehäuser sich allmählich füllten. Devellyn blieb vor der Tür stehen – ihm war ein wenig mulmig.

»Kommst du?«, fragte er an Alasdair gewandt, der in legerer Manier an die Kutsche gelehnt stand.

Alasdair winkte gelassen ab. »Drei sind einer zu viel. Außerdem kann ich kein Blut sehen.«

Nachdem Devellyn die Messingplakette an der Tür inspiziert hatte, fasste er sich ein Herz und trat ein. Eine kleine Glocke verkündete seine Ankunft, und er staunte nicht schlecht, als er die Auslagen sah. Edles Allerlei, wohin das Auge blickte. Kerzenleuchter und Kristallgeschirr, Trinkgläser und Teeservices, Wappen und Waffen. Jedes Stück schien ein Unikat zu sein, ganz zu schweigen von dem Meer aus Geschmeide, das in den gläsernen Vitrinen um die Wette funkelte.

Ehe Devellyn es sich versah, trat ein Mann, der ihm irgendwie bekannt vorkam, durch einen grünen Samtvorhang und musterte ihn herablassend. »*Pardon, monsieur*, aber wir 'aben bereits geschlossen«, näselte er. »Kommen Sie wieder an eine andere Tag.«

»Himmel, ich kenne Sie!«, entfuhr es Devellyn, als er an den Verkaufstresen trat. »Aber um Sie kümmere ich mich später. Erst einmal möchte ich Kemble sprechen.«

Die Augenbrauen des Jünglings schoben sich in die Höhe. »Davon möschte isch Sie dringend abraten, Sir. Er bespricht gerade mit die Koch die Abendessen.«

Devellyn legte die Handflächen auf der Glasoberfläche des Tresens ab und beugte sich nach vorn. »Und wenn er nackt in der Badewanne säße und sich die Fußnägel schneiden würde – es interessiert mich nicht!« Dann wich seine Anspannung ein wenig. »Was soll's, mach' ich mich eben selbst auf die Suche«, murmelte er, trat um den Tresen herum und hielt auf den Vorhang zu.

»*Non! Non!*«, rief der Franzose und sprang Devellyn nach. »'alt!«

Doch Devellyn hatte die Stiege in das obere Stockwerk bereits entdeckt und die ersten Stufen erklommen. »Es soll eine Überraschung werden.«

Wie es schien, war Kembles Unterredung mit dem Koch bereits beendet – Devellyn fand ihn in einem kleinen aber luxuriösen Gesellschaftszimmer. Er war gerade dabei, sich und einem Besucher, der Devellyn ebenfalls irgendwie bekannt vorkam, ein Glas Sherry einzuschenken. Beide sahen ihn mit weit aufgerissenen Augen an. Der Gast legte eine Zeitung beiseite und erhob sich.

Kemble ließ den Blick an ihm herunterwandern. »Wenn das

nicht mein geschätzter Cousin Aleric ist«, spie er. »Welch eine Überraschung.«

»Tut mir leid, wenn ich reinplatze«, sagte Devellyn und lehnte sich mit der Schulter gegen den Türrahmen, als plane er, eine Weile zu bleiben, »aber ich war mir sicher, dass Sie mich nicht empfangen würden, wenn ich den normalen Weg gewählt hätte.«

»Sie sind wirklich ein schlaues Köpfchen, Devellyn.«

Devellyn reckte das Kinn in die Höhe. »Hören Sie mir gut zu, Kemble«, sagte er, »Sie und ich, wir müssen uns dringend unterhalten. Und wenn wir damit fertig sind, werden Sie mich heute Abend begleiten.«

»*Sie* begleiten?« Kemble stellte die Karaffe ab.

Plötzlich fühlte Devellyn sich verloren. So sehr er es auch verabscheute, er war auf die Hilfe dieses Mannes angewiesen. »Ja! Zum Ball meines Vaters«, sagte er. »Ich weiß, dass Sie eine Einladung erhalten haben.«

»Ja, und ich habe mich köstlich darüber amüsiert«, erwiderte Kemble mit einem säuerlichen Lächeln, während sein Gefährte nach vorne trat.

»Willst du uns nicht endlich bekannt machen, George?«

»Aber natürlich doch, Maurice«, sagte er und holte es nach.

»Moment Mal. *Giroux*. Sind Sie nicht mein neuer Schneider?«, murmelte Devellyn und runzelte die Stirn.

»Mein Assistent hat Ihnen zwei Westen geschneidert«, näselte Giroux. »Die Farben, die Ihr Diener ausgesucht hat, waren jedoch die reinste Katastrophe.«

Devellyn kniff ein Auge zusammen. »Pferdepissegelb? Und Schimmelgrau?«

Maurice nickte und Devellyn wechselte schnell das Thema: »Wir sollten uns beeilen. Am besten machen wir uns alle drei auf den Weg.«

Giroux wich zurück. »Zu Gravenels Ball?«

Devellyns Blick glitt zwischen den beiden hin und her. »Sie können Sidonie doch jetzt nicht im Stich lassen«, sagte er. »Der heutige Abend ist immens wichtig. Sie braucht dabei ihre Familie.«

»Sidonie ist von ihrem Vorhaben also wirklich nicht abzubringen?«, fragte Kemble.

»Sie hat mir fest versprochen, zu kommen«, sagte Devellyn. »Und ich finde, Sie sollten ihr den Rücken stärken.«

Giroux setzte sich wieder in den Sessel. »Sie müssen verrückt sein«, antwortete er und schlug demonstrativ die Zeitung auf. »Die Hälfte der Anzüge dort stammt von mir.«

»Umso besser«, sagte Devellyn erfreut. »Dann kennen Sie ja eine Menge Leute dort.«

»Ich fürchte, Sie verstehen nicht ganz«, sagte Giroux entnervt. »Keiner von denen ist erpicht darauf, ausgerechnet auf einem Ball dem Mann zu begegnen, der sonst ihre Taillen vermisst und der ihr Gemächt drapiert, damit der Schritt optimal fällt. Nein, nein, es wäre geschäftsschädigend, wenn ich dort auftauchte. Ohne mich, die Herrschaften.«

Devellyn widersprach ihm nicht. Er hatte recht.

»Bei mir sieht es nicht anders aus«, meldete Kemble sich jetzt zu Wort. »Ich habe auch einen Ruf, an den ich denken muss.«

Devellyn versuchte es nun mit einer anderen Taktik. »Aber Sie sind mein lange verschollener und geliebter Cousin, verdammt, und ich finde, die Familie muss zusammenhalten. Mutter brennt förmlich darauf, Sie offiziell in der Familie willkommen zu heißen und Sie an ihren Busen zu drücken.«

»Herrje!«, seufzte Kemble. »Sie glauben doch nicht allen Ernstes, dass ich darauf hereinfalle, oder?«

Devellyn brummte. »Dann denken Sie wenigstens an die

Zukunft Ihrer Schwester. Es tut mir leid, wenn Sie es auf diese Weise erfahren, aber Sidonie und ich werden nächste Woche heiraten.«

Kemble riss die Augen auf. »Das ist bestimmt wieder ein Versuch, mich hinters Licht zu führen.«

Devellyn rang sich ein Lächeln ab. »Ich fürchte, ich habe ihre Tugendhaftigkeit in Gefahr gebracht.«

»Sie Wüstling!«, rief er mit finsterem Blick. »Ich sollte Sie mit der Reitgerte auspeitschen.«

»Wollten Sie mich nicht ursprünglich über den Haufen schießen?«, spöttelte Devellyn.

Kemble überging die freche Bemerkung und lief unruhig umher. »Mein Gott! Sie kann unmöglich ihr Einverständnis gegeben haben. Das hat sie nicht, oder? Verflixt und zugenäht! Ich wusste, dass dieses Mädchen früher oder später in Schwierigkeiten kommt. Aber eine *Heirat?* Mit *Ihnen?*«

Devellyn zwang sich, ruhig zu bleiben. »Ich weiß selbst, dass ich sie nicht verdiene«, sagte er. »Aber es gibt einen triftigen Grund. Sidonie braucht meine Hilfe. Mein Vermögen und mein Titel können sie schützen – vor hässlichen Gerüchten und peinlichen Fragen. Sie wissen, worauf ich hinaus will.«

Kemble warf ihm einen giftigen Blick zu.

»Fakt ist, dass Sidonie und ich bereits verlobt sind«, log Devellyn, ohne rot zu werden. »Heute Abend wird es offiziell bekannt gegeben. Meinetwegen können Sie mich nach dem Ball zum Duell auffordern, aber jetzt sollten wir in erster Linie an Ihre Schwester denken.«

Maurice raschelte mit der Zeitung. »Ich fürchte, jetzt hat er dich, George«, sagte er. »Am besten, du ziehst die cremefarbene Weste an. Die schmeichelt deinen Augen und verleiht dir etwas Aufrichtiges.«

»Wenn ich ein Wörtchen mitzureden hätte, würde ich Sidonie mit der nächsten Fähre zurück nach Frankreich schicken.«

»Haben Sie schon darüber nachgedacht, dass sie vielleicht gar nicht fort möchte«, warf Devellyn ein. »Ich sage es nur ungern, Kemble, aber ich bin Ihrer Schwester nicht gleichgültig.«

»Vermutlich ist das mein Ruin«, sagte Kemble mit einem tiefen Seufzer. »Ich als offizielles Mitglied der Hilliard-Familie! Meine geliebte Anonymität – futsch! Meine Kontakte zur Unterwelt – passé. Wie soll ich unter diesen Umständen denn dann noch Geschäfte machen?«

Devellyn musterte ihn. »Apropos Anonymität«, sagte er. »Was ich die ganze Zeit schon wissen wollte. Was hat Sie eigentlich dazu veranlasst, sich den Namen *Kemble* zuzulegen? Wie kam es dazu?«

»Der Name stand auf einem Theaterzelt«, antwortete er gedankenverloren, »und ist mir tausend Mal lieber als Bauchet oder, noch schlimmer, Hilliard.«

Devellyn schlug ihm freundschaftlich auf den Rücken. »Wenn Sie jemand versteht, Kemble, dann bin ich das«, murmelte er. »Der Name wiegt so schwer wie ein Mühlstein um meinen Hals.«

Kemble warf ihm einen verstohlenen, unfreundlichen Blick zu, ehe er den Rest des Sherrys hinunterspülte, als wäre es lebensnotwendige Medizin.

»Gütiger Gott!« Devellyn starrte auf die Finger, die sich um den Stiel des Glases wickelten. »Ärger mit dem Schraubstock gehabt?«

»Nein, nichts dergleichen«, antwortete er. »Ich habe gestern neue Bekanntschaften im St.-James-Park gemacht.«

»Pud und Bud«, sagte Maurice Giroux und rümpfte abermals die Nase. »Charmante junge Burschen. Wir sollten sie bei Gelegenheit zum Essen hierher einladen.«

Kemble verzog das Gesicht. »Pug und Budley«, berichtigte er ihn. »Die beiden werden sich in der nächsten Zeit vornehmlich von Brei ernähren. So, jetzt wird es aber höchste Zeit, dass ich mich umziehe, um Abschied von meinem alten Leben zu nehmen. Aber eins sage ich Ihnen, Devellyn: Das werden Sie mir bitterlich büßen.«

»Wir sollten es als eine Art Kompromiss sehen, alter Freund«, sagte Devellyn und folgte ihm aus dem Raum. »Sie sollten nicht vergessen, dass es ein Herzogtum gibt, das in dieser Familie im Umlauf ist, welches im Grunde Ihnen zusteht und auf das ich dankend verzichten kann.«

»Es wäre übertrieben, wenn ich sagte, dass ich deshalb nachts kein Auge zutäte«, sagte Kemble und schritt den Flur hinunter.

»Aber Sie stimmen mir doch bestimmt zu, dass es sinnvoll wäre, dafür zu sorgen, dass der Titel auf unserem Ast des Familienstammbaums bleibt, oder?«

Kemble wirbelte herum und funkelte ihn an. »Mein Ast dieses Baums ist vor einer halben Ewigkeit abgefallen«, sagte er frostig. »Ich versichere Ihnen, dass Sie sich um keinen wie auch immer gearteten Kompromiss ihr Herzogenköpfchen zerbrechen müssen.«

»Das sehe ich anders«, sagte Devellyn. »Sobald Sidonie mich heiratet, sind wir durch ein unsichtbares Band miteinander verbunden. Und irgendwann wird alles wieder seine Richtigkeit haben, weil das Herzogtum dann an Ihren Neffen fällt.«

»Ich habe keinen Neffen«, erwiderte Kemble steif.

Devellyn legte ihm den Arm um die Schultern. »Noch nicht, aber ich arbeite daran, diesem Zustand ein für alle Mal ein Ende zu bereiten.«

Eine lange, schwere Stille legte sich über den Korridor. »Sie können von Glück sprechen, dass meine rechte Hand lädiert ist«, knurrte Kemble.

Bei dem Gedanken an das Versprechen, das sie Devellyn gegeben hatte, befiel Sidonie ein flaues Gefühl. Sie hatte sich in die Schlange vor dem Stadthaus der Gravenels eingereiht, an dessen Marmorstufen und ausladendes Säulenportal sie sich noch gut erinnern konnte. Wenn sie als Kind über den Grosvenor Square gefahren war, hatte sie sich stets gefragt, warum George und sie nicht gut genug waren, um hier zu leben.

An der Seite Lady Kirtons betrat sie das imposante Stadthaus. Ein hochnäsiger Dienstbote nahm Sidonie den Umhang von den Schultern. Ein dünner, in Schwarz gekleideter Butler verneigte sich mit einem abschätzigen Lächeln, als sie an ihm vorbeiliefen. Schließlich legte Lady Kirton ihr eine Hand auf den Arm, um ihr Mut zu machen. Sidonie zauberte sich ein Lächeln auf die Lippen und bahnte sich ihren Weg durch die Menge im Foyer.

Und dann sah sie die beiden. Den Herzog und die Herzogin von Gravenel.

Alerics Mutter war eine blasse, zierliche Frau, die sich für ein wogendes Spitzenkleid aus kräftigem Rosé entschieden hatte, das für eine Frau ihres Alters eigentlich unangemessen war, ihr aber ausgezeichnet stand. Als ihr Blick auf Sidonie und Lady Kirton fiel, riss sie die Augen auf. »Mein liebes Mädchen!«, rief sie und streckte die Hände nach ihr aus, als wären sie beste Freundinnen. »Wie schön, dich wiederzusehen, Cousine Sidonie.« Niemand hätte erraten, dass dies ihre erste Begegnung war. Die Gräfin zog Sidonie zu sich und gab ihr einen

Kuss auf beide Wangen, was vor allem den Klatschbasen in Lady Kirtons Rücken nicht entging. Ehe Sidonie es sich versah, stand sie vor dem Herzog von Gravenel, einem hochgewachsenen, hageren Mann, der nur wenig Ähnlichkeit mit seinem Sohn hatte. Seinen Augen wohnte ein kalter Ausdruck inne, und ein höchst eigenartiges Lächeln spielte um seine Mundwinkel.

»Liebste Cousine Sidonie!«, murmelte er und hob ihre Fingerknöchel an seine Lippen, berührte sie aber nicht. »Was für eine Überraschung.«

»Nicht wahr?«, stammelte sie.

Als Antwort bekam sie ein steifes Lächeln, woraufhin sie einen Knicks machte. Als sie weiterlief, konnte sie den brennenden Blick des Herzogs im Rücken spüren. Es lag auf der Hand, dass er gute Miene zum bösen Spiel machte und den Wünschen seiner Gemahlin nachkam.

Im Ballsaal angekommen, schaute sie sich um, musste aber schnell feststellen, dass sie nur vereinzelte Gesichter flüchtig kannte. Es war zwar nicht das erste Mal, dass sie sich unter die Crème de la Crème von Londons Gesellschaft mischte, doch heute war alles anders. Sie fungierte nicht als Anstandsdame, und die Gäste waren an Reichtum, Macht und Blaublütigkeit nicht zu überbieten. Mit einem Mal war sie heilfroh über Lady Kirtons Vorschlag, sie zum Ball zu begleiten.

Im selben Moment zwängte sich ein dunkelhaariger, breitschultriger Gentleman an ihnen vorbei und streifte den Ellbogen der Gräfin. Er drehte sich um, als wollte er sich entschuldigen. »Isabel!«, rief er freudig, »welch eine Überraschung, Sie hier anzutreffen. Zwei Bälle in einer Saison? Ein neuer Rekord für Sie, wenn Sie mir diese Bemerkung erlauben.«

Lady Kirton erwiderte etwas Unverfängliches, ehe sie das

Gespräch auf etwas anderes brachte: »Jetzt hätte ich es beinahe versäumt, Ihnen meine Freundin vorzustellen. Nein, wie unhöflich von mir!«, zwitscherte sie. »Dies ist Gravenels Cousine, Madame Saint-Godard, die erst seit kurzem wieder im Lande weilt und sich der Nazareth Society gegenüber äußerst großzügig erwiesen hat. Sidonie, dies ist Sir James Seese, ein Vorstandsmitglied.«

Wie war das mit ihrer Großzügigkeit der Nazareth Society gegenüber? Na ja, auch eine Möglichkeit, den Sachverhalt zu umschreiben.

Der attraktive Mann verneigte sich und bat sie um den nächsten Tanz. Lady Kirton deutete mit dem Kopf auf den Ballsaal und riss die Augen auf. Mit einem Lächeln nahm Sidonie den dargebotenen Arm an.

Die ganze Zeit über, die sie tanzte, hielt Sidonie Ausschau nach Devellyn. Er hatte sich verspätet. Als der Reigen endete, geleitete Sir James sie zurück zu Lady Kirton, die bei einem Gentleman stand, den sie umgehend entsandte, um Champagner zu holen. Junge, große, kleine, dicke, dünne und glatzköpfige Gentlemen – Lady Kirton kannte sie alle und brauchte nur mit dem Finger zu schnippen, dann kamen sie angelaufen.

»Ihr Ellbogen wird morgen grün und blau schimmern, wenn Sie weiter so machen«, raunte Sidonie der Gräfin zu, als sie ausnahmsweise mal nicht belagert wurden.

»Kein Grund, eifersüchtig zu sein, meine Liebe!«, sagte Lady Kirton und ließ ihre Adleraugen über die Menge schweifen. »Sind Ihnen eigentlich die vielen Blicke aufgefallen, die uns gelten? Einer nach dem anderen wird unsere Nähe suchen, gefolgt von den Gemahlinnen, Liebhaberinnen und Müttern. Wenn die feinen Herrschaften ein Geheimnis wittern, sind sie nicht mehr zu halten.«

Sidonie sank das Herz. »Ich komme mir vor wie eine Hochstaplerin«, sagte sie. »Die Cousine des Herzogs. Die meisten fragen sich bestimmt schon, warum sie noch nie etwas von mir gehört haben.«

Die Gräfin zuckte mit den Schultern. »Gravenel hat sich jahrelang nicht mehr unter Leute begeben und Sie haben außer Landes gelebt«, gab sie zu bedenken. »Und außerdem ist es ja nicht mal gelogen, dass Sie eine Cousine der Familie sind.«

»Trotzdem kann ich mich nicht des Eindrucks erwehren, ich wäre ihm vor die Nase gesetzt worden«, murmelte Sidonie.

Aber Lady Kirton hatte sich bereits auf die Zehenspitzen gestellt und spähte abermals in die Menge. »Er fügt sich für gewöhnlich den Wünschen seiner Gemahlin«, beruhigte die Gräfin Sidonie. »Gravenels Stolz hat ihm stets im Weg gestanden. Sehen Sie mal dort. Ist das nicht Ihr werter Herr Bruder?«

Verdutzt drehte Sidonie sich um. Erleichterung durchströmte ihre Glieder, als sie George unweit des Spielsalons entdeckte. Er hatte die Hände hinter dem Rücken verschränkt und vermittelte den Eindruck, als fühlte er sich nicht sonderlich wohl in seiner Haut. Das mochte vornehmlich daran liegen, dass er sich im Gespräch mit Gravenel persönlich befand. Sein äußeres Erscheinungsbild war wie immer eine Augenweide. Heute Abend hatte er sich für einen unauffälligen schwarzen Gehrock und eine elfenbeinfarbene Weste entschieden, die aussah, als hätte sie ein Vermögen gekostet. Es war dem Herzog anzusehen, dass er in gedämpftem Ton mit George sprach, aber keiner von ihnen wirkte erzürnt oder unfreundlich.

Dennoch haftete Georges Blick etwas Distanziertes an. Es hatte den Eindruck, als würde er eine Reihe von Fragen beantworten. Armer George. Er gab nur äußerst ungern etwas über sein Privatleben preis. Sidonie wusste, dass es ihn immense Überwindung gekostet haben musste, hier zu erscheinen. Er war ihretwegen gekommen, das lag klar auf der Hand. Es hätte zudem einen eigenartigen Eindruck hinterlassen, wenn der Herzog und seine Familie nur einen von ihnen beiden empfangen hätten.

Nichtsdestotrotz würden sich die Leute das Maul über ihre Herkunft zerreißen. Über ihre Unehelichkeit und den Lebensstil ihrer Mutter. Es würde getratscht werden, dass Sidonie im Grund nur eine Gouvernante war und dass ihr Bruder noch weniger vorzuweisen hatte, schließlich verdiente er sich seine Brötchen als Kaufmann. Warum setzte sie sich all dem aus? Damit sie Teil von Gravenels Welt wurde?

Nein! Damit sie mit dem Mann zusammen sein konnte, den sie liebte. Sie sah, wie Gravenel George die Hand auf die Schulter legte, als wollte er ihm eine gute Nacht wünschen, ehe er sich in den Ballsaal begab und geradewegs auf sie zuhielt, wenngleich er hier und da in ein Gespräch verwickelt wurde. Als er endlich bei Sidonie war, verneigte er sich.

»Ich würde Sie um diesen Tanz bitten, Cousine«, sagte er, aber mein Leibarzt verbietet es mir leider. Wären Sie stattdessen einverstanden, mit mir einen kleinen Abstecher in den Garten zu machen?«

Hunderte von neugierigen Augenpaaren beobachteten, wie Sidonie am Arm des Herzogs den Ballsaal durchquerte. Es durfte sich mittlerweile herumgesprochen haben, wer sie war. Bald ließen sie den Ballsaal hinter sich. Obschon Gravenel einen autoritären Ausdruck im Gesicht trug, hatte Sidonie das Gefühl, dass er ein gebrochener Mann war. Sein Teint wirkte fahl, und er lief betont langsam, als kostete ihn jeder Schritt viel Kraft. Am Ende des Säulengangs blieb er stehen, um Luft zu holen. »Ich nehme an, Sie wissen bereits, dass mir nicht mehr viel Zeit bleibt.«

Sidonie war bestürzt. »Nein, Eure Hoheit, das ist mir neu«, antwortete sie. »Es tut mir leid.«

Er zog eine Schulter in die Höhe. »Ist ja auch egal«, sagte er. »Nur die Guten sterben jung, und ich feiere heute schließlich meinen Siebzigsten.«

Allem Anschein nach hatte er denselben Humor wie sein Sohn. »Können die Ärzte denn nichts tun?«

Er schüttelte den Kopf und blickte in den von Fackeln erhellten Garten. »Mir bleiben nur noch ein paar Monate – wenn ich Glück habe, ein bis zwei Jahre«, sagte er teilnahmslos. »Aber irgendwann muss ja bekanntlich jeder einmal abdanken.«

»Das tut mir leid«, wiederholte sie. »Aleric hat nichts dergleichen erwähnt.«

Der Blick des Herzogs wurde gläsern. »Ich bin mir sicher, dass sie es ihm gesagt hat«, dachte er laut nach. »Meine Gemahlin, meine ich. Ansonsten wäre er nicht gekommen.«

»Aleric ist hier?« Sidonie spürte eine Woge der Glückseligkeit aufbranden. »Ich habe ihn gar nicht gesehen.«

»Seine Mutter hat ihn erst dazu verdonnert, die Runde zu machen und die anderen Gäste zu begrüßen«, sagte Gravenel. »Ansonsten befände er sich längst an Ihrer Seite, da bin ich mir sicher.«

Sidonie las weder Zustimmung noch Ablehnung aus den Worten des Herzogs. »Es sieht also ganz danach aus, dass ich bald sterben werde«, sagte er und hob eine ergraute Augenbraue. »Meine Gemahlin hat mich um einen letzten Gefallen gebeten. Nämlich, dass Aleric und ich uns versöhnen. Wenn ich nicht mehr bin, bleibe ihr niemand außer ihm, sagt sie. Und sie wünsche sich nichts sehnlicher, als dass zwischen uns endlich Friede herrsche.«

»In meinen Ohren klingt das, als würde sie sich Sorgen um sie beide machen«, sagte Sidonie.

»Mein Sohn und ich sind uns fremd«, erwiderte er bekümmert. »Vielleicht ist es das Beste, wenn alles bleibt, wie es ist.«

Sidonie wusste nicht, was sie darauf sagen sollte.

Als er ihr den Arm hinhielt, liefen sie in den Garten. »Meine Gemahlin meint, mein Sohn hätte um Ihre Hand angehalten, Madame Saint-Godard. Stimmt das?«

»Ja, hat er.« Sidonie sah keinen Sinn darin, ihn zu belügen.

»Hat mein Sohn also doch noch den nötigen Anstand bewiesen.«

Sidonie spürte Wut aufbranden. »Wenn Sie glauben, Ihr Sohn wäre ein Banause, irren Sie. Nach außen mag er genau das vermitteln, aber ich kenne ihn besser.«

»Wie Sie meinen«, kam die nüchterne Antwort des Herzogs. »Werden Sie seinen Antrag annehmen?«

Einen Moment lang war nichts zu hören als das Knirschen der Kieselsteine unter ihren Füßen. »Ich weiß es noch nicht«, antwortete Sidonie schließlich, woraufhin sie einen schiefen Blick erntete.

»Also sind Sie doch nicht nachhaltig von seiner Integrität überzeugt?«

»Ganz im Gegenteil«, murmelte Sidonie.

»Dann liegt es also an Ihren Gefühlen. Lieben Sie ihn nicht?«

Sidonie war drauf und dran, dem Herzog an den Kopf zu werfen, dass ihn das alles nichts anginge, biss sich aber auf die Zunge. »Und ob ich ihn liebe«, antwortete sie. »Sehr sogar. Aber ich bin verwitwet und daran gewöhnt, ein eigenes Leben zu führen. Außerdem mache ich mir Gedanken, was andere über uns sagen könnten.«

Devellyns Vater blieb stehen und sah sie verwundert an. »Die Umstände Ihrer Geburt sind natürlich unglücklich«, sagte er kühl. »Doch die Schande gebührt allein Ihrem Vater. Sollten Sie und Aleric tatsächlich heiraten, wird das die Gerüchteküche zweifellos mächtig anheizen. Aber wir Hilliards lassen uns nicht so leicht einschüchtern.« Sidonie behagte der Ton, in dem er sprach, ganz und gar nicht.

»Vielleicht wäre es das Beste, wenn Sie dieses Gespräch mit Aleric fortsetzten. Geben Sie ihm Ihren Segen, wenn Sie können. Falls Sie sich dazu nicht in der Lage sehen, geben Sie ihm wenigstens einen Rat mit auf den Weg. Das sind Sie ihm schuldig.«

Gerade, als Sidonie sich abwenden wollte, packte die knochige Hand des Herzogs sie bei der Schulter. »Es liegt mir fern, meinen Sohn im Stich zu lassen, *madame*, falls es das ist, worauf Sie anspielen. Ich bin mir nur nicht sicher, ob es sich lohnt, wenn ich auf ihn zugehe.«

»Es lohnt sich immer, solange das Herz noch schlägt. Springen Sie über Ihren Schatten und reden Sie mit ihm. Nicht allen Eltern ist diese Möglichkeit vergönnt«, sagte sie mit leiser Stimme.

So sehr Sidonie es auch versuchte, es war nicht leicht, dem Herzog so etwas wie Sympathie entgegenzubringen. Sie hatte in Alerics Augen gesehen, was der Stolz seines Vaters mit ihm angerichtet hatte, und ein Teil von ihr wollte Gravenel am liebsten die Wahrheit ins Gesicht brüllen. Doch dazu fehlte ihr der Mut.

Wortlos gingen sie zurück zum Haus.

Kapitel 14

In welchem Horatio zu Wort kommt

Am Arm von Sir James wartete Lady Kirton neben den Flügeltüren des Ballsaals, die zum Garten hinausgingen. Als sie Sidonie und den Herzog erspähte, ging sie ihnen entgegen. Doch das Lächeln auf ihren Lippen erstarb, als sie dem Herzog ins Gesicht sah. »Eure Hoheit, geht es Ihnen nicht gut?«, murmelte sie.

»Es wäre gelogen, wenn ich Ihre Frage bejahte«, antwortete er trocken.

»Der kleine Spaziergang war wohl doch keine so gute Idee. Sie sollten sich ins Arbeitszimmer begeben und ein wenig ausruhen. Sie wissen, was der Arzt Ihnen verordnet hat. Jede Stunde nicht mehr als zehn Minuten auf den Beinen.

Gravenel zückte seine Taschenuhr. »Schon gut«, brummte er. »Aber ich habe Elizabeth versprochen, wenigstens ein paar Minuten mit meiner schrulligen, alten Tante zu verbringen.«

»Admeta ist hier?«

»Ich fürchte schon«, sagte er. »Sie und ihr vermaledeiter Köter. Trägt eine rote Samtweste.«

»Admeta?«, wiederholte Lady Kirton ungläubig. »Admeta trägt eine Weste?«

»Nicht doch. Der Hund, Isabel. Sie hat den Hund in eine Weste gezwängt.«

Lady Kirton tippte auf die Taschenuhr, die Gravenel noch immer in der Hand hielt. »Vergessen Sie Tante Admeta. Und jetzt ab ins Arbeitszimmer.«

Kaum war der Herzog außer Hörweite, sagte Lady Kirton: »Festivitäten dieser Art sind unglaublich anstrengend, finden Sie nicht auch? Ich fürchte, ich werde mich auch ein wenig ausruhen und die Füße hochlegen müssen. Sir James, wären Sie so gütig, Sidonie Ihren Arm zu leihen, bis ich wieder zurück bin?«

»Es ist mir eine Ehre«, antwortete er. Doch Lady Kirton hörte ihn schon nicht mehr.

Devellyn schlenderte gemeinsam mit seiner Mutter durch den Ballsaal. Hier und da blieb sie stehen, um einen Plausch zu halten, was ihm nicht sonderlich behagte. Ihr zuliebe machte er gute Miene zum bösen Spiel, doch er fühlte sich alles andere als wohl in seiner Haut.

Seit Gregs Tod und den Tagen, die seinem Ableben vorangegangen waren, war Devellyn nicht mehr am Grosvenor Square gewesen. Seine Mutter hatte während dieser dunklen Tage Trost im Gebet gefunden, während Devellyn seinen Schmerz mit Alkohol betäubt hatte. Sein Vater hatte Stunde um Stunde an Gregs Bett verbracht. Doch nichts von alledem hatte geholfen. Der Herr hatte Greg zu sich geholt. Er hatte Devellyn seines Bruders, seines besten Freundes beraubt. Zurückgeblieben waren nur seine still trauernde Mutter und sein unversöhnlich blickender Vater. Die Wut seines Vaters war unermesslich gewesen, seine Vorwürfe hässlich. Er hatte nur Devellyn die Schuld an allem gegeben, und das tat er noch heute.

Gravenel hatte George Kemble, einen entfernten, illegitimen Cousin, dem er nie zuvor begegnet war, heute Abend mit mehr Wärme empfangen, als sein eigen Fleisch und Blut. Und selbst die überschwängliche Begrüßung seiner Mutter hatte nicht darüber hinwegtäuschen können, wie schlecht es um das Verhältnis zwischen Vater und Sohn bestellt war.

Gedankenverloren schüttelte Aleric einem Gast die Hand, den seine Mutter sofort in ein anregendes Gespräch verwickelte. Plötzlich wurde er am Arm gepackt.

»Ich bin untröstlich, Elizabeth«, zwitscherte Lady Kirton, »aber ich komme nicht umhin, dir deinen Sohn zu entführen. Ich brauche dringend ein wenig frische Luft.«

Das Lächeln seiner Mutter schwand. »Fehlt dir etwas, Isabel?«

Lady Kirton fächelte sich zu. »Nichts, was ein kurzer Spaziergang nicht richten könnte. Sei unbesorgt.«

Aleric war sich sicher, dass sie nur schauspielerte, begrüßte aber die Gelegenheit, dem bunten Treiben ein wenig zu entkommen. Statt jedoch in Richtung Garten zu gehen, führte sie Aleric zügigen Schrittes – was für eine untersetzte Dame ihres Alters eher überraschend war – zum Arbeitszimmer seines Vaters.

Der Raum hatte sich seit seiner Jugend kaum verändert. Lady Kirton hielt schnurstracks auf ein Ledersofa am Fenster zu und ließ sich darauf nieder, als hätte sie vor, eine Weile zu bleiben. Aleric löste sich von den Erinnerungsfetzen, die auf ihn einstürmten, und wollte das Fenster öffnen, als Lady Kirton barsch abwinkte. »Mir geht es gut, junger Mann. Das war nur eine Ausrede.«

Er verengte die Augen. »Hab ich's mir doch gedacht.«

»Aleric, ich muss dringend mit Ihnen sprechen.«

Devellyn faltete die Hände hinter dem Rücken. »Ich bin kein sonderlich gesprächiger Mensch, Ma'am.«

Die Gräfin machte eine wegwerfende Geste. »Kein Problem. Es reicht, wenn Sie mir Gehör schenken«, erwiderte sie. »Sie können ja brummen, wenn Sie keine Lust haben, mir zu antworten.«

Devellyn warf ihr einen fragenden Blick zu. »Ich werde nichts versprechen, damit Sie's gleich wissen.«

Lady Kirton gab sich unbeeindruckt. »Ich mag Ihre Madame Saint-Godard«, sagte sie. »Ihre Mutter ist der Ansicht, Sie seien von der jungen Dame ziemlich angetan. Das stimmt doch, nicht wahr?«

Devellyn dachte kurz darüber nach, ob er ihre Frage übergehen sollte. Aber er kannte Lady Kirton, wusste, dass sie nicht eher lockerlassen würde, bis sie eine Antwort bekam. »Ja, es stimmt.«

Lady Kirton sah ihn jetzt verschmitzt an. »Spielen Sie womöglich mit dem Gedanken, das Mädchen zu heiraten, Aleric?«

Devellyn schwieg einen Augenblick. Die Idee, ihre Verlobung im Rahmen des Balls offiziell bekannt zu geben, hatte er längst verworfen und wünschte, er hätte Alasdair nicht eingeweiht. »Es ist ein offenes Geheimnis, dass ich kein sonderlich guter Fang bin«, sagte er schließlich. »Aber wenn Sie es genau wissen wollen. Ja, ich habe um ihre Hand angehalten.«

Lady Kirton entspannte sich ein wenig. »Und was hat sie geantwortet?«

Devellyn deutete eine Verneigung an. »Dass sie über mein Angebot nachdenkt«, antwortete er. »Was jetzt geschieht, liegt nicht mehr in meiner Macht.«

Lady Kirton blickte drein, als würde sie ihre nächsten Worte besonders sorgfältig abwägen. »Wie gut kennen sie Madame Saint-Godard eigentlich, Aleric?«

Devellyn versteifte sich. »Gut genug, Ma'am. Belassen wir es dabei.«

»Aber kennen Sie auch Ihre Gewohnheiten und Ziele?«, bohrte die Gräfin weiter nach. »Ihre Haltung gesellschaftlichen Themen gegenüber? Dinge, die sie tief im Herzen berühren?«

Worauf, zum Teufel, wollte diese Klatschbase hinaus? Und dann schossen ihm Sidonies Worte durch den Kopf. *Lady Kirton – o Gott – ich glaube, sie weiß Bescheid oder ahnt etwas.*

Devellyn sah ihr direkt in die Augen. »Ich weiß alles, Ma'am«, sagte er. »Alles, worauf ein Gemahl das Recht hat. Es gibt nichts in ihrer Vergangenheit, das meine Gefühle ändern könnte.«

Lady Kirton fuchtelte abermals mit der Hand. »Ich zweifle nicht an der Intensität Ihrer Gefühle, Aleric. Ich spreche vielmehr von ihrer ... gemeinnützigen Arbeit.«

»Gemeinnützigen Arbeit?«

Wie ein Unschuldslamm riss Lady Kirton riss die Augen auf. »Ja, das eine oder andere unternimmt sie da schon, nicht wahr?«

Devellyn war machtlos gegen das Grinsen, das sich auf seine Lippen stahl. »Sprechen wir von ihrer Arbeit in der Kirchengemeinde oder beim Wohltätigkeitsverein?«, fragte er. »Ich glaube, sie hat einmal erwähnt, dass sie für die Armen näht. Oder strickt. Da war sie sich nicht ganz sicher.«

Lady Kirton sah ihn tadelnd an. »Aleric, Madame Saint-Godard lässt sich zuweilen auf ein gefährliches Spiel ein. Und ich vermute stark, dass Sie davon wissen.«

»Ach das!«, sagte er und gab sich erstaunt. »Ich habe mich schon gefragt, ob Sie mich darauf ansprechen würden. Aber seien Sie versichert, dass Sidonies gemeinnützige Arbeit bald ein Ende hat.«

»Hat Sie Ihnen das versprochen?«, fragte sie mit schneidender Stimme.

Devellyn zögerte. »Nicht mit Worten«, räumte er ein. »Aber das wird sie noch tun.«

Erleichterung huschte über Lady Kirtons Antlitz. »Wie wundervoll, dass Sie sich der Sache angenommen haben«, seufzte sie. »Gott sei Dank, Aleric. Sie sollten sie vom Fleck weg heiraten. Das habe ich auch Ihrer werten Frau Mutter gesagt, und Elizabeth meinte ...«

Gütiger Gott! »Meine Mutter?«

»Aleric«, ermahnte die Gräfin ihn. »Es gilt, keine Zeit zu verlieren. Wir sollten dafür sorgen, dass Sie beide so schnell wie möglich eine Heiratserlaubnis erhalten. Das sieht Ihre Mutter übrigens auch so.«

Aleric grunzte. »Weil mich sonst keine haben will oder wie?«

Lady Kirton schüttelte den Kopf. »Wo denken Sie hin?«, entfuhr es ihr, ehe sie die Stimme senkte. »Vor zehn Tagen kam ein Mann in die Nazareth Society. Ein Wachmann.«

Devellyns Herz machte einen Satz.

»Er hat ziemlich viele Fragen gestellt«, fuhr sie fort. »Fragen über eine Frau in Schwarz. Mag sein, dass es nichts zu bedeuten hat, aber ...«

»Gütiger Gott!«, raunte er. »Sergeant Sisk?«

»Sie kennen ihn?«, fragte Lady Kirton. »Ich hatte auch schon mal das Vergnügen, ihm über den Weg zu laufen – durch meine Arbeit treffe ich alle möglichen Menschen. Er ist beharrlich, lassen Sie sich das gesagt sein, Aleric.«

Eine eisige Kälte befiel Devellyn. »Gütiger Gott«, wiederholte er.

Lady Kirton griff nach seiner Hand. »Aleric«, sagte sie und drückte seine Finger. »Wie gut kennen Sie Sidonies Bruder?«

»Gut genug, um von ihm abgelehnt zu werden«, antwortete er. »Aber er duldet mich.«

»Dieser Sergeant ist ein Bekannter von Mr. Kemble«, flüsterte sie. »Vielleicht sollten Sie das Gespräch mit ihm suchen. Er könnte sich der Sache annehmen. Sie wissen schon, was ich meine.«

Devellyn wusste, worauf die Gräfin anspielte und erinnerte sich an Kembles geschundene Fingerknöchel, die – sein geschultes Auge hatte es sofort erkannt – von einem Totschläger stammten, mit dem er Sidonies Angreifer auf halber Strecke ins Jenseits befördert hatte. Der kleine Kemble musste seine fehlende Körpergröße durch Schnelligkeit und Einfallsreichtum wettmachen. Dennoch gab es nicht viele Männer, die eine solch gefährliche Waffe mit sich herumtrugen.

Devellyn nickte schließlich. »Ich werde mit ihm sprechen«, stimmte er zu. »Und wenn …«

Doch weiter sollte er nicht kommen, denn die Tür zum Arbeitszimmer öffnete sich. Devellyn erkannte die Silhouette seines Vaters im Türrahmen. Er war augenblicklich auf den Füßen und wurde von einer Woge der Gefühle überrollt.

Auch Lady Kirton erhob sich. »Eure Hoheit!«, sagte sie liebenswürdig. »Ich wollte gerade gehen.« Und mit diesen Worten hastete sie zur Tür, wodurch sie Gravenel zwang, entweder auf den Flur zurückzuweichen oder das Arbeitszimmer zu betreten.

Er entschied sich für Letzteres.

Devellyn wollte Lady Kirton folgen, doch sein Vater hielt die Hand in die Höhe. »Bleib, bitte.«

Devellyn blieb stehen.

Sein Vater schloss die Tür und trat tiefer in den Raum hinein. »Ein ziemlicher Auflauf da draußen, findest du nicht auch?«, sagte er geistesabwesend. »London scheint deine Mutter vermisst zu haben.«

»Sie ist eine überragende Gastgeberin«, erwiderte Devellyn.

Sein Vater ging zu seinem Sekretär und öffnete eine Schublade. »Zigarre?«, fragte er und zog zwei hervor.

Devellyn musterte sie skeptisch. »Dürfen Sie denn rauchen, Sir?«

Sein Vater lachte. »Wer sollte es mir denn verbieten? Der Arzt? Deine Mutter?«

Devellyn antwortete nicht.

Nach einem langen, spannungsgeladenen Moment stieß sein Vater einen Seufzer aus, öffnete die Schublade abermals und legte die Zigarren zurück. Als er hinter seinem Sekretär hervortrat, stand er einen Augenblick wie angewurzelt da, mit einem glasigen Ausdruck in den Augen. Devellyn wurde bewusst, dass sein Vater nicht mehr derselbe Mann wie damals war. Zumindest körperlich. Sein Teint war aschfahl und sein Gesicht eingefallen.

»Habe ich versagt, Aleric?«, fragte er wie aus dem Nichts. »Sag es mir. Habe ich sowohl als Ehemann als auch als Vater versagt?«

Eine entsetzliche Stille trat ein. »Wie bitte?«

Sein Vater schüttelte den Kopf, setzte sich aufs Sofa, stützte sich mit den Ellbogen auf den Knien ab und lehnte sich nach vorne, als wäre er am Rande seiner Kräfte. »Ich kann es in ihrem Gesicht lesen«, sagte er. »Jeden verdammten Tag. Elizabeth gibt mir die Schuld an allem. Sogar an Gregs Tod.«

Verblüfft starrte Devellyn auf das Sofa. »Vater, ich …«

»Oh ja«, sagte Gravenel, als würde er zum Gegenangriff übergehen. »Wäre ich doch nur strenger gewesen. Hätte ich euch beide doch nur auf die Universität geschickt und dir das Geld gestrichen, als deine Eskapaden überhandgenommen haben. Hätte, wenn und aber ... Wäre ich ein besserer Vater gewesen, hätte all die Trauer – oder ein Teil derselben – vermieden werden können. Das ist es, was sie denkt.«

»Ich glaube nicht, dass Sie versagt haben«, gab Devellyn zu bedenken. »Vielmehr habe ich an mir selbst versagt.«

Einige Momente saß sein Vater regungslos da. Nur das Rasseln seines Atems war zu hören. »Je länger du fort warst«, flüsterte er, »desto einfacher war es, dir die Schuld zu geben.«

Devellyn zögerte, ehe er antwortete. »Sie sprechen von Gregs Tod, habe ich recht?«, sagte er leise. »Mit Verlaub, Sir, aber Sie haben mich von Anfang an für schuldig befunden.«

»Habe ich das?«, murmelte der alte Herzog. »Ja, ja, ich weiß. Elizabeth sagt dasselbe. Irgendwie kann ich mich gar nicht mehr richtig an die schlimmen Tage erinnern. Weder an die Zeit davor, noch an die danach. Das sind die Tricks des menschlichen Verstandes, um uns zu schützen. Fragt sich nur, wovor mein Verstand mich schützen will. Ob vor den Erinnerungen an Gregs Tod oder vor etwas anderem.«

»Was genau meinen Sie damit?«, fragte Devellyn leise.

Wieder eroberte die Stille sich den Raum zurück. »Mein entsetzliches Verhalten nach der ganzen Sache«, raunte er schließlich. »Mein ... mein Wahn. Zumindest kommt es mir heute vor, als wäre es purer Wahn gewesen. Blinde Wut. Bei Gott, Aleric, du hast ja keine Ahnung, wie sehr ich gelitten habe.«

Devellyns biss die Zähne so stark zusammen, dass er Angst hatte, sein Kiefer könnte brechen. »Doch, das habe ich, Sir«, knirschte er. »Ich habe meinen Bruder und besten Freund verloren und meine Familie gleich obendrein. Aber ich habe es so gut ertragen, wie es eben ging.«

»Ach, du warst noch so jung!« Der Herzog schüttelte den Kopf. »Wusstest so wenig von der Welt.«

Devellyn schüttelte den Kopf. »So jung war ich nun auch wieder nicht, Sir. Und längst nicht so unerfahren, wie Sie annehmen.«

Sein Vater stieß einen eigenartigen Laut aus, eine Mischung aus Schluchzen und Husten. »Aber du warst doch mein Kind«, sagte er mit zusammengebissenen Zähnen. »Mein Kind. Auch daran erinnert Elizabeth mich in einer Tour. Aber ich konnte mich zu nichts aufraffen. Zu nichts.«

»Was meinen Sie damit, Sir? Was sollten – oder sollen – wir Ihrer Meinung nach tun? Greg ist von uns gegangen, und die Tat kann nicht mehr ungeschehen gemacht werden.«

Sein Vater breitete die Arme aus. »Ich weiß es nicht«, röchelte er, als bekäme er kaum noch Luft. »Soll ich mich bei dir entschuldigen? Die Hand gegen dich erheben? Gemeinsam mit dir trauern? Beten? Schreien? Mir die Haare raufen?«

»Sir, Sie dürfen sich nicht so anstrengen«, flüsterte Devellyn und fügte im Geiste hinzu: »Meine Anwesenheit schadet ihm mehr als dass sie ihm nützt.«

»Du sagst, du hättest auch einen herben Verlust erlitten, Alerie«, sagte sein Vater, der immer kurzatmiger wurde. »Und das stimmt. Du hast deinen Bruder verloren. Und deinen Vater.« Er machte eine kurze Pause, um wieder zu Kräften zu kommen. »Aber ich … ich habe gleich zwei Söhne verloren. Und keinen blassen Schimmer, wie ich das, was ich verloren habe, zurückbekommen kann.«

Devellyns Stimme klang dünn und zerbrechlich, als er antwortete: »Was, Vater? Was soll ich tun? Was soll ich deiner

Meinung nach darauf erwidern?« Seine Worte kamen mit mehr Nachdruck aus seinem Mund, als er es gewollt hatte.

»Ich möchte, dass du wieder nach Hause kommst, Aleric. Nach Stoneleigh. Wenn auch nur für kurze Zeit.«

»Nach Hause?«, fragte Devellyn sichtlich verdutzt. »Vater, ich ... ich weiß nicht. Sind Sie sicher, Sir? Ist es wirklich das, was Sie sich wünschen?«

Sein Vater versuchte zu lächeln. »Ist es wichtig, was ich mir wünsche?«, fragte er. »Ein Sterbender hat alles, nur keine Zeit, Aleric. Es gibt da ein Unrecht, das ich wiedergutmachen muss und eine Gemahlin, die es zu beschwichtigen gilt. Eine Wunde, die ich verarzten muss – eine Wunde, die ich meiner Familie zugefügt habe.«

Devellyn war sprachlos. Seit einer halben Ewigkeit wartete er darauf, dass sein Vater einen Schritt auf ihn zumachte – mochte dieser Schritt auch noch so klein sein. Was gerade geschehen war, glich einem Riesensatz. Dennoch zögerte er. Der Zeitpunkt war denkbar schlecht. Er musste jetzt an Sidonie denken. Er konnte sie unmöglich allein zurücklassen, so vollkommen schutzlos. Gar nicht auszudenken, was geschehen würde, wenn Sergeant Sisk sie zu fassen bekäme.

Als sein Vater abermals das Wort ergriff, klang seine Stimme nachdenklich. »Wie du weißt, gibt es da dieses alte Cottage am See. Ich habe nicht viel Ahnung von solchen Dingen, aber deine Mutter meint, es sei sehr romantisch. Letztes Jahr hat sie es neu herrichten lassen.«

Devellyn konnte ihm nicht folgen. »Das Cottage beim Bootshaus?«, fragte er. »Ein hübsches Fleckchen Erde.«

Ihre Blicke begegneten sich. »Deine Mutter meint, es wäre der ideale Ort für eine Hochzeitsreise.« Er unterbrach sich abermals und räusperte sich. »Wir dachten – genauer gesagt hat deine Mutter vorgeschlagen –, dass du und deine Sidonie, dass ihr einen Teil Eurer Flitterwochen dort verbringen könntet.«

Devellyn geriet ins Taumeln. »Danke, Sir«, sagte er. »Aber Sidonie hat noch nicht eingewilligt.«

»Das wird sie noch«, sagte Gravenel. »Ich habe sie so weit gebracht, glaube ich.«

»Wie bitte?«

Die Anstrengung stand dem Herzog ins Gesicht geschrieben, als dieser sich erhob. »Sidonie wird dir ihr Jawort geben, Aleric«, sagte er leise. »Vielleicht geht dann mein letzter Wunsch doch noch in Erfüllung. Ich möchte genau das, worüber ich zu Elizabeth immer gesagt habe, dass ich es nicht wolle.«

Devellyn musste schlucken. »Was genau meint Ihr damit, Vater?«

»Ich wünsche mir meine Familie zurück, ehe Gott mich zu sich holt«, röchelte er. »Und vielleicht, wenn Gott sehr nachsichtig ist, ein Enkelkind.«

Devellyn konnte sich nicht rühren. Hatte sein Vater das verdient? Nun, hatte Greg es verdient, zu sterben? Hatte Devellyn es verdient, für den Tod seines Bruders bestraft zu werden? Die Wahrheit war, dass die Menschen selten das bekamen, was ihnen zustand. Aber jetzt, in diesem Moment, konnte er etwas bewirken. Es verstrichen einige Augenblicke. Er breitete seine Arme aus. Und sein Vater stolperte hinein. Die Umarmung fühlte sich noch nicht richtig an, aber vielleicht würde sie das eines Tages – vorausgesetzt, ihnen blieb genug Zeit für eine Annäherung. Als Devellyn das Gefühl nicht mehr ertrug, klopfte er seinem Vater leicht auf den Rücken. »Warum nehmen Sie nicht noch einmal Platz, Sir?«, sagte er. »Am besten, Sie legen die Füße hoch, das wird Ihnen gut tun.«

»Wollen wir hoffen, dass Gevatter Tod mir nicht ausgerechnet heute einen Besuch abstattet«, murmelte Gravenel, als er sich der Länge nach auf dem Sofa ausstreckte und die Füße auf der Armlehne ablegte.

Devellyn nahm ein Kissen und wollte es ihm unter die Fersen schieben, als sein Vater mit leiser Stimme sagte: »Elizabeth plant eine kleine Dankesrede während des Essens.«

»Eine wunderbare Idee«, sagte Devellyn und setzte sich in einen Sessel.

»Aber da wäre noch etwas, Aleric, von dem ich finde, dass es zur Sprache gebracht werden sollte«, fuhr er fort. »Vorausgesetzt, es findet deine Zustimmung.«

Devellyn war bestürzt. »Nun, Sir, ich denke nicht, dass es in irgendeiner Weise meine Angelegenheit ist, was im Speisesaal gesagt wird«, stammelte er.«

»Dann denkst du falsch«, entgegnete Gravenel und faltete seine Hände über dem Bauch. »Sei so lieb und läute die Glocke, Aleric.«

»Natürlich«, sagte Devellyn und erhob sich. »Dürfte ich fragen, weshalb Sie läuten?«

»Damit man George zu uns bringt«, kam die Antwort vom Sofa.

Erleichtert stellte Sidonie fest, dass Aleric sich für den letzten Tanz vor dem Abendessen zu ihr gesellte. Ihr wurde warm ums Herz, als sie beobachtete, wie er sich durch die Menge schob. Nach dem anstrengenden Abend wünschte sie sich nichts sehnlicher, als die Arme um ihn zu schlingen und den Kopf auf seiner breiten Brust zu betten. Sie war machtlos gegen das mädchenhafte Grinsen, welches sich für alle gut sichtbar auf ihre Lippen schummelte.

Unmittelbar, nachdem die letzten Töne verklungen waren, stieß ein leicht verloren wirkender Sir Alasdair MacLachlan zu ihnen. Er gehörte zu den wenigen, die keine Dame in den Speisesaal geleiteten. Lady Kirton erbarmte sich seiner, und zu viert begaben sie sich in den benachbarten Saal. Die Männer entschuldigten sich kurz, um gleich darauf mit Tellern zurückzukehren, die reichlich belegt waren mit gedämpftem Lachs, Krabben in Sahnesauce und kaltem Spargel als Vorspeise. Mit jedem Bissen wurde Sir Alasdair gesprächiger und unterhielt die anderen mit einer seiner zahlreichen Anekdoten, während Devellyn sich immer mehr in nachdenkliches Schweigen hüllte. Hin und wieder glitt seine Hand unter den Tisch, auf der Suche nach Sidonies Fingern.

»Fehlt dir etwas?«, fragte Sidonie besorgt, nachdem Lady Kirton und Sir Alasdair sich erhoben hatten, um die üppige Desserttafel am anderen Ende des Saals in Augenschein zu nehmen.

»Nein. Doch«, keuchte er mit bleichem Gesicht. »Lass uns rausgehen und ein wenig frische Luft schnappen.«

Mit diesen Worten zog er Sidonie in den Stand und durch den leer gefegten Ballsaal. An der Schwelle der noch immer offen stehenden Flügeltüren blieb er stehen. Es war, als gäbe ihm das Wissen, dass er jederzeit fliehen konnte, Sicherheit. Mit einer liebevollen Bewegung zog er sie in eine Umarmung, und Sidonie legte die Wange auf seinem Revers ab.

»Hast du ihn gesehen?«, fragte sie mit leiser Stimme. »Hat er sich ... versöhnlich gegeben?« Als sie spürte, dass er nickte, seufzte sie innerlich vor Erleichterung auf.

»Er bereut, was geschehen ist«, flüsterte Devellyn mit erstickter Stimme. »Das entnehme ich seinen Worten. Wir haben uns ein wenig unterhalten. Dennoch weiß ich nicht, ob es einen nächsten Schritt gibt und wie der aussehen soll. Aber ein Anfang ist immerhin gemacht.«

Sidonie schenkte ihm ein zärtliches Lächeln, woraufhin sein Mund ihre Lippen streifte, zart, wie das Flattern eines Schmetterlingsflügels. »Ich liebe dich, Sidonie«, raunte er. »Mit jeder Faser meines Herzens.« Im selben Moment löste er sich plötzlich von ihr und ließ die Hand in der Tasche seines Gehrocks verschwinden. »Sieh mal, ich habe hier etwas für dich. Eine Art verfrühtes Hochzeitsgeschenk.«

Sidonie runzelte die Stirn, als er ein zusammengefaltetes Dokument hervorholte, es öffnete und ihr mit einem feierlichen Gesichtsausdruck überreichte. Sie überflog den Inhalt und sah verdutzt zu ihm auf. »Eine Urkunde?«, murmelte sie. »Auf ein Haus? Aber ich habe doch schon ein Haus. Aleric, ich verstehe nicht ganz.«

Devellyn grinste sie jungenhaft an. »Nicht irgendein Haus, Sidonie«, sagte er und deutete voller Stolz auf die Adresse. »Ein Hurenhaus.«

»Du hast ...«, sie musste kräftig schlucken, »mir ein Freudenhaus gekauft? Als Hochzeitsgeschenk?«

Seine Augen weiteten sich beunruhigt. »Jetzt sieh dir doch erst mal die Adresse an«, drängte er. »Das ist das Haus in der Nähe vom Cross Keys.«

Sidonie starrte ihn ungläubig an. »Ach, du meine Güte.«

»Habe ich nicht gesagt, dass du in größerem Maßstab denken solltest?«, sagte er grinsend. »Jetzt gehört das Haus dir. Wenn dir nicht gefällt, wozu es benutzt wird, ändere es.«

»Jetzt verstehe ich gar nichts mehr«, murmelte sie und blickte abermals auf den Kaufvertrag.

»Es ist ganz einfach«, antwortete Devellyn. »Wenn du endlich einwilligen würdest, meine Gemahlin zu werden, besäßest du die Mittel und den Einfluss, um etwas zu ändern. Vielleicht könntest du aus dem Haus ein Teegeschäft machen.«

Sie bedachte ihn mit einem zweifelnden Blick. »Ein Teegeschäft?«

»Und darüber sind Zimmer, die du vermieten könntest«, schlug er mit sichtlicher Begeisterung vor. »Es ist ein ziemlich großes Haus. Es ist deine Entscheidung, in was du das Haus verwandelst. In ein Wirtshaus, ein Café oder was auch immer. Dann hätten die Frauen die Möglichkeit, sich ihren Lebensunterhalt auf anständige Weise zu verdienen. Sie wären unabhängig und bräuchten die Dienste des Schwarzen Engels nicht mehr. Lady Kirton würde dir sicherlich mit Rat und Tat zur Seite stehen. Sie hat viel Erfahrung auf diesem Gebiet.«

Sidonie stellte sich auf die Zehenspitzen und küsste ihm den Mundwinkel. »O Aleric, ich liebe dich«, sagte sie. »Von ganzem Herzen. Und damit meine ich nicht dieses oberflächliche Gefasel der Poeten. Meine Gefühle für dich sind um einiges tiefer.«

Devellyn legte seine großen Hände um Sidonies Gesicht. »Sidonie«, flüsterte er. »Du wirst mich doch heiraten, nicht wahr? Tausch dein riskantes Leben gegen ein langes, ödes Leben an meiner Seite ein. Ich weiß, dass ich dich nicht verdiene, aber ich schwöre, dass ich mir alle Mühe geben werde, wenn du mir nur die Chance dazu gibst. Stell dir vor, meine Mutter plant bereits unsere Hochzeitsreise.«

»Das ist ein Scherz, oder?«

Lächelnd schüttelte er den Kopf. »Ich fürchte nein«, antwortete er. »Also, willst du oder willst du mich nicht heiraten? Bitte sag *ja*, meine geliebte Sidonie.«

Sie sah zu ihm auf und schenkte ihm ihr breitestes Lächeln. »Ja«, raunte sie. »Ja, mein geliebter Aleric, es wäre mir eine

Ehre, mit dir vor den Altar zu treten und unsere Liebe zu besiegeln. Nicht, weil du mir ein Haus gekauft hast, sondern weil mir klar geworden ist, dass ich mir ein Leben ohne dich nicht mehr vorstellen kann.«

Im selben Moment drang ein scharrendes Geräusch aus dem Garten an ihre Ohren. Sidonie drehte sich um und erblickte einen kleinen, goldbraunen Hund, der den Kieselsteinweg des Säulengangs entlanglief. Er trug eine rote Weste, und ihm hing die Zunge aus dem Maul, als trüge er einen kurzen Wollschal, der vom Wind nach hinten geweht worden war. Er lief geradewegs auf Aleric zu, blieb vor ihm stehen, setzte sich auf die Hinterbeine und ruderte kräftig mit den Vorderpfoten.

»Da bist du ja, Horatio!«, rief eine krächzende Stimme, die ebenfalls aus dem Garten kam. Eine betagte Frau in einem Samtkleid, das zur Weste des Hundes passte, löste sich aus dem Schatten und steuerte auf sie zu. »Aleric, du Strolch! Horatio sucht dich schon den ganzen Abend.«

Aleric ließ von Sidonie ab, ging in die Knie und streichelte den freudig erregten Horatio. »So, hat er das?« Aleric besann sich seiner guten Manieren und stellte die beiden Damen einander vor.

Sidonie streckte Alerics Tante die Hand entgegen. »Es ist mir eine Ehre, Ma'am.«

Es war, als hätte Admeta sie gar nicht gehört. Plötzlich trat ein ernster Ausdruck in ihre Augen und sie wandte sich dem Hund zu. »Was hast du gesagt, Liebling?«

Aleric blickte zu ihr hinauf. »Ich habe nichts gesagt, Tante Admeta.«

Admeta schüttelte gereizt den Kopf. »Ich meine Horatio«, sagte sie. »Komm her, mein Liebling, komm in meine Arme.«

Der Hund schoss herum und sprang auf sie zu. Sie hob ihn auf und erhob sich mit einer Grazie, die man ihr ob ihrer Gebrechlichkeit gar nicht zugetraut hätte. »Ja, ja«, sprach sie auf den Hund ein und kicherte. »Meinst du wirklich? Einverstanden, so machen wir es. Ich werde mal fragen.«

»Horatio meint, ich müsste dir gratulieren!«, sagte sie mit einem breiten Lächeln an Aleric gewandt. »Er sagt, ihr beide hättet euch gerade verlobt. Stimmt das?«

Aleric und Sidonie tauschten hastige Blicke aus. »Das stimmt«, stammelte er. »Aber es ist noch nicht offiziell.«

Admetas Lächeln wurde breiter. »Aber Horatio wusste es!«, sagte sie voller Stolz. »Er kann alles sehen. Von dort oben.« Mit der freien Hand deutete sie in den Himmel. »Ja, mein Liebling, aber gewiss doch. Ich bin mir sicher, dass du das darfst«, sagte sie und überreichte einer sichtlich verdutzten Sidonie den Hund. »Horatio würde der Braut gerne einen Kuss geben«, erklärte sie.

Ehe Sidonie wusste, wie ihr geschah, spürte sie die nasse Hundezunge, die sie vom Kinn bis zum Ohr abschleckte. »Vielen Dank«, murmelte Sidonie und gab den Vierbeiner zurück.

»Jetzt wird es aber Zeit, dass wir endlich etwas zu Abend essen. Unseren herzlichsten Glückwunsch!«

Sidonie starrte der älteren Dame ungläubig nach. »Was war das denn?«

»Tante Admeta schwört Stein und Bein, der Hund sei ihr verstorbener Gemahl oder zumindest eine Art Medium. Alles Humbug, wenn du mich fragst.«

Sidonie drehte sich wieder um und sah ihn mit großen Augen an. »Aleric, deine Tante muss doch an die Neunzig sein«, sagte sie. »Sie kann uns unmöglich vom Garten aus gehört haben. Von wegen Humbug.«

Kopfschüttelnd nahm Aleric sie bei der Hand. Arm in Arm liefen sie durch den Ballsaal zurück zu den anderen Gästen. Just in dem Moment, in dem sie den Speisesalon betraten, ertönte eine kleine, helle Glocke. Als sie zu ihren Plätzen zurückhasteten, bemerkte Sidonie, dass Aleric seine Mutter mit einer merkwürdigen Geste bedachte, und als sie aufsah, entdeckte sie, dass seine Eltern sich erhoben hatten und seine Mutter mit der Gabel gegen ihren Weinkelch schlug. »Liebe Freunde!«, hob sie mit klarer und deutlicher Stimme an. »Vielen Dank, dass ihr heute Abend so zahlreich erschienen seid, um den siebzigsten Geburtstag meines Gemahls mit uns zusammen zu feiern. Und natürlich die Wiedereröffnung unseres Stadthauses, das wir …«

Gravenels gewichtiges Räuspern unterbrach sie. Er schien seinen kleinen Schwächeanfall überwunden zu haben und strahlte wie schon lange nicht mehr.

»Frederick, wie wär's, wenn du das Wort an unsere lieben Gäste richten würdest?«

Der Herzog räusperte sich abermals. »Vielen Dank, Liebes. Ich finde, unsere Gäste haben ein Recht darauf zu erfahren, dass es neben meinem Ehrentag noch einen weiteren, wichtigen und wundervollen Grund gibt, weshalb wir heute hier zusammengekommen sind. Etwas, von dem ich niemals dachte, dass ich es noch erleben würde«, sagte er. »Hiermit möchte ich Cousin George bitten, sich zu erheben. George? Bist du da? Ach ja, dort hinten in der Ecke.«

»Aleric?«, flüsterte Sidonie und drückte seine Hand. »Was geht hier vor?« Sie drehte den Kopf und sah zu ihrem Bruder, der sich in der Zwischenzeit erhoben hatte.

Aleric wurde mit jedem Wimpernschlag blasser.

Der Herzog hielt das Weinglas in die Höhe. »Manche mögen

Mister George Kemble bereits kennen«, fuhr er fort. »Wir beide möchten Sie bitten, Ihre Gläser zu erheben, um mit uns zusammen auf die Verlobung meines geliebten Sohnes und Erben, Aleric, Lord Dev ...«

Das kollektive Raunen, das durch den Raum ging, unterbrach ihn.

Der Herzog lachte. »Jetzt werden Sie vielleicht verstehen, warum ich immer dachte, ich würde eher sterben, als dass ...« Dieses Mal unterbrach er sich selbst. »Wie dem auch sei, Elizabeth, George und meine Wenigkeit möchten Sie bitten, Aleric und Sidonie Saint-Godard, ihres Zeichens Georges Schwester, zur Verlobung zu beglückwünschen, die wir hiermit offiziell bekannt geben.«

»Auf Aleric und Sidonie«, ertönte Georges klare Stimme von der anderen Seite des Raums. Er hob sein Glas.

»Auf Aleric und Sidonie«, antwortete die Menge, der die Verwirrung ins Gesicht geschrieben stand und die mit verzweifelten Blicken nach dem angekündigten Verlobungspaar Ausschau hielt, um auf es anzustoßen.

Geschwind zog Aleric Sidonie in den Stand und verneigte sich, während Sidonie einen Knicks machte, obwohl sie das Gefühl hatte, einer Ohnmacht nahe zu sein. Der Herzog fing ihren irritierten Blick auf.

»Cousine Sidonie«, sagte er. »Herzlich willkommen – nun, ich fürchte, es mag ein wenig überflüssig klingen, aber – herzlich willkommen in unserer Familie, meine Liebe.« Mit diesen Worten setzte sich der Herzog wieder hin. Im selben Augenblick verschwand George. Es dauerte nicht lange, da widmeten sich die Gäste wieder ihrem Dessert, dem Klatsch oder womit auch immer sie sich vor der Unterbrechung beschäftigt hatten.

Sir Alasdair und Lady Kirton strahlten bis über beide Ohren. Sie vor Freude, er vor Belustigung. Sidonie sah zu Aleric.

»Wusstest du davon?«, erkundigte sie sich.

Aleric grinste verlegen. »Mir war nicht klar, dass er es gleich herausposaunen würde.«

»Freu dich, dann bleibt es dir wenigstens erspart«, stichelte Sir Alasdair ihn.

Sidonie sah Alerics Freund mit zusammengekniffenen Augen an. »Was genau soll das denn heißen?«

Alasdairs Blick flog zwischen den beiden hin und her. »Oder habe ich da etwas falsch verstanden, Dev? Hast du nicht gesagt, du wolltest heute Abend den Stier bei den Hörnern packen und deine Verlobung mit Sidonie bekannt geben, damit ihr nichts anderes übrig bliebe, als dich zu …«

»Alasdair«, riss Devellyn das Wort an sich. »Kannst du nicht ein Mal deine verdammte Klappe halten?«

Alasdair zuckte lässig mit den Schultern. »Ich habe zuweilen ein ziemlich lockeres Mundwerk, nicht wahr?«, seufzte er. »Man weiß nie, was ich als Nächstes ausplaudern könnte. Da fällt mir ein, dass deine Mutter und ich uns vorhin über den Denar unterhalten haben. Wolltest du ihr nicht etwas erzählen? Etwas über deine Beweggründe, warum du heute hier bist?«

Devellyn schob unwirsch den Stuhl zurück. »Ja«, fauchte er. »Schon gut, du elende Nervensäge. Ich gehe zu ihr und sage, dass sie dir die verfluchte Münze endlich geben und dich nie, *nie* wieder einladen soll.«

Epilog

In welchem die Guten früh sterben

Sidonie erwachte durch das intensive Spiel aus Schatten und Licht auf ihren Lidern. Sie öffnete die Augen, setzte sich auf und reckte sich. Blinzelnd erkannte sie, dass ihr Ruderboot das andere Ende des Sees erreicht und unter Weiden angelegt hatte, die ihre Schatten über das Boot warfen und deren Blätter in der sanften Brise wogten. In der Ferne konnte sie Thomas erkennen, der sich träge auf dem Rasen des Cottages wälzte.

Sie markierte die aufgeschlagene Seite des Buches, in dem sie gelesen hatte, und legte es beiseite. Es war kein Buch im herkömmlichen Sinn, sondern eines der zahlreichen Tagebücher ihrer Mutter. Sidonie hatte ihre anfängliche Scheu vor diesen überwunden. Durch die Lektüre war sie ihrer Mutter wieder ein Stück näher gekommen, sie verstand ihr Handeln nun ein wenig besser. Claire Bauchet war ein Mensch wie jeder andere gewesen, hatte Stärken und Schwächen in sich vereint. Sidonie war heilfroh, dass Julia die Bücher nicht verbrannt hatte.

Auf der gegenüberliegenden Seite des Ruderbootes saß ihr Gemahl, der es sich mit einer zusammengerollten Decke im Rücken gemütlich gemacht hatte. Er trug lediglich Beinkleider und ein Hemd, dessen Ärmel er hochgekrempelt hatte. Sie liebte den Anblick seiner muskulösen Unterarme und seines dunklen Haars, auf dem die Sonne flirrend ihre Reflexe tanzen ließ. Devellyn, der in einen Brief vertieft war, bekam nicht mit, dass Sidonie ihn mit verträumtem Blick ansah.

Lächelnd schob sie sich auf den mittleren Sitz des Bootes und spielte mit einem Ruder, dessen Ende auf dem weichen Untergrund des Ufers auflag. Aleric riss den Kopf in die Höhe, eine Böe verfing sich in seinem Haar. »Treiben wir schon wieder ab?«, fragte er.

»Du bist wahrlich ein hundsmiserabler Kapitän«, schalt sie ihn. »Jetzt übernehme ich das Ruder.«

»Als Erster Offizier ist das auch deine Pflicht«, kam die träge Antwort.

»Aye aye«, sagte sie augenzwinkernd. Als sie seinen Blick auffing, füllte sich ihr Herz mit tiefer Freude – ein überwältigendes Gefühl, von dem sie in letzter Zeit häufig überrascht wurde.

Nach ihrer einmonatigen Hochzeitsreise nach Italien waren sie vor sechs Wochen nach Stoneleigh gekommen. Hier, im friedlichen und ruhigen Kent hatten sie sich geliebt, gelacht und damit begonnen, das Fundament für eine gute und lange Ehe zu legen. Das Cottage, das Alerics Eltern ihnen überlassen hatten, war gemütlich. Ein wahres Liebesnest mit der nötigen Privatsphäre, von der sie reichlich Gebrauch machten – ob durch mitternächtliches Baden im See oder romantische Picknicks am Ufer.

Alerics Mutter war noch immer ganz aus dem Häuschen, dass sie ihren Sohn so nahe bei sich wusste, und Gravenel gab sich die allergrößte Mühe, ihm doch noch ein guter Vater zu sein. Sidonie spürte, dass Aleric allmählich zur Ruhe kam und seinen Frieden mit der Welt schloss. Nichtsdestotrotz spürte sie, dass ihn etwas bedrückte, und sie ahnte, was es war. Der Schwarze Engel.

Sidonie ließ von den Rudern ab, setzte sich wieder auf den Berg von Decken und Kissen auf ihrer Seite des Bootes und betrachtete ihn eine Weile. »Was liest du da, Liebster?«, fragte sie und räkelte sich in der prallen Sonne. »Ist das Alasdairs Brief, der uns heute Morgen erreicht hat?«

Aleric blickte auf und zwinkerte ihr zu. »Ja. Endlich bin ich wieder auf dem neuesten Stand, was Klatsch und Tratsch angeht.«

Der belustigte Unterton in seiner Stimme ließ Sidonie aufhorchen. »Ich bin ganz Ohr«

»Zum Beispiel steht hier, dass unser alter Bekannter Lord Bodley in einer nächtlichen Aktion die Flucht ergriffen hat und jetzt auf dem Kontinent sein Glück sucht«, antwortete er.

»Mir wäre es lieber, er bekäme eine angemessene Strafe.«

»Reg dich nicht auf, Liebes«, murmelte Aleric und entfaltete ein Papier, das dem Brief beigelegt war. »Kerle wie Bodley bekommen früher oder später ihre gerechte Strafe.«

»Was ist das?«, fragte Sidonie, die keine Lust hatte, sich von Lord Bodley die Laune verderben zu lassen.

»Die Titelseite der Mittwochsausgabe der Times«, sagte er freudig. »Alasdair meint, es gäbe da etwas, das ich mir unbedingt ansehen sollte.«

»Was denn?« Sidonie wollte sich neben ihn setzen, woraufhin das kleine Boot gefährlich ins Schwanken geriet.

»Und so etwas will Matrose sein, Sid«, schalt er sie. »Setz dich, bevor wir kentern.«

Wenn auch ein wenig widerwillig, kam Sidonie Alerics Bitte nach und zog sich den Rock über die Knie. Dann bemerkte sie, wie sich sein Gesichtsausdruck wandelte. Es war schwer zu sagen, ob er wütend, fassungslos oder amüsiert dreinschaute.

»Aleric«, flüsterte sie. »Was ist denn los? Ist alles in Ordnung?«

»Halt dich fest, Sidonie«, antwortete ihr Gemahl. »Ich fürchte, ich habe schlechte Neuigkeiten für dich.«

»Was denn? Was meinst du damit?«

»Der Schwarze Engel«, sagte er. »Es ist ihm etwas zugestoßen.«

»Aleric, du sprichst in Rätseln.«.

»Er ist tot«, stammelte Devellyn, der sichtlich Freude an seiner kleinen Scharade hatte. »Man hat ihn auf frischer Tat ertappt und niedergeschossen.«

Sidonie traute ihren Ohren nicht. »Das ist unmöglich. Das muss ein schlechter Scherz sein.«

»Ich fürchte, es ist die Wahrheit.«

Sidonie wollte ihm den Artikel wegnehmen, doch Aleric riss die Arme in die Höhe. »Was steht da noch?«, drängte sie, woraufhin das Schlingern des Bootes stärker wurde. »Wer ist das Opfer? Wo soll das angeblich geschehen sein?«

»Ein alter Bekannter. Unser guter alter Freund Sir Alasdair MacLachlan«, sagte er. »Jetzt zu deiner zweiten Frage. Moment, ich seh' mal nach. Hier steht es ja. Wenn man den Worten eines gewissen Mister Mortimer Sisk glaubt, hat sich der Vorfall in einer Loge im Theater an der Drury Lane ereignet.«

»Sisk!«, schnaubte Sidonie. »Dieses Schwein! Ich erdrossle ihn mit einem seiner hässlichen Halstücher.«

Devellyn warf ihr einen gespielt mitleidigen Blick zu. »Sieht aus, als hätte der Schwarze Engel Sir Alasdair nach der Aufführung zu einem Tête-à-tête in eine leere Loge gelockt«, fuhr er fort. »Und dann, als sie ihn ausnehmen wollte, musste sie feststellen, dass er bewaffnet war. Als der Schwarze Engel ihm die Pistole abnehmen wollte, kam es zu einem Gerangel. Es löste sich ein Schuss. Der Schwarze Engel hat sich selbst ins Jenseits befördert.«

»Ich glaube kein Wort«, sagte Sidonie voller Empörung.

»Aber es gab Zeugen.«

»Zeugen?«

»Mehrere sogar«, antwortete Aleric. »Zwei angehende Schauspielerinnen namens Ilsa und Inga. Und, last but not least, unsere ehrenwerte Lady Kirton, die in der benachbarten Loge eingeschlafen war. Das Handgemenge hat sie geweckt. Sie hat alles gesehen.«

»*Lady Kirton?*«, rief Sidonie. »Jetzt verstehe ich gar nichts mehr.«

»Dann werde ich es dir erklären. Wie es scheint, ist der Vorhang für den Schwarzen Engel endgültig gefallen. Es wird nie wieder eine Zugabe geben ... genauso wenig wie weitere Untersuchungen seitens der Polizei.«

»Julia!« Sidonie riss die Augen auf. »Sie steckt dahinter, habe ich recht?«

Aleric nickte und sah noch einmal in den Brief. »Alasdair meint, sie wäre umwerfend in ihrer Rolle gewesen.«

»Ich sollte sie strangulieren.«

»Mit einem von Sisks Halstüchern?«, zog Aleric sie auf.

Sidonie ließ sich nach hinten fallen und lachte, bis ihr die Tränen über die Wangen liefen. »Der Schwarze Engel ist gestorben, wie er gelebt hat. Möge er in Frieden ruhen«, sagte sie und blickte in den azurblauen Himmel. Sie hörte, wie ihr Gemahl die Papiere beiseitelegte. Auf Händen und Knien kletterte er über die Sitze zu ihr herüber und legte sich vorsichtig auf sie.

»Sidonie, meine Liebste«, raunte er und gab ihr einen langen und leidenschaftlichen Kuss. »Sidonie, die einzige Rolle, die du ab jetzt noch spielen musst, ist die meiner Bettgefährtin und meiner Freundin.«

»Klingt nicht sonderlich aufregend«, seufzte Sidonie und verzog die Lippen zu einem Schmollmund. »Aber wer weiß, vielleicht werden das eines Tages meine beiden Lieblingsrollen.«

Devellyn zuckte lässig mit den Schultern, und ein breites Lächeln eroberte seine Lippen. »Sollte ich mich je wieder wie ein Trottel benehmen, Sid, darfst du deine rote Perücke hervorholen und mich fesseln, bis ich wieder bei Sinnen bin.«

»Oje«, lachte Sidonie. »Dann hat Ruby Black aber alle Hände voll zu tun.«

Als Devellyn Sidonie einen Kuss auf die Stirn hauchte, trat ein ernster Ausdruck in seine Augen. »Habe ich dir eigentlich je gesagt, wie stolz ich auf dich bin?«, fragte er. »Du bist der furchtloseste und aufrichtigste Mensch, der mir je begegnet ist. Du weißt, dass du nicht jede Seele erretten kannst. Aber bei mir ist es dir gelungen. Du hast mich gerettet. Vor mir selbst.«

»Aleric«, raunte Sidonie und sah ihm tief in die Augen. »Sei so lieb und rudere uns zum Ufer, Liebster.«

»Wieso habe ich das mulmige Gefühl, dass du schon wieder etwas im Schilde führst?«, murmelte er.

»Was habe ich doch für einen schlauen Gemahl. Es gibt da noch eine andere Rolle, in die ich demnächst gerne schlüpfen würde. Und jetzt red' nicht, sonder rudere, du Faulpelz.«

Devellyn grinste sie an und nahm die Ruder. »Aye aye. Verrätst du mir, woran du denkst?«

»Jetzt tu doch nicht so«, sagte Sidonie, legte ihm die Hand auf den Oberschenkel und schob sie langsam nach oben.

»Nein, ich habe nicht den blassesten Schimmer«, sagte er mit gespieltem Kummer und sah kurz auf ihre Finger.

Sidonie warf ihm einen koketten Blick durch ihre dichten, dunklen Wimpern zu. »Es gibt da etwas, das du deinem Vater versprochen hast. Etwas, das er sich sehnsüchtig wünscht«, raunte sie. »Und ich finde, es wird höchste Zeit, dass wir das Abenteuer angehen.«

»Halt dich gut fest, Sid«, rief Aleric und ruderte so kräftig er konnte. »Niemand soll je wieder sagen, der Teufel der Duke Street käme seinen Pflichten nicht nach.«

»Liz Carlyle verwebt Leidenschaft und Spannung auf meisterhafte Weise!«

Karen Robards

Liz Carlyle
STÜRMISCHES SPIEL
DER HERZEN
Roman
416 Seiten
ISBN 978-3-404-18725-6

Als neue Haushälterin von Cardow Castle bringt Aubrey das vernachlässigte Schloss wieder auf Vordermann. Als wenig später der alte Schlossherr stirbt, kehrt sein Neffe, Earl Walrafen, nach langer Abwesenheit wieder auf das Anwesen seiner Vorfahren zurück. Dort will er dem mysteriösen Tod seines Onkels nachgehen, und schon bald fällt sein Verdacht auf die hübsche Haushälterin. Doch auch wenn Aubrey ganz offensichtlich etwas zu verbergen hat, kann sich der junge Earl ihrem Charme nur schwer entziehen. Wann immer die beiden sich begegnen, lässt die Leidenschaft sie jede Vorsicht vergessen ...

Eine große Liebe besiegt einen uralten Fluch

Potter, Patricia
LIEBESZAUBER DER
HIGHLANDS
Roman
512 Seiten
ISBN 978-3-404-18732-4

Felicia Campbell kann ihr Unglück kaum fassen. Sie soll einen Mann heiraten, der dreimal so alt ist wie sie. Ihre letzte Hoffnung ist die Flucht. Doch der heimischen Burg kaum entkommen, wird sie von Männern des gegnerischen Clans der Macleans entführt, die Felicia zu ihrem Anführer Rory bringen. Um den Fortbestand des Clans zu sichern, braucht dieser eine Frau. Mit der schönen Felicia konfrontiert, droht Rorys wichtigster Vorsatz zu wanken. Ein uralter Fluch hat schon zwei Frauen der Macleans das Leben gekostet. Um ihn nicht erneut heraufzubeschwören, darf sich Rory nie ernsthaft verlieben …

Bastei Lübbe Taschenbuch